鬼女《おにおんな》

鳴海風《なるみふう》

早川書房

鬼女

目次

序　章

堤下の小道を、母と息子らしい二人連れが歩いている。息子は幼く見え、手をつないでいてもおかしくない。広い河原は見渡す限り芽吹き出した葦の原で、まばらに立ち木や灌木《かんぼく》があるくらいで、人の暮らしを感じさせるものは何もない。

河原の端はいきなり落ち込んで、抱きかかえているようにしているのは阿武隈川《あぶくまがわ》だ。この時期、川は惜しげもなく春の水を音を立てて押し流している。

大地を突き破って生えてきたような一本杉があった。二人は、そこで立ち止まった。木の下に自然石の碑があった。

母親が何か怖い話でもしたのだろうか。息子らしい子は、首をすくめて、きょろきょろしている。

ここは、安達《あだち》ヶ原《はら》といって、鬼婆《おにばば》伝説で有名な場所だった。昔はもっと寂しい所で、柴で編んだ粗末な家に、鬼婆が一人で住んでいたという。

みちのくのあだちの原の黒塚《くろづか》に鬼こもれりと聞くはまことか
平安中期の『大和物語』五十八にある、平兼盛《たいらのかねもり》の歌である。

謡曲《ようきょく》『黒塚』（観世流《かんぜりゅう》では『安達原《あだちがはら》』）は、この歌に着想を得て作られた。

元禄二年（一六八九）三月、松尾芭蕉《ばしょう》と門人曽良《そら》は、『奥の細道』の旅に出発した。閏《うるう》五月朔日《ついたち》、二本松から阿武隈川を舟で渡り、安達ヶ原へ入った。

杉の根方にある小さな黒塚を見た後、近くの観音堂を訪ねた。そこの別当《べっとう》は「黒塚は鬼婆を埋めた場所だ」といった。別当の説明は、謡曲の物語と違っていた。

京の都の公家の屋敷で、乳母をしていた岩手《いわて》という女がいた。育てている女の子は、一年たっても二年たっても口がきけなかった。占い師によるとそれは病気で、治すには妊婦の腹の中にいる胎児の生き胆を食わせるしかないとのことだった。恐ろしい治療法だったが、主人夫婦に頭を下げて頼まれた岩手は、断ることができなかった。幼い自分の娘に形見の守り袋をかけて知人に託し、岩手は生き胆を求める旅に出た。

徒労の旅を何年も続け、安達ヶ原に住み着いた岩手は、白髪のそそけだつ初老の女になっていた。ある日、道に迷った旅の若夫婦を泊めることになった。身重の女ははちきれそうな腹をしていた。それを見た岩手は、忘れかけていたことを思い出した。だまして男を外出させたすきに、女を出刃包丁で刺し、その腹から胎児を取り出そうとした。ところが、着物をはいだ女の首から下がっていた守り袋は、我が娘に形見に残したものだった。

実の娘を殺したことに気が付いた岩手は、気が狂ってしまい、それからは、旅人が来ると、殺しては食う殺しては食うを繰り返す、本当の鬼婆になってしまった。

第一章　武家の嫁

一

「ねえ、母上。ほら、桜が咲き始めましたよ」

庭に出ている駿《しゅん》が、手招きしながら、縁側にたたずんでいる利代《りよ》にいった。

庭の桜は一本で、駿の誕生を喜んだ舅《しゅうと》が下男にいって植えさせたまだ若木だが、去年からまばらに花をつけ始めた。

文久二年（一八六二）の三月も半ばになり、会津若松にもあちこちで桜だよりが聞かれるようになった。しかし、利代の胸の中には浮き立つような気分はない。

「ねえ母上などと甘えた呼び方はよしなさいと、何度いったらわかるのですか。もうすぐ学校に入門するのですよ、駿は」

藩校日新館《にっしんかん》は、家臣の間では学校と呼ばれ、そこへ入学することを入門といっていた。駿は入門する十歳になったが、まだ入門できていない。利代は、駿を、来月は無理でも次の五月には入門させたいと思っていた。

「だって、母上、母上……」

「その二度呼ぶくせもどうにかならないのですか。どうしてもなおらないようなら、針と糸で口を縫ってしまいますよ」

利代はつとめて厳しい口調でいっているが、それは、背後に姑《しゅうとめ》の多江《たえ》の視線を感じているからだ。

「武家の跡取りを、厳しくたくましく育てるのは、母親のつとめです」

姑の声が、耳朶《じだ》によみがえる。

それまで利代の子育てにまったく口出ししなかった姑が、ひと月前に初めて口にした言葉だ。年齢よりずっと幼い駿を見ていて、とうとう我慢できなくなったのだ。利代に対する叱責であり命令でもあった。

駿は、桜の根方や下草の葉裏を、しゃがんだまま夢中で観察している。一匹の虫でも見つけようものなら、無邪気な声を上げてすぐ利代に報告するだろう。お義母様《かあ》が立ち去るまで、そのままでいてと祈っている自分が情けない。桜が順調に育っているように、駿も成長してほしい。

自分ではわかっているつもりだった、駿ぐらいの年ごろの男子がどうあるべきかは。会津藩独特の風習を通じて……。

いくさのない平和な時代が続いて、武士が萎えているとうわさされる世の中で、ここ会津では、初代藩主保科正之《ほしなまさゆき》の文武にわたる厳しい教えを愚直に継承していた。日新館で学ぶ者だけでなく、入学以前の子どもらにも徹底されていた。その象徴が『什《じゅう》の掟《おきて》』だった。

武家屋敷が整然と並ぶ城下郭内《かくない》では、近隣に住む六歳から九歳の子どもらは、十人前後で什という集まりを作っていた。利代が嫁いだ木本《きもと》家は、数百石から千石級の上士の屋敷が多い本一《ほんいち》ノ丁《ちょう》という大きな通りに面し、その辺一帯は子どもでも意識が高い。

子どもらは毎日順番に仲間の家に集まると、次のような『什の掟』に背いた者がいなかったか、先ず確かめ合う。遊ぶのは、そのあとだった。

一《ひとつ》　としうえのひとのいふことに背いてはなりませぬ
一　としうえのひとにはお辞儀をしなければなりませぬ
一　うそをいふことはなりませぬ
一　ひきょうなふるまいをしてはなりませぬ
一　弱い者をいじめてはなりませぬ
一　戸外で物を食べてはなりませぬ
一　戸外で女とことばを交えてはなりませぬ
ならぬことはならぬものです

昨年は、駿と同じ九歳の、日向真寿見《ひなたますみ》が什長《じゅうちょう》だった。日向家が木本家よりも家格が上だったからではない。長幼の序に従って、生まれ月の早い子が什長になるのだ。

什長には、掟の違反者があれば、その処罰を決める権限があった。

吐く息も凍るかと思うような、昨年の最後の集まりの日、珍しい事案があった。自分の姉だが女と屋敷の外で口をきいたのが見つかった六歳の子がいたのだ。

真寿見が駿に聞いた。同い年の駿に、一度は什長の役をさせてみようと思ったらしい。

「処罰はどうすればよいと思うか」

少し考えて駿は、最年少の六歳だし相手は姉だからしつけるぐらいが適当と思い「無念《むねん》でありました」と仲間に謝罪する軽い処罰を提案することにした。

「無念でよろしいかと存じます」

が、他の仲間は承知しなかった。

「話した相手が姉でも女は女だ。痛みをともなう竹篦《しっぺい》でなければ効果がない」

「何でも教えるのは最初が肝心だ」

什長の真寿見が大きくうなずいて、駿は逆にうなだれた。

結局、六歳の子は、しもやけのできた手の甲を全員からぶたれて、今にも泣きそうにしていた。言い訳は許されない。ならぬことはならぬ掟を、藩士の子どもらは六歳から身に染みてたたきこまれるのである。

このことを、利代はあとで駿から聞いた。駿は何となく納得していないようだった。

「まあ可哀そうに。何もそこまでせずとも……」

『什の掟』を破ったとはいえ、酌《しゃく》量《りょう》の余地はあったし、相手はまだ六歳ではないか。それらを考慮せず、いきなり竹篦を提案するような駿だったら我が子ではない。利代は、駿の優しさをほめてやりたいくらいだった。

「でも、母上、ならぬことはならぬのでございましょう?」

「それはそうですけれど……」

利代は口ごもった。駿へ向けたまなざしが柔和だったからだろう。つきたての餅《もち》のようになめらかな駿の口元が、ほころんだ。それを見て、利代もつい笑顔を返してしまった。

絶対に守らせるべき『什の掟』を否定したことにあとで気付いて、やはり後悔した。

ところが、年が明けて、利代はもっと後悔することになった。

十歳になった駿は、日新館に入学するはずだった。ところが、年末にひいた風邪をこじらせてしまった。そのうち、全身に妙な発疹《ほっしん》まで出て、寝床から起きられなくなった。藩医に煎じ薬をいくら処方してもらっても治らず、入学どころでなくなった。

予想できなかったことではない。

昨年の暮れから、駿は口数が少なくなり、学校に入門できるのが楽しみだとは、一度もいわなかった。もっと記憶をたどれば、什の集まりに入った六歳、漢学塾に通い始めた七歳、どちらも最初のころ、原因不明の発熱があって、休むことが多かった。実家から定期的に送ってくる葛根《かっこん》湯《とう》を、一番たくさん飲んでいるのも駿だった。

会津の冬の終わりを告げる彼岸《ひがん》獅子《じし》の笛や太鼓の音が聞こえてくるようになった二月十九日の夕七ツ（午後四時）過ぎ、はるばる二本松から、利代の父、國岡《くにおか》東庵《とうあん》が駆けつけた。東庵は蘭方もやるが漢方の町医者である。

「おお、よく来てくれた。待っていたぞ」

迎えに出た利代の声を聞きつけたのか、舅の三郎右衛門《さぶろうえもん》が隠居所から飛び出てきた。そのあとから多江も現れた。

「文《ふみ》にも書いたが、駿の病が治らぬ」

「そんなに悪いのですか。ちょっと待ってください。足を洗わないと……」

「そのままでいい。早く上がって診《み》てくれ」

三郎右衛門は、東庵の背を押すようにして、母屋《おもや》にある駿の部屋へ導いた。

「医者なら若松にいくらでも……」

目を吊り上げている多江を無視して、三郎右衛門が堂々と振る舞っているのを見て、利代は内心ほっと胸をなでおろした。

実は東庵を呼んだのは利代で、そのことを前もって話していたのは、夫と舅だけだった。特に舅には、東庵を呼んだのは舅だということにしてほしいと頼んだ。孫が可愛い舅はすぐ承知してくれたが、最近物忘れが目立つようになっていて、利代は少し不安だった。

舅の三郎右衛門は六十九歳。髪はすっかり薄くなって、髷《まげ》を形良く結えないほどだ。声は大きくはつらつとしているが、虚勢を張っているようにも感じられる。

一方、父の東庵は六十四歳。若いころから剃髪《ていはつ》していても口ひげをはやしていた。それが、しばらく会わないでいるうちに、仙人のように白くなっていたので、利代は衝撃を受けた。小さいころは、大きくなったら父のお嫁さんになるのだというほど、大好きな父だった。父のすることは何でも真似て、医術から武芸まで学んだ。だから、駿の厄介な病気も、診てもらう気になった。

木本家と國岡家の先祖は、戦国時代最強といわれた名将上杉謙信《けんしん》に、どちらも槍ひと筋の馬廻《うままわり》組《ぐみ》として仕えていた。

慶長三年（一五九八）、越後国春日山《えちごのくにかすがやま》から謙信の養子景勝《かげかつ》がやってきて会津百二十万石を領した。二本松はその一部だった。景勝は豊臣家五大老の一人だったが、関ヶ原の戦いで敗れたため、慶長六年（一六〇一）、三十万石に減らされて出羽国米沢《でわのくによねざわ》へ移された。所領が四分の一になっては、すべての家臣が従うのは無理だ。木本家は若松に、國岡家は二本松に残った。その後、木本家は会津藩士につらなり、國岡家は町医者となったが、ともに日下一旨《くさかいっし》流の槍術を家伝として伝えている。親しい交流も代々続いていた。両家の婚姻は、利代が初めてだった。

利代が熱い湯を入れた盥《たらい》を持って駿の部屋へ行くと、東庵の診察が終わるところだった。義姉《あね》の千鶴《ちづ》も心配してきていた。舅と違って駿と距離をおいている姑は、やはりいないなと思っていると、まもなく姿を見せた。いつもの無表情である。

盥の湯で手を洗った東庵は、多江が座るのを待ってから口を開いた。

「発疹は身体の中に悪い物がたまっているからではなく、気虚《ききょ》といいますが、気の不足からきています」

「若松の漢方医と同じ所見だな。病は気からということだろう。蘭方で治せんのか」

「蘭方を使うのは外科の時だけですから」

東庵は穏やかな言葉で三郎右衛門に反論してから、利代の方へ顔を向けた。

「若松の医師の処方は間違っていないが、それだけでは治らない。もっと身体を強くさせること。泥だらけになってもいいから、腹ぺこになるまで外で遊ばせ、滋養のある物をいっぱい食べさせることだ」

利代の実家は裕福で、屋敷地は広く、道場も持っている。まだ部屋住みだった三郎右衛門は、槍術の稽古を口実にし、それでも藩には大げさな願書を出して、何度も二本松までやって来たが、羽を伸ばすのが目的で、酒ばかり飲んでいた。兄弟のように仲がいい二人を利代は見て育った。

「お父さん。そうすれば治るのですね」

利代が尋ねると、東庵は諭すような目をしてうなずいた。

「一番大事なのは、気持ちだ。駿はまじめで思いつめる性質《たち》だから、日新館に上がることで緊張しているのだろう。負けない強い気持ちを持たせること。そのためにも、身体をもっと強くしなければいけない。こんな痩せっぽちではだめだ。駿と同じ年齢のころは、利代の方がもっと太い腕をしていたぞ」

「そうだったのでございますか」

すかさず合いの手を入れたのは、千鶴だ。

「本気にしないでください」

利代は振り返って右手を振ったが、露出した腕をあわてて袖口にしまった。

「なーるほど……」

座敷の端にいる千鶴は、それを見逃さず、同意を求めるように周囲に笑顔を向けた。三郎右衛門だけが、利代へ好奇の目を向けた。利代は、顔が赤くなったのが、自分でもわかった。利代は、女としては大柄な方で、郷里で鍛えた手足には、今でも筋肉が残っている。

（お義姉《ねえ》様ったら……）

利代は千鶴を無言でにらんだ。

千鶴は、利代の夫新兵衛《しんべえ》の妹で、利代より二つ上の三十四歳だ。一年前に婚家から戻っている。

子どもができなかったというのが表向きの理由だが、それ以外にも色々あったのではないかと利代は思う。しかし、武家の女にとって大きな不幸があったのに、それが嘘のように明るく前向きな人だった。

千鶴のお蔭で座がなごんだところへ、ふいに多江が口をはさんだ。

「武家の跡取りを、厳しくたくましく育てるのは、母親のつとめです」

低いが、錐《きり》で刺すようないい方だった。

そんなことをいわれたのは初めてだが、姑のいうとおり、夫新兵衛は強靭な肉体を持っている上、文武両道に優れている。多江が育てたのだ。駿がひ弱な責任は自分にある。

利代は両手をついて、謝ろうとした。

すると、頭の上で父の声がした。

「責任は利代を育てた父親の私にあります。利代は、男まさりで気が強いのではないかと心配していたくらいでした。しかし、まさかこれほど子どもに甘いとは思ってもいませんでした。武家に嫁がせると決まってからも、そのための躾も教育も怠りました。お詫びの言葉もございませんし
「國岡は町医者だから仕方ないではないか」

三郎右衛門がかばおうとしたが、多江はそれをさえぎった。

「先祖は武士で、家伝の槍術は今も継承しているはず。それとも継承しているのは見かけの技だけで、心の構えは捨てたのでしょうか」

六十六歳の女とは思えない、覇気を感じさせる高い声だった。

姑は、かつて家老を出したこともある家から木本家に嫁して来た。気位が高く、筋を通し、けじめを重んじる人だ。

ふと駿を見ると、祖母の剣幕に、搔《か》い巻《ま》きを目元まで引き上げて震えている。

父が再び頭を下げた。利代はもうこれ以上父に謝らせたくなかった。

「申し訳ございません。私がいたらぬばかりに……。これからは心を入れ替えて、駿をもっと強い子に育てます」

利代は姑に向かって詫びたが、座敷の中は気まずい空気でかたまってしまった。

しばらくして、舅が大きな声を出した。

「おお、そうだ。東庵どのは、十五里（約五九キロ）もの道をわざわざ来てくれたのだ。今夜は大いに飲んで語りたい。そうだ。鯉がいいな。多江。鯉を買いに行かせてくれ」

「それは、利代どのの役目でございましょう」

多江がつんとした。

「はい。かしこまりました。すぐ」

利代が返事をすると、多江はすっと立ち上がり、座敷を出て行った。

三郎右衛門が目尻を下げながらいった。

「利代どの。刺身だけでなく甘煮《うまに》もたのむ。駿も好きだからたくさん作ってくれ。腹いっぱい食べさせよう」

東庵の滞在はわずか二晩だった。

「来月、利代は無理だな。駿の方が大事だ」

そういって、東庵は二本松へ帰って行った。
三月は姉の三回忌があるので、利代も参列するつもりだったが、駿を放っては行けない。父の東庵が帰った翌二十一日は春分で、駿は何とか床上げだけはした。

東庵の診立てを聞いて、新兵衛も思うところがあったらしい。夕餉《ゆうげ》の後、武勇伝を駿に語るようになった。

新兵衛は、三百石で物頭《ものがしら》をつとめている。合戦の際には騎乗し、二人の小頭《こがしら》と足軽二十人を従えて、前線で戦う武官だ。屋敷の右隣の馬場図書《ずしょ》が同じ物頭で四百石、左隣の高津八郎も物頭で三百五十石である。駿と近い年ごろの子どもがいないので、これまであまり深い付き合いはない。

木本家の食事は主人とその長男が主役で、利代は横にいて二人の食事の世話をするだけだ。自分の食事は、あとで勝手の横の板敷で、義姉や奉公人たちと一緒に摂る。隠居夫婦は離れ座敷で摂っている。この習慣は、嫁いですぐ姑から教えられた。木本家のしきたりだった。隣家では、跡取り以外も含めて、男たちだけが全員集まって食べているらしい。

その晩も、新兵衛は、食後の茶を喫しながら、武勇伝を語り出した。

二百八十年前の天正十年（一五八二）の話だった。異母兄武田《たけだ》勝頼《かつより》の命令で、一十六歳の仁科《にしな》盛信《もりのぶ》は、三千の兵で信濃国《しなののくに》高遠《たかとお》城を守っていたという。

「織田信長、徳川家康の連合軍が大軍で攻めてきたため、武田軍は敗戦に次ぐ敗戦で、高遠城も織田信忠《のぶただ》の三万の兵で囲まれてしまった。勝負あったと見たのだろう、織田方から一人の僧が降伏を促す書状を携えてやってきた。駿、十倍の兵力差だぞ。お前だったら、この使者にどう答える？」

「降伏の条件しだいだと存じます」

駿の賢い返事に、利代は笑みをこぼした。

「ところが、盛信はそうは答えなかった」

駿は目を大きく見開いた。新兵衛の話に釣り込まれている。利代も夫の方を見たが、駿とは違った意味で胸が高鳴った。

目鼻立ちの大きな夫は、眉も太く、武者姿が似合いそうだ。六尺（約一八二センチ）近い偉丈《いじょう》夫《ぶ》で肩幅も広い。利代はたくましい新兵衛が好きだった。

その新兵衛が続けた。

「盛信はこういった。織田どのは真の武士の心を知りたまわぬようじゃ。武士とは、運が尽きれば籠城《ろうじょう》してでも戦うもの。我らが城は降参せんとて築きしものにあらず。早々《そうそう》に帰って攻めてまいれ。御僧《ごそう》には気の毒じゃが、といって耳と鼻を削《そ》いで追放した」

それを聞いた利代は、顔をしかめ、酸鼻《さんび》なにおいを避けるように左のたもとで鼻をおおった。

しかし、駿はすぐ聞いた。

「その勢いで迎え撃ち、織田勢を追い払ったのでございますね」

目を輝かせている。

「いや。激戦の末、高遠城は落城。盛信は自刃《じじん》。二千六百名が戦死した」

駿は信じられないといった顔をし、こぶしを握っていかにも悔しそうだ。人が殺されて死ぬという実感はないのだろう。それよりも、これが十歳の男の子らしさだ、それを新兵衛が引き出してくれたのだと思った。

「不利と知っていても武士の誇りを守る。命を惜しまない。それが武士というものだぞ」

生き残った三百名の後裔《こうえい》が、今の会津藩士の中にもいると新兵衛は続けた。関ヶ原の戦いののち成立した高遠藩は、藩祖保科正之がかつて藩主だったからだ。

「当家もそうですか」

「いや。高遠城を守ったことはない。先祖は越後国にいて上杉家の家臣だった」

「武田と戦った上杉ですね」

「そうだ。その話はまた次にしよう」


風もなく日差しのやわらかな午後だった。利代は、縁側で繕い物をしながら、頭は別のことを考えていた。

三月に入ると、駿は、発疹が出なくなり、だいぶ元気になってきた。次は、父の助言にしたがって、思いきり外で遊ばせようと思っているうちに、庭の桜がほころびだした。

「だって、母上、母上……」

「その二度呼ぶくせもどうにかならないのですか。どうしてもなおらないようなら、針と糸で口を縫ってしまいますよ」

駿にきつくいったことが思い出されるが、駿は叱られたとは思っていなかったし、自分も本気ではなかった。

駿をたくましく育てるにはどうしたらいいのだろう。

手を止めて、ふと顔を上げると、庭の桜の花びらはいつのまにか数えるほどしか残っていない。入門の式は毎月朔日《ついたち》にあるが、四月朔日の入門の式も逃してしまいそうだ。

庭で遊ばせているだけではいけない。駿を屋敷の外へ出さなければ。しかし、周辺は武家屋敷ばかりで、子どもが足腰を鍛えられるような野山や川原は遠い。

利代は駿を呼んだ。

「諏方神社《すわじんじゃ》までお参りに行ってきなさい」

「はい。でも、何をお願いしてくればよいのでございますか」

「何でもよいのです。駿の足慣らしに、たくさん歩かせたいから」

「それならば、諏方神社は近すぎます。組頭様のお屋敷の角を曲がって、まっすぐ行けばすぐではございませんか」

組頭様とは七百石の日向内記《ないき》のことで、昨年まで什長だった真寿見の父である。長沼流の軍制をとっている会津藩では、隊の編成では組頭は物頭の上位になる。

「足慣らしのためであれば、神社の御射山《みさやま》に駆け登ってまいりましょうか」

御射山は本殿の背後にある築山《つきやま》だ。

「あそこは信濃国にある諏訪神社《すわじんじゃ》の御射山をかたどって、神事がおこなわれる尊いお山です。駆け登るなどと、何と恐ろしいことを……。神罰が下りますよ」

「ごめんなさい」

そもそも御射山は注連縄《しめなわ》をめぐらせて、立ち入りを禁じているはずだ。什の仲間でこっそり登って遊んでいたのだろうか。利代はため息をついたが、それなら、と続けた。

「その先の興徳寺《こうとくじ》もお参りしてきなさい」

鶴ヶ城は平山城《ひらやまじろ》である。天守閣や本丸、二の丸などのまわりは内堀で囲まれている。その周囲は広大な武家屋敷地で、さらにその外の下級武士や町人が住む地域とは、石垣や土塁そして外堀で隔てられている。内側を郭内と呼び、出入り口にあたる郭門《かくもん》が十六あった。

諏方神社と興徳寺は、郭内にある神社と寺院である。それぞれ永仁《えいにん》二年（一二九四）と弘安《こうあん》十年（一二八七）の創建と伝えられ、格式の高さを誇っているが、防備の点からだろう、諏方神社は郭内の北西端、興徳寺は北端に位置していて、本丸から遠かった。

利代は小者《こもの》の弥助《やすけ》に駿の供を命じた。

「駿の足慣らしが目的です。目立たぬように、諏方神社から興徳寺まで、なるべく土塁に沿った道を選んで、どこにも寄らず帰ってくるのです」

「かしこまりました」

弥助は、雑用しかしない下男を除けば、木本家唯一の男の奉公人である。

木本家は、かつては用人《ようにん》や若党《わかとう》、中間《ちゅうげん》も抱えていた。先々代の時、当主に不始末があって五十石減らされた。藩の財政は、それ以前から苦しく、俸禄も五分借り上げなら良い方で無給の年もあったから、家来を多く抱えるのは苦しかった。家来が病気で辞めたり、他家に養子に行ったりしても、補充しないでいるうちにとうとう一人だけになった。その代わり、他家のように女たちが機織《はたお》りなどの内職をする必要がないのは楽だった。

弥助は、木本家に出入りする七日町《なぬかまち》の瀬戸物屋水月《すいげつ》の手代だった。本郷焼《ほんごうやき》の窯元《かまもと》の五男として生まれたが、手先が不器用という理由で、実際は口減らしのため水月の小僧に出された。

弥助は、実直な性格でよく働き、手代にまでなったが、口数の少なさが難点で、番頭《ばんとう》昇格やのれん分けの望みがないことは、本人が一番よく知っていた。それで、木本家の最後の中間が老齢で亡くなった二年前に、自ら志願し、士分ではない小者として奉公することになった。利代は働き者の弥助を気に入っていた。弥助は二十四歳である。

利代から賽銭《さいせん》にする十文を受け取った駿は、

「では、母上、行ってまいります」

と元気に出発したが、式台から肩上げの取れないその小さな背中を見た瞬間、利代は思わず声をかけてしまった。

「あ、ちょっと。諏方神社は私もお参りしたい。あとから行きます」

「わかりました」

振り返った駿は、花弁が開くような笑顔だった。神社で一緒になっても言葉を交わすことはできない。『什の掟』がある。それでも、母と参詣できるのがうれしいのだ。

用事があるように見せかけるため、利代はお気に入りの鼻紙入れをわざわざ袱紗《ふくさ》に包み、それを抱くようにして駿を追いかけた。

諏方神社は、総門を入ると、鳥居から拝殿まで一直線である。それほど遅れたとは思わないのに、駿や弥助の姿が見えなかった。

鳥居の前には小川が流れていて、小さな橋がかかっている。その上に立って利代は境内をもう一度見渡した。

拝殿と本殿は、周囲が幅二間（約三・六メートル）ほどの廻廊で囲われている。その廻廊の外に、東西に三つずつ末社が並んでいた。

その東側の一番手前の末社に、歩み寄る駿の姿が見えた。小さな社殿に向かい、財布から取り出した銭を賽銭箱に入れて両手を合わせ、お辞儀をして手を打った。それが終わると、鳥居の方へ戻ってきた。利代の姿を目でとらえると、安心したように、廻廊の外を足早に西側へ回って行く。

後ろからゆっくりついて行く弥助が、利代に向かって頭を下げたので、手招きした。

利代は鳥居の右端をくぐった。

弥助が片膝をついた。

「拝殿のお参りは？」

利代は、西側の末社の拝礼を始めた駿を見ながら聞いた。

「はい。若様は真っ先に済ませられましたが、小さなお社も、黙って見過ごすことができないようでございます」

それを聞いて利代は、胸の奥が熱くなってくるのを感じた。

幼いころ利代はおてんばだったが、外へ遊びに行くと、道ばたにある小さな祠《ほこら》やお地蔵様を見つけると、必ず近付いていき、無心で手を合わせる子だった。

「そうですか。私はこれからお参りしてすぐ帰りますから、私にはかまわず興徳寺へ行きなさい」

「承知しました」

「あ、それから、これを」

利代は思い付いて、財布から一文銭を十枚取り出していった。

「あれでは賽銭がなくなってしまうでしょう。お前から駿に渡してください」

「かしこまりました」

久しぶりに諏方神社にお参りした利代は、帰りに駿と同じように六つの末社を回り、すがすがしい気分になった。

「ただいま戻りました」

駿は半刻《はんとき》（約一時間）後に帰ってきた。

「興徳寺はどうでした」

「この間の、父上のお話に出てきた蒲生氏郷《がもううじさと》公のお墓をお参りしました」

蒲生氏郷は、上杉景勝の前に会津を領した大名である。

「美しいお城を築いて鶴ヶ城と命名し、城下町若松を整備した人ですね」

「はい。お墓は小さな四角い廟堂《びょうどう》の中です。近くに寄って、格子のすき間から覗いたら、墓石は五輪塔《ごりんとう》でした」

「覗き見するとは、なんと無礼《ぶれい》な……」

「ごめんなさい。でも、外で手を合わせてからいたしました」

「それならいいでしょう」

すぐ許してしまうのは、まだまだ自分は母親として甘いせいだ。

あっという間に、四月朔日は過ぎてしまった。その前後、利代は姑の多江から何かいわれそうで、なるべく目を合わせないようにしていた。

しかし、いくら何でも五月朔日には入門させたい。そのためには、どうしたら駿をもっと強い子にできるだろう。利代は、自分でできる自信がなかった。

二

利代は、千鶴から聞いた話を思い出した。

かつて木本家は、日新館で槍術師範を兼務していた。ところが、三郎右衛門の父親がまだ若かったころ、許しを得ずに果し合いをしたため、師範を免じられ、家禄も減らされた。三郎右衛門も新兵衛も、槍術は日新館の槍術師範河原田信壽《かわらだのぶとし》から日下一旨流を学んだ。家伝の免許を他人からもらったのは恥であり、先祖に対して申し訳ないことだった。

十歳で日新館に入学し、最初に学ぶのは素読《そどく》である。武芸は十五歳からだった。少し早いが、心身を鍛えるため、駿に誰かから槍術を学ばせようと利代は思った。

そのことを、新兵衛に相談できたのは寝間である。夫は既に夜着《よぎ》の中で、利代が行灯《あんどん》を遠ざけて話し出すと、薄目を開けて、顔を向けてきた。

「駿には槍よりも刀の方がよくはないか。あの身体では槍を持て余すぞ。一刀流はどうだ。木刀ならまだ思いきり振れる」

「日下一旨流は当家の家伝ですから」

「学校で日下一旨流を教える内田師範は、屋敷では門人をとらないと聞いた。宅稽古場《たくけいこば》に駿を入れるとするか……」

「それは絶対にだめでございます」

利代はきっぱりといった。

宅稽古場とは、日新館に入れない身分の子のための武芸の修練所のことで、城下のあちこちにあった。

日新館は、上士、会津藩では士中《しちゅう》と呼ばれる、身分の高い藩士の子息だけに、入学が許されていた。物頭の木本家は士中である。

駿を宅稽古場などに入れたら、姑が怒り狂うのは間違いない。しかし、夫に母親の悪口はいえなかった。

「それなら、父上かわしが教えよう」

「身内より他人の方が、駿にはよいと思いますので……」

利代は気持ちが伝わらず、唇を噛んだ。

新兵衛がやっと察してくれた。

「そうか。日下一旨流を教えてもらうのは口実で、実は、槍の使い方よりも、武士としての心得を、もっとはっきりいうなら、学校に入門することを恐れない強い気持ちを持てるように、他人に鍛えてもらいたいのだな。何とも恥ずかしい頼みをするものだ」

「申し訳ございません。私はやはり不束《ふつつか》な嫁です。駿の母として失格です」

「いや、わしにも責任がある。正直いって、生きている間にいくさなどないだろうし、お役目をきちんとこなし、駿に跡を継がせられたらそれで重畳《ちょうじょう》と思っていた。駿のことも心配していなかった」

「父の診立ては間違っていないようです。駿は未だに学校に入門したいとはいいません」

「よし。わしから槍術稽古の話をしてやろう」

「早くお願いします。同い年の子らは、もう学校に通い始めておりますから」

「ちょっと待て。年が明ければ人は一つ年をとるが、子どもの間は、同い年でも誕生月によって身体の大きさにずいぶん差があるものだ。駿は十月生まれだ。一月や二月生まれの子らとはかなり違うだろう」

新兵衛にやんわりと指摘されて、利代ははっとした。什長だった日向真寿見は二月に入学しているが、真寿見は一月生まれで、駿よりも明らかに背が高かった。

「駿も知らずに体格の引け目を感じていたのではないか。駿の病気は、案外そういったことが原因だったかもしれぬ。しかし、武芸の鍛錬を始めるのはよいことだ。体力に自信がつけば、気持ちも強くなる。そうだ。父上やわしが学んだ河原田元師範がいい。元師範は正月に喜寿を祝ったが、屋敷に道場はなくても、素振りは一日も欠かしたことがないと聞いている。わしからお願いしてみよう」

「ありがとうございます」

やはり相談してよかった。

「利代」

「はい」

「とっくに桜は散ったが、花冷えかな」

まさか、と利代はいいかけた。もうすぐ立夏のはずだ。しかし、確かに、このところなぜか風が冷たい。いや、新兵衛はそんなことをいっているのではない。

利代は口元をゆるめると、衣擦《きぬず》れの音をさせながら、自分の枕もとを膝で進んで、心得たように新兵衛の夜着の端を持ち上げた。すると、夫のたくましい腕が腰に伸びて来て、利代は楽々と抱きすくめられた。

会津藩に初めて日下一旨流を伝えたのは、武者修行中に立ち寄って、保科正之に召し抱えられた森惣兵衛《そうべえ》成重《なりしげ》だった。日下一旨流を家伝としていた木本家の先祖は、惣兵衛の指導の下で頭角を現し、師範の列に並んだ。

新兵衛が駿への昔話の中で惣兵衛を取り上げた。茶を淹れながら、利代も耳を傾けた。

「惣兵衛は大龍寺《だいりゅうじ》の境内でよく一人稽古をしていたが、頭頂から炎《ほむら》が上がるような気合がすさまじく、参詣に訪れた人はそれを見ると、恐ろしさでそのまま帰ったそうだ」

大龍寺は、保科正之が会津に封ぜられたときに開山した寺で、郭外東方の慶山《けいざん》にある。

「惣兵衛の手加減しない稽古に、ご先祖様は死に物狂いで耐えたに違いない」

新兵衛は日下一旨流の特徴である管槍《くだやり》で槍をしごく動作をした。管槍というのは、槍の柄《つか》の部分に鍔《つば》付きの管をはめ、それを持って素早く正確に突けるようにしたものである。新兵衛が身体の向きを変え、いきなり駿の胸を突く真似をしたので、驚いた駿はうしろにのけぞって、そのまま倒れてしまった。

「わしゃお爺様は、学校で、河原田元師範から稽古をつけてもらった。元師範も厳しかったぞ」

駿が起き上がるのを待ってから、新兵衛は続けた。

「河原田家は、蒲生氏郷以前に長く会津を領した葦名《あしな》氏の家臣で、南会津の伊南《いな》が領地だった。何しろ、磐梯山《ばんだいさん》の麓の摺上原《すりあげはら》の戦いで葦名氏が伊達政宗《だてまさむね》に滅ぼされた時も、河原田盛次《もりつぐ》は、伊南だけは絶対に渡さぬ、欲しければここまで獲りに来い、と政宗に伝えたそうだ。元師範は河原田盛次の再来のような人だ。豪傑だな。だから稽古も荒々しかった」

駿はすぐまた新兵衛の話に引き込まれた。

「学校で武芸を学べるのは十五歳からだが、どうだ、駿、早めに槍の稽古を始めてみないか。元師範は、隠居の身でも、誰かに教えたくて時間と身体を持て余しているらしい」

新兵衛が聞くと、駿は両手をきちんと膝の上に置き、少し震える声で、はいと答えた。恐れと不安があるのだろうが、承知してくれたので、利代はほっとした。そして、駿をたくみに誘導した夫新兵衛に感謝の視線を送った。が、夫は気付かないふりをしていた。

新兵衛が自ら信壽の屋敷を訪ね、入門させる日取りまで決めてくれた。

「私が付き添ってはいけないでしょうか」

「ははは。子離れできていないようだな」

その日の朝、出仕する新兵衛から笑顔でいわれても、利代にはその意味がわからなかった。自分でも何となく、付き添ってはいけないような気はしていた。

利代は、一人で行かせます、と返事した。

それからすぐ駿を呼んで、紋の入った羽織と袴をつけさせた。その場で一回転させて、どこにも隙がないことを確かめた。

「手作りの人形を眺めているみたいですね」

座敷に入って来た千鶴に、笑顔で冷やかされた。利代は内心まんざらでもなかった。

千鶴は駿の正面に立った。

「挨拶の口上は覚えていますか」

「昨夜、父上に教えていただき、それでよしといわれるまで、何度も稽古いたしました」

立っている駿は胸を張った。

「聞いてみたいわ」

千鶴は目を細めている。叔母と甥という関係以上に、駿のことが可愛いらしい。しかし利代は、自分が試されるような気がして、たくみに断った。

「大丈夫ですよね。さあ、これが入門料に相当する束脩《そくしゅう》です。中身は陸奥紙《みちのくがみ》です」

利代は、風呂敷包みを駿の前に押し出した。

「陸奥紙は、極上の檀紙《だんし》でしょ」

千鶴に聞かれても利代は返事をしない。

「たしか二本松の名産でしたね」

実家からときどき送ってもらっているので、利代は贅沢とは思っていない。

「駿さん。それを見せたら、お師匠様は腰を抜かすかもしれませんよ」

「本当ですか」

駿は子どもらしく頬を紅潮させている。

「さあ。もう行かねば。お師匠様を待たせてはいけません」

利代は立ち上がった。

お供は弥助で、稽古槍をかつがせた。木本家の男の家来は弥助だけなので、小者でも、若党や中間の仕事までさせることがある。弥助は、いやな顔一つせずこなしている。

河原田信壽の屋敷は、鶴ヶ城北出丸の真北に位置している。郭内を東西に貫く通りは五本あり、城から北へ順に数で命名されている。信壽の屋敷は、その三本目である本三ノ丁の南側にある。碁盤の目のように整然と区画された郭内なので、道に迷うことはない。

城に近付いたら、重職の屋敷が多い本一ノ丁、本二ノ丁は通らないように、利代は二人に念を押して送り出した。

「大丈夫かしら」

式台で駿を見送った利代がうっかり本音をもらすと、千鶴がまたからかった。

「跡をつけてみたら？」

「そんなことできるわけありません」

「本当は付き添いたかったのでしょ？　町人の子は寺子屋に入門する時、母親が連れて行くそうですし……」

それは利代も知っている。

二本松の実家でも、似た光景を何度も見ていた。父の國岡東庵は医者だが、木本家と同じ家伝の日下一旨流を教えるため、道場を持っている。その道場に町人の子が入門する時、母親が同伴してくることが多かった。

「でも、駿さんはきっと大丈夫。このごろ急におとなびてきた気がしますもの。いつまでも子どもだと思っていると、駿さんに年齢を追い越されますよ」

「まさか……？」

「嘘に決まっているでしょ」

冗談だとわかって、利代は笑ったが、今朝新兵衛からいわれた、子離れができていないという意味がこれかなと思った。

親が気付かなくても、子どもは日々成長している。だから、駿の成長を認め、それに合わせて育てていかなければならない。

「利代さん。ちょっと」

千鶴に手招きされて、利代は自分の居室の隣にある千鶴の部屋へ入って対座した。

「出戻りの私だからいえることですけど、前から疑問に思っていたことがあります」

真顔で切り出した義姉に、利代も真剣な顔を向けた。

「母がどのように兄を育てたか、おそらく利代さんは、聞かされていませんね？」

「全然ということはありませんけど……。駿の育て方は、任せてくださっていると思っていました、去年ぐらいまでは」

「やはり、そうだったのですね」

「教えてください」

「兄は、学校に入門してから、二年で難なく第三等に進みました。表彰もされました。小さいころから、母が素読と手習いを教えたからです。時間を決めて、どんなことがあっても、毎日欠かさず。母には驚くほど漢学の素養があったと、のちに兄から聞きました」

「私には漢学の素養はありません」

「なくても、厳しく育てることが大事なのです」

「甘やかしてはいないつもりですが……」

「私の嫁ぎ先の周りでは、子どもたちの漢学塾は、大雨が降ろうが、また少々熱があっても、決して休ませませんでした」

利代は、それを聞いて何もいえなくなった。駿の具合が悪そうな時は、無理せず休んだらどうかと、自分から勧めたほどだった。

「学問だけではありません。朝餉の前に、仏間で切腹の稽古をさせていました」

子どもの切腹の稽古など初耳だった。

「子どものうちに切腹の作法を覚えさせるのは、武士としての覚悟を学ぶ準備です」

「駿には一度もさせたことがありません。お義母様《かあ》から注意されたこともありません。どうしてでしょう？」

「それは……。兄と利代さんの婚姻は、父と東庵さんで決めました。二人は以前から仲が良かったし、父上は二本松で利代さんを見てすごく気に入っていましたから。しかし母はそれが不満だった。兄の嫁は、家中の同じ家格かそれ以上の家からでなければならないと思っていたからです」

それは、利代も薄々感じていた。

「きっと今でもそれを根に持っている。だから、駿さんの育て方について、いちいち口を出さない。嫁のお手並み拝見。もし失敗したら、嫁を選んだ父が悪い……と」

「そんな意地悪をしているとは思えません」

「じゃあ、孫が可愛くない、肩身の狭い思いをさせても平気ということになる」

「お義母様は、駿が可愛い、だから本当は口を出したい。この間は、とうとう我慢できずに、武家の跡取りをたくましく育てるのは母親の役目だとはっきり……」

「遅すぎるわ。だから変なのよ」

「わかりました。とにかく、明日からでも駿に切腹の稽古を……。しかし、無理です。私、切腹の作法すら知りません」

相手が千鶴なので、泣きそうな顔をした。

「私もだめよ。誰かに教えてもらうしかない。でも、駿に教えるのは、切腹だけではありませんよ。『幼年者心得《こころえ》之廉書《かどがき》』はご存知？」

「何ですか、それ」

「『幼年者心得之廉書』は、昔家中に配られた男児の躾の基本です。内容は『什の掟』よりも詳しかったと思います。男児は、学校に入る前に家でそれを教えられます。兄も、母の前で、声に出して読まされていましたから、当家にもあるはずです」

「新兵衛の持ち物の中から探してみます」

利代はすぐ立ち上がった。

「利代さん。『日新館童子訓《どうじくん》』も一緒に探してください」

まだあるのかと、利代は暗い気持ちにとらわれた。

駿は昼前に帰宅し、すぐ報告に来た。

「入門を許可していただけました」

「それはようございました。今日は、何か教えてもらえましたか」

「びっくりしました」

「何をです？」

「河原田元師範は、お爺様よりずっとおじいさんでした」

「それはそうでしょう、喜寿のお年なのですから」

「背は駿よりちょっと高いだけで……」

「お師匠様に対して失礼な！」

駿は首をすくめたが、でも、と話を続けた。

「動作はきびきびしていて、とくに庭で模範演武をしてくれた時が、一番びっくりしました。管槍の管を左手だけでなく右手でも持って槍をさばけるのです。その技量に、左右の違いがまったくありませんでした」

「利き腕が左右両方だとすれば、相手の意表をつく技を使うことができます」

「なるほど。母上は、お詳しいのですね」

「なぎなたも左右どちらも使います。二本松で父から習っていました」

「そうなんですか。すごい」

実家の道場では、町人らに槍の稽古をつけていたが、希望する女にはなぎなたも教えていた。

いつも父のそばにいた利代は、小さいころからなぎなたを習っていて、若松へ来る前、利代に勝てる門人はいなかった。そのことは、駿にはこれまで黙っていた。

「私のことより、父上の槍の腕前は、お師匠様からのお墨付きです。学校ではいつでも師範ができます」

「師範ができるほどとは存じませんでした」

「それに父上は、剣術も弓術も馬術も師範並ですよ」

駿は目を丸くしている。

「ところで駿は、『幼年者心得之廉書』を知っていますか」

「以前、什の仲間が話しているのを聞いたことがあります。『什の掟』と同じかと思っていました」

利代は、脇に置いてあった薄い冊子を取り上げながらいった。納戸《なんど》の中の、新兵衛の蔵書の一番下にあった。読んでみると、たとえば其の一は、

「毎朝早く起き、手あらひ口すすぎ梳《くしけず》り衣《ころも》を正しふして、父母の機嫌を伺ひ、年齢に応じ、座中を掃除し、客の設け等致すべし」

其の二は、

「父母および目上の者へ、朝夕食事の給仕、茶煙草の通ひすべし。父母一同に食するならば、父母の箸を取らざる内は食すべからず。故ありて早く食することあらば、其譯《わけ》を告げて早く食すべし」

となっている。武家の男児の生活態度や習慣を躾けるもので、まさに母親の仕事だった。

『幼年者心得之廉書』は十七箇条あります。武士の子は、それらを守らねばなりませぬ。すべてそらでいえるようになるまで、読む稽古をします。これから毎日です」

「毎日ですか」

「そうです、毎日です！」

利代は、初めて駿に、武士の子の母親らしい言葉をかけた気がした。

実は『日新館童子訓』も同時に見つけていた。保科正之以来の名君、五代藩主松平容頌《かたのぶ》が作成を指示し、文化二年（一八〇五）に日新館の開版方で印刷製本し、藩士の全家庭に配布された。千鶴によれば、新兵衛は学校に入門してから学び始めたようだというので、駿にもそうすることにした。

切腹の作法は、急いで教えねばならなかった。考えた末、日向真寿見の母、琴《こと》から教えてもらうことにした。

琴は義姉の千鶴と同い年なので二つ上である。これまで親しい付き合いはなかったが、下ぶくれの顔つきから、おっとりした性格のように感じていた。組頭の妻だが、辞を低くして頼めば、半ば呆れながらもこころよく引き受けてもらえると考えた。

思ったとおり琴は承知してくれたが、理由を知りたがった。

「どうして今頃になって？」

事実だが、これまで家族の誰からも注意されなかったというのは不自然だ。とにかく他人のせいにはできない。

「二本松のいなか者で、会津の士風を存じませんでした。愚かな母でした」

ひたすら自分を悪くいうしかなかった。

「木本家の事情がありそうですね」

琴は、嫁姑の問題だと察したらしいが、それ以上聞いてこなかった。それからすぐ、時間をかけてていねいに教えてくれた。帰るころ、利代の襦袢《じゅばん》は汗で冷たくなっていた。

翌朝、朝餉の前、駿を仏間へ連れて行って稽古をさせた。利代自身も一緒に稽古しているような、ぎこちない教え方だったが、利代が真剣なので、駿も懸命に取り組んだ。

しかし利代は、切腹する時の心構えまでは教えられなかった。これから先、駿が腹を切るようなことがあるとは、とても思えない。だから手順と所作だけを教えた。最後は、琴から教えられたとおりの言葉でしめくくった。

「明日からは毎日、朝餉の前に一人でするのですよ」

陽光を照り返す若葉の萌え立ちに気付いた利代は、気持ちが明るくなるよりも焦りを感じた。四月も残り少ない。

駿の様子を見ていた新兵衛は、もう大丈夫と確信したようだ。駿と二人だけで話し合って、自ら入学の手続きをしてくれた。

夫は、『私倅《せがれ》駿儀　当年十歳罷成申候間《まかりなりもうしそうろうあいだ》　五月朔日《ついたち》学校入門仕度《つかまつりたく》……』としたためた書き付けを持って、駿を教えることになる儒者、素読所勤、素読所手伝、さらに什長の屋敷を回って入学を依頼した。ここでいう什長とは、素読所で学んでいる、近隣の子らが作っている小組《こぐみ》のまとめ役だった。入学以前の子どもの集まりの什長ではない。

駿の入学は許可された。

五月五日、端午《たんご》の節句は菖蒲《しょうぶ》の節句とも呼ばれる。菖蒲は尚武《しょうぶ》につながることから、徳川将軍家をはじめとして武家はみなこの日を祝う。今年の木本家は、駿の日新館入学と合わせて祝うことになった。

利代は、新兵衛と千鶴に相談しながら、身内だけの祝いの準備をした。

当日の朝早く、料理の準備をしているところへ、多江が前触れもなく現れた。

「豪華な献立にはできませんが……」

利代が申し訳なさそうな顔をすると、多江がすかさずいった。

「器の用意は？」

「器？」

「会津の子弟の、親に対する孝養の念は格別篤いものがあるが、駿は木本家の嫡子。日ごろは厳しく育てていても、将来の主の祝い事なのだから、それ相応の格式で用意し、母といえども仕える気持ちを忘れてはならぬ」

ぴしりといい放つと、多江は、利代に次々に注文をつけた。献立の多くが変更され、用意していた食器類はすべて片付けられ、新たに一つひとつ指示された。

利代はしっかり覚えねばと思ったが、納戸の奥から多江が取り出した、初めて見る瀬戸物の皿や漆器の椀につい見惚れてしまい、何度も注意された。

弥助は、急に必要になった食材を買いに郭外へ走った。下男は、黙々と井戸端で野菜を洗い、それが終わると竈《かまど》の火の番をした。

女手としては、行儀見習いを兼ねて女中奉公に来ている水月の娘おちかと、もう一人、中年の下女がいる。この下女は下男と夫婦で、昔、屋敷の前で行き倒れになっていた。飢饉の時に他国から逃げ出してきた百姓だった。野菜作りと汚れ仕事をする代わりに、長屋に住まわせていた。

下女は座敷に上がることが許されていない。多江は利代に千鶴を呼んで来させ、おちかと同じように女中扱いした。

「もう大変。こんなこと兄のとき以来」

千鶴が、近くに来てささやいた。

「色々と教えてくださるので、私、やっと嫁として認められた気がいたします。それから、お義母様も、駿の入門を心の中ではお喜びなのだと思います」

「そうかもしれないけれど、他にもある。皆、目が回るほどの忙しさでしょ？　私も駆り出されたし……」

千鶴は何をいいたいのだろう。利代は手を止めて振り返った。

「わざと忙しくさせているのよ。母は、家来や女中が減ったままなのも不満なの。自分から家格を下げているといって……」

千鶴の説明を聞いても、利代はうなずけなかった。姑が腹いせで忙しくしているとは思えなかったし、家来や女中が少ないお蔭で出費が少なく、貧しい思いをしなくてすんでいると思っていたからだ。

床の間に先祖伝来の鎧兜《よろいかぶと》が飾られている。もち米を笹の葉でくるんだひし巻きも供えられている。これらは毎年恒例のことだが、新兵衛と駿が上座に並んで座っているのは特別だった。

家族全員が居並んだところで、舅の三郎右衛門が、注意を引くように咳ばらいをした。

「いやあ、今日はめでたい。駿の病が癒えたことはもちろん、前以上に健やかになり、こうして立派に学校入門を果たすこともできた。二本松の東庵どののお蔭だ。東庵どのにも来てもらい、祝ってもらいたかった」

「家族だけでと決めたのは、当家の主、新兵衛です。あなたは、東庵どのと、ご酒をたんと召し上がりたいだけでございましょう？」

多江が、長話になりそうな舅の切り出しを、向かい合った席から辛口で制した。

「そ、そういう楽しみもないことはないが、東庵どのは別格だ。今日は誰も招いてはいないが、やはり寂しい気がするのだ」

多江の横の千鶴が、声が出ないように口元をおさえて笑っている。が、千鶴にささやかれたことから想像すると、家格相応の客を招かなかったことも、多江は気に入らないのかもしれない。

「しかし、見てみろ。こんなにたくさんご祝儀が届いているではないか！」

床の間の三方の上には、奉書紙《ほうしょがみ》に包まれて水引をかけた祝儀袋が、うずたかく盛られていた。新兵衛の上役や同僚、隣家、水月、多江の実家、河原田元師範などからだが、二本松からはまだ届いていない。

三郎右衛門は駿の方へ向き直り、重々しくいった。

「皆が駿の入門を喜んでいるのだぞ」

駿は駿なりに今日まで精一杯だったろう。それでも今は、大きなことを成し遂げたと実感しているように見える。頬を紅潮させながら口を開いた。

「私のためにこのような席を設けてくださり、お礼申し上げます」

我が子と思えない立派な口上に、利代は胸がいっぱいになった。

「口をつけるだけでよい」

新兵衛が駿に膳の上の盃を持つようにうながした。駿が両手ですくいあげると、新兵衛は提子《ひさげ》で祝い酒を注いだ。提子は弦《つる》のついた錫《すず》製の銚子で、多江が納戸から取り出すまで、利代は木本家にあるのを知らなかった。

緊張しながらも、駿が酒をすすって苦そうな顔をし、それを見た新兵衛が、

「お爺様のような酒豪にはなれそうもないな」

といったところで、座が沸いて、家族だけのなごやかな祝宴が始まった。

利代は、膳の中央にある皿を手に取った。岩魚《いわな》の塩焼きと赤かぶの酢漬けがのっている。利代がゆっくり眺めているのは、川面をはねる姿そのままの岩魚ではなく、大ぶりの皿だ。素朴な板形状だが、艶のある飴色をしていて、粘土を焼いて作ったとは思えなかった。

「駿。興徳寺で蒲生氏郷の墓所に詣でたな？」

「はい。父上」

「母上が眺めている皿は、会津が誇る本郷焼だ」

利代は顔を上げて上座の二人の方を見た。

「会津で初めて焼き物を作らせたのは蒲生氏郷だ。鶴ヶ城の屋根瓦を焼くためだ。そして、それ

を本郷焼として有名にしたのが、我らが土津公《はにつこう》だ」

土津公というのは、保科正之のことである。これは、長年神道を学んだ正之が、師の吉川惟足《きっかわこれたり》から与えられた霊号の土津に由来する。磐梯山《ばんだいさん》の麓にある土津神社は、その名の通り、保科正之を祭神として祀っていた。

「土津公は、美濃国《みののくに》の瀬戸焼の陶工に命じて、会津で製陶を起こさせた。本郷焼は弥助の生家で作っているが、食器だけではない。鶴ヶ城の最初の瓦は、冬になるとしみこんだ水が凍結して割れることがあった。そうならないように釉《うわぐすり》を工夫して瓦を焼いた。それが、今の赤瓦《あかがわら》だ。政《まつりごと》とは、国を治めて民を豊かにすることだ。百姓から年貢を取り立てたり、いくさをしたりすることだけが領主のつとめではない」

利代は、祝いの席を利用して駿を教育している夫と真剣な表情の駿に、つい目を細めてしまう。

新兵衛は、今度はこづゆの入った朱塗りの手塩皿《てしおざら》を指でさして駿にいった。

「この漆器のことも覚えておかなければならぬ。やはり蒲生氏郷の奨励がきっかけだが、藩の財政を潤すため、かつて大老職にあった田中様が、漆の栽培を盛んにするとともに、京から蒔絵師を招いて高級品にした」

大老職にあった田中様というのは、田中玄宰《はるなか》のことである。田中家は会津藩の家老となる家柄九家の一つだが、玄宰は飛び抜けて優れた人物だった。大老というのは家老の上に置かれた役職で、徳川幕府と同様に常設ではなく、現在はいない。

「ご大老は、江戸に物産会所を設け会津の漆器や本郷焼を有名にされた。それが今では、長崎会所を通じて外国へも販売されている。会津松平家の重要な財源の一つだ。そうですね、父上」

夫はそこで舅に顔を向けた。

「そ、その通りじゃ。ゆっくり酒も飲ませてくれんのか……」

舅はそういいながら盃を置いたが、再び上げたのはしわの多い笑顔だった。こういう場で発言を求められるのは、やはりうれしいのだろう。

「そのご大老が亡くなられた戊辰《ぼしん》の年も覚えておく必要がある。なぜなら、会津武士の名声が天下に鳴り響いた年でもあるからじゃ」

徳川幕府が経験した最初の外的な脅威は、ロシアの南下である。文化三年（一八〇六）、樺太《からふと》や択捉《えとろふ》の松前藩番所がロシアの襲撃を受けた。松前藩では防備は無理だと幕府は判断し、蝦夷地《えぞち》はすべて幕府の直轄とした。そして、津軽、南部、秋田、庄内の各藩に守備を命じたが、不安は解消しなかった。

「ご大老はな、財政基盤を整える一方で、軍事調練にも力を注がれた。武芸の奨励ごときものではないぞ。会津全軍による、実戦さながらの追鳥狩《おいとりがり》を何度も挙行された」

追鳥狩とは、敵になぞらえた雉や鴨を標的におこなう、野外操練のことで、実戦能力はもとより軍の士気が上がる。

大老の玄宰は、幕府に対し、蝦夷地警備を内々に願い出た。幕府の命令が下ったのは、翌文化四年（一八〇七）十一月。早くも年が明けた一月には、会津は、幕府の指示の三倍をこえる、千六百余名の兵を編成して、若松から連日のように出陣した。

「三の丸埋門《うずみもん》から出てくる一番隊の中に、父の陣羽織姿を見て、わしも武者震いしたものだ。駿。そのときわしは何歳《いくつ》だったと思う？」

駿は首をかしげた。利代も想像がつかなかった。

「ひょっとして駿と同じ……？」

夫の問いかけに、舅は楽しげに答えた。

「違う。十五歳じゃ。学校で武芸の稽古を始めたばかりだった。父からの文によると、駐屯した樺太でも調練を繰り返したそうだ」

たまたまフランスとの戦争が勃発したことで、ロシアは蝦夷地に現れなかった。

「追鳥狩の成果を試すことはできなかったが、徳川将軍家に対する会津武士の忠魂と水際立った調練は、幕府はもとより諸藩の称賛を浴びた。しかし、その戊辰の八月、ご大老が亡くなられたのだ」

会津が出陣して玄宰が死んだ年、会津武士の名声が天下に鳴り響いた年とは、文化五年（一八〇八）のことで、六十干支《ろくじっかんし》の戊辰《つちのえたつ》にあたる。

「父上。心に残る話をありがとうございました。駿。木本家は物頭をつとめているが、武芸だけを磨いていればよいわけではない。会津松平家のため、領民のため、ひいては徳川将軍家のために役に立つ人間にならなければならぬ。それには先ず学問が重要だ。学校入門はその第一歩。しっかり学ぶのだぞ」

「はい」

駿は強くうなずいた。

そっと姑の様子をうかがうと、表情がやわらいでいるように見えた。

利代も、駿と同様に、木本家の嫁として入門できた気がした。

三

『日新館童子訓』上下巻は、中で引用している『論語』の文句「弟子入則孝《ていしいりてはすなわちこう》、出則弟《いでてはすなわちてい》」にあるように、徹底して父母への孝行と年長者への従順を説いた道徳書である。漢文が混じっているが、ほとんど和文でふりがなも多い。さらに、年少者でもわかるように、七十五もの昔話が入っている。公卿、武士から一般庶民にいたるまでの実話だ。

利代はそれらを読んで、何度も目頭を熱くした。まだ上巻の途中だったが、寝物語に、夫につい話してしまった。

「確かに心にしみる話が多いからな」

「実は『幼年者心得之廉書』を、駿と一緒に毎日読んできましたが、駿の行動はまったく変わりません。でも、童子訓を読めば、きっと変わると思います。明日から童子訓を読ませます」

ところが、新兵衛は首を振った。

「廉書と童子訓を前もって利代に見せて説明しなかったのはすまなかったが、童子訓は駿に渡すだけでいい。学校でも教えるし、駿は感受性の優れた子だ。入門すればすぐ態度も行動も変わる。」

「そうですか……」

利代は不安だったが、とりあえず自分が先に読んでおこうと思った。

利代が『日新館童子訓』上下巻を駿に渡したのは、入門の式の前日だった。

駿が学校に通い始めてしばらくすると、会津は山背《やませ》が吹き出した。湿っぽい風で、これが吹くと、まもなく梅雨入りする。雨が降ったりやんだりが、ひと月以上も続く。

毎年この時期になると、利代は、暑さで汗ばんでいるように、襦袢の袖が腕にまとわりつく。それでいて、ふいに腰から下に悪寒を感じることもある。利代は、会津の梅雨を他人よりも長く感じていた。

ところが今年は、いつもの不快さがあまり感じられなかった。日がたつにつれて、駿の態度や行動が目に見えて変わったからだ。

起こしに行かなくても、駿は自分で起床し、夜具はたたんで部屋の隅に片付けてあった。耳をすませば、勝手口の方からつるべの音がした。前髪のある頭髪を整えたり、衣服を着せてやったりすることもなくなった。

うっかり手を出そうとすると、

「ありがとうございます。でも、自分でやれますから」

丁重に断られた。

切腹の稽古も、忘れず朝餉の前に、仏間へ入って灯明を上げてからしていた。

新兵衛が朝餉の席についてまもなく、駿が現れた。座敷の外で座ってきちんと挨拶してから中へ入って来た。すぐ利代が配膳するのを手伝った。新兵衛が箸をとってから自分の箸をとり、新兵衛が食べ終わるとすぐ利代が淹れた茶を新兵衛の箱膳に運んだ。

「素読所はどうだ」

その茶を喫して、新兵衛が駿にゆったりと尋ねた。

「はい。十一経《ぎょう》を学ぶのは大変そうです」

駿は、食べ終えた自分の膳を脇へ片付ける手を止めて答えた。

十一経とは、四書《しーしょ》（『大学』、『中庸《ちゅうよう》』、『論語』、『孟子』）五経《ごきょう》（『易経』、『書経』、『詩経』、『礼記《らいき》』、『春秋』）に、『孝経《こうきょう》』、『小学』を加えた儒教の基本書のことである。十一経は、日新館入学時の初等である第四等から第三等へ進むための考試の対象でもある。

「駿は七歳から学んでいたから、それほど苦労することはあるまい」

駿は入学前に四書のほとんどが読めた。

「漢学塾では読めるようになるのがうれしくて、どんどん覚えられました。でも、素読所へ入ってもやり方が同じなのです。読み方を学ぶだけで、意味を詳しく教えてもらえないので、覚えるのがつらくなりました」

実際、素読所での基本的な教え方は、師の前に一人ずつ呼ばれ、口頭で読み方を習う口授《こうじゅ》というやり方である。人数が多いためその時間は短く、文章の背景や意味を、深く尋ねることは許されなかった。

それを聞いて新兵衛は笑いながらいった。

「素読とはそういうものだ」

利代も我慢できず、つい口をはさんだ。

「『幼年者心得之廉書』其の十一を忘れましたか？　己《おのれ》を謙《へりくだ》り敬《うやま》ひて其業を受くべし。師範の教え方に文句をいってはなりませぬ。父上は十二歳で第三等まで進みましたよ。駿も頑張らねば、三か月……」

三か月早く入学した日向真寿見様よりも、という前に利代は口を押さえた。

駿は自信がなさそうだった。理解せずに覚えることが苦手なのかもしれない。

新兵衛はゆったりと続けた。

「意味を知りたいという気持ちは尊い。が、経書《けいしょ》の教えることは奥が深い。そこまで学ぶためには、第一等まで進んで本試に合格し、講釈所へ進まねばならぬ。しかし、根気よく素読を続けていれば、その意味にある時はっと気付くことがある。それは、駿が成長した証《あかし》でもある。成長は喜びだ」

「はい。わかりました。努力します。そろそろ行かねば遅刻します……」

「よし。もう行きなさい」

駿はほっとした表情を見せると、深くお辞儀して座を立ったので、見送るため、夫に一礼して、利代があとを追った。

「行ってまいります」

「しっかり学んで来るのですよ」

利代は、式台に座って駿を見送った。

夫から聞いているので、このあとの駿の姿が想像できる。

表門の外に出るとまもなく、小組の当番が迎えに来る。

素読所へ通う子らで構成された、近隣の十数名からなる小組があった。小組では、交代で当番が決められ、当番は各家を回って人数をそろえる。

日新館へは、年の若い順に一列で歩く。今なら駿が先頭だ。到着するのは六ッ半（午前七時）以前と決められていた。自分のせいで全員が遅刻したら大変だ。

日新館は城の西方、米代《よねだい》二ノ丁の通りの北側にある。正門にあたるのが、南に面した南門で、入るとすぐ戟門《げきもん》に続く。素読所は、その戟門の東西につながる二階建ての建物の中、四か所にわかれていて、それぞれを三礼塾《さんれいじゅく》、毛詩塾《もうし》、尚書塾《しょうしょ》、二経塾《じけい》という。各塾には組が二つずつあり、その組は十から十三くらいの小組で構成されていた。

住む屋敷の位置によって入る塾は決まっている。駿が通っているのは、戟門のすぐ左側に続く尚書塾で、日向真寿見も同じだ。

各塾へは、小組の頭である什長が先導し、今度は長幼の順にしたがって中へ入る。刀掛けの前では、小組は一列になって跪《ひざまず》く。什長が自分の大刀を掛け、後ろの者たちは、大刀を順送りし、これらすべてを什長が掛ける。全員が着席すると、什長は出欠帳を記録する。

朝五ッ（午前八時）を告げる太鼓が戟門で鳴らされると、それまでざわついていた塾内がしんとなる。素読所勤と素読所手伝が詰所からやって来るのだ。

素読所勤と素読所手伝は、各組に一名ずつだから各塾に合計四名である。尚書塾の駿は、その四名の足音が近付いてくるのを、毎日、身体を固くして待つ。

駿を見送って戻ってくると、新兵衛はまだ座敷にいた。何か話したいことがありそうだった。

座って、夫の湯飲みに茶を注ぎながら、利代はわざと困っているようないい方をした。

「駿はあんなに理屈っぽい子だったのでしょうか」

「理屈っぽいことは悪いことではない。よく考えず、思い込みや感情で行動するよりずっとよい」

「そういうものですか」

「さっき日向様のご長男よりも三か月遅れているといいかけただろう？」

「え？」

思わず声が出た。新兵衛に見抜かれていたのかと、利代は恥ずかしかったが、新兵衛の目はあくまでも優しい。

「同じ十歳とはいっても、そもそも生まれが九か月遅かったのだ。そこへもってきて、入門で三か月遅れた。親が焦っている姿を見せれば、本人が苦しむ。追いつけるものも、追いつけなくなるかもしれぬ」

「学校に通い始めたら、本当に何でも自分でするようになりました。廉書や童子訓に書いてあるように親を尊敬し大切にするのはよいとして、もっと他の正しいふるまいはどうやって身につけるのですか」

「案ずることはない。男は女と違って、屋敷の外の集団の中で育っていく。素読所は儒教の本の読み方だけを学ぶところではない」

「でも、その素読に身が入っていないことが、今朝、あなたが尋ねて初めてわかりました。何が書いてあるのか教えてくれないからだと、妙な理屈までこねていました。こんなことでは、ますます遅れてしまいます」

やはり利代は、日向真寿見から遅れていくのが心配だった。

日向家は組頭で上司筋にあたるが、羽織の紐《ひも》の色で区別する会津藩独特の家格としては同じ黒紐である。

「会津松平家の定めでは、家禄三百石の当家の長男は第二等まで進めばよい。三十五歳までと決められているが、そんなにかかるはずはない。七百石の日向家は第一等だ。無理に追い越す必要はない」

家禄は役職が反映されている。家格は同じでも、家禄の高低によって到達すべき学力に差があるのは、日新館で学べる上士の子の間でも、役職差を意識させていることになる。

しかし、新兵衛本人は第一等からさらに講釈所へ進んだ。駿もそうなってほしい。親の役職など意識せず、思いきり勉強してほしい。そう願う利代は、最近姑からいわれたいやみをつい持ち出してしまった。

「江戸家老様のご子息は評判だそうです」

江戸家老というのは、江戸に詰めている、家禄千石の横山常徳《つねのり》のことである。家老になれる家格は、最上位の納戸《なんど》紐だ。横山家は千石なので、その長男が素読所で目指すのが第一等であることはいうまでもない。

横山常徳の跡取りとなる常忠《つねただ》は、今年十六歳でもう講釈所へ進むことになった。

「わしも聞いている。学校奉行から褒賞するという通達があった」

その常忠の優秀さを姑の多江が知っていたのは、先ず屋敷が近いからだ。横山家も本一ノ丁の南側で、木本家から見て東にわずか一町（約一〇九メートル）ほどのところにある。城に近く、そのあたりから家老や若年寄の屋敷が多くなる。

「日向家の次は横山家か」

新兵衛は不機嫌な顔をした。

「そ、そういうことではありません」

「そうか。母上だな」

指摘されて、利代はうつむいた。

「わしも子どものころ、母から横山家のことはずいぶんと聞かされた」

「え？　そうだったのですか」

「利代が駿の能力を信じているように、母はわしに大きな期待をかけていた。だから、わしには常に厳しかった。ところが、横山家のご子息二人が、相次いで亡くなられた。母はわしに、学問でも武芸でも二人を上回れと叱咤していたが、その競争相手がいなくなってしまった。とたんに母の小言が減った」

「私は、駿を出世させようと思っているのではありません。学校では、家格や親の役職に関係なく、学問を進めることができます」

優秀であれば誰でも表彰されるし、昌平黌《しょうへいこう》とも呼ばれる幕府の昌平坂学問所への留学も可能だった。昌平黌には全国から俊秀が集まっていた。その中でも際立てば、会津松平家では長期間の諸国遊歴の旅も許された。

「駿に自信をつけさせ、誇りをもって生きてほしいのです」

「単なる母親の見栄や矜持《きょうじ》ではない、といいたいのだな」

　利代は、うなずいた。

「それなら、いいにくいことだが、話して聞かせる。母は気位が高く、勝気《かちき》な性格だ。実は、母は、先々代が失った、五十石の家禄と槍術の師範役を取り戻すことを、わしに望んでおられた。それが、格下の木本家に嫁してきた母の、意地というか決意だった」

　利代は、自分を説得するため、あえて母親をけなす新兵衛のつらさを察した。

「もうそれ以上、何も話されなくてけっこうでございます」

「よい。気にするな。本当の話だ。最後まで聞け。ところが、わしの代になっても、母の望みはかなえられそうもなかった。母の顔から燃えたぎるようだった熱情が薄れていき、すっかり無口になってしまわれた」

「お義母様は、昔から口数の少ない方だと思っておりました」

「そうではない。そうこうしているうちに、利代が嫁にきた。たとえ先祖が由緒ある武家でも、町人から嫁をもらったことで、母の自尊心は完全に打ち砕かれた。それからというもの、実家へ顔を出されなくなった。実家の家格は納戸紐だからな。利代を嫁として認めたくない気持ちがあったのは確かだ。しかし、すべて利代が原因ではない。千鶴が戻ってきた時も、千鶴を責めなかったが、優しい言葉ひとつかけなかった」

　確かに、姑の態度には、今でも母親らしさが見られず、不思議に思っていた。

「孫の躾に対しても、母は距離を置いている。むしろその方が良いかもしれないと、わしは思っていたくらいだがな……」

「学校に入門する年が近付いてから、お義母様は少し変わられたような気がいたします」

「わしもそう感じていた。が、もし常忠様と競わせようとするなら、駿には重過ぎる。常忠様は、遠からず若年寄か家老になられる方だ。そもそも血筋が良いのだ」

「お義姉《ねえ》様からうかがいました」

姑からいやみをいわれた利代は、千鶴に相談して、常忠のことを詳しく教えられた。

江戸家老の横山常徳は六十五歳なので、十六歳の常忠とは父子にしては年が離れている。常忠は養嗣子《ようしし》だった。

常忠は、会津松平家では「高遠以来《たかとお》」といわれる最古参の家臣、山川家の血筋である。

相ついで息子を失った横山常徳は、元家老山川重英《しげふさ》の四男、常道を養子にした。ところが、常道は、跡を継ぐ前に死んでしまった。それで、その時常道の妻縫《ぬい》のお腹にいた常忠を、あらためて養嗣子にしたのだ。

常忠を生んだ縫は、今も横山の屋敷で暮らしている。名目上は、常徳の妻千代《ちよ》が常忠の養母である。しかし、横山家の中では、常徳夫妻は常忠の義理の祖父母であり、生母の縫は常徳夫妻にとって今でも嫁だった。

「縫様にも、一度だけお目にかかったことがあります」

利代がいうと、新兵衛は驚いた顔をした。

「覚えてらっしゃらないようですね。木本家に嫁してきて、一年はたっていませんでしたから、もうずいぶん前のことです」

縫は日向一族の出身で日向内記は遠縁にあたるので、内記の妻琴とは親しかった。その琴が、利代を二本松から来たなぎなたの達人として縫に紹介してくれたことがあった。

縫は色白で楚々《そそ》とした感じの人だった。そのとき縫が、利代のなぎなたに興味を示したことと、利代と同い年だということを知り、利代は縫に親しみを感じた。

しかし、縫との縁も、やはり家格差が大きくて、それから深まることはなかった。縫は今も遠く高みにいる人という印象だ。

「わかりました」

「ご家老様のところと張り合うなんて、とんでもないことです」

「利代がそう思っているのなら安心だ。とにかく、駿の学問のことで焦る必要はない」

しばらく会話が途切れた。

夫は、眉間にしわを寄せて、何か別のことを考えているように見えたが、また念を押すようにいった。

「母上が何といおうと、横山家と張り合うな。迷惑をかけるな。ご家老は、江戸で苦労なさっておられる」

江戸家老のご苦労とは何だろう。家老の中で、現在は横山常徳が筆頭と聞いている。藩主の松平容保《かたもり》は、もう二年以上江戸におられる。帰国できない事情があって、それでご家老も苦労されているということだろうか。

「よけいなことをいってしまった」

「申し訳ありません。朝からつまらぬ話をしてしまいました」

利代は頭を下げたが、新兵衛は黙ってすぐ席を立った。

梅雨はとっくに明け、夏の真っ盛りだった。

「みんみん蟬《ぜみ》だわ」

運針の手を止めて、利代がつぶやいた。

「蟬の鳴き声がわかるなんて、駿さんみたい。駿さんは聴き分けるのが得意でしたね」

手伝ってくれている千鶴が、冷やかすようにいった。

二人が仕立てているのは、駿の稽古着である。駿は、素読所が休みの日は、必ず河原田信壽の屋敷へ行く。身体が大きくなってきたこともあるが、洗った稽古着が乾いていないことがあり、新調することにしたのだ。ただし、舅のお古の仕立て直しだが。

「針の進みがいいなと思ったのが、ついこの間だったような……。駿は、みんみん蟬が鳴き出したら、夏から秋へ向かい出すっていっていました」

蟬の種類ごとの初鳴きは、季節の移ろいにともなって、駿がいつも教えてくれる。聞いたら祖父の三郎右衛門仕込みらしい。

「利代さんも聴き分けられるの？」

「みんみん蟬だけ。だって、みんみんみんみんって鳴くのですもの」

千鶴が耳をすます。

「本当だ。そんな風に聞こえる」

「でしょ？　でも、みんみん蟬以外はわからない」

「私も覚えたわ、みんみん蟬の鳴き方。最後は、みぃーんって長く尾を引く」

千鶴は鼻をつまんで鳴き声の真似をした。そっくりだった。調子にのって続けている。

「蟬が屋敷に入り込んだのかと思ったら、千鶴でしたか。武家の女がはしたない」

通りかかった多江が、そっぽを向いてそのまま行ってしまった。これが利代だったら、もう二《ふた》言三言《ことみこと》あったろう。

二人は顔を見合わせて、声も出さずに笑った。利代は千鶴といると心がなごむ。

駿は、朝早く屋敷を出て素読所へ行き、夕七ツ（午後四時）近くにやっと帰宅する。終日屋敷にいたころは気にしていなかったのに、いないとなると駿のことばかり考えてしまう。今ごろどうしているか。一番心配なのは素読の進み具合だ。そろそろ遅れを取り戻せたろうか。こんなことだったら、漢学の塾を入学前の九歳でやめさせるのではなかった。

「もう七月。早いものね」

再び針を動かしながら、千鶴がいった。

みんみん蟬のお蔭で、いつのまにか夏になり、そして過ぎつつあることを知った。駿のことばかり考えていて、梅雨時に何があったのか思い出せない。いや、そんなことよりも……。利代はふと気が付いた。

「そろそろお盆の準備をしなければ……」

「水月は新盆《にいぼん》だったわね」

「ええ。昨日からおちかが実家へ帰っているけど、明日は冬木沢《ふゆきざわ》参りに行くはず」

瀬戸物屋水月の次女おちかは、昨年の暮れに祖母を老衰でなくした。

冬木沢参りというのは、若松城下の北、堂島村《どうじまむら》冬木沢にある八葉寺《はちようじ》に、新盆を迎える家族がお参りすることである。

八葉寺は、康保《こうほう》元年（九六四）空也上人《くうやしょうにん》の創建と伝えられ、会津高野山とも呼ばれる。冬木沢参りは、毎年七月朔日から十一日で、故人の歯や毛髪を入れた小さな木製の五輪塔《ごりんとう》を、阿弥陀堂の柱に釘で打ち付けるという独特の風習があった。

「お盆が終わったら、お願いがあるのだけど」

千鶴は針を動かしながらいった。

「何でしょうか」

「恥ずかしいわ」

千鶴が珍しくためらっているので、利代は不思議に思った。

「私にできることでしたら、何でもいってください」

「そう？　じゃあ、いってみるわね」

千鶴は手を止めて顔を上げた。

「なぎなたを教えてください」

「え？」

思ってもみなかったことだった。


木本家の先祖の墓は、寛文四年（一六六四）に保科正之が城下の東にある小田山《おだやま》の南斜面に作った、家臣の共同墓地にある。小田山の別称にちなんで大窪山《おおくぼやま》墓地という。

墓石は、山裾にある善龍寺《ぜんりゅうじ》の裏の墓地を抜けてすぐのところに、多くの墓石と並んでいるが、他より大きいので目立つ。

盆行事は、十六日の夕刻に屋敷で焚いた送り火を最後に、特別なこともなく終わった。

利代にとって最も近い悲しい記憶は、二歳上の姉かずえの死で、二年前の三月のことだった。葬儀も今年の三回忌も参列できなかったから、四年後の七回忌こそはと思う。

千鶴のなぎなたの稽古は、おちかが帰ってきた日の翌十八日から始まった。

二人は縁側からおりてすぐ、庭の中でもかろうじて地面だけになっているところに、勇ましいでたちで立った。幸い木本家には稽古用のなぎなたが二本あったので、それぞれ一本ずつ小脇にかかえている。袴をはき、たすき掛けで、鉢巻きもしている。足ごしらえは、すね当てに足袋はだしである。足袋は紺色だ。汚れが目立たなくて長持ちする紺足袋は、質素を重んじる会津松平家の特徴の一つだった。もちろん平素は裸足が原則で、紺足袋も冬で必要な時しかはかない。

「会津の武家の女として、いざという時になぎなたを持ったこともないというのは、恥ずかしいですから」

千鶴は、なぎなたを習う理由をそう説明したが、利代はいざという時が来るとは思っていない。しかし、木本家に嫁してきてから病気ひとつせずにいられるのは、子どものころから父に稽古をつけてもらったお蔭だろう。利代のなぎなたも日下一旨流と呼ぶ。

利代は表情をひきしめて口を開いた。

「男は学校へ行けば、心身の鍛錬ができますが、女子《おなご》は入れません」

千鶴は真剣な顔でうなずく。

「私もしばらく怠けていましたが、なぎなたの稽古は、女子の健康のためにも良いと思います」

「いいえ。私は武芸としてなぎなたを習いたいのです。強くなりたいのです。子どものころから病気がちだったので、少し甘やかされて育てられました。だから、なぎなたは一度も学んだことがありません。せっかく嫁いでも、子どもができなかったのは、そういったことが原因だったかもしれません。でも、今、何となく不吉な予感がするのです」

「不吉な予感?」

「ええ。兄が、このところ頻繁に登城し、帰りが遅いこともあります。今までになかったことです。物頭など、太平の時代には用のないお役目のはずです」

「新兵衛はとくに何も話していませんが……」

千鶴にそこまでいわれても、利代は不吉な予感が現実のことのようには思えなかった。

「父は老いてきましたし、駿さんはまだ十歳です。弥助は小者で侍ではありませんから、いざとなった時、木本家で戦えるのは、兄と利代さんだけです」

「私もですか?」

利代は冗談かと思ったが、千鶴は真面目な顔をしている。

「出戻りの私などが、今から始めたのでは遅すぎますか」

「そんなことはありません」

「実際はかなりの腕前にならないと、足手まといになるだけでしょう?」

「大丈夫です。なぎなたは刀や槍に劣る武具ではありません。有名な武蔵坊弁慶は、なぎなたが得意でした。強力な武器なのです。私は達人というほどの腕前ではありませんが、刀を持った普通の相手なら、たとえ男でも負けない自信があります」

案の定、千鶴が信じられないといった顔をしたので、利代はきっぱりといった。

「なぜなら、なぎなたは刀より長い」

千鶴が笑みを浮かべた。

「やって見せましょう」

利代は横を向き、なぎなたを持ち変えると、上段から大きく振り下ろした。

「面っ！」

そして、千鶴に短い歓声を上げる間も与えず、一歩下がりながら切り下ろすしぐさをし、あらためて踏み込むと、今度は上段から一気に地面すれすれを打って見せた。

「すねっ！」

利代はすね当てをつけた自分の左足を伸ばして、ここを狙いました、といいながら、もう一度最初からやって見せた。

「すねっ！」

そして利代は、流れるような動作で、なぎなたを右手に持った立ち姿に戻った。くつろいでいるように見えるが、いつでも次の構えに入れる姿勢だった。

「美しい」

本格的な稽古が初めての千鶴でもそう見えるのなら、自分の腕はあまり落ちていないのかもしれない。

「相手のすねを切る技は剣術にはありません。槍術にもありません。ですから、ふいを打たれると、相手はたいていかわすことができないのです。心がけることは、刀の届かない位置で相手のすねを切る。まともに立てなくなった相手に負けるはずがありません」

利代は力強くいい切った。

うなずきながら聞いていた千鶴だったが、表情はあまり明るくならなかった。

「私……子どものころに矯正されたのですが、生まれつき左利きなのです」

「心配には及びません」

利代は、体を右に開いて中段の構えをしたが、なぎなたを持ち変えながら、くるりと左に開いて同じ中段の構えをして見せた。

「なぎなたは左右どちらも使えます」

「わあ。すごい」

「これも剣術しか知らない相手はとまどいます。そもそも日下一旨流の槍術も、左右どちらも使いますけどね」

利代は、樫でできた稽古用のなぎなたを使って、各部分の名称の説明を始めた。

「なぎなたは、刀と槍をつないだ形をしていますから、それぞれの名前がなぎなたにもついています。刃の部分の先端が刀と同じ切っ先で、柄の部分の後端を槍と同様に石突《いしづき》と呼びます」

教えながら、熱心な千鶴の様子を見ているうちに、これは義姉の思いやりではないかと思えてきた。駿のことばかり考えている自分を心配して、急になぎなたを教えてほしいといい出したのだろう。

四

蒴果《さくか》が割れて、花が咲いたように木綿畑が白くなると、暑さも次第に和らいでくる。

夕刻、新兵衛が家族全員を集めた。

「先月（六月）、家老の高橋外記《げき》様に続いて、簗瀬《やなせ》三左衛門様も隠居されたのを受けて、西郷頼母《たのも》様が家老になられた」

三郎右衛門が、駿にささやいた。

「高橋家、簗瀬家、西郷家は代々家老になる九家だ。しかし頼母がなるのはちと早いな。たしかまだ三十三歳で若年寄でもない」

舅のよけいな補足はほほえましいが、夫のあらたまった話しぶりは、利代の胸に引っかかった。わざわざ家族を集めて家中の人事の話をするのは初めてだった。

新兵衛は続けた。

「今後、家臣は誰でも、突然の御用が生じることがある、理由を説明できないこともある、と話があった。今はそれだけを伝えておく」

それから半月、八月に入ってすぐ、新兵衛の下城が宵五ツ（午後八時）近かった。

新兵衛が登城する時は、弥助が追手門《おうてもん》前まで供をする。弥助は小者だが、木本家にいない中間《ちゅうげん》の役割もする。下城の時は時刻前に追手門前で待つのだが、その日は、先に夕餉を済ませるように帰って伝えろ、という指示があった。これは初めてのことだった。

一人で帰宅した新兵衛が膳についた。干した貝柱の出汁《だし》で、この秋最初の舞茸《まいたけ》を入れたこづゆは、新兵衛の帰宅を知ってすぐおちかに温めなおさせたものだ。

部屋の暗さが何となく不安を誘う。利代は、行灯に加えて、ろうそくの燭台をともした。

「あ、父上」

明るさを増した廊下に、三郎右衛門の立ち姿が浮かび上がった。

「何かあったな？」

はい、と答える新兵衛に、食べながらでいいぞ、といいながら三郎右衛門が座敷に入ってきた。

日中はぼんやりしていることの多い舅だが、今夜は動作がきびきびしていて、眼光に力もあった。

利代はすぐ座を外そうか、それとも舅に茶を出してからにしようか、夫に尋ねるような視線を送った。

「利代もいてくれ。旅支度が必要になる」

察した夫はすぐ答えてくれたので、利代は舅に茶を出す準備を始めた。しかし、よどみなく手を動かしながらも、旅支度と聞いて、胸の奥がざわついている。

「江戸家老様から早馬の使者があり、連日、城内で、重職衆が集まって評定が続いておりました。今日は何か指示が出るとのことで、御用部屋に控えておりました」

「我《わ》が君《きみ》にまた難題が持ち込まれたのだな？」

舅がいう我が君とは、江戸にいる九代藩主、松平容保のことである。容保は二十八歳と若かったが、将軍家茂《いえもち》や幕閣から頼りにされている。そのことは家中《かちゅう》で知らない者はなく、皆、尊敬の念を抱いていた。

夫が否定しなかったので、舅が畳みかけるように聞いた。

「旅支度といったが、江戸へ行くのだな？　まさか掃部頭様《かもんのかみ》殺害のようなことが？」

殺害と聞いて利代はどきりとした。

「父上。掃部頭様殺害は二年前です。今年も似たことが起きました。対馬守様《つしまのかみ》が襲われたではありませんか」

「おお、そうであったな。どうも近いことはすぐ忘れてしまう」

舅は苦笑いしながら白髪頭をかいた。

掃部頭様殺害とは、幕府の大老井伊直弼《いいなおすけ》が、江戸城へ向かう桜田門外で襲撃された事件のことだ。安政七年（一八六〇）三月三日朝、湿った雪の降る中、駕籠越しに拳銃で撃たれ、さらに刀で突かれ、首級《しゅきゅう》をあげられた。

その月のうちに、若松にいた容保は江戸に呼び出された。以来帰国していない。公《おおやけ》には直弼は闘病中とされていたが、真相は事件当日には明らかになっていた。水戸藩を脱藩した浪士ら十数名の凶行だった。

浪士とはいえ、御三家の一つ水戸徳川家が関係していることは、幕府にとって大問題である。老中安藤対馬守信正ら幕閣は、国内の混乱を防ぎつつ、犯人を厳しく処罰せねばならなかった。そのためには、親藩や譜代大名の中でも権威のある、溜間詰《たまりのまづめ》の大名たちの協力が必要だった。容保もその一頭《ひとかしら》である。

直弼を殺して逃げていた浪士の多くは捕縛され、昨年の七月二十六日、江戸伝馬町の獄舎で斬首された。事件は収束しかけていた。

一方、老中首座についた安藤信正は、直弼の方針をほぼ踏襲していた。開国と公武合体である。

しかし、それが原因で、また似たような事件が起きた。

今年一月十五日の朝、今度は安藤信正が、雪こそ降っていなかったが坂下門外で、水戸の浪士らに襲撃されて負傷した。

利代は舅の前に茶を進めた。舅はそれを取り上げ、一口すすってからいった。

「水戸徳川家で抱えた火種は、まだくすぶっているのか」

「いいえ。その火種は我が殿の格別のお働きによって消されました」

新兵衛がいう我が殿とは、舅が使う我が君と同じく容保のことだ。

「火種ではわからんな。利代どのが心配そうな顔をしている。わしから説明してやろう。新兵衛はその間に飯を済ませろ」

舅は説明を始めた。

今から五年前、四月二十三日に大老に就任した井伊直弼は、六月十九日、日米修好通商条約を締結した。すると、八月八日付けで、孝明《こうめい》天皇から水戸藩主徳川慶篤《よしあつ》宛てに勅書《ちょくしょ》が渡された。その内容は、勅許も得ずに条約を結んだことに対する、幕閣への不信《ふしん》表明だった。そして、御三家と諸藩には公武合体に協力し、幕府には攘夷を遂行することを命じていた（のちに戊午《ぼご》の密勅《みっちょく》と呼ばれた）。

これがその後の騒動の火種になったのは、本来幕府へ送られるべき勅書が、水戸藩へ直接届けられたこと、そして幕府へも届けられたが、それは数日後だったこと、つまり幕府の権威を失墜させたからだ。

勅書は、井伊直弼の尊王攘夷派への弾圧（のちに安政の大獄と呼ばれた）の引き金となったが、将軍継嗣問題もからんでいた。

前水戸藩主徳川斉昭《なりあき》は、自分の子である一橋慶喜《よしのぶ》を次期将軍に推した。しかし直弼は、血統の近い家茂を将軍にし、尊王攘夷論者である斉昭を永蟄居《えいちっきょ》に処罰した。

勅書は、幕府が朝廷に働きかけ、直弼が殺害される前年の十二月、幕府に返納するように水戸藩に命じられた。しかし、藩内では幕府支持派と朝廷支持派の対立があって、もめている間に、桜田門外の変が起こった。

「勅書を返さないばかりか、浪士らに掃部頭様を殺害させた御三家水戸は許せぬ、と時の老中らの中には、他の御三家尾張と紀伊に出兵させようという意見まであった。それを防いだのが、我が君なのじゃ」

出府した容保は、幕閣内の強硬な意見に反対し、自ら将軍家茂を説得した。そうやって容保が混乱を防いでいる間に、幕府は、孝明天皇の妹和宮《かずのみや》を将軍家茂に降嫁させる勅許を得、権威の修復をはかることができた。これで家茂からの信任を厚くした容保は、十二月十二日、左近衛権《さこのえごん》中将《ちゅうじょう》に進み、以後、会津中将と呼ばれるようになった。

「父上はお詳しいですなあ」

「隠居しても碁敵はたくさんおる。烏鷺《うろ》の争いをしながら、政《まつりごと》から浮世のことまでしっかり話し合っているからな」

舅は胸を張った。

「それより、江戸行きの話はどうした」

今夜の舅は不思議なくらい冴えている。

「はい。田中土佐様、西郷頼母様の両ご家老が、家中の結論を持って、明日、出発されます。私は先回りし、江戸に入る手前からは同道して警護するように命じられました」

「重職衆による評定の結論は秘密。そして、道中は危険なのだな」

夫はうなずいた。

「水戸の浪士のような過激な者に知られれば、襲ってくる恐れがあります」

「大丈夫なのか」

「一存で精鋭を選抜しました」

夫は思い出したように付け加えた。

「この任務は、昔、学校の野仕合《のじあい》で見せた私の槍の腕前を覚えておられた、横山様からのご指名だそうです」

「それは名誉なことだ」

舅は目を細めたが、利代の胸は高鳴りだした。話の中で何度も出てきた水戸の浪士というのが、利代には暗殺集団のように思えるからだ。

「明日未明に出立します」

「そうか。油断せず、つとめを果たせよ」

夫は、立ち上がって背を向けた三郎右衛門に一礼すると、利代に向き直った。

「何事もなければ、月末には帰って来られるだろう。そのつもりで支度してくれ」

明日はまだ八月十九日だから、半月近い旅の準備になる。着替え、雨合羽、手ぬぐい、矢立、懐紙、櫛と鬢《びん》付け油、非常薬……。江戸のお屋敷では裃《かみしも》が必要かもしれない。警護の時に武具をつけるならその下着が必要だ。

「具足下《ぐそくじた》は？」

「いくさに行くのではない。槍も持たない。目立ってはかえって危ないのだ」

「それでも荷は多くなりますが……」

「弥助を連れて行く」

小者の弥助は、武士ではない。新兵衛の荷物を持ち、身の回りの世話をするだけだ。でも、もし斬り合いになったら……。利代は不吉な想像を頭から追い払った。

「すぐ弥助に支度をさせます」

「駿や千鶴には、明日、わしが江戸へ行ったことだけ話せ」

「承知しました」

利代はすばやくしかし音を立てないように部屋を出た。


離れの方から声が聞こえてくる。舅が怒鳴っているようだ。しだいに近付いてきた。

「わしは確かに違い棚の上の天袋に入れておいたのだ！」

「お前様以外にさわる人はいないのですから、どこかにあるはずです」

「そこにないのは、誰かが持って行ったとしか考えられん！」

「お前様の日記を誰が読むというのですか」

昼餉のためにおちかと蕎麦を茹でているところへ、二人が入ってきた。姑は舅のうしろにいて、目を怒らせている。

「おお、ここだったか。利代どの。わしの日記を知らぬか。今朝から見当たらぬのだ」

どうやら日記を探しているらしい。しかし利代は、舅が日記をつけていることさえ知らなかった。それに、離れの掃除や片付けは姑がしている。利代はそれも許されていない。

「日記ぐらいのことで……利代どのも返事に困っているではありませんか」

「日記ぐらいだと？　読む者が読めば、重大なことがわかるのだ。そうなったら、わしの皺腹《しわばら》一つ掻《か》き切ったぐらいではすまぬぞ」

新兵衛が藩の重要な任務を帯びて江戸へ向かって三日になるが、舅は何か思い当たることを日記に書いたのだろうか。

「わかりました。探してみます」

これ以上舅を興奮させないように、利代はそういったのだが、聞こえなかったらしい。

「駿はどこだ？」

「え？　駿は学校ですが……」

「学校？　間違えた。駿ではない。そうだ、弥助だ。弥助の姿が見えんな。あいつが怪しい。弥助はどこだ」

「弥助なら、新兵衛と一緒に江戸へ……」

続けようとして口をつぐんだ。いってはいけないことをいった気がした。極秘の任務であれば、家族の間でも気安く話題にしてはならないはずだ。

ところが、舅の反応に耳を疑った。

「江戸だと？　新兵衛は今日も出仕している。江戸などへ行くはずがない。いないなら、なおのこと弥助が怪しい。弥助を探せ」

それから小半刻《こはんとき》（約三十分）、疲れ切った舅を寝かしつけるまでが大変だった。きちんと説明すればするほど舅の言動は混乱した。最後は、日記の問題ではなく、弥助がいないことだけが重大事になった。水月に問い合わせることや、それでも見つからなければ本郷村まで人をやることまで約束し、何とか舅を落ち着かせることができた。

勝手の板の間に、千鶴も含めて女四人がそろった。

「お蕎麦がのびてしまいました」

おちかが頭を下げて、皆にすまなさそうな顔をしたが、姑は力なくつぶやいた。

「年をとったせいか、怒りっぽくなって……」

そういって多江は力なくうなだれた。凜として咲いていた花が急にしおれたような姑の姿に、利代は胸を衝かれた。

「父上は単なる物忘れでしょ？」

千鶴は気にしていないように、湯気の立っているどんぶりをさっと持ち上げた。

思い切って利代も、明るく振る舞った。

「そうですよ。物忘れは年寄りが長生きしたご褒美だと実家の父が申しておりました。嫌なことをいつまでも思い煩うことがないように、そうなるのだと……」

「へえ。うまいことというわね」

「医者の言葉だから正しいと思います」

「ねえ。蕎麦おいしいわよ。かつお節の出汁がきいている」

「母屋にいるから、知らないだろうけど……」

多江がゆっくり顔を上げた。皆の視線が集中した。

「あれがない、これがない、お前が隠したに決まっている……そういうことが増えてきた。いくら違うといっても……」

不安で黙っていられないのだろう。

「母上がきつくいうからいけないのよ」

「ところが、またすぐ元に戻るから不思議で、狐にだまされていたような……」

「ひと眠りすれば、元の父上よ。さあ、母上も食べれば元気が出ます」

やっと姑がどんぶりを手に取った。それを見て利代が、続いておちかがそっとどんぶりに手を伸ばした。

その時、おちかの腹が派手に鳴ったので、顔を見合わせて四人が声を出して笑った。暗く沈んだ食事にならないですんだ。


千鶴にせかされて、なぎなたを教えるため庭へ降りた。頬をなでる風に、秋らしい爽やかさを感じた。

上段と中段の構えから、面やすねを打つ基本動作を何度も繰り返した。

「今日は連続技を一つお教えします。私がなぎなたの強力な技であるすねを打ちますから、それを躱《かわ》して、逆に踏み込んで面を打ち返してください」

「むずかしそう」

「できます。一動作ずつ形《かた》として覚えてください」

利代は先ず、すねの躱し方を教えた。

千鶴は、打たれそうになったすねを、さっと後ろにはね上げて引くことが、すぐできるようになった。

「つかみましたね。その間合いです」

利代がほめると、小娘のように喜んだ。

「でも、左利きだからかしら。右のすねはすぐ動くのに左のすねは遅れる」

千鶴は不得意な方を何度も何度も稽古した。

「面っ！」

左のすねを引いてすぐ、上段から面を打ち返すことができるようになった。

「今日はここまで」

利代が稽古の終わりを告げた。

二人は鉢巻きとたすきを外し、縁側に並んで腰かけ、首筋の汗を拭いた。

おちかが茶を運んで来て下がると、千鶴が珍しく口ごもった。

「いいにくいことだけど……」

「何でしょうか」

千鶴は茶をひと口すすってからいった。

「昨日、駿さんの帰りが少し遅かったでしょ？　私、庭でなぎなたを振っていたので、外から聞こえてきたのよ。駿さんと組頭様のご長男の話し声」

「日向真寿見様ですね」

「ええ。先に入門していたし、その前は什長だったからだと思うの。素読所での態度を叱っていた」

利代は驚いて千鶴の方へ顔を向けた。

「先生から呼ばれるまで私語が多いとか、口授を受けたあと復習《さら》わないとか」

先生から一人ずつ教えてもらうので、その前後は自習することになっている。しかし駿は、読み方だけを覚えることに疑問を感じていた。やがて深い意味がわかる時が来ると新兵衛は諭したが、納得していないのかもしれない。だから、自習せずに、他の塾生に迷惑をかけているのだろう。困ったことだ。

「利代さん。何か心当たりがあるのね？」

顔色を読まれたのか、千鶴に指摘されて、利代は我に返った。

「何となく……。けれど、真寿見様から注意されたのですから、あらためるでしょう」

「あれ？　心配じゃないの？」

千鶴は重ねて聞いてきた。しかし、これから先は母親である自分の役割だ。

黙っていたら、千鶴が話を終わりにした。

「きっとそうね。駿さん、賢いから」

しかし、納得してはいないようだった。

利代も、本心は心配だ。新兵衛が帰るまでに、何とかしなければ……。出発してからまだ五日しかたっていない。

旅の商人に託されて、二本松の実家から荷物が届いた。弥助がいなくて何かと忙しいおちかから受け取った。春と秋、彼岸前後に送ってくれる常備薬だ。

同時に、端午の節句のあと祝儀をもらったのに、駿の日新館入学後の様子を伝えていなかったことに気が付いた。

利代は先ず隠居所に報告に行った。

舅は、縁側に座ってうたた寝をしていた。

「実家から薬が届きました」

「ありがたいことです。東庵どのの処方はよく効きますから」

姑が応えた。この間の出来事があったせいか、単なるお世辞には聞こえなかった。

「朝鮮人参は御薬園《おやくえん》の御種人参《おたねにんじん》が最上ですが、それ以外の薬草なら、父の調合は、長年工夫して効果を確かめたものばかりです」

鶴ヶ城の東にある郭門の一つ、天寧寺《てんねいじ》町口の外に、会津松平家が運営する薬草園、御薬園がある。御種人参は、大老の田中玄宰が改良に力を入れ、特産の一つにした朝鮮人参だ。長崎会所を通じて、清国へも輸出されている。

舅がとつぜん咳ばらいをした。

「良薬は口に苦しというが、東庵どのの処方は不思議と飲みやすい」

舅はこちらを向いてしっかり目を開けている。

利代は以前の舅に対するように説明した。

「それは、上質の桂皮《けいひ》を香料として混ぜているからです。また、同じ風邪でも、発熱をともなう場合は麻黄《まおう》を、痛みをともなう場合は芍薬《しゃくやく》を多めにしたものが用意されています。必要になりましたら選んで差し上げます」

「利代どのが薬草に詳しいので安心だ」

舅から褒められて、利代は、生薬《しょうやく》の区別だけでなく、実は、打撲や脱臼、骨折はもとより切創の手当も、父親仕込みで得意だといいそうになった。

ところが、そんな利代の打ち解けた気分は、姑のひと言で吹き飛んだ。

「武家のことにも詳しければ、何もいうことはないのですけど……」

以前の姑に戻っていた。

隠居所を下がり、自室へ入った。大きく息を吸って、文机《ふづくえ》を明るい場所へ動かし、墨を磨り始めた。

父に何と書こう。礼文はすぐ思い付くが、駿の学業、それに舅や姑の様子もありのままには書けない。まして新兵衛の極秘の出府はひと言も書けない。

困った利代は、何とはなしに、違い棚の上から『会津暦《あいづごよみ》』を持って来た。木本家の『会津暦』は、毎年、暮れの贈り物として、水月から届けられる。

文久二壬戌《じんじゅつ》暦と表紙に書かれた今年の『会津暦』を開くと、八月は大（三十日まである大の月）で、次は閏《うるう》八月小（二十九日までの小の月）だった。

当時使っていた太陰太陽暦では、一年を十二か月にすると三五四日で、太陽暦の三六五日より少なくなる。それで、十九年に七回閏月を入れて、月と季節に大きなずれが生じないようにしていた。

利代は新兵衛の帰宅までの日数を知りたかった。八月の紙面を右から左へ眺めた。夫が月末までに戻るといった、月末八月三十日の横には秋分と書いてある。

「秋分まであと三日。それが過ぎると、ご城下の銀杏《いちょう》や楓は駆け足で色付き始める」

利代は、急に新兵衛の帰宅が遠ざかっていくような不安に包まれた。


二十八日の朝、素読所へ行く前の駿に、利代はためらいがちに声をかけた。姉から聞いた話がやはり気になっていた。

「その後……どうですか」

「どうですか、とは？」

耳慣れないいい回しで聞き返されたので、利代は少しうろたえた。しかし、すぐ夫の言葉を思い出した。

(男子は家の外の集団の中で育つのだ)

素読所で知り合った仲間から聞いて覚えたいい方なのだ。気にしないようにしよう。

「素読は進んでいますか」

「『春秋』を読んでいます」

駿は入学前に四書をほぼ読み終えていたので、素読所では五経から教えてもらっているらしい。

漢学塾の師は、残った五経を説明し、学校に入門してから学び始めても遅くないといってくれた。しかし『春秋』は、五経の中では難度が高いともいっていた。

『春秋』は、紀元前七二二年から四八一年までの中国の歴史と、国王それぞれの政治に対する孔子の考え方が、寓意的に書かれた史書である。

「五経の中の『春秋』ですね。もうそこまで進みましたか」

「史実にもとづいた内容なので面白いです」

また気になるいい方をされた。

「『易経』や『書経』は？」

「はい、そのうち。『春秋』を先に学んでおいた方が楽に読めるそうですから」

利代は駿が嘘をついている気がした。本当は『易経』や『書経』は、駿には面白くないのだ。『春秋』を面白いといっているのも、孔子の考え方ではなく、歴史そのものが面白いのではないだろうか。

しかし、面白くない『易経』や『書経』も読めるようにならなければ、第三等へは進めない。利代は、駿に厳しく接したいが、漢学の知識がなくて、具体的に説得できない。

「父上がいらっしゃらなくても、素読に手を抜いてはなりませぬ」

下腹に力を入れて、ぴしりといってみた。

ところが、また、予想もしない言葉が返ってきた。不意を突かれたかっこうだ。

「あの夜、父上の帰宅は遅うございました」

利代は急いで記憶をたどった。新兵衛の帰宅が遅かったあの夜とは……十八日だ。

「翌朝起きた時には、父上の姿はもうございませんでした。江戸へ行かれたとだけ聞かされました。あらためてうかがいます。どうして急に江戸へ行かれたのですか」

「そ、それは、江戸家老様からのご命令で……」

「何をしに行かれたのですか。それは、聞いてはならぬことなのですか」

「私やお爺様にも理由を話されませんでした。それほど重要なお仕事なのでしょう」

「それなら、行き先が江戸だということも、話してはならぬのではございませんか」

「そのとおりです」

知られれば、水戸の浪士に襲われるかもしれない。駿に指摘されて利代も悟った。

「おちかは知っていましたよ」

「え？」

「弥助から出発する前に聞いたそうです」

利代はしまったと思ったが、腹が立ってきた。親に向かって理屈をこね、奉公人への注意を怠ったことまで責めている。

利代は『幼年者心得之廉書』の第六条を思い出した。

其の六　父母および目上の人、事を命じ給わば謹《つつし》んで承り、その事を整い怠るべからず……。

いきなり駿が、一礼して立ち上がった。

「遅れますので、もう参ります」

「待って。……一人ではいけませぬ」

「いつも一人ですが」

「ああ、そうでした」

今日は、駿は学校へ行くのだ。河原田元師範の屋敷ではない。利代は混乱していた。あわてて駿を追いかけた。

槍の稽古日は、稽古槍をかついだ弥助を供につけさせていた。形だけでも、黒紐の家格の嫡男らしくさせたかった。しかし、今日の駿にそれをいったら、槍持ちは中間の仕事で弥助は小者だ、と反発しただろう。それよりなにより、肝心の弥助は、新兵衛と一緒に江戸へ行っていて、供などさせられなかったのに……。

屋敷を出て行く駿の背中を見送った。そうしていると、学校へ通い始めたころは、駿が振り返ることがあった。必ず笑顔を見せた。今は、決して振り返らない背中だった。

もっとしっかりしなければ、と利代は口元を引き締めた。


その日の夕刻、まだ西の空が赤く燃えだす前、新兵衛が帰宅した。

「旦那様のお帰りです」

玄関の方で弥助の声がした。なぎなたの稽古を再開したおかげで、足腰がしっかりしている利代は、廊下をすべるように進んだ。

新兵衛は、若松城下に入る前に着替えたのだろう、下城してきたような裃姿だった。

弥助は黙って頭を下げると、重そうな挟み箱をかついで裏に回った。

利代は式台に手をついた。

「お帰りなさいませ」

おちかがすすぎの盥を持って来て、新兵衛の足を洗った。足袋をはくことは許されていないのでいつも素足だが、今日は汚れがひどくて時間がかかっている。

やっと洗い終わったので、新兵衛は立ち上がり、大きく息を吐くとおちかにいった。

「行きも帰りも道中はほとんど走り通しだった。弥助は、今夜は早く休ませてやれ。慣れない脇差しまで腰に差して、疲れただろう」

心得たとばかり、お辞儀したおちかは盥を抱えて急いで去った。

「おつとめ、お疲れ様でございました」

「留守中、変わったことはなかったか」

帰ってきたらそう聞かれることは予想していたので、利代はすぐ答えた。

「何もございません」

「そうか」

駿の様子は黙っているわけにはいかない。が、あとでゆっくり話せばいい。

その時、利代は夫の日に焼けた顔に汗が浮かんでいるのを見た。着替えてはいるが、その下は旅のほこりまみれかもしれない。

「あなた……」

「臭うか」

「いいえ。でも、湯を沸かしましょう」

新兵衛は、風呂の支度には時間がかかるからといい、手ぬぐいを持って井戸端へ身体を拭きに行った。暑がりの新兵衛だが、利代は着替えには薄物でなく単衣《ひとえ》を用意した。

それから、利代は離れに行った。夫が帰って来たので、舅にすぐ会わせてよいか、姑にこっそり確かめるためだった。体調が良ければ、夫の話を聞きたがるはずだ。

しかし、利代がささやくと、姑は何もいわずに首を振った。利代は承知して下がった。

さっぱりした表情の夫が戻ってきたので、利代はいった。

「お義父《とう》様ですが……」

「これからあいさつに行こうと思っている」

「お義母様から、少しお加減が悪いので、明日にしてほしいとのことでございました」

「それなら見舞いだけでも」

「いいえ。それも今は遠慮したいとのことでした」

「そうか……」

夫は心配そうだが、帰って来たばかりで、本当のことはまだ聞かせたくない。

駿の帰宅は日没近かった。素読所の後は、たいてい小組の仲間の集まりがある。

疲れがとれるだろうと、夫の膳に熱燗を一本つけた。夫にいわれる前に、弥助にも一本つけるようにおちかにいってある。

新兵衛を中心にした久しぶりの夕餉だったが、食事中はほとんど無言で、夫からも駿からも江戸行きの話は出てこなかった。

夫から説明がないのは、やはり秘密の旅だったからだ。しかし、知りたがっているはずの駿が口にしないのは、父親に対する遠慮だろうか。自分には意地悪な聞き方をしたくせに、と利代は駿を横目でにらんだ。

「今日は帰りが遅かったみたいだな」

食べ終わるころ、新兵衛が駿にいった。

「講釈所へ寄ってきました」

「なぜ講釈所へ行ったのだ」

「『春秋』でわからないところがありましたので、誰かに教えていただきたくて」

講釈所には優秀な学生が多くいるだろうが、なぜ先生に聞きに行かなかったのだろう。しかし、夫はその点は追及しなかった。

「教えてもらえたか」

「はい。名乗りましたら、屋敷が近いという若い方がていねいに。色白のお顔に、黒子《ほくろ》の目立つ方でした」

「名前は聞かなかったのか」

駿は気まずそうに下を向いた。

「若くて屋敷が近いのなら、横山常忠様かもしれない。今年十六歳で講釈所に上がられた、江戸家老のご子息だ。教えてくれた人の名前はちゃんと聞いておくように」

「うっかりしていました。これから気を付けます」

「それで、知りたいことはわかったのか？」

「はい。『春秋』の注釈書『春秋左史伝《さしでん》』を初めて見せていただき……」

夫は感心して聞いている。利代にはわからない。しかし、夫は駿にだまされているような気もした。駿の説明が、まるで準備されていたように、よどみなかったからだ。

駿が自室に下がったので、気を取り直した利代は、甘えるような目を夫に向けた。

「もう一本、おつけしましょうか」

「ははは。利代が飲みたいのだろう？　でも、今夜はやめておこう」

「あら、残念ですわ」

夫の優しい目を見て、本当に夫が帰ってきたことを実感した。

「危険なことはなかったのですね」

「何もなかった」

利代はひとまず安心して話題を変えた。

「お義姉様の腕前がずいぶん上がりました」

「なぎなたか？　利代の教え方が巧みだからだろう」

「いいえ。お義姉様は、いざという時のためだと真剣なのです。本当にそういう時が来るのでしょうか、会津のようなところでも」

利代は夫の膳を脇へ片付けながらいった。本気で聞いたわけではない。

「来るかもしれぬ」

意外な返事だったので、思わず振り返ると、夫はけわしい表情をしている。

「そうならぬようにするのが目的だが、反対にその危険が増すかもしれぬ。京へ行くことになる」

「京へ？」

新兵衛はうなずくと、今度も江戸家老横山様のご指名だといって続けた。

「お殿様や横山様と一緒だ。家中の多くが行くことになる。当家の場合、連れて行く家来も要《い》る。刀を使える家来だ。馬も調達するから、馬の口取りも要る。弥助では無理だ。経験のある若党か中間をやとうことになる。いくさ仕立てが必要なのだ」

夫のいっている意味がよくわからなかった。

「いつ京へのぼるのですか」

「まだ決まっていないが、そう遠いことではないだろう」

久しぶりに夫に甘えようとした気分が一気に吹き飛んでしまった。

夜四ツ（午後十時）を過ぎ、戸締りや火の始末を確認してから夫婦の寝所へ静かに入ると、有明《ありあけ》行灯の横で、新兵衛が珍しくいびきをかいていた。相当に疲れているのだ。

夫は京へ行く、いくさ仕立てで行くといった。何をしにいつまで行くのだろう。どれだけの危険が待っているのだろう。

夫がいない間、いちばん心配なのは駿だ。素直な子だったのに、利代には屁理屈をこね、夫には猫をかぶる。自分の子なのに、何を考えているかわからなくなってきた。

姑がいうように、駿を厳しく育て上げるのは、母親である自分の役割だ。

義姉は話しやすい人だが、実際に男子を育てた経験はない。相談しても甥の駿がかわいくて、厳しい助言は得られそうもない。

やはり頼れるのは、この人だけだ。駿の父であり、私の夫だ。

利代は、夫の掻い巻きにすべりこもうとして、途中でやめた。

新兵衛は京へ行き、またいなくなる……。

そのことを思い出すと、やはり自分がしっかりしなければ、と思いなおした。

利代は悄然とした動作で自分の掻い巻きをかぶった。ひとしおひんやりと感じられる。目に涙がにじんできた。

五

利代の頭から京という文字が消えないまま、しかし二十九、三十日と何事もなく過ぎ、閏八月朔日になった。

日新館は休みなので、駿は朝から槍の稽古に出かけた。続いて、出仕する夫を見送った利代は、外がずいぶん明るく見えたので、玄関から表へ出てみた。

表門へ続く踏み石の一つで立ち止まって、顔を上げた。澄んだ秋空を覆うようなうろこ雲の白さが、まぶしいほどだった。

しばらく眺めていると、おびただしい雲の群れは、ごくゆっくりとではあるが一体になって東へ動いていく。

悩んでいても、時は過ぎて行く。こうしている間にも、きっと誰かが、すべてうまくいくように、懸命に働いてくれているだろう。

利代は、不安を忘れて、明るく考えようと思いながら屋敷に戻った。

同じころ、江戸では、藩主松平容保が、和田倉御門内の上屋敷を駕籠で出発した。後戻りできない運命の職務を命じられるため、江戸城大手門へ向かっていたのである。

江戸家老横山常徳《つねのり》の留守宅に住む縫《ぬい》から、都合がよければいつでも来てほしいと使いが来たのは、小半刻ぐらいたってからだった。

講釈所で駿に『春秋左史伝』を見せてくれたのは、やはり横山常忠《つねただ》だった。駿からは、新兵衛の注意を守って恩人の姓名を確かめただけでなく、常忠にあらためて感謝したと、昨日の夕餉の時に報告があった。猫をかぶって良い子を演じたと思った駿が、ちゃんと行動できたので、利代は安心した。ふだんから付き合いがあれば、自分もすぐ横山家へ礼をいいに行きたかった。

縫が自分を呼んだのは、そのことと関係があるような気もするが、よくわからない。それより、家老の屋敷を訪ねるので、着替えるべきか少し迷った。利代は部屋に戻ると、鏡を覗いてほつれ毛を直しただけで出かけることにした。待たせない方がいい。

おちかにだけは声をかけた。行き先を告げ、聞かれなければ姑には話さなくてよい、といった。最近の姑は、舅が外出しないときは、そばに付きっ切りだ。半刻（約一時間）ぐらいで戻れるだろう。

本一ノ丁に面した横山家の表門は瓦屋根で、両側には家来が住む長屋が続いている。家禄千石の江戸家老の屋敷は広い。利代は草庵風の茶室に通された。母屋から一段低い渡り廊下でつながった数寄屋《すきや》造りの別棟だ。

待つ間、利代は床の間の桔梗《ききょう》に見惚れた。

山ぶどうの蔓で編んだ籠の中に、作り物のように鮮やかな青紫の花弁が、絶妙な配置でこちらに向けられている。下から包み込むように添えられた、可憐な撫子《なでしこ》にもつい頬がゆるんでしまう。

縫が活けたにちがいない。

縫が現れたので、利代はお辞儀した。

女中が茶菓を運んで来て去った。

縫と会うのは十数年ぶりになる。以前より顔がふっくらした感じがするが、相変わらず楚々とした人だった。同い年でも、家格が違うので、利代は緊張していた。

「薄茶ですけど……。ここは落ち着くので」

縫は湯飲みをすすめながら笑顔を見せた。右の頬に片えくぼが浮かんだ。利代は引き込まれ、気持ちがほぐれていくのを感じた。

「頂戴いたします」

正式に茶を点てられるより確かに気が楽だ。茶碗は鶯《うぐいす》色の本郷焼だった。

「急にお呼び立てしたので、驚いたでしょう？ ごめんなさいね」

「とんでもございません。先日は駿が常忠様から懇篤《こんとく》なるご教示をいただいたにもかかわらず、お礼の挨拶にも参りませず、大変失礼いたしました」

いわれる前に礼を述べることは最初から考えていた。利代は畳に手をついた。

「本当はご心配なのでしょう？」

利代は顔を上げて縫を見返した。利代の感謝の言葉がすぐ通じただけでも少し驚きだが、学校での駿の態度を利代が心配していることを知っているらしい。

「どうしてご存知なのですか」

「琴さんから聞きました」

日向真寿見の母だ。利代は琴には何も話していない。

真寿見が素読所での駿の態度を注意していたことを、義姉から聞いた。真寿見は母親の琴にもそのことを話し、琴はそれを縫に話したのだろう。

「申し訳ございません。母親の私がいたらないものですから」

利代は、再び畳に手をつこうとして、途中でやめた。縫が、実は、と続けたからだ。

「江戸の奥様から昨日文《ふみ》が届きました。江戸の奥様というのは、千代様といい、江戸家老の妻つまり常忠の養母ですが、私は義母上《ははうえ》あるいはお義母《かあ》様と呼んでいます」

縫の説明はまだ続いた。

横山常徳の江戸詰めは若年寄の時からで、もう二十年近い。有能な常徳は江戸でなくてはならない人物になり、若松に帰れる見込みがなくなった。その間に二人の実子と養子一人が続けて死んでしまい、その養子の妻である縫が産んだ常忠をあらためて養嗣子とした。それをきっかけに常徳は、常忠の養育は生母である縫に任せ、妻を江戸に呼んで身の回りの世話をさせているという。

「義母からの文は、義父《ちち》の言葉を伝えるものでした。木本新兵衛どのには、近いうちに京へのぼって大いに働いてもらうことになる。そうなると、学校に入門したばかりのご子息がいる留守宅では、何か困ったことが起こるかもしれない。その時は相談に乗ってあげるようにとのことでした」

縫が利代の反応を確かめるようにそこで区切ったので、利代はしっかりうなずいた。

「京へのぼることは、夫からも聞きました」

江戸家老の有能さはもちろん、人格者であることも、若松ではよく知られている。重大な任務を命じながら、留守宅のことまで、江戸で新兵衛に確かめたに違いない。

利代は胸を熱くした。

「もったいないお心遣いです」

「話を先に進めましょう。琴さんの話もありましたので、ご子息のことが気になりました。それで、学校から帰ってきた常忠に、木本駿どのを知っているかと聞いてみました。すると、何日か前に『春秋左史伝』を教えたというではありませんか。私は、何か変わった様子はなかったかと重ねて聞きました。すると常忠は、その時、講釈所に現れた駿どのの様子が変だったというのです」

利代の鼓動が早まってきた。利代の知らない駿の姿がこれから見えてくる。思わず膝の上の手をにぎりしめた。

「何者だ、何か用か、と聞かれた駿どのは、最初はびっくりしたような顔をしていたそうですが、名乗った後、手に持っていた『春秋』を見せて、教えていただきたくて参りましたと答えたそうです。常忠が近付いて行って、どこを知りたいのか尋ねましたが、なかなか聞きたいことをいわなかった。注釈書である『春秋左史伝』で説明するとすぐ納得した。どうやら質問は思い付きだったらしい。昨日、わざわざ礼をいいに来てくれたのはうれしかったが、何となく気になったので、塾の知り合いに駿どののことを聞きに行ったそうです。そうしたら……」

利代は生唾を飲みこんだ。緊張で口が乾いてきた。

「口授の順番が来て素読所勤が呼んでも、塾内にいなかったことがあったというのです。それで、什長が提出した出欠帳が欠席に訂正されそうになった、と」

統制のとれた塾内で、これは大事《おおごと》だ。しかし、まだ信じられなかった。

「厠《かわや》へでも行っていたのではありませんか。急に腹痛を起こしたとか……」

縫は首を振った。

「日向真寿見どのが、その時は、そういってとりつくろってくれました。でも、どうも違うようです。口授が終わったあとに塾からいなくなることは度々《たびたび》あったそうです」

日新館は広く、敷地は東西が二町（約二一八メートル）、南北が一町（約一〇九メートル）の矩形である。武芸に関してだけでも、剣術や槍術の流派ごとの教場、射弓場、放銃場、柔術場から水練のための池まであった。利代の勘だが、武芸の稽古を見に行ったとは思えない。

「まさか学校から抜け出すようなことは……？」

日新館の周囲は、高い塀で囲まれている。戟門から孔子を祭る泮宮《はんきゅう》へいたる南門が正門で、主に学生が使う東門もあったが、どちらも番所に門番が二人いて、無断で出入りはできなかった。

「それほど長い時間ではなく、退席の八ツ半（午後三時）までには戻っていて、問題にはなっていなかったようです」

利代は唇を嚙んだ。

日新館は木本家からけっして遠くない。

利代が訪れている横山家の屋敷は、木本家から一町ほど東にある。その屋敷の横を走る桂林寺《けいりんじ》町《まち》通りを一町ほど南へ進むと、もうそこは日新館の北西の角だった。

そんな近いところで、駿が一人で勝手な行動をとっていることが、利代には信じられなかった。

「しばらく常忠に様子を見させますから、何かあったらお知らせしますよ」

縫が優しくいってくれたので、利代はその言葉に甘えることにした。

「よろしくお願い申し上げます」

利代はまた頭を下げた。

「ところで、新兵衛どのがなぜ京へのぼることになったか、聞きましたか」

「いいえ。そこまでは……」

「お殿様が、京都守護職になられるからです」

「京都守護職？」

「京では、尊皇攘夷を叫ぶ浪士たちが、血なまぐさい事件を起こしていて、帝《みかど》の御心《みこころ》を安んじたてまつるには、京都所司代や京都町奉行だけではできないそうです」

そのことも文に書いてあったという。

利代の頭に、三郎右衛門が話してくれた、水戸の浪士が起こした事件が浮かんだ。物騒なのは江戸だけではないのだ。

「こうなってくると、私たち女子《おなご》ものほほんとしているわけにはいきません。ところで、利代どのはなぎなたの達人でしたね」

「達人だなんて……」

「私も稽古をしなくなってだいぶたちますが、教えていただけませんか」

利代は身分が違い過ぎると首を振ったが、縫はこれも江戸家老の指示だと思ってほしいといった。

「利代どの！」

横山家から帰宅したら、玄関の外に舅が立っていて、こちらを切迫した表情で見つめている。

「お義父様。どうかされましたか？」

「多江の奴が、わしに何も食べさせてくれんのだ」

「まあ、それは大変」

利代は、姑から教えてもらった返事をした。

先日の日記紛失事件の後、姑はそれまで隠していた舅の異変を説明しながら、対処の仕方を教えてくれた。それは、舅の言動が変だと思っても、先ず同調することだった。いきなり聞き返したり、まして否定したりしてはならなかった。もっとも姑は、自分はわかっていてもそれがなかなかできず、つい説明したり叱ったりしてしまうという。

「空腹ほどつらいことはありませんわ」

利代は式台に上がりながら、舅に真剣な顔を向けた。舅の表情が少しやわらいだ。姑の助言はやはり正しい。

舅もどっこいしょと式台に上がってきた。

「多江は自分だけこっそり食べて、わしの食事の用意をせん。朝も昼も何も食わんでは死んでしまう」

「それなら、お昼に朝の分まで食べましょう」

「何？　昼餉も出してくれなかったぞ」

「あら、お昼はまだ……」

不思議そうな顔を舅がしているので、利代はいきなり否定してはいけないと気付き、黙って舅の左手を両手でつかんだ。

「な、何をする？」

そういいながらも、利代の柔らかな手に包まれて心地良いのか、舅の顔には男の子のような恥じらいが浮かんでいる。

「お義父様。外へ出てみましょう」

「外へ？」

利代は舅の左手を引きながら式台をおりた。

草履をはくのを手伝った後は、また舅の手をとった。痩せて干からびた手だ。

今朝自分が空を見上げたところまで行って立ち止まった。

「ご覧くださいませ。お天道様は、まだ東の空の途中です。あれが頭のてっぺんに来たら、昼餉にいたしましょう」

舅は利代に左手を握られたまま、しばらく空を見上げていたが、振り返って安堵の表情を見せた。

「そうだな」

「ええ、そうですよ」

利代が頬笑みかけると、舅も口元をほころばせ、低いけれど笑い声まで出した。

「いつまで利代どのの手を握っているのですか！」

いつの間にか玄関に姑が来ていて、目を怒らせている。

正気に戻った舅は、利代の手を振り払うと軽く咳払いをしてつぶやいた。

「やきもち焼きの女房を持つと亭主は苦労するな」

冗談がいえるのだから、舅はまだ大丈夫そうだ。

舅は式台に上がり、姑に向かって「腹が減った」というと、そのまま右手の隠居所へ続く渡り廊下へ向かった。

その背中を見送った姑が振り返った。

「利代どの。すぐ昼餉の準備をしてください」

舅が忘れないうちに食べさせてしまおうというのだろう。しかし、利代を見る目に険があった。

「はい。承知いたしました」

利代は掃除中のおちかを見つけて、すぐ飯を炊くようにいいつけた。

追手門まで新兵衛の供をした弥助は、とっくに戻っていて、裏庭で薪を割っていたが、昼餉の準備を急ぐことになったからと、竈の火を起こすのを手伝わせた。

慌ただしい昼餉だった。舅だけでなく、皆がいつもより一刻《いっとき》（約二時間）近く早く済ませることになってしまった。

昼八ツ（午後二時）ころ、届け物があった。飛脚から受け取ったのは庭にいた弥助で、二本松の実家からだった。開封すると、薬袋と一緒に文が入っていた。

利代の文に対する父の返信だった。

駿の素読所通いが問題なく続いていると伝えたので喜んでいた。新兵衛の江戸行きについては、利代は何も書かなかった。

舅の様子を心配事として少し書いたので、薬を届けることにしたと書いてあった。

父の診立ては老耄《ろうもう》かもしれないだった。蘭方での処方は知らないが、漢方では血のめぐりが悪くなっているのが原因と考え、当帰芍薬散《とうきしゃくやくさん》が処方されるという。若松城下の生薬屋《きぐすりや》でも入手できるだろうが、同封した薬は芍薬を多めに調合したから、念のために試してみるとよい、健康でも副作用はないという。

読み終えたところへ、姑がそっと現れた。

「満腹になったら、眠くなったみたいで、横になっています」

「それはようございました。あ、二本松の父からまた薬が……文と一緒に届きました」

利代は文を先に姑に渡した。舅のことを書き送ったことは話していない。叱られるかもしれないと息を詰めた。

姑はすばやく目を通した。

「東庵どのの診立ても惚《ぼ》けですね」

いつもと違う時期に薬が送られてきた理由も察したらしい。叱られなかったので、利代は息を吐いた。

「かもしれない、とのことです。あ、文に書いてあった当帰芍薬散はこれです」

「まだ惚けるのは早いのに、困ったお人だ……。それ、効くといいですけど、その前に、どうやって飲ませるかですよ」

舅は自分が老耄だとはまったく思っていない。だから、多江がお前様は惚けだといったら怒りだすかもしれない。他に悪いところはないから、薬を飲ませる理由がなかった。

利代が何もいえないでいたら、逆に頼まれてしまった。

「利代どのにお願いします」

「え?」

「私より利代どののいうことなら聞きますから」

「そ、そんな……」


その日、新兵衛の帰宅は遅く、宵五ツ(午後八時)近かった。

いつものように弥助が追手門前で新兵衛の下城を待っていたら、先に夕餉を済ませるようにという指示があったという。それならと、昼餉が早かったので、夕餉も早くした。

「家族全員に話しておきたいことがある。すぐ茶の間に集めてくれ」

帰るなり新兵衛は、疲れも空腹も感じさせない明瞭な声で利代にいった。

利代は、真っ先に隠居所へ向かった。舅が落ち着いているか、心配だった。おちかが下げてきた夕餉の膳の様子からは、舅はふだん通りに食べたようだった。しかし、当帰芍薬散はまだ飲ませていない。

廊下に座って、恐る恐る声をかけると、中から舅の返事があったので、襖を少し開けた。

二人はにこやかに茶を飲んでいるところだった。以前の二人の姿だ。

利代はほっとして用件を告げると、舅がすぐ立ち上がった。動作はしっかりしているし、目に力もある。

利代は座ったまま襖を大きく開けた。舅が廊下に出、続いて出てきた姑が利代に上からささやいた。

「昼間ぐっすり眠ったので元気です」

舅を先頭に三人が渡り廊下を通って母屋へ向かった。

途中で千鶴と駿に声をかけた。二人ともすぐ茶の間にやって来た。

「父上、母上、夜分おくつろぎのところを申し訳ございません」

新兵衛は両親に頭を下げてから、あらたまった顔で話し始めた。

「むずかしい話だが、大事なことなので、皆に話しておきたい。このたび殿が、京都守護職就任を承諾された。京は今、諸国から多くの浪士が入り込んで、一部の公家とも結託し、騒乱を起こそうとしている。外国を排除するため、幕府から帝に政権を移すのが目的だ。しかし、そのための手段は暴力以外の何物でもない。京都守護職は京の治安を守るのが仕事だ。日取りはまだ決まっていないが、ここ若松から精鋭が選ばれて、殿とともに京へのぼることになる。いくさ仕立てで向かう」

ここまでは、利代は夫や縫から聞いていたことだが、初耳の四人は、驚く前に先ず状況が飲み込めずとまどっていた。

元気なころに戻っている舅が最初に口を開いた。

「新兵衛も行くことになるのだな」

まともな質問だ。

「はい。江戸で横山様から命じられました」

「苦しい藩財政が続いている時に、よく決まったものだ」

舅はかつて勘定頭《かんじょうがしら》を兼務していたことがあると聞いている。だから藩財政に明るい。多くの藩士が京に滞在すれば、途方もない出費になると舅はいった。

夫はうなずいたが、話を先に進めた。

「今回の承諾は、会津松平家始まって以来の、苦衷の選択であり大英断だ。理解できないかもしれないが、経緯を話しておく。大変なことが起きようとしていることだけは、感じてほしい」

そこで、部屋の空気が明らかに変わった。ぴんと張りつめた。

「最初の知らせは先月、早馬で若松に届いた。ご公儀へ承諾の返事をする前だ。江戸だけで決められることではないので、国元でよく議論せよとのことだった」

会津松平家の伝統は、当主による独裁ではなく、家老や若年寄、奉行といった、重要書類に判を押す加判《かはん》の者たちによる合議制である。

しかし既に、松平容保は断りきれない状況にあった。合議は形だけの手順だった。

事の発端は戊午の密勅にあった。御三家や諸藩と協力して公武合体を進めよ、という天皇の命令は、有力諸藩に挙国一致体制を主張させる口実を与えた。これに乗ったのが、薩摩藩主島津茂《もち》久《ひさ》の実父である久光《ひさみつ》である。

久光は上洛し、幕政改革を要求するように朝廷へ働きかけた。朝廷は大原重徳《しげとみ》を勅使とし、久光に護衛させて江戸へ向かわせた。重徳は六月十日登城して将軍家茂《いえもち》と会見し、天皇の意思として幕政改革を要求した。元は久光の要求だ。

結果、天皇の威光を利用した外様《とざま》大名の意見が、幕府を動かした。幕府が実施したのは、人事の刷新である。七月六日、徳川慶喜に一橋家を再相続させて将軍後見職に、九日には、福井藩の前藩主松平春嶽《しゅんがく》を政事総裁職に任命した。どちらも老中の上位におかれた。

七月十九日、久光は一橋邸に慶喜を訪ね、春嶽を同席させて、幕政改革の具体策を二十六項目にわたって懇々と説明した。その第二十三番目が、次のような内容だった。

「治安の悪化している京の警備を、大藩四五藩に交代で勤務させること。ただし（井伊直弼が藩主だった）彦根藩は除外すること」

慶喜と春嶽は相談した。久光は大藩四五藩の中に薩摩を入れようとしているが、外様大名に任せるわけにはいかない。親藩の中で、信望もあり軍事力に優れた藩を選ぶべきである。会津に白羽の矢が立った。

戊辰の年の蝦夷地出陣は今でも語り草になっている。その後、会津には幕府直轄地が分与され陣屋を構えている。（ペリーが来航した）癸丑《きちゆう》（嘉永六年）以前から房総の警備にも注力していて、来航時に出兵させた千余名による統制のとれた調練まで披露していた。

七月二十八日、横山常徳が春嶽の屋敷に呼ばれ、京都守護職就任が将軍家茂の内意として伝えられた。

たまたま病臥中だった容保《かたもり》は、常徳らと相談し、八月になってすぐ、老中らにこの要請を辞退したいと伝えた。理由は、自分は非才ゆえ空前の大任にはとても当たれないこと、さらに東北の僻地に暮らす家臣らでは京の上品な風土の中で仕事ができないこと、万一失態を演じた場合は、将軍家に対して申し訳が立たないからというものだった。

しかし、老中らは承知しなかった。

これを知った春嶽が、腹心の家来に常徳を説得させると、常徳は藩財政が破綻《はたん》しかけていることも辞退の理由にあげた。実際、会津藩は、若松だけでなく、江戸や大坂、長崎の商人に、合わせて百万両近い借金があった。

すると春嶽は、容保へ書状を送った。

「何卒《なにとぞ》何卒一旦御受けにさへ相成り候へば、其上の御内願筋等は小生尽力申、是非《ぜひ》是非御都合相成候様取計《とりはからい》申度《もうしたく》存じ奉り候」

受諾さえしてくだされば、財政上のことについては必ず何とかするという。

そして、殺し文句も添えられていた。

「土津公《はにつこう》在《あ》らせられ候はば、必ずお受けに相成り申すべくと存じ奉り候」

藩祖保科正之《ほしなまさゆき》公なら必ずお受けになるであろう、というのである。

十二歳で松平容敬《かたたか》の養子になった容保は、十八歳でその跡を継ぐまで、容敬と当時の江戸家老山川重英《しげふさ》から、保科正之が定めた会津藩の基本理念『家訓《かきん》十五箇条』に基づく徹底した教育を施された。それによって容保は、会津松平家の存在意義である「将軍家に尽くすべし」という精神を、骨の髄までたたきこまれていたから、春嶽の殺し文句は胸に突き刺さった。容易に反論できないのだ。

そして、八月八日、返事を出し渋っている病床の容保を訪ねて、前触れもなく、春嶽自らがやってきた。止《とど》めを刺しに来たのである。

容保が若松へ使者を送ったのはその直後だが、腹は固めていた。

「若松ではご重役衆が集まって、連日対応を協議されたが、辞退すべし、となった」

当時若松には、家老は次席家老の田中土佐の他に、北原采女《うねめ》、萱野長裕《かやのながひろ》、諏訪大四郎、新任の西郷頼母《たのも》の五人、若年寄は神保内蔵助《じんぼくらのすけ》、山崎小助《しょうすけ》の二人がいた。

「最も強硬に辞退を主張されたのが、末席の西郷ご家老だった。当初就任に賛成していた田中ご家老も、当家の財政事情をかんがみ、辞退に同意した。この結論を伝えるべく、二人は早駕籠で江戸へ向かうことになった。警護役のわしらは、早駕籠の少し前をほとんど走り通しだった」

江戸に着いたのが八月十九日で、すぐ国元の意見が容保へ言上されたが、容保と常徳はもはや断りきれないと状況を説明した。

夫の話を聞きながら、利代が舅の様子をうかがうと、瞑目《めいもく》してうつらうつらし出している。やはり以前の舅ではない。

「反対する西郷ご家老は、殿を諌《いさ》めんと、このような時節にお引き受けなさるのは薪《まき》を背負うて火を救うに等し、と申し上げた」

ここで舅がとつぜん目を開けた。

「我が君に、何というていいぐさだ。手打ちにされてしかるべき！」

舅は怒鳴りながら、片膝立てて脇差しを抜く構えをした。それを見た夫は、口元に笑みを浮かべ、すかさず駿に向かっていった。

「駿。お爺様があのようにいわれる理由がわかるか」

利代が、横にいる駿を振り返ると、顔をこわばらせて首を振っている。代わりに新兵衛が答えた。

「会津松平家の武士は、目上の者の言葉に反論してはならぬ。まして殿のお言葉には、だ」

「その通りじゃ」

舅は息を大きく吐いて座り直した。

「うっかりしていました。よく存じております」

駿が頭を下げて反省の弁を述べた。

「それでも殿は、翌日も二人と議論を交わされた。そして、最終的に、次のように述べられた。斯《か》くなる上は、義の重きところをとり、他日の如何《いかん》を論ずべき秋《とき》にあらず、君臣ともに京を死所《しにどころ》となすべきなり、と。殿のお言葉の中の義の重きところをとり、とは『家訓十五箇条』の第一条にしたがうということだ」

新兵衛は駿に第一条を暗唱させた。

「一《ひとつ》、大君の儀、一心大切に忠勤を存ずべく、列国の例を以《もっ》て自ら処《お》るべからず。若《も》し二心を懐《いだ》かば、則《すなわ》ち我が子孫に非《あら》ず、面々決してしたがうべからず」

会津松平家にとって第一に忠誠を尽くす相手は徳川将軍家であり、それを裏切るような当主であれば自分（保科正之）の子孫ではないから家臣はしたがうな、という意味である。

また、うつらうつらし始めた三郎右衛門を横目で見た新兵衛は、話を締めくくった。

「正式に公方様から京都守護職を拝命するのは閏八月朔日、今日である。お城では重職衆の評定があった。家中に伝える許しが出たので、こうして皆に説明している。なお、春嶽様のご周旋であろう、会津松平家にはご公儀より役料として五万石、上洛費用として三万両が与えられる見込みだ」

「春嶽はそろばんも弾けぬのか……」

とつぜん舅が、つぶやいた。幕府が示した金額に不満なのだ。しかし、よく見ると、舅は瞑目して船を漕いでいる。夢を見ているのか。それにしては、現実と符合し過ぎている。

しかしこの時、利代は姑が苦々しげな表情をしているのに気が付かなかった。


それからの若松城下は、まさに出陣の準備で蜂の巣をつついたような騒ぎになった。二か月後の十月朔日は二十四節気の小雪である。若松は初雪が降るころだ。それまでに出発の命令が出ると誰もが予想していた。

木本家の準備は大変だった。馬を調達し、武士の家来としての若党と、馬の口取りをする中間《ちゅげん》を新たに雇い入れた。馬の調教や家来の教育にも忙殺された。

先立つものは金である。藩は若松城下の有力商人から五千両近い献金を徴収し、藩庫の金銀と合わせて家臣に分配した。

木本家も分配金をもらったが、それではとても足りず、やがて家の蓄えも底をついた。そのような時、二本松から利代の兄恭庵《きょうあん》がやってきた。餞別《せんべつ》という名目で、百両もの大金が恭庵から届けられた。

「老耄が始まったばかりのころは、本人を不安にさせないことが大事だ」

医者の恭庵は、それとなく舅の様子を観察し、笑顔を残して帰った。

幸いにも、江戸からの出発指示はなかなかこなかった。

容保は拙速に出発を決めなかった。

先ず、田中土佐と、常徳が設けた渉外担当の公用人らを京へ送り込んで、情勢を探らせた。すると、幕府に不平不満を抱き、過激な浪士とつながっている公家が予想以上に多いことがわかった。十月になると、土佐藩が警護する勅使三条実美《さねとみ》が、幕府に攘夷を督促するため下向してくることになった。土佐藩も薩摩藩と同様に外様で問題だが、容保は、幕府が勅使に対し徹底して尊崇の態度を示すことを建議した。

京へ赴任する前に、公家らの心証を良くしておかなければならないと考えたのである。

容保らの江戸での苦労は、利代はもとより知る由もない。新兵衛の上京準備のため夢中の毎日だった。利代は、何をどのような順番でこなしたのか、またどうして準備が間に合ったのか、その後、他人から聞かれても上手に説明できなかった。よく覚えていないのだ。はっきりと思い出せるのは、いよいよ新兵衛が江戸へ向かう前夜、夫に抱かれながら初めて涙を流したことだけだった。

若松の軍勢は、十一月下旬から順次出発した。赤い屋根瓦をうっすらと雪化粧した鶴ヶ城を、新兵衛らは目に焼き付けた。

江戸で千人にのぼる隊列を整え、十二月九日、容保を総大将として上洛の途についた。そして、京の三条大橋を渡ったのは、二十四日の昼四ツ（十時）前だった。容保は馬上にあり、殿《しんがり》は横山常徳がつとめていた。

誰ともなく、口々に白いため息がもれた。

「雪もないのに、若松より寒いぞ」

第二章　武家の女

一

師走《しわす》なのに暖かい日が続いていた。今朝起きてすぐ、雪が消えた庭を眺めた時、利代は春が来たと小躍りしかけた。

「いけない。新兵衛が後続と交代して帰って来るのは、まだ一年も先なのに……」

利代は、月日が早く過ぎてほしいと願っていた自分を愧《は》じた。

翌日の昼八ツ（午後二時）ころ、横山縫が初めて木本家を訪れた。

朝のうちに使いがあったから、家族全員で待っていた。

「ようこそお越しくださいました」

式台に座った利代は両手をついた。左の姑《しゅうとめ》も右の義姉も同時に頭を下げた。

「そのように畏《かしこ》まらないでください。今日は私が入門させていただく日です」

縫のうしろには、小者《こもの》が稽古用のなぎなたと道着を入れた袋を抱いて跪《ひざまず》いている。

用件がなぎなたの稽古だとは知っていたが、今日から始めるつもりらしい。あの時、なぎなたを教えてほしいといわれたが、その後は何の知らせもなかった。それは、ついこの間まで出陣の準備でてんてこ舞いだったのをおもんぱかって、今日まで習いに来るのを先延ばししてくれたのだ。

恐縮して次の言葉を出せないでいると、縫は真顔になった。

「入門はお許しくださるのですよね」

門人の礼をとった。

「入門だなんて、当家では、ここにいる義姉の求めに応じて、少々なぎなたの形《かた》を覚えてもらっていますが、そのようなことでもよろしいのでしょうか」

「いいえ。過日もお話ししましたように、いつここ若松も江戸や京のように物騒になるかわかりません。まさかの時のために、女子《おなご》も武芸の心得が必要です。いやそれ以上に、武家の女としての心構えを新たにしなければなりません。未熟な弟子ではありますが、手を抜くことなく、厳しくご指導をお願いします」

へりくだったいい方に、利代は胸を打たれたが、千鶴が我が意を得たりと口を開いた。

「義妹《いもうと》は形を覚える程度と申しましたが、私は真剣に稽古しています。恐れながら私も縫様と同じ気持ちで始めました」

左から姑に脇をつつかれた。振り向くと、姑がきついまなざしをしている。駿を厳しくたくましく育てられないのは、武家の女としての心構えができていないからだといっているようだった。

利代は縫に向かって手をついた。

「申し訳ございません。当主がいくさ仕立てで旅立ったにもかかわらず、私の覚悟ができていませんでした。こちらからもお願い申し上げます。なぎなたの稽古をぜひご一緒に」

縫は、以前利代を魅了した片えくぼを右の頰に浮かべ、式台の前まで進むと、袱紗《ふくさ》包みを差し出して、束脩《そくしゅう》ですといった。

「ここまでしていただいて、恐れ入ります」

利代は一礼して拝受した。

早速、縫に屋敷に上がってもらった。入側《いりがわ》を通って、奥座敷へ案内した。居間にしているところだ。庭に面した縁側がある。

利代は縫のために新しい白足袋を用意していたが、縫は紺足袋を持参していた。

縫は座敷で稽古着と袴に着替え、紺足袋をはき、すね当てをつけた。さらに、たすきをかけ、鉢巻きもして、縁側から庭へおりた。土はやわらかいが、乾いている。

「まあ、お美しい」

先に庭に出て待っていた千鶴が、感嘆の声を上げた。縫に続いた利代は、縫の立ち姿に隙がないのをすぐ見てとった。

最初に、上段、下段、八双《はっそう》の構えを繰り返し、体をほぐしてもらった。縫は、どの構えでも、前方に視線を定めると微動もせず、それでいて体のどこにも無理な力が入っていない。聞けば、実家の日向家では、女は皆なぎなたを子どもの時から稽古するという。

続けて、面や胴、籠手《こて》、すねを打つ素振りを繰り返した。

「稽古は十年ぶりでしょうか。勘が戻りません」

そういいながらも、縫の動きはなめらかだった。

「先生が二人になってしまいました」

千鶴がそんな冗談をいうころには、既に半刻《はんとき》（約一時間）が経過していた。

「今日はそのへんにしてさしあげて、こちらでゆっくりしていただいたらどうですか」

姑が座敷に茶菓子を運んできた。

おちかが、水の入った盥《たらい》と雑巾を持って庭に現れた。姑が命じた。

「縫様のおみ足を洗ってさしあげなさい」

「足は自分で洗います」

縫は、縁側に腰かけ、足袋を脱ぎながらいった。姑は困ったような顔をした。

弥助が利代と千鶴の盥を運んで来た。

縫は、汚れた足袋を持って来た袋に入れ、その手を洗いながら足も洗っている。

それを見ながら姑がいった。

「何でもご自分でなさるのですね」

「教えてもらいに来ているのですから」

「それにしても、この年齢《とし》になって、まさか戦乱に巻き込まれそうになるとは、夢にも思いませんでした」

姑は、気味が悪いほど饒舌だった。話している相手は、新兵衛が子どものころ張り合わせようとした横山家の嫁のはずだ。今日は利代がなぎなたを教えているので、優越感に浸っているのだろうか。

「本当に若松でいくさにでもなったらどういたしましょう」

「備えは絶対に必要だと思います」

「でも、ここに残っているのは、老いぼれ夫婦と女子《おんなこ》どもだけです。その点、横山様のところには、常忠様のような頼もしい若武者がいて、本当に羨ましい」

利代の想像は外れた。姑はただ、横山家の縫と話ができるのがうれしいだけなのだ。

足を拭き終わった縫がきっぱりといった。

「いざとなれば女子《おなご》だけで隊が作れるくらいここで稽古を積みたいものです」

「ええ？　私も入っているのですか。うれしい。私もなぎなた隊に入れてもらえるように、もっと頑張らなくちゃ」

千鶴が無邪気に左のこぶしを振り上げた。

「私たちの稽古ぶりが伝わったら、京にいる方たちも勇気づけられて、懸命にお務めを果たしてくださると思いますよ」

「よし。上達して兄上を驚かせてやる」

縫と千鶴のやりとりを聞いて、稽古に加わらない姑は、立場がなくなったのか、

「それでは、私は失礼します」

と立ち上がりかけたが、先に座敷に上がっていた利代ににじり寄って来てささやいた。

「いうのを忘れていましたが、江戸の佃煮を頂戴しましたよ」

縫が持参した束脩は、若松でも人気が高い江戸名物だった。

「けっこうな物をありがとうございます」

縫に向かって利代がいい、姑も一礼して出て行った。

会釈を返した縫は、稽古の時とは打って変わって、ものやわらかな顔を利代に向けた。

「お義姉《ねえ》様は、明るくて楽しい方ですね。知らなければ、義妹《いもうと》様かと思いますよ」

「義姉《あね》は、私の死んだ姉と同い年で、色々なことを教えてくださいます」

利代が応えると、すかさず千鶴が、違うといわんばかりに両手を強く振った。

「私は出戻りです。気がきかない女です。婚家では小姑《こじゅうと》とも反りが合わなくて、よく喧嘩しました。それが、追い出されて実家に戻ってみると、今度は自分が小姑になっているではありませんか。小姑は鬼千匹と申します。きっと利代さんには、私は鬼千匹です」

「いいえ。仏様です」

大笑いになった。

座が和んだので、利代はあえて駿の微妙な話題を持ち出した。縫を安心させて感謝したいという気持ちがあった。

「おかげさまで、あれから駿は、小組《こぐみ》の仲間との付き合いが深まっているみたいで、帰宅が遅くなりました。日向真寿見様や什長からのお小言ももらっていないようです」

ところが、縫は急にあらたまった顔をした。

「ご子息のこともお話ししたいと思って今日は参りました」

「え？　どのような……？」

だいぶ以前に常忠から聞いたのですが、と縫は話し始めた。利代は身をかたくした。

日新館では、昼九ツ（十二時）から九ツ半（午後一時）までが昼休みで、天気がよければ外へ出る者が多い。特に素読所の子どもたちは腕白ざかりだ。同じ小組の仲間と中庭で角力《すもう》をとる者もいた。

常忠は、そういった子どもたちの中に、駿の姿を探すのを習慣にしていた。

駿はたいてい一人で、居場所は定まっていなかった。講釈所の裏にある池の中をのぞいて小さな生き物の動きを眺めたり、医学寮に附属している薬草園に入って、植物やそこに飛んで来る昆虫を眺めたりしていた。男の子らしく生き物に興味があるのだと思った。

その時は、駿が、泮宮《はんきゅう》前の庭を横切って西塾を抜けて行ったので、常忠もそちらへ用があるような顔をして向かった。

二階建ての西塾の一階にうがたれた抜け道を出ると、目の前は水練をおこなう人工の池で、周囲は八十五間（約一五五メートル）もある。右手は流派ごとの弓術の稽古場だが、駿の姿はどこにも見えなかった。

さらに歩いて行くと、駿はその先、日新館の北西の端にある大きな築山《つきやま》の下にいた。南側には鉄砲の稽古場がつながっている。

駿はその築山をじっと見上げていた。

常忠は駿と話す良い機会だと思った。

「木本駿どのではないか」

「あ、横山様……」

「鳥でも見ているのか」

生き物に興味があると思っていたから、常忠はそう聞いてみた。

駿は振り返って築山を指さして答えた。

「観台《かんだい》を見ていました」

「観台とはこの築山のことか？　大砲の標的にする、城のひな型のようにも見えるが……」

観台の形状は正四角錐台《せいしかくすいだい》で、野面《のづら》積みの石垣のような頑丈な作りだ。下部は十二間（約二十二メートル）四方、平らな上部は五間半（約十メートル）四方、高さは三間半（約六メートル）というかなり大きなものである。

「お城のひな型ではありません。大砲の的でもありません。横に石段があります。私も詳しいことは知りませんが、この上に登って測量道具を使い、お日様やお月様、お星様の位置を測ります。天文《てんもん》というそうです」

日新館における天文の講義は、十年前まで山内玄齢《げんれい》がしていた。幕府の天文方《てんもんかた》、渋川景佑《かげすけ》の下で修業した優秀な人物だが、彼から学ぶ者は少なく、宅稽古の形になった。玄齢が八年前の嘉永七年（一八五四）に六十七歳で病死してからは、天文師範がいなくなった。

「何のために天文をする？」

「暦《こよみ》を作るためです」

常忠が首をかしげると、駿は説明を続けた。何度か来ているうちに、見回り中の学校目付が教えてくれたという。

「『会津暦』は、諏方神社《すわじんじゃ》の神官が大昔から作っていて、北は秋田、庄内、南は水戸、宇都宮まで広まっていたそうです」

「諏方神社の神官が暦を？」

「はい。他の国へ行けば、使っている暦は違います。『三島暦』とか『伊勢暦』、『薩摩暦』という風に。土津《はにつ》公は、天下の暦をより正確なもので統一すべきと考えておられたそうです。そのために、この観台が必要なのです。測った結果から、そろばんで面倒な計算をすると暦ができるとのことです」

「何だ、最後はそろばんで計算するのか。たいしたことではないな。そろばんは武士のすることではない」

駿は話をやめなかった。

「面倒な計算には数学が必要で、学校でも天文と数学を教えていたそうです。どうしてなくなったのでしょう」

「そんなことは知らぬ。ところで、駿どのはそろばんができるのか」

「いいえ」

「使い方を知りたいのか」

「はい。天文と数学で暦ができるのが不思議です。そろばんも面白そうです」

「四書五経よりもか」

駿は、小さくうなずいた。

そろばんに興味があるのは好ましくない、と常忠は思った。

縫の話を聞き終えて、千鶴がすぐ利代に向かっていった。

「どうも駿さんは、学校で虫や草花ばかり眺めているみたい。やはり素読はつまらないのよ。そして今度は天文と数学。虫や草花はまだいいけど、天文や数学はまずいわ。そろばんを使うのだもの」

そこで千鶴は自分の口をおさえた。いい過ぎたと思ったようだ。

「聞かなかったことにしましょうか」

縫はやさしくいってくれたが、駿のことを心配してくれている縫に、隠し事はしない方がいい。何かを知っているらしい千鶴に向かって、利代は訴えるような視線を送った。

その気持ちが通じたらしい。千鶴は利代にうなずいてから縫の方を見た。

「縫様。申し訳ありません。駿さんが心配なのは、私も同じです。お聞き苦しいでしょうが、しゃべらせてください」

そして、また利代へ顔を向けた。

「利代さんは知らないだろうけど、藩の台所が火の車で、今もそうみたいだけど、昔、父上が勘定頭《かんじょうがしら》を兼務したことがあった。その時、母上が狂ったように怒ったの。勘定頭を務める家格はうちより下だ、もし物頭《ものがしら》から勘定頭にお役替えにでもなったら、家格も下げられてしまうって」

姑ならいかにもいいそうなことだ。

「そもそも勘定頭を命じられたのは、父上がそろばんを得意としていたからなのだけど、こういうの、普通は何ていうんだっけ」

聞かれて利代は、つい答えてしまった。

「えーと、芸は身を助く？」

「そうそう。でも、母上はその時、ひどいことをいったわ。確か……自分で自分の首を絞めるようなものとか、自業自得、身から出た錆《さび》なんてね」

千鶴の多彩な表現に、縫は、笑いをこらえている。

「とにかく、それ以来、母上はそろばんを毛虫のように嫌っているのです」

千鶴のおかげで、木本家の恥が笑い話みたいになったが、利代は笑えなかった。

駿は今も素読に打ち込めていない。小組の仲間とうまく付き合っていると思ったが、学校の昼休みはひとりぼっちだ。会業後（放課後）の付き合いも形だけなのだろう。口授《こうじゅ》の合間にいなくなることは、今でもあるのではないか。

とにかく駿には天文や数学よりも素読だ。特にそろばんに興味を持たせてはいけない。


縫が来た日からまもなく、日新館は十二月十五日の会納《かいおさめ》の式を迎えた。翌日から年明けの正月十五日の会始《かいはじめ》の式の前日まで、年末年始の休みとなる。

休みに入ると急に冷え込んできた。駿と舅がほぼ同時に風邪を引いて寝込んだ。利代は、実家から送ってもらった常備薬の中から東庵処方の葛根湯《かっこんとう》を選んだが、舅には、高齢者を元気にさせて病気の回復を早めるからといって、当帰芍薬散《とうきしゃくやくさん》も勧めた。

舅は駿より早く全快したので、当帰芍薬散の効果を信じたらしく、それから毎日、朝餉の後に、自分で煎じて飲むようになった。真相をいえば、治った駿に舅より数日余分に寝ていてもらったのだが。利代は、実家の父へ、薬をもっと送ってほしいと文を書いた。

文久三年（一八六三）の年が明けて、駿は十一歳になった。利代は、いっそう注意深く駿の様子を観察しているが、特に気になる言動はない。縫からも特に知らせはない。しかし、心配だった。相手は、自分のよく知らない天文と数学だからだ。

年末年始以外にも、日新館の休みはけっこう多い。毎月の朔日、三、十、十五、十八、二十三、二十九日と、五節句や二月の初午《はつうま》、盂蘭盆会《うらぼんえ》、冬至、春秋二回の釈奠《せきてん》とその前後日なども休みである。ただし、孔子を祀る儀式である釈奠は、日新館の泮宮内の大成殿《たいせいでん》で、学校奉行や家老らが列席しておこなわれる。

なぎなたの稽古は、そういった日新館の休み以外の日にすることに決めた。駿や常忠が日中は屋敷にいないからだ。ただし、稽古は屋外でするので、雨天はもちろん、雨上がりの日も避けることになる。

その後、舅の物忘れはひどくはなっていない。父が処方した当帰芍薬散は、効果がありそうだ。ただ、姑はときどき疲れたようにいう。

「薬を飲むのをよく忘れるのです。まだ飲んでいないのにもう飲んだといわれると本当に困る。渡した薬が残っていても、知らないというし……」

利代は色々考えた末、薬の小袋に日付を書き込むことにした。『会津暦』で確認して、二十四節気に当たれば、それも記入する。ひと月分をまとめて姑に渡しておき、毎朝ひと袋ずつ舅に渡してもらうのだ。

舅への説明は、利代自身がすることにした。一月も残り少なくなった日の昼前に隠居所へ行った。姑はあえてその場にいない。

庭は雪で埋もれていたが、うららかな日が差していたので、障子を開け放って、舅は外を眺めていた。

「まだ鳴かないが、鶯《うぐいす》が来ている」

舅は楽しそうにつぶやいた。

利代は縁側の近くに座って庭を眺めた。鶯の姿は見えなかった。

そのままの姿勢で舅に聞いた。

「お義父様。今日はもう薬は飲まれましたか」

「ああ、飲んだ」

ぶっきらぼうな返事だ。本当かどうかはわからない。確かめるつもりはなかった。明日からは、おそらく忘れることはなくなる。

利代は舅の方へ向き直ると、持ってきた物を見せながら、さりげなくいった。

「お義父様。当帰芍薬散の小袋に、私がこのように日付を書き込んでおきました。お義母様から渡されたら、必ず確認してください」

「わしが忘れずに飲むように、だな?」

よかった。今日の舅はしっかりしている。

「はい。お義母様へ渡しておきますからね」

「すまんな」

薬の話は終わりにしよう。

利代は、ふと気になっていたことを聞いてみることにした。駿が興味を持っている天文と数学と暦のことだ。そろばんが得意な三郎右衛門なら、知っているかもしれない。

「お義父様。教えていただきたいことがあるのですが」

「覚えていることなら何でも教えてやるが……」

舅はちょっと視線を落とした。しっかりしている時は、自分の老耄《ろうもう》を自覚しているらしく、何か聞かれると、答えられるか不安になるようだ。

「薬の小袋に日付を書き込む時、『会津暦』を見ましたが、暦は毎年毎年新しくなります。大の月や小の月が変わりますし、閏月《うるうづき》のある年もあります」

ここまでしゃべったら、舅は顔を上げてまっすぐ見つめてきた。目の光に力がもどっている。

「駿は学校の観台を眺めていて、誰かから天文と数学の話を聞き、『会津暦』は諏方神社の神官がそろばんで計算して作っているといっていました。銭勘定がそろばんでできるのはわかりますが、暦も同じなのですか。ご存じでしたら教えてください」

わかりやすいように、少し作り話にしたら、いっそう強く反応してきた。

「そうか。駿がな。子どもらしい興味の持ち方だ。さすがわしの孫だ」

舅は口元をほころばせて続けた。

「暦はな、日《ひ》（太陽）と月の動きで決められているのだ。一日はお日様が昇って沈んでまた昇るまでだ。ひと月は新月から始まって満月になりまた新月になるまで。その繰り返しで、何月何日と決める。それなら一年がどういうものかわかるか」

利代は少し考えたら思い当たった。

「春から始まって夏、秋、冬と過ぎてまた春になるまでのあいだでしょうか」

「その通りじゃ。いやあ、利代どのは賢い。賢い母から生まれたから駿も賢いのだな」

舅はますます機嫌が良くなった。声がますます大きくなった。

「一日の長さは変わらないが、ひと月の長さは大の月か小の月で上手に変えないと、十五日が満月にならないことが起きてしまう。一年も同じなのだ。閏月を入れたり入れなかったりしないと、六月に雪が降るようなことがいつか起きてしまうのだ」

「そうなのですか」

「数年分の『会津暦』を見てみなさい。その年が全部で何日あるか書いてある。閏月のある年はない年よりも当然ひと月分多い。それでも、それら数年分の『会津暦』をよく見れば、季節を表す二十四節気が、だいたい似た月日《つきひ》のところに書かれてあるはずだ。この計算を正確におこなうために、日月《にちげつ》の動きを知ることつまり天文と数学、そしてそろばんが必要になるのだ」

「そろばんですか」

「そうだ。そろばんだ。しかし、諏方神社の神官が今も計算をして暦を作っているわけではない。暦の計算は幕府の天文方《てんもんかた》がおこなっている。それができると、京都朝廷の陰陽寮《おんようりょう》が吉凶をあらわす暦注《れきちゅう》（選日《せんじつ》や二十八宿、九星など）をつけて写本暦《しゃほんれき》となる。その写本暦をもらって『会津暦』を作るのだ」

「そうだったのですか」

利代は少し安心した。天文と数学に興味を持ったからといって、すぐそろばんを始めることはないかもしれない。

「お義父様はずいぶんとお詳しいのですね」

舅は高らかに笑った。

「数学が好きだったのだ。かつて学校には、天文と数学の師範がいた。わしも、十三歳から天文と数学を学び始めたのだが、十五歳で武芸の稽古を始めた時やめさせられた。しかし楽しかったなあ、そろばんで計算するのは。だから屋敷で、一人でこっそりと……」

そういいかけたところで、急に襖が開いた。けわしい顔つきの姑が廊下に座っていた。

「やめてください、そろばんの話は！」

無作法を承知で立ち聞きし、我慢ができなくなったのだろう。

「木本家は槍ひと筋でご奉公してきた家柄です。そろばんなど自慢にもなりませぬ！」

姑の剣幕に、舅は下を向いてしまった。

うっかり質問した自分がいけなかった。

用事は終わりましたといい、姑と入れ替わりに、利代はすばやく隠居所を出た。

渡り廊下を過ぎ、母屋に入ったところで立ち止まり、大きく息を吐いた。

想像した以上に姑はそろばんを嫌っている。駿が興味を持っていることを知られたら大変だ。駿にはしっかり釘を刺しておこう。天文や数学、何よりもそろばんは許さない、と。

新兵衛からは、京に無事着いたという文が昨年の暮れに届いたが、それ以来、何の便りもない。悪い話はどこからも聞こえてこないが、かえって不気味な気もする。

不安をはらうため、月末の習慣にした『会津暦』を開く。薬の小袋に三月の日付と二十四節気を書き込むためだ。

天文と数学で作られていると舅から説明されたことを思い出すと、つい正月から眺めてしまう。自然の移ろいを思い出す。

今年の正月二日（太陽暦では二月十九日）は雨水、十七日は啓蟄《けいちつ》、二月三日は春分、十八日は清明だった。雪が解け、虫たちが動き出し、寒さがやわらぎ、草木が芽吹いてきた。月日は毎年同じでなくても、二十四節気の配置は不思議と季節のめぐりと一致している。

穀雨《こくう》の三月三日（太陽暦では四月二十日）、城下のあちこちで桜が見ごろになると、待ちに待っていた文が夫から届いた。

前回と同様、留守宅を安心させる内容から始まっていた。

会津藩は先ず、黒谷《くろだに》の金戒光明寺《こんかいこうみょうじ》に陣を敷いた。そこは御所《ごしょ》にも近く、小高い丘の上にあったから、京全体ににらみがきいて、治安が良くなった。将軍の上洛がまもなく実現しそうだ。これまで朝廷から幕府に再三要求されていたことだ。実現すれば、尊皇攘夷を叫ぶ浪士や公卿らはおとなしくなり、京はさらに平穏になるだろう。

駿にも読ませるようにと書いたあとは、父母への孝養を頼んで結んであった。読み終えて、利代は物足りなさを感じた。

駿が槍術の稽古から帰って来たので、利代はすぐ居室へ呼んで、新兵衛の文を見せた。

「父上のお務めはうまくいきそうですね」

「そう思いますか。それなら、思ったより早く、若松へ帰って来られるかもしれません。その時は、経書の一つでもすらすら読んで、驚かせてあげなさい」

「は、はい」

駿の返事はぎこちなかった。

文に素読をしっかりやらせろぐらい書いてきてほしかったが、それだけではいけない。

前から話そう話そうと思っていて、どうしてもできなかったが、やっとその機会がきた。

「以前にも話しましたが、横山様のところの縫様がときどき屋敷にみえて、一緒になぎなたの稽古をしています。そのあと、縫様は色々な話をしてくださいます」

駿はうつむいている。

「常忠様から聞いた駿の話も、です」

駿の身体がぴくりと動いた。

利代は、その瞬間を見逃さなかった。縫から聞いた観台の下での二人の話をした。

「木本家は先祖代々槍ひと筋の家柄です。ご奉公には武芸と漢学は必要ですが、天文や数学は必ずしもそうではありません。今一番力を入れて取り組むのは素読です。いっている意味がわかりますね。それでもまだ、素読よりも天文や数学に興味があるといえますか。あるならあるといってみなさい」

「あります」

返事に困ると思ったのに、うつむいたままでも、駿が迷うことなく興味があると応えたので、利代の方がうろたえた。

「何ですって？　ゆ、許しませぬ。絶対に許しませぬ」

利代は駿をにらみながら、これは駿のためなのだ、こうするのが正しいのだ、と心の中で何度も自分にいい聞かせた。

ところが、駿は黙ったままだ。

明らかに納得していない。どうしてもいけないのかと聞かれたらどうしよう。ならぬものはならぬで押し通すしかない。

駿は顔を上げないが、黒いまつ毛ははっきり見える。父親ゆずりの長いまつ毛だ。じっと見ていると、その先に今にも涙がにじんできそうだった。利代は耐えられなくなった。

「天文や数学は絶対に許しませぬ。いいですね、駿！」

お祖母様が嫌っているからそろばんはだめだと、はっきりいえない自分も情けない。利代は返事を聞かずに立とうとした。

すると、駿が顔を上げた。

利代は腰を上げかけたまま駿を見返した。

駿は目を大きく見開いている。

「はい。わかりました」

駿ははっきりといった。

利代は力が抜け、ぺたりと腰をおろした。

「わかってくれれば、それでよいのです」

声がふるえた。

最後まで咲いていた城下の桜が、花びらを散らしてしまうと、三月十九日はもう立夏だった。

青々としてきた庭木を見ながら、利代は、舅が立夏と書いた小袋を開けて、薬を煎じている姿を想像した。このところ、舅に異常な行動が見られない。

一方、駿も心配がなくなった。屋敷でも熱心に素読の稽古をするようになったからだ。

四月に入った。四日は二十四節気の小満《しょうまん》で日差しは明るく、梅雨入りまではまだ日がある。その日は、日新館は休みでなかったので、横山縫がなぎなたの稽古にやってきた。

稽古を終えると、女三人による、いつもの雑談になったが、縫は、京にいる義父の横山常徳から文が届いたといった。

「公方様が無事ご入京されたそうです」

「これでますます京は落ち着くでしょう」

利代は夫の文面を思い出してそういったが、縫はむしろ義父は心配しているといった。

将軍の上洛は、寛永十一年（一六三四）の家光以来、実に二二九年ぶりのことだった。二月十三日に江戸を出発した将軍家茂は、三千人という長大な行列を組んで東海道をのぼり、三月四日に京都に着いた。

これは、朝廷の要求に幕府が応じたのだから、公武一和が進展したように見えるが、別の見方をすれば、これだけの大事業を促した朝廷の権威と実力が、天下に示されてしまったともいえる。

「陰で操った外様大名の力は無視できない。朝廷を使って幕府を思い通りにしようとする動きが、これからもっと活発に、そしてもっと過激になるかもしれない、と義父は書いていました」

「会津松平家がにらみをきかせても、抑えられないのでしょうか」

「公方様を警護して京までやってきた、壬生《みぶ》浪士組という武芸に秀でた人たちが、そのまま京に残って京都守護職の支配下に入ることになったそうですけど……」

壬生浪士組は、後に新選組になる者たちだ。

「それは心強いわ。これで、あと半年すれば、兄上も交代して帰ってくる」

千鶴が明るい声を出したが、縫の表情は変わらない。

「義父は武力だけでは難しいと書いていました。公方様は、五月十日までに攘夷を決行すると帝《みかど》に約束されました。正しくは、約束させられたのでしょう。五月十日といったらすぐです。公方様が京におられる間にその日が来てしまいます。何が起こるかわかりません」

それを聞いて、利代は不安になった。


実際、大きな事件が起きた。

幕府が約束した攘夷決行とは、通商条約の破棄といったん開港した港を元に戻す鎖港だったが、どちらも外国との交渉に時間を要することであり、現実的には無理だった。

一方、長州における攘夷決行とは、外国に対する武力攻撃だった。長州も薩摩や土佐と同様に外様大名である。

幕府が約束した期限の五月十日、長州は、下関を通過するアメリカの商船ペムブローク号を砲撃した。続けて二十三日にはフランスの軍艦キャンシャン号を、二十六日には幕府の草創期から親交のあるオランダの軍艦メデューサ号にまで砲撃を加えた。

当然、報復があった。六月朔日にはアメリカが、五日にはフランスが軍艦を下関へ派遣した。

長州は、庚申丸《こうしんまる》、壬戌丸《じんじゅつまる》を撃沈され、癸亥丸《きがいまる》を大破させられた。亀山砲台、前田砲台も破壊された。

六月八日の大暑《たいしょ》も過ぎ、盆地の若松は、例年のように猛烈な暑さに見舞われていた。長州の攘夷決行とその結果は、郭内《かくない》にももたらされていたが、まだ会津には無縁のことと思う人が多かった。

今日も稽古のあと、縫は、常忠から聞いた話として、日新館での駿の様子を語った。

「最近の駿どのは、昼餉の後の休憩時間も、木陰で一人で経書を読んでいます。常忠が熱心だなと声をかけたら、今の自分にできる父母への孝養は素読に打ち込むことですと、はっきり答えたそうです」

「利代さんが叱ってから、屋敷でも勉強ばかりしている」

「叱ってなどいません」

利代は千鶴の言葉を否定した。

「父母への孝養を口にするようになったのは、『日新館童子訓』を読んだせいでしょう。親孝行な息子の話がたくさん出てきますから。常忠の時もそうでしたが、男子は何かのきっかけで、急に成長して驚かせてくれます」

縫にそういわれると、利代は急に目の前が明るくなるような感じがした。

素読は、一つずつ吟味を受けて、合格すれば次へ進む。確かに駿は、遅れを挽回し出している。この調子なら、年末年始の休み前までに、『春秋』、『礼記』、『孝経』、『小学』を終えるのではないか。

利代は、京にいる夫へ、駿の学問の進捗《しんちょく》を伝えるのが楽しみになった。

外国から手痛い反撃を受けた長州は、それでも懲りてなかったのか、外国に対する武力攻撃を天皇から命令してもらおうと、急進派の公卿らと画策した。

この時点で薩摩はまだ公武一和派だった。会津は薩摩と相談し、極秘に孝明天皇の承諾を得、軍事力で長州の動きを阻止することになった。

そのとき京には、会津の交代要員が若松からやって来ていた。一八〇〇名にふくらんだ会津勢の威圧力が、長州と急進派の公卿七人を京から追い出した。八月十八日の政変、七卿《しちきょう》落ちである。嵐が去った十月九日、松平容保は、孝明天皇直筆の『御宸翰《ごしんかん》』を賜った。和歌も添えられていた。

堂上《どうじょう》以下、暴論をつらねて、不正の処置、増長につき、痛心堪え難く、内命を下せしのところ、すみやかに諒承し、憂患掃攘、朕《ちん》の存念貫徹の段、全くその方の忠誠にて、深く感悦のあまり、右一箱、これをつかわすものなり。

文久三年十月九日

たやすからざる世に武士《もののふ》の忠誠の心をよろこひてよめる
和《やわ》らくも　たけき心も　相生《あいおい》の　まつの落葉の　あらす栄へむ
武士と　心あはして　いはほをも　つらぬきてまし　世々のおもひて

『御宸翰』の話は若松城下を喜ばせたが、皮肉なことに、予定していた全員の交代と帰国が無理になった。特に新兵衛ら精鋭は、当分京から離れられなくなった。

　年が明けて文久四年（一八六四）、将軍家茂は再び上洛した。今回は、幕府の蒸気外輪船翔鶴《しょうかく》丸《まる》に乗り、艦隊を編成し大坂へ着いた。その後入京した家茂は一月二十一日に参内《さんだい》し、天皇から庶政委任と攘夷緩和の勅旨《ちょくし》を受けた。幕府本来の天皇から政治を任された立場と、幕府が考えるゆるやかな攘夷が認められた。

　ここに公武一和は、実質、魂が入った。

　文久四年は二月二十日に改元されて元治《げんじ》元年（一八六四）になった。『会津暦』の表紙は文久四甲子《かっし》暦となっているが、修正版が発行されることはない。甲子《きのえね》の年は六十干支《ろくじっかんし》で始まりの年にあたる。甲子《かっし》革令《かくれい》といって、古来政治上の変革が起こり改元することが多かった。家茂の再上洛と公武一和の進展を朝廷が意識した改元だった。

二

元治元年（一八六四）四月晦日《みそか》（二十九日）の昼過ぎだった。日新館は休日である。

　おちかが客の来訪を告げに来た。顔が青ざめていた。

「どうかしたの？」

「怖そうなお武家様です」

応対に出ると、小柄な老武士が土間に立っていた。

「河原田《かわらだ》と申す」

「お師匠様……」

駿に日下一旨流の槍術を教えている河原田信壽《のぶとし》だった。

三郎右衛門よりも年かさなのは、わずかに残った白髪と皺だらけの赤茶けた顔からわかる。それでも、背筋を伸ばして両足を踏ん張った姿には、古武士のような風格があった。

「駿が大変お世話になり……」

利代の感謝の言葉を制止するような咳ばらいをすると、信壽は慇懃《いんぎん》に尋ねてきた。

「駿どのは風邪でもひいて寝込んでおられるのか」

利代は首をかしげた。

「いいえ。さようなことは……。今日は、お師匠様のところへ稽古にまいりましたが……」

「来てはおらん」

間髪《かんはつ》容れず否定された。信壽は怒っている。

信壽の屋敷での稽古は、当初は午前中だけだったが、信壽が駿を気に入って、近ごろでは昼餉も出て、午後も続けて教えてもらうようになっていた。だから、まだ信壽の屋敷にいるものと思っていた。

「今年になってから、稽古に来る頻度が減っておる。学校が休みなら必ず来る約束だった。が、今日も来なかった。学校の規則が変わって休みの日が減ったのか。駿どのに他の稽古事ができたのか。わしの教え方が気に入らなくなったのか。それとも老いぼれと付き合う気がなくなったのか？」

信壽は、下唇を突き出すようにして、しわがれ声でしゃべりまくった。

一度にたくさん聞かれて、利代は何から答えていいか迷った。

もっと事情を詳しく聞かなければ……。とにかく座敷に上がってもらおう。

利代は信壽を客座敷へ案内し、おちかに茶を出すように命じた。

「初めは供をつけておりましたが、十二歳になりましたので、今では自分で稽古槍をかついで出かけます。今朝もそうでした。本当に行ってはいないのですか」

「稽古槍などどうでもいい！」

「申し訳ございません」

「よく聞け。新兵衛どのに頼まれたのは、学校を恐れるほど気持ちの弱い子だから、どんなことにも向かっていける強い子にしてほしいということだった。だから、槍の手ほどきは二の次で、わしと熱い湯に浸かって我慢比べをしたり、嫌いだという食い物を次々に食わせたり、蝮《まむし》の殺し方を教えたり……」

利代が顔をしかめたので、信壽はまた咳ばらいをすると、事例を変えた。

「勝負にこだわる精神を鍛えるため、将棋を教えた。飛車と角さらに桂馬《けいま》香車《きょうしゃ》落ちで、わしに勝つまでやらせたりもした。駿どのは真剣だったし、わしも楽しんで教えた。こういった教え方ではいけないのか」

「いけないとは思いませんが……」

「学校には通い続けているのだな？」

「はい。お蔭様で」

「それなら目的は達成できていることになる」

「感謝しております」

「なら、稽古は、もうやめにするか」

「そ、そんな……」

「稽古を続けさせる気があるのなら、休ませるな。言い訳も聞きたくはない」

「申し訳ございません。以後、決して休ませはいたしません」

「そうしてくれ」

やっと茶が出て、それを一服した信壽が、いとまを告げるかと思ったら、老人らしく話がまだ続いた。

「この間のことだが、心当たりはあるか」

「は？」

「いつも来る刻限になっても姿を見せないので、屋敷から出てみた。途中で出くわすことを期待しながら歩いて行くと、こちらへ向かって来る駿どのが遠くに見えた。ところが、全く違う方向へ曲がった」

「お師匠様に気付いて避けた？」

「違う。わしはすぐ追いかけて、どこへ行ったか確かめた」

「どこかの屋敷へ入ったのですか」

信壽はうなずいた。

「近所で聞いたら、片桐伸之進《のぶのしん》の屋敷だという。わしの知らぬ奴だ。ご存じか」

利代は首を振った。

「念のためにそいつも調べてくれ。今日もそこかもしれぬ」

「承知いたしました」

ようやく信壽が帰った。

よくしゃべる老人だった。黙っている時は口をへの字に結んでいた。最初から最後まで不機嫌だった。

それにしても、稽古に行かずに駿はどこへ何をしに行ったのだろう、親に内緒で。帰ったら問《と》い質《ただ》さねば……。

いらいらしながら居室へ戻ってしばらくすると、姑がやってきた。

「利代どの。三郎右衛門は来ませんでしたか」

「いいえ」

「薬袋を持って部屋を出たので、利代どのに会いに行ったものと思っていました」

日付を書き込んだ来月分の当帰芍薬散は、今朝姑に渡したばかりだ。

「来なかったのなら、出て行ったのです」

「まだ近くにいるかもしれません」

「もう小半刻《こはんとき》近く過ぎている。母屋にいて、誰か出ていくのを気付かなかったのですか」

「うっかりしていました」

信壽の相手をしていた時だから、それどころでなかったが、利代は謝った。

「千鶴はどこですか」

「買い物に出かけました。縫様と一緒に……」

千鶴は昨日、多江の許しを得ているはずだ。

思い出したらしい姑は、いまいましそうに唇をかんだ。

「近所へ碁を打ちに行かれているのではありませんか」

安心させるようにいったが、逆効果だった。

「碁を打つ日は決まっていて、朝からそわそわしているからそれくらいわかります。弥助を探しに行かせますが、いいですね」

「は、はい。では私も……」

「大勢で探しに行ったら、人目に立ちます。それくらいわからないのですか」

「思慮が足りませんでした」

また謝ることになった。

姑は部屋を出て行った。利代は来客があった話をすることもできなかった。

誰にも告げず、舅がいなくなることは、去年、一度だけあった。当帰芍薬散を飲み始めてすぐだった。

その時は、興徳寺《こうとくじ》の境内で帰り道がわからなくなっていた舅を、寺男が尋ね尋ねて屋敷まで連れてきてくれた。郭外へ出ようとして行き先を忘れ、郭内をぐるぐる回っているうちに興徳寺で疲れ果てたらしい。

今日も興徳寺で見つかるかもしれない。しかし、見つかればよいというわけではない。あれから徐々に効き出したと思っていた当帰芍薬散が、効かなくなったのだろうか。だとすれば、これから他にどんな症状が出るのだろう。

利代は東庵の文を思い出した。老耄の年寄りの中には、徘徊《はいかい》する癖が出る者がいる。当《あ》て所《ど》もなく何かを探して歩くのだという。舅も徘徊が始まったのかもしれない。どうしたらいいか、父に聞こう。すぐ文を書こう。いや、それでは間に合わない。

今はとにかく、弥助が舅を見つけて帰って来るのを待とう。そうだ。駿の帰りもだ。帰って来たら、駿には問い質すことがある。

こんなとき、新兵衛がいたら……。いったいいつ帰って来るのだろう。急に心細くなってきた。自分はこんなに弱虫だったのか。

しばらくして駿が帰宅した気配があった。すぐ信壽の話を思い出した。すると、萎えていた気持ちが、急に昂《たかぶ》ってきた。

利代の居室の前の廊下まで来ると、駿は稽古槍と刀を脇に置いて座り、両手を膝の上にのせてお辞儀した。

「ただ今戻りました」

そのまま立って自室へ行こうとするのを、利代は制止していった。

「ここへ来て座りなさい」

駿を目の前に座らせると、畳をぴしりと叩いていきなりいった。

「どこへ何をしに行ってきたのか、報告しないのですか」

そういう習慣は学校でも厳しく教えている。忘れるはずはない。

「河原田元師範の屋敷へ……」

「正直にいいなさい！　片桐伸之進の屋敷へ行ったのでしょ？」

駿の顔が引きつった。図星だったようだ。

利代は、大きな声でもう一度聞いた。

「何をしに行ったのですか！」

駿は、蚊の鳴くような声で答えた。

「数学を教えてもらいに……」

利代は自分の耳を疑った。

「数学？」

駿は、膝の上に両腕を突っ張ったまま顔をふせた。黙っている。

「数学を禁止したことを忘れたのですか」

駿は黙って首を振った。

「それなら、なぜ……？」

利代は辛抱強く返事を待った。

「お爺様から面白い物をやろうといわれ、本とそろばんをもらいました」

「面白い物？　そろばんですって？」

「そろばんの入門書もいただきました。数学に興味があるなら、先ずこれから学べといわれました。黙って受け取ると、お爺様は、それはそれはうれしそうなお顔をされて……」

駿はいいながら、懐から本を取り出して、前に並べた。なんと三冊も。表紙に目をやると、題《だい》箋《せん》に『新編塵劫記《しんぺんじんこうき》』とあり、それぞれに上中下と添え書きされていた。

また懐へ手を入れて、駿はおずおずとそろばんまで取り出した。畳の上に置くとき、珠が擦れ合うかすかな音がした。

「お爺様は、そろばんの使い方も教えてくれました」

利代は懸命に状況を理解しようとした。

駿は天文や数学への興味を諦めたはずだ。しかし、それを舅が思い出させた。老耄のせいで、姑がそろばんを嫌っていることを忘れたのか。そうかもしれないが、舅は、孫の駿が可愛くて仕方なかったのだ。

冬のもっとも寒いころだった。姑からみっともないからやめるようにいわれても、赤ん坊の駿を背負い、ねんねこを羽織って外へ出てあやしていた。駿はお爺ちゃん子になった。蟬の鳴き声を教えたのも舅だ。可愛い駿だから数学も教えようとしたのだ。

「お爺様のためにしていたのですね」

父母祖父母への孝養は、会津松平家が大切にしている徳目だ。利代は祈る気持ちで聞いたが、駿はまた首を振った。

「では、どうして？」

「だって……だって、面白くて……」

「だって、面白くて？」

自分でも幼児のようないい方をしたのに気付いたのだろう。駿はいい直した。

「複雑な計算でも、そろばんがあれば楽に解けるのが痛快だったのです。本は眺めるだけでも楽しく、学校へも持って行き、暇さえあればこっそり開いていました……」

駿は下巻を取り上げると、中をめくっていき、見つけたところを大きく開いた。

「絵がたくさん入っています。ここをご覧ください。ねずみ算《ざん》の問題です」

利代はちらりと見てぞっとした。黒いねずみが紙面にびっしりと描かれている。顔をそむけたが、駿は夢中で説明している。

「ねずみ算は、毎月毎月増えていくねずみの総数を、そろばんで計算――」

「やめなさい」

「でも、本当に面白いのですよ」

利代はにじり寄って、駿の左頬を張った。弾けるような音がした。駿は右手をつき、横を向いたままじっとしている。

利代は全身から血の気が引く思いがした。裏切られたとはいえ、最愛の息子を殴った自分が信じられなかった。

舅はどうして駿に数学を教えようと思ったのだろう。そうか。あの時、暦がどうやって作られるのか尋ねなければ、駿が観台を見て数学に興味を持ったと話さなければ、舅は知らないままだった。こういうことにはならなかったのだ。自分のせいだ。

利代は深く息を吸い、ゆっくり吐いてから駿に聞いた。やめさせるためには、詳しく聞いておく必要がある。

「片桐伸之進という人は、お爺様から教えてもらったのですか」

駿はまた意外な返事をした。

「自分で探しました」

先ず、日新館の正式な数学の師範が三人いることを知った。伊沢七右衛門、逸見覚蔵、平山幸之助である。教えを乞う者は、彼らの屋敷へ行くことになっていた。しかし、こっそり教えてもらうことはできない。

次に、昔、師範をしていた片桐嘉保《よしやす》という関流《せきりゅう》の数学者を知った。嘉保は、江戸で天文暦学の修業をした人で、その末裔《まつえい》が伸之進だった。今は勘定頭で、数学の師範ではない。駿は伸之進の屋敷を調べ、一人で訪問した。

「弟子がいなくて寂しがっておられたのか、入門させてくださいました。お師匠様の稽古をときどき休んで通うことにしました」

ここまでで、駿が一人で勝手にしたことがわかった。それなら、自分さえしっかりすれば、駿に数学をやめさせられる。

利代は駿へ厳しい眼を向けた。

「駿……」

その時、玄関でいい争うような声がした。

大きな声は舅で、穏やかな声は弥助だ。弥助が舅を見つけて帰って来たらしい。隠居所から迎えに走る姑の足音も聞こえた。

何も知らない駿は、声のする方へ顔を向けている。

「ここは、わしの屋敷ではない！」

舅の怒鳴り声がはっきり聞こえた。姑と弥助のなだめる声が続いた。

利代は、もう一度、駿と呼びかけた。

駿がこちらを向いた。

「数学のことは、もう忘れなさい。学校が休みの日は、必ず槍の稽古に行きなさい。絶対に片桐伸之進の屋敷へ行ってはなりませぬ」

利代は、駿の返事も聞かずに立ち上がり、玄関へ急いだ。裾がからみついて、つまずきそうになった。利代は褄《つま》をとって、やや大股で歩いた。駿よりも自分に腹が立っていた。


昨夜の利代は、寝床に入っても熟睡できなかった。同じ場所をぐるぐる回るように、何度も何度も同じことを考えてしまう。考え疲れると、ようやく考えなくなる。そして、やっと眠りそうになるととつぜん目が冴える。昨日は色々なことがあった……。また思い出して考え始める。その繰り返しだった。

五月朔日《ついたち》、日新館は休みだ。駿に弥助をつけて槍術稽古に行かせた。今日の弥助は、供ではなく見張り役だ。これでいい。

昼過ぎに隠居所の様子をうかがうと、舅は朝餉も昼餉も摂らずに寝ているという。寝不足で頭が重い利代は、いつまでも寝続けている舅が、心配を通り越して、うらやましくもあり、少し憎らしくもあった。

しばらくして、玄関から咳払いが聞こえた。利代はどきっとした。昨日の今日である。時刻もほとんど同じ。まさか河原田信壽がまた苦情をいいに来たのではあるまいか。

胸騒ぎを覚えながら出てみると、編み笠を深くかぶった、背の高い武士が一人で立っていた。右手に持った刀に見覚えがあった。

（あ、あなた……）

利代は口をおさえた。

新兵衛は編み笠をとった。感情を押し殺した顔つきで、視線は利代をとらえていない。

「ご家老のお供をしてきた。京で指揮を執っておられたので、いなくなったことは、しばらく内密にしなければならない。明日また京へ発つ。わしが帰宅したことも秘密だ」

一気にいうと、後ろを向いて、式台にどっかと腰をおろした。衣服から埃と汗の匂いが立ちのぼった。新兵衛がいなかった一年半の長さを今さらながらに感じた。

新兵衛はご家老としかいわなかったが、京で指揮を執っていたのなら、筆頭家老の横山常徳に違いない。利代の頭にやはり突然の帰宅で驚いている縫の顔が浮かんだ。予定外の事態が起きたのだ。

帰宅を喜ぶなどもってのほか、冷静でなければならない。利代は、自分ですすぎの準備をし、夫のわらじを脱がせ、足を洗った。ときどき上目遣いで見たが、疲れ切っているせいか、目をつぶって利代にされるがままになっている。頬がいくらかこけて、無精ひげが目立った。首筋や胸元まで日に焼けていたが、どこにも傷はなさそうだった。

それから付きっきりで世話を焼いた。無言だった。新兵衛もそうだった。

姑や千鶴、おちかが新兵衛の帰宅に気付くたびに口止めしなければならず、そういう時だけ、やっと声を出した。舅はずっと寝たままで、隠居所から一歩も出てこなかった。

夕刻、槍の稽古から帰宅した駿が報告に来て、父子が対面した。供をした弥助にはおちかから説明するようにいってある。

「日が傾くまで槍の稽古とは熱心だな。実は急用で帰宅した。詳しい話はできぬが、久しぶりに飯を一緒に食おう」

新兵衛は駿に質問させせない話し方をした。それは、利代に対しても、うかつなことを聞くな、といっているようだった。

夕餉の膳に利代は燗酒を一本つけた。新兵衛が帰ると知っていたら、心をこめた料理が一皿か一椀増やせたのだが、これしかできないのが悲しかった。

「さっきから感じていたのだが、駿は背が伸びたな。もうじきいくら食ってもすぐ腹が減って、がまんできなくなるぞ。利代。そうなったら、駿の飯茶碗を大きくしてやり、飯だけはたっぷり食わせてやれ」

新兵衛は京へ行く前の新兵衛に戻ってきた。しかし利代は、うなずいて、はいと口を動かしたが、小さな声しか出せなかった。夫がくつろぐようになっても、それに応じることができない。駿の問題が頭にすぐ浮かぶ。

新兵衛は、あとは無言で、以前は見せたことのない速さで、酒を飲み、料理を平らげた。その様子から、利代は、殺伐とした京の状況を想像した。文に書いてあった様子とはやはり違うのだ。茶を出す時、それが表情に出たらしい。しかし新兵衛は、利代から駿の方へ顔を向けていった。

「京でわしらが何をしていたか、気になるだろう。昨年、過激な長州の連中やうるさい公家どもを、薩摩と協力して、京から追い出したことは知っているな」

八月十八日の政変のことだ。

「めざましいお働きで、そのことで、帝から『御宸翰』を賜った話は、ここ若松で知らない者はおりません」

駿が答えた。どうして息子というのは、荒っぽい話になると父親の前で胸を張り、さらに目を輝かせるのだろう。

戦国の世の武勇伝なら、血なまぐさいことでも何とか聞けた。しかし、今にも夫が、実際に人を斬ったとか殺したとかいいだすのではないかと、利代は不安になってきた。

ところが、新兵衛は白い歯を見せた。

「帝の周囲にはな、帝のご叡慮《えいりょ》とは異なる指示を出したり、わしらのことを悪くいったりする公家が多くいた。そういった公家どもに、会津の軍隊の実力を見せつけ、かえって帝の信頼を厚くした馬揃《うまぞろ》えの話をしてやろう」

「父上。馬揃えとは何でございますか」

「軍事調練のことだ。帝のご所望だといわれたが、尊攘派の公家どもの嫌がらせだ。御所の周辺にものものしいいでたちの武者や軍馬を集めさせ、都に暮らす人たちに東夷《あずまえびす》の野蛮さを見せつけるたくらみか、あるいは、失敗して恥をかかせる罠だったに違いない。それでいて、荒事に慣れていない公家の考えることだ。実弾は撃つなだの、雨天の場合は順延しろともいってきた」

「では、やらなかったのでございますか」

「やったさ」

実際は、政変の直前にあった出来事だが、昨日のことのように語る新兵衛の話に、利代も駿も引き込まれた。

指定された日（六月二十八日）の早朝、会津の諸隊は、御所のすぐ南にある凝花洞《ぎょうかどう》（後西天皇《ごさい》の退位後の屋敷だった）に集結した。ところが、朝から雨だったので、案の定、雨天順延である。翌日も、集合したものの、やはり降雨のため順延。さらに次の日も雨天順延の指示が出、諸隊は空しく解散した。

ところが、昼四ツ（午前十時）になって、突然「主上《しゅじょう》（天皇）ご覧遊ばさる。早々に用意に及ぶべし」との命が下った。

「いったん解散していたから、今から呼び集めたのでは夕刻になってしまうと訴えたが、聞き入れられなかった。急な指示を出して混乱させたかったのだ」

会津の諸隊は金戒光明寺だけでなく、真如堂《しんにょどう》（真正極楽寺《しんしょうごくらくじ》）、百万遍《ひゃくまんべん》（知恩寺《ちおんじ》）、鞍馬口《くらまぐち》の屋敷にも駐屯していたから、それぞれへ伝令を走らせ、外出した家臣は呼び戻し、全員が武装を整えて、再び集合し終えた時には夕七ツ（午後四時）を過ぎていた。そして、雨も止んではいなかった。

甲冑《かっちゅう》に陣羽織を羽織った容保は、馬にまたがり、先頭になって全軍を御所へ進めた。簾《すだれ》のように降る細雨は、粛々と進む隊列の、草摺《くさずり》の立てる音や地を打つ蹄《ひづめ》の音だけでなく、勇壮な武者姿もかき消してしまいそうだった。

二階建ての天覧所や屋根付きの陪覧席が、建春門《けんしゅんもん》の隣に臨時に作られていた。先頭の容保は、その手前で馬からおり、手綱を引いて進み、立ち止まって礼をした。騎馬武者はおりず、そこを通る時、貴人側のあぶみを外して礼を示した。すべての軍勢は、建春門の前の道を埋め尽くすように整列して停止した。

再び馬にまたがった容保が、采配を振ると同時に号令をかけると、騎馬武者は一斉に馬首をめぐらし、兵士は御所へ身体を向けて槍を突き出し、足軽は鉄砲をかまえて両足を前後に踏ん張った。突撃の構えである。

薄暗い貴人席では、無数の白っぽい顔が、黒い穴のような眼を向けていたが、にわかに左右に動いた。恐ろしさで狼狽したのだ。

続けて容保は、采配と号令を使い分け、全軍を前進あるいは後退と、緩急自在に操った。諸所にかがり火が焚かれていたが、濡れた甲冑や馬体を光らせて流れるように動く様は、大蛇《おろち》のようだった。宵闇がいっそう深まり、道幅いっぱいを使った駆け足での周回が始まったところで、中断の御沙汰が下った。

「文目《あやめ》もわかぬ闇となり残念おす。近々、主上はまたご覧遊ばされたいとのことどす」

二度目となった五日後は晴天だった。明け六ツ（午前六時）前に凝花洞に集結した全軍は、ほら貝の音の合図で前進を開始した。

今回は、事前に綿密な計画を立てた。建春門前を敵陣地と見立てた、実戦さながらの馬揃えをおこなうのである。総指揮は、軍事奉行の西郷近登之《ちかとし》が執《と》った。各隊長は、軍事奉行の合図に従って次々に指示を出し、各隊は敏捷かつ勇猛に動いた。公家からの希望に応え、銃隊は前後二列に並び、交互に前進しながら空砲まで撃った。初めて聞く火薬の破裂音のすさまじさとその数の多さに、公家たちは両耳をおさえ、固く目を閉じた。

しかし、天覧所の二階に座していた孝明天皇は、御簾《みす》を六、七寸（約二十センチ）ばかり上げさせて、熱心に観覧した。卓越した統率力と技量に裏打ちされた勇壮さを堪能されたことは明らかだった。

利代が横目で見ると、駿は新兵衛の話を両ひざに手を置いて、夢中で聞いている。しかし、槍術の稽古を怠けてまで数学をしに行った駿である。顔は真剣でも、新兵衛の話を辻講釈のように聞いてはいないだろうか。

話し終わった新兵衛は、満足そうにうなずいて見せた。それを見て、利代はますます複雑な思いにかられた。


利代は新兵衛に遅れて寝所に入った。夫は掻《か》い巻《ま》きをかけず、仰臥《ぎょうが》したままこちらを見ているようだ。少し笑みを浮かべているかもしれない。が、利代はそちらへ顔を向けられなかった。

久方ぶりの、二人きりの時間だった。

利代は襦袢だけになった。梅雨入り前で、暑くも寒くもない。有明行灯《ありあけあんどん》を少し遠ざけると、ほどよく温められていた部屋の空気がかすかに揺れた。新兵衛と何度も肌を合わせた記憶がふとよみがえった。

利代、と夫がいった。

返事をする代わりに、夫の夜具のそばに座ってうつむいた。

「口をきかないのは、いいたいことが多過ぎるからか」

その通りかもしれない。利代は顔を上げて、夫と目を合わせた。駿の顔が一瞬よぎる。

新兵衛がいない間に起きたこと、そして今も起きていることを、何からどのように話したらいいかわからない。何でもないことでもなぜか声が自然に出てこない。

　京にいた新兵衛は新兵衛で、利代にはいえない悩みや苦労を山ほど抱えているはずだ。無理に声を出したら、自分の胸におさめておけばよいことまで口走ってしまいそうだ。夫によけいな心配をさせてはいけない。しかし、苦しい。すぐ解決してくれなくてもいい。聞いてもらえるだけでいい。そうすれば、どんなに楽になれるだろう。

　新兵衛が身体を起こした。

「つらいことがあったのだな。わかった。京へ発つのは一日延ばそう。何、道中一日短縮すればいいだけだ。話は明日聞こう。今夜はゆっくり眠れ」

　優しい言葉をかけられて、利代の感情が爆発した。小さな唸り声を出していきなり夫の胸にしがみついた。身体が震え、唸り声は嗚咽《おえつ》になり、堰《せき》を切ったように涙があふれてくる。

　行灯の明かりが音もなく明滅する。

　新兵衛の手が、利代の背に回り、力強く抱いてくれる。

　そうされているうちに、利代はとろけるような安心感に浸っていく。以前と変わらない二人きりの時間が戻ってきた。

　利代は新兵衛の胸から離れ、そのそばに身をゆっくりと横たえて目を閉じた。夫が帯を解いてくれるのを待った。

三

五月二日の朝、利代は駿を素読所へ送り出してすぐ居間へ向かった。

帰国したことは秘密なので、滞在を一日延ばしても、新兵衛は庭に出ることさえ控えている。

そして、利代が抱えている悩みを聞こうと、居間でじっと待ってくれている。

やっと相談できる。今なら何でも話せる。利代は幸せすら感じていた。

廊下に座り、軽くお辞儀して顔を上げた。縁側は開け放たれていて、庭が朝日に輝いているが、室内は薄暗く、影法師のような人影が外を向いて座っている。それでも、その大きな背中は、間違いなく夫、新兵衛のものだ。

「お待たせしました」

利代は座敷に入り、夫のそばに座った。

「悩みは駿のことか。そのことで、また母上が利代につらく当たっているのだろう？」

向き直った夫は口元をほころばせ、利代の話を引き出そうとしている。しかし、その言葉から、夫は駿を疑っていないと思った。これでは、いきなり駿に裏切られた話はできない。

「まだ帰国できないのですか」

つい的外れなことを尋ねてしまった。

それでも新兵衛は、答えてくれた。

「年が明けて、我が殿は、京都守護職から長州征討の軍事総裁職に変わったが、ひそかにまた『御宸翰』が届き、帝は守護職復帰を望まれていることがわかった。やはり京都の守護は会津、わしらの役目だ」

「私は、あなたの腕前が並外れていることをよく知っています。あなたほど四術に長《た》けた人はいないでしょう」

　四術とは剣術、槍術、弓術、馬術のことで、日新館で四つとも免許皆伝に達した者は少ない。新兵衛はその一人だ。

「腕の立つ者は、殿をお守りするお供番になる。しかし今は、ご家老方や渉外を担当する公用人が、危険な任務で出かける場合、わしのような護衛役が必要になるのだ」

　ようやく新兵衛の状況がわかってきた。物頭ではなく、極秘の任務をしているのだ。

「大変なことはわかります。でも、あなたには一年で帰ってきてほしかった」

　本音が出て、次々に言葉がほとばしった。

「最初は、あなたの身を案じる日が続いていました。そのうち、こちらでも問題が次々に起きます。対処しているうちに、あなたのことを一度も思わない日があって、愕然とすることがあります。それは、頼れる夫はいないのだと覚悟を決めて、問題に立ち向かうからです。あなたはいつも文の中では私に心配させないように書いている。私も留守宅のことであなたに心配をかけたくなかった。でも、だめ。何とかできると思ったのに、全然できなかった。こんなことだったら、家のことなんか放っておけばよかった。あなたのことを忘れていた日が憎い。私は、毎日夫の身を案じているだけの愚かな妻でいたかった」

　いうだけいってしまうと、啞然としている新兵衛に気が付いた。

「取り乱して、すみません」

「いや。留守宅を任せっきりで、わしの方こそすまぬと思っている。今回の帰国は、ご家老の護衛が目的だが、自宅に寄ってもよいといわれた。常忠様が駿の様子を見守ってくださっていることもうかがっている」

夫は駿が素読に身が入っていなかったことを知っているようだ。

「昨夜の駿を見ると、以前よりもずっとたくましく、武士の子らしくなっていた」

違う。こうなったらはっきり話そう。

「駿は素読より天文や数学に興味を持っています」

「子どもは色々なものに興味を持つものだ」

「いいえ。特に数学はいけません。お義姉《ねえ》様から、お義母様がそろばんを嫌っておられることと、その訳《わけ》を教えてもらいました。あなたはご存知でしょうけど……」

知っているから夫は苦笑している。しかし、利代にとって笑い事ではない。

「私は駿に、数学やそろばんに絶対に興味を持ってはいけない、と厳命しました。それからの駿は、見違えるように素読にも槍術にも身を入れていましたから、もう忘れたものと思い込んでおりました。ところが、一昨日のことです。駿は、槍術の稽古に行くと偽って、他所《よそ》へ行っておりました。河原田元師範が、なぜ稽古に来ないのか、と怒鳴り込んでこられました」

「そんなことがあったのか」

「はい。あとで駿に聞くと、自分で数学の先生を探し、勝手に入門し、こっそり学びに行っていたというのです。なぜそんなことをと問い詰めると、だって数学は面白いからとしゃあしゃあと答えるではありませんか。かっとなって、思わず手を上げてしまいました」

利代は、その時の記憶がよみがえって、胸が張り裂けそうになった。

「あの子を、殴るなんて……」

「利代は母上の気持ちを大切にしたが、それ以上に、駿を武士らしく育てようとしたのだ。だから、自分を責めることはない。駿にしても、最初は、素読も槍術も数学も、すべて頑張ろうとしたのではないか。できると思ったのではないか」

「そうではありません」

「違うのか」

利代はうなずいた。ますますいいづらい話になっていく。

「お義父様が、数学の入門書とそろばんを、駿に渡したのです。それで、冷めかけていた駿の数学熱に、火が付いたのです」

利代はそこでひと呼吸おいた。なぜ父上がそんなことを、と夫は聞いてくると思ったからだ。聞かれたら、駿が数学に興味があることを話してしまったからだと謝ろう。

ところが、夫の言葉は意外だった。

「『新編塵劫記』のことだな。それは、わしが父上にお返ししたものだ」

「え？　どういうことですか」

「わしがまだ武芸に熱中する前、学校に入門して一年か二年くらいしかたっていないころのことだ。数学の面白さを知ってもらいたかったのだろう、父上はわしに『新編塵劫記』とそろばんを手渡した。母上には絶対に内緒だぞ、とささやきながら」

日新館が休みの日には、新兵衛を郭外へ連れ出し、社寺の境内などで、物の長さや大きさ、重さ、貨幣の数え方、そしてそろばんの使い方まで教えてくれたという。

「そろばんは確かに面白かった。覚えてしまえば、どんな大きな数でもいくらでも計算できる。しかし、母上に気付かれないようにしていることが、やがてうしろめたくなってきた。ある日、部屋でそっとそろばん珠を弾いていたら、その音で母上に見つかってしまった。そろばんなど武士のすることではない、と怒鳴られた。まさかそれほど母上が数学を嫌っておられるとは、夢にも思っていなかった。本もそろばんも捨てろといわれたが、父上の大切な物だったから、あとでこっそりお返しした。父上はだまって受け取られた。母上の剣幕に恐れをいだいたわしは、二度と数学に手を出さなかった。あれからもう三十年近い月日が流れたが、ずっと隠し持っておられ、また同じことを、今度は孫の駿にされたわけだ。それにしても、駿が数学に熱中してしまうとは、血は争えないものだな」

夫は、駿の数学好きを問題視していない。利代はひと膝前へ出た。

「駿は、素読や槍術よりも数学の方が好きなのです。あなたからも注意してください」

「わかった。あとで駿に話してやる」

「お願いします」

「数学だけでなく、素読や槍術も同じように力を入れろ、とな」

「そうではなくて……」

「利代。若松を出て一年半、わしも色々なことを学んだ。昨年、江戸で河原田治部《ぢぶ》どのと会った。元師範のご子息だ。治部どのは、江戸勤番の前は学校の火術方《かじゅつかた》主役だった。わしは初めて鉄砲や大砲のことを教えてもらった。利代の姉上が嫁いだのは砲術家だったから、利代はわしより詳しいのではないか？」

利代は首を振った。

「江戸の芝新銭座《しんせんざ》には、西洋砲術を教える大小砲習練場がある。八千坪もの広さがある。全国から若者が来て学んでいるそうだ。海のすぐ近くで、当家の中屋敷に隣接しているから、無関係ではない」

新兵衛は治部から聞いた話を続けた。

大小砲習練場は、伊豆韮山《にらやま》の代官江川英敏《ひでとし》が、父英龍《ひでたつ》の遺志を継いで開設したものだ。

江川英龍は、長崎の高島秋帆《しゅうはん》から西洋砲術を学んだ。英龍がそれを江戸で教えていることを聞き、若松からも砲術家が入門した。数学の師範もしていた、一瀬忠移《いちのせただゆき》である。そして、弘化四年（一八四七）から、日新館でも高島流砲術の稽古が始まった。

安政四年（一八五七）に忠移が死ぬと、今度は、兵学者の佐久間象山《しょうざん》から江戸で学んだ山本覚《かく》馬《ま》が、日新館内に蘭学所を創設して、西洋砲術を教えるようになった。

「治部どのから砲術には数学が必要だと聞いた。わしも少しは数学をかじったから、説明を聞いて納得した。弾《たま》を遠くへ飛ばして当てるために、計算をするのだ。ところが、家中では、数学はそろばんだ、そろばんは武士のすることではないと思われている。わしもそう思っていた。さらに、大砲や鉄砲は足軽が撃つから、士中《しちゅう》の子が学ぶ学校では砲術は軽視されて、今から四年前、火術方も蘭学所も学校奉行の管轄から外されてしまった」

利代は、夫が何をいいたいのかわからない。

「あなたは、駿が数学を好きだから、砲術をやらせたいのですか。あなたは四術に長け、物頭も極秘任務も立派に務めておいでです。駿は、あなたのように強い会津武士に育てます。駿には砲術も数学も不要です」

「利代。会津武士でも、外国の鉄砲や大砲が優れていることを知らねばならない。治部どのにいわせると、当家の鉄砲隊は、外国から遅れているどころか、織田信長の時代と大差ないそうだ。昨夜、駿に語って聞かせた馬揃えがそれだ」

「あのように勇ましい話でも？　長州を追い払ったのでしょう？」

「刀と槍では、会津は長州に負けるはずがない。だが、鉄砲を撃ち合ったら、結果はどうなるかわからない。何しろ長州は、負けたとはいえ、前の年に実際に外国と戦っている。その実戦経験はあなどれない。武器の違いに気が付いて、外国の鉄砲や大砲を手に入れているかもしれぬ」

やはり夫は、駿に砲術をやらせたいと思っている。たとえ会津にとって砲術が必要でも、駿のやることではない。

「もうけっこうです」

利代は激して、口が勝手に動いた。

「もう一つ、お話ししなければなりません。実は、お義父様は老いが進まれたようです」

夫は不思議そうな顔をした。

「父上はまだ七十一だと思うが」

「物忘れがときどきあり、お義母様がご苦労されています。出かけると行き先を忘れ、帰り道もわからなくなることがあります」

利代は一昨日の話をした。

「そんなこともあったのか」

利代はうなずきながら、まだ話さなくてもよかったと後悔していた。

「わかった。これから父上を見舞ってこよう」

「お待ちください。念のため、お義母様におうかがいしてきます」

症状が出ているときの父親を見せて、夫を悲しませたくなかった。

隠居所に行くと、二人が談笑していた。舅の夜具は片付けてあり、一昨日の徘徊が嘘のようだった。

姑が察して先に舅に話してくれた。

「お前様。実は新兵衛が急ぎの御用で帰っているのですけど、会ってみますか」

舅はぽかんとしている。新兵衛と駿がこんがらがっているのだろうか。

「京から新兵衛が帰っているのですよ」

「もう帰って来たのか」

「またすぐ京へ戻るそうです」

「そうか。また行ってしまうのか。それなら会っておかねばなるまい」

姑がうなずいたので、利代は夫を呼びに戻った。


新兵衛が舅を見舞っている間に、千鶴が入って来た。にこにこしながら、持ってきた盆を置いた。二つの小皿に、砂糖をまぶした丸い菓子が三つずつのっている。

「鶴屋のあんこ玉ですね」

「縫様もお好きなのですって」

一昨日、縫と買い物に行った土産だった。

「横山家も水月《すいげつ》をごひいきにされているそうよ。うちと好みが同じで何となくうれしかった」

鶴屋も水月も七日町《なぬかまち》にある。七日町は、大町口郭門から出て、札の辻から西にある。七日町通りは、越後街道に続いていて、問屋場《といやば》があり旅籠《はたご》も多い。

「でも、帰って来たら、父上がまた迷子になったっていうし、利代さんはなぜか不機嫌で、昨日は突然兄上が帰宅するし……。急に色々なことが起きて、食べそびれていたから、台所から持ってきちゃった」

千鶴の明るいおしゃべりで、ささくれだっていた利代の気持ちがほぐれた。

「では、お茶を淹れましょう」

「兄上は、里心ついたのかな」

「は？」

「だって昨日は、兄上はすぐ京へ戻るようなことを利代さんはいっていたのに、まだ出発していないもの」

「家内に心配事がありますから……」

「そうか。夕べ、泣きついたのでしょ？」

「そんなことありません」

「嘘をついてもだめ。顔に書いてある」

「ううん。参りました」

利代はすなおに頭を下げた。

「駿さんのこと、相談したのね」

千鶴には河原田信壽が怒鳴り込んできたことをまだ話していない。駿を問い詰めて知った、勝手に数学を学び始めたこともだ。

利代は答えないで、薄茶がきれいに見える湯飲みを、千鶴の前にすすめた。

義姉があんこ玉を一つつまんで半分かじったので、利代もそうした。

「美味しい」

「甘いね」

二人は顔を見合わせて笑った。

甘い物を口にすると幸せな気分になれるのはなぜだろう。元気が出てきた利代は、千鶴に話す気になった。

利代は、さっき新兵衛に相談するまでの経緯を、順を追って話した。駿をなぐった話だけはしなかった。『新編塵劫記』は、新兵衛も舅から渡されていたといったら、千鶴は目を丸くした。知らなかったのだ。

「最後に、あなたからも注意してくださいとお願いしたら、数学をやらせてもいいようなことをいい、砲術の話が延々と続きました」

「砲術?」

「外国の鉄砲や大砲は優れていて、それを学ぶことは重要だというのです。砲術には数学が必要だから、数学の好きな駿に砲術を学ばせたいと思っているみたいでした」

「まさか……?」

「会津の鉄砲隊は、織田信長の時代と大差なくて、もし長州が外国の鉄砲を手に入れたら、会津は負けるとも……」

「それだ！」

千鶴が大きな声を出した。

「兄上は、長州といくさになると思っている。私たちは若松にいてわからないけど、渦中にいる兄上には、西洋砲術が重要なことが実感としてわかっている。だから、駿さんの数学もやめさせてはいけないのよ」

義姉は姑のそろばん嫌いを忘れたのだろうか。そんなはずはない。姑の相手をするのは自分でないと思っているから、気軽にそんなことがいえるのだ。

千鶴は急に声の調子を落とした。

「ところで今日は、縫様は来られないよね」

新兵衛が警護してきたのが横山常徳だと思っているらしい。利代は黙ってうなずいた。

「じゃあ、あとで兄上になぎなたの稽古を見てもらおうかな」

「そうしましょうか」

利代が応じると、千鶴はよしと気合を入れて部屋を出て行った。

持ってきた盆は置いて行き、利代の小皿だけ、あんこ玉が二個残っていた。

隠居所から帰ってきた新兵衛は、何となく舅の異変を感じたという。

「父上には、今は薬しかないのだな」

「はい。これからも、実家の父にはしっかり処方してもらいます」

「面倒かけるが頼む」

午後、千鶴が提案した通り、なぎなたの稽古を新兵衛に見てもらうことになった。

千鶴は、いつものように鉢巻きをきりりと締め、すね当てと紺足袋の足ごしらえもしっかりしている。利代に向かって、なぎなたを構えたところで、新兵衛が待てと声をかけた。

夫はいきなり素足のまま庭におりてきた。利代は夫が義姉をからかうのではないかと思ったが、まったく逆だった。

「槍となぎなたの違いはあるが、身体の構えは心の構えで、精神は同じ。どのような形をしようとも、丹田《たんでん》の気組みが大事だ」

夫は、義姉の手をとり、腰や背を押し、足までつかんで構えを直した。義姉は懸命にいわれる通りにした。それまで腰がふわふわ浮いた感じだったのが、見違えるほどどっしりとしてきた。

稽古が始まるとすぐ新兵衛が注文をつけた。

「千鶴。もっと思いきり振れ！」

「ええっ？　形の稽古ですよ」

「形でも木刀でも真剣だと思って振れ。遠慮するな。当てるつもりでやれ」

「はい」

義姉が遠慮がちにいった。

「利代を敵だと思え。屋敷の外にはまだ敵が大勢待っているぞ。利代を倒せ」

「すね！」

義姉が本気で狙ってきた。かわしたら、勢い余ってよろけている。

「そんなことでは、どんなに稽古をつけても、実戦では役に立たぬ」

「はい」

新兵衛は、義姉を教えるふりをして、実は、情勢が切迫していることを、自分に教えようとしているのではないだろうか。

しかし、実感のわかない利代にとって、新兵衛と千鶴の真剣さは、芝居がかっているようにも見える。

力の入った稽古を終えて、千鶴は疲れてしまったらしい。

「夕餉まで休ませてください」

縁側で足袋を脱いで上がると、足元をふらつかせながら自分の部屋へ向かった。

夫は下駄を手で持って、井戸端へ足を洗いに行った。

利代は一人、もやもやした気持ちを抱えたまま庭に取り残された。


駿が帰宅したのはそれから間もなくだった。

「駿を呼んでくれ」

新兵衛がいった。

利代は承知して、駿の部屋へ行き、着替えたら居間に来るように告げた。

それから台所へ向かった。

夫は駿に何か話をするつもりだ。数学をやめろとはいいそうもない。数学が好きなら砲術をやれともいわないだろう。お義母様が狂ったように反対されることぐらい、新兵衛はわかっているはずだ。

利代は、二つの小皿に三個ずつあんこ玉をのせて、居間へ戻った。

ほどなく駿が、緊張した面持ちでやって来た。叱られると思っているようだ。夫にはせめて素読をしっかりやるようにいってほしい。

利代は祈る気持ちで二人の前に小皿と湯飲みを置いた。

「駿は数学が好きらしいな」

夫の言葉に、駿と利代は同時にびくりとした。それぞれ理由は違うが。

「京都守護職を拝命するまで、会津松平家の働き場所はここ若松と江戸そして蝦夷地の三か所だった。そこに、新たに京が加わった」

話題が変わった。利代は、夫が何をいおうとしているのかわからなくなった。

夫は駿に聞いた。

「当家に家老は今何人いるか知っているか」

「はい。高橋（外記《げき》）様、横山（常徳）様、田中（土佐）様、神保（内蔵助）様、山崎（小助）様、一瀬《いちのせ》（要人《かなめ》）様の六人です」

「よくいえたな」

素読に身が入っていないとはいえ、学校に通っていれば、仲間との会話の中で、家老の名前は何度も出てくるだろう。

「それなら、六人のご家老が、それぞれどこに詰めておられるかいってみろ」

「高橋様はこの三月に復職されて、筆頭家老です。若松におられます。横山様と田中様は最初から京においでです。一瀬様は横山様と交代して江戸におられるはずですし、あとは……」

駿は考え考え答えたが詰まった。

「皆、京に詰めている。つまり、六人のうち四人が京だ。そして、常時千人をこえる家臣が京に詰めている。広い屋敷や調練用の土地もいくつか抱えているぞ。それだけ京都守護職の責任は重く仕事も多い。だから、お役目を果たすため、ご公儀から五万石の知行を与えられたが、持ち出し（赤字）になっている」

実際、容保が京へ行ってから、若松に残っているすべての家来たちに対し、質素倹約に努めるようにと再三通達が出ていた。

「数学が好きなら、この一年半、毎月の持ち出しがどれだけだったか計算してみろ。元々、京には、屋敷も土地も何もなかったのだぞ」

ここまで聞いて、やはり数学の話が続いていたのかと、利代は失望した。

駿は苦悶の表情を浮かべ、必死に考えていたが、じきに諦めた。

「全く見当がつきません」

「毎月約一万両だ」

夫の答えに、駿は思わず声を上げたが、利代もその額の大きさに驚いた。

「衣食住すべてにおいて、若松の暮らしよりもぜいたくになる。はるかに費用がかかる。今日、父上にもお話ししたが、いくさの時に必要な兵糧《ひょうろう》よりも大きいだろうとつぶやきながら、ざっといい当てられた。さすがそろばんが得意な父上だ。数学もご奉公の役に立つことがわかるか」

「はい」

新兵衛はそこでひと呼吸すると、湯飲みに手を伸ばした。

このまま駿の数学を認めて話を終わらせてはいけない。利代はきっかけを作ろうとした。

「あんこ玉も召し上がってください。お義姉様が鶴屋で買ってきてくれました」

「鶴屋のあんこ玉か。懐かしいな。弥助が水月の手代だったころ、よく土産に持って来てくれた。駿も食べろ」

駿は三個を続けて平らげてしまった。あんこ玉は駿の大好物だった。

新兵衛は再び駿に語りかけた。

「興味があるなら、数学はやめなくてよい」

「あ、あなた……」

利代は必死のまなざしを夫へ向けた。

「わかっている」

新兵衛は利代に向かってそういったが、黙らせようとしたのは明らかだった。

再び夫は駿へ語りかけた。

「しかし、儒学と武芸は武士道の基本だ。武士道は心のよりどころだ。人として最も大切にすべきものだ。だから今は、素読と槍術から決して手を抜いてはならぬ。よいな」

「はい。わかりました。肝に銘じます」

駿は頬を紅潮させて力強く誓った。きっと数学を許してくれた父のいうことだからだ。

新兵衛が、利代の方へ身体を向けた。

「母上にはどう説明しても理解してはもらえない。だから、当面、黙っていていい。駿の数学を守ってやってくれ」

利代は了解できなかった。首を振った。駿は数学をしてはなりませぬ、ならぬことはなりませぬという言葉は声にならなかった。

四

五月三日、夜明け前に新兵衛は出立した。見送った利代は式台に立ち尽くしている。

一年半ぶりに帰宅し、二晩を過ごしたのに、とうとう夫に抱かれることはなかった。最初の夜は、本当は抱かれようとしたのだが、取り乱した利代を見て、優し過ぎる夫は、利代に添い寝する形で、背をなでてくれただけだった。昨夜は、駿の数学に対する夫の考えを受け入れられなかった利代が、伸ばしてきた夫の手を払いのけた。

秘密の任務の途中なので、夫がどの街道を通って京へ向かうのかは知らされていない。今は、一年でかなり日の長い時期だ。領内に広がる田んぼは、平地ならどこでも既に田植えが始まっているだろう。夫は、そういった景色を落ち着いて眺めることもなく、日暮れまで、前を向いてひたすら歩き続ける。そっと目をつぶると、その後ろ姿が鮮やかに眼裏《まなうら》に浮かんでくる。しかし、肩幅の広い大きな背中は、みるみる小さくなっていった。

やっと居室に戻ると、文机の上の『会津暦』の文字が読める明るさになっていた。二十四節気を確認しながら、薬の小袋に日付を書き込んだのが何日も前のように感じられる。

「昨日は……そう芒種《ぼうしゅ》だった」

その字の示す通り、稲のような芒《のぎ》のある穀物の種を植える時期である。

「季節と合っているのだわ、これが天文と数学で決まるなんて……。でも、新兵衛が許しても、私は駿の数学を許さない」

『会津暦』を閉じると同時に、決心した。

片桐伸之進《のぶのしん》に会って、師弟関係を解消させよう。機嫌をそこねてもしかたない。今日は三日で学校は休みだ。駿は槍術稽古に行く日だから、いない間にすべて終えて帰って来るのだ。

歴代藩主の命日も学校の休日で、三日は二代藩主保科正経《ほしなまさつね》の命日だった。正経は保科正之の四男で、父の遺言通り磐梯山《ばんだいさん》の麓に土津《はにつ》神社を建立し、領民のために城下に薬草園（のちの御薬園《おやくえん》）を作ったことで知られている。

伸之進の屋敷は、五ノ丁六日町口近くにあると駿が話していた。弥助は駿の供なので、利代はおちかに文を持たせて使いにやり、相手の都合を確かめた。伸之進が非番で在宅だったのは運が良かった。姑には、新兵衛から頼まれた用事で出かけるとことわった。やや不審そうな顔をしていたが、今は舅が心配な姑は、詮索してこなかった。

指定された昼八ツ（午後二時）に着くように、利代はおちかを供に出発した。鶴ヶ城追手前の甲賀町《こうかまち》通りに出て北へ向かった。本三ノ丁で右折すれば、河原田信壽《のぶとし》の屋敷があるが、さらに北へ向かった。城から遠ざかるにつれて、武家屋敷は小ぶりになっていく。

勘定頭《かんじょうがしら》の片桐伸之進は、木本家と同じ士中で黒紐《くろひも》だが、新兵衛は家老と直接話ができる格役で、仲之進はそれができないから身分に差がある。百五十石という俸禄にそれは表れているし、屋敷も木本家よりひと回り小さかった。少し傾いた冠木門《かぶきもん》を見ながら利代は、舅が喜んで勘定頭を兼務した時に、姑が激怒した理由がわかる気がした。

玄関の式台も形ばかりで踏み台のようだった。出迎えてくれたのは、仲之進本人だった。筒袖に軽衫《かるさん》という町人のようないでたちだったので、最初は家来の小者だと思った。

仲之進は服装通り気さくにあいさつした。

「お待ちしておりました。片桐仲之進です」

「木本駿の母、利代と申します」

駿の話によると、仲之進は五十三歳で、孫のような男子が最近生まれたというが、詳しい事情は駿も知らなかった。

おちかは裏からまわって庭に控えているようにいわれ、利代一人が中へ通された。後ろから見た仲之進は痩せていて、背の高い新兵衛よりも上背があった。

六畳の居間で客座についた。いきなり用件には入れないので、ふと横を見た。障子が開け放ってあり、小ざっぱりした庭に早くもおちかが現れた。野良着姿の老爺がおちかに手招きして、背後の梅の木を指差している。梅の実が熟しているようだ。

対面したら、仲之進の右うしろ、床の間にある異様な形状の道具に、目が吸い寄せられた。数本の薄い帯板で編んだ球形で、中は空洞だ。木製の台にのっている。

仲之進は振り返って、あ、これですか、といいながら立ち上がると、その道具を長い腕で無造作につかんで、利代の前に置いてまた座に戻った。顔に笑みが浮かんでいる。

よく見ると、輪になった帯板には鯨尺《くじらじゃく》のように細かな目盛りが刻んである。

「それは渾天儀《こんてんぎ》といって、星の位置を測量する道具です。実物をかたどって小さく作ったものです。以前は、学校にもいくつか置いてあり、天文を教える時に使っていました。私の祖父は片桐林之助《りんのすけ》といって、天文と数学の師範でした」

不快にさせるかもしれない用件を話す前に、先ず相手に合わせようと思った。

「駿から聞きましたが、『会津暦』は、天文と数学で作られるそうですね」

「その通りです。暦を作るためには、天で起こる様々な現象を観測する必要があります。観象《かんしょう》といいます。それには庶民には想像もできない高度な道具が必要で、たとえばこの渾天儀もその一つです。古来、中国の王朝は、観象授時《じゅじ》といって、庶民に暦を与えることで自らの存在を権威づけました……」

中国の制度を模範とした律令時代に、観象授時の技量と権限を握ったのは京都朝廷の陰陽寮《おんようりょう》だった。作成された暦本《れきほん》は御暦奏《ごりゃくのそう》という儀式を経て、天皇から太政官《だじょうかん》に下げ渡された。これは、地方へも配布されて、多くの写本が作られた。

時代が下るとともに、暦の便利さから需要が高まり、この制度は一変した。地方で独自に、仮名書き中心の暦が大量に版行されるようになった。『三島暦』や『大宮暦』などで、『会津暦』もその一つである。

鎌倉時代、信州の諏訪《すわ》神社の祭神《さいじん》が勧請《かんじょう》されて諏方《すわ》神社が創建された時、小野、佐久、笠原という神職三人が会津にやってきた。彼らは暦法を身につけていた。永享《えいきょう》年間（一四二九―一四四一）には独自の暦を作った。

「……諏方神社では、今でも『会津暦』を作っています」

仲之進の話はまだ続きそうだった。

「今日、ここへ参りましたのは……」

小さな咳払いをして、利代が用件を切り出そうとしたところへ、高齢の女中が茶菓を運んできた。服装や髪形は、どう見ても飯炊き婆さんといった感じだが、所作はきびきびしていて風格があった。

女中が出て行くと、仲之進は、どうも私は家族運がなくてと、急に身の上話を始めた。

「長男でなかった私は、せっかく別家を立ててもらったにもかかわらず、妻子には先立たれてばかりで、今の妻が三人目、子どもも三人目です」

「お子様が小さいと駿から聞きました」

つい利代はまた話を合わせてしまった。

「そうなのです。三月《みつき》ほど前、難産の末、小さな弱々しい男の子が生まれました。後継ぎにしなければなりませんので、妻には女中をつけて実家で養生させています。赤ん坊には乳母もつけています。母子ともに帰って来るのは、当分先のことになるでしょう。ですから、この屋敷には、私の他には、長年当家で働いて隠居していたのを呼び戻した、さっきの女中とその亭主、ここで最期を迎えるといい張っている中間の三人しかいません」

話を聞いているうちに、利代は仲之進が気の毒になってきた。そんな寂しいところへ、数学を教えてくれと駿が突然現れたことはどんなにうれしかったろう。

しかし利代は、視線を落として、気を引き締めた。同情してはいけない。今日は駿の指導を断りに来たのだ。

　伸之進も気付いたらしい。

「おっと、よけいな話をしてしまいました。ご用件をうかがわなければなりませんでした。だいたい察しはついています。ご家族から数学を許されていないことは、ご子息から聞きました。しかしどうしても興味があるので、少しだけでいいから教えてほしいと熱心に頼まれました。妻がいない一月《ひとつき》くらいならとお受けしましたが、一月が二月《ふたつき》になってしまいました。お許しください」

　伸之進は小さく頭を下げたが、それから表情をかたくしたまま何もいわない。

　さっきまで気さくに語っていたのに、急に黙ってしまったので、利代はとまどった。

　こちらから断らなくても、もう駿を教えることは諦めたのだろうか。そうではない。こちらの事情を聞こうとしているのだ。

　これが新兵衛だったら、天文と数学の必要性を説いて学ぶことを勧めるのではないか。新兵衛は西洋砲術の話を持ち出したが、それは今の時代のことだ。昔はどうだったろう。利代は話の接ぎ穂を求めた。

「今では学ぶ者が少なくなったそうですが、なぜ学校で天文と数学を教えるようになったのですか」

　伸之進は再び口を開いた。

「土津公のお考えを受け継がれたのです」

「土津公の？」

「はい。また少し長話になりますが……」

「かまいません」

寛永二十年（一六四三）会津に入部した保科正之は、領内の検地、測量、地図作成のため、正保《しょうほう》二年（一六四五）に駿河出身の島田貞継《さだつぐ》、慶安三年（一六五〇）に出羽出身の安藤有益《ゆうえき》と、二人の算術の巧者を召し抱えた。

さらに正之は、会津はもちろん日本の歴史を正確に知るため、貞継からも教えを受けた有益に天文暦学を研究させた。

当時は中国から伝わった宣明暦法《せんみょうれきほう》を用いていた。日食や月食も計算して予測できる。過去にさかのぼって逆算すれば、古文書にある記録もその年月を特定できるのだ。

ところが正之は、有益から宣明暦法に欠陥があることを知らされた。食が予測したとおりに起こらなかったり、逆に起きたりするからである。こんなことでは、人々は、暦を信頼して生活できないし、古文書に記載された年月も信用できない。

将軍家綱の補佐として幕政に関与していた正之は、幕府の碁師《ごし》でありながら、天文や数学に造詣が深い、二代安井算哲《さんてつ》から、今の暦法を改めるべきだと助言された。

「土津公は亡くなられる時、算哲に改暦をさせよと遺言されましたが、国を治めるために暦が大切であり、また暦を作るために天文と数学が必要なこともよくご存じでした」

「その後、どうなったのですか」

「算哲は、新しい暦法大和暦《やまとれき》（のちに貞享暦《じょうきょうれき》と命名）を作り、改暦を実現しました」

算哲は幕府の初代天文方《てんもんかた》になり、渋川春海《はるみ》と改名した。以来、天文方が計算して基本となる暦を作り、陰陽寮で二十八宿（天球を二十八に区分し、月日をあてて吉凶を占う法）などの暦注をつけて写本暦とし、地方の暦師に配布されるようになった。

「しかし、完璧な暦を作るのは難しいものです。会津では天文と数学の師範を置いて、藩士教育を続けました。そして、ご大老の田中様は、学校を今の形に作り上げる時、観台《かんだい》まで設けられました」

利代は縫から聞いた観台の話を思い出した。

「暦はまだ完璧ではないのですか」

「改暦はその後もあり、現行の天保暦は西洋の天文と数学が使われた優れたものです」

「西洋の？」

「はい。今では諸国の暦はすべて同じで、『会津暦』も例外ではありません」

伸之進は、すっかり冷めてしまったはずの茶に手を伸ばした。

「それで、もう学校では天文や数学を教えていないのですね。ていねいに教えてくださり、よくわかりました。それなら、土津公が大切にされた天文や数学でも、駿にこれ以上学ばせなくてもいいわけです」

利代は安堵した気分になり、つい笑みまで浮かべてしまった。

伸之進の目が鋭く光った。

「学校では教えていませんが、師範がいて、宅稽古として続いています。今でも、十五歳になれば誰でも学んでよいことになっています。必要なくなったわけではありません」

しかし駿には必要ないと利代は思った。

「駿は漢学と武芸だけで精一杯です」

「そんなことはありません。ご子息の能力を過小評価しておられませんか。特に数学については、ご子息には明らかに才能があります。色々な物をじっくりと観察して疑問を持つ。本質を理解しようと、集中して長い時間考えることができる。これは天賦《てんぷ》の才というものです。それを伸ばしてあげなければ、与えた天が怒って天罰が下るでしょう」

仲之進の軽口に、利代はつられそうになった。

「変ないい方をしましたが、ご子息の才能は、母親として誇りに思ってよいものです」

そうまでいわれると、利代は押し返せない。気持ちがゆらいだ。

庭から明るい声が聞こえてきた。

利代は、声のする方へ顔を向けた。

気が付いたおちかが、笑顔で笊《ざる》を持ち上げて見せた。老爺からもらったのだろう。あふれるほど梅の実が入っている。輝くような緑色が、おちかの若さをきわだたせていた。

しばらく考えていた利代は、決心をひるがえした。

「これからも駿のご指導をお願いします」

利代は両手をついた。

「よろしいのですか」

「はい。ただし、当家の事情で、今は世間に知られたくありません。それだけはご承知おきください」

いいながら利代は、とんでもない重荷を背負ってしまったことに気付いた。姑に嘘をつき続けるだけではない。駿に数学を許しても、今は素読で絶対に手を抜かせてはいけない、むしろ姑が感心するほど上達させなければならない。その責務は、すべて自分にあるのだ。

片桐伸之進を訪ねたことを、利代は千鶴にすぐには話さなかった。なぜか新兵衛と同様、駿の数学に義姉は賛成なのだから。

姑にはこれまで通り黙っていても、河原田信壽の了解は得なければならない。稽古日を減らしてもらうのだ。それよりも、駿の数学を許したことをどう説明するかが問題だった。というより怖い。

会津の梅雨入りが近付いていた。翌四日は、幸い雨は降りそうもなかった。

駿が日新館へ行ってすぐ、弥助を使いにやって信壽の都合を確かめた。昼四ツ（午前十時）を指定された。

今日も姑には、夫の用事だと嘘をついた。

「よく出かけますね。世間の目があることは忘れないでください」

「はい」

世間の目といっているが、嘘はお見通しだと脅しているのだ。

利代は弥助を供にして出かけた。途中までは昨日と同じ道筋だが、昨日よりずっと緊張している。ふと手土産が必要だったと気付き、屋敷に戻りかけたが、手土産はかえってあの老人の機嫌をそこねると思い、やめた。

座敷に通されて、対面した。喋り出せば長い信壽だが、用件は何だという顔で、黙って利代を見つめている。

「駿を問い詰めたら、お師匠様が確かめられた片桐伸之進から、こっそり数学を学んでいることがわかりました」

利代は、すぐに本題に入り、そこで言葉を切った。新兵衛が認めたことはいえない。もちろんいったん帰国したことは藩の機密だ。

信壽が依然としてひと言も発しないので、利代は、あえて理由を説明せず、謝罪し、懇願することにした。

畳につくほど頭を下げた。

「申し訳ございません。今後、稽古日を半分にしてください」

そのままじっとしていると、ようやく信壽がいまいましそうにいった。

「許したのか」

「もちろん黙っていたことは叱りました」

「数学のことだ」

やはり信壽も数学を嫌悪している。説明できないでいると、信壽の口から意外な名前が出た。

「三郎右衛門だな」

利代は、顔を上げた。

「やはりそうか。血は争えないものだ」

「ご存じだったのですか」

若いころの舅の特技を、槍術を教えながらも知っていたらしい。

「倅《せがれ》の治部と同じだ」

治部のことは、新兵衛から聞いたばかりだ。西洋砲術に詳しいといっていた。

「倅は昔、学校に入ってすぐ、誰かから数学を教えられて興味を持った。わしの前で、得意げにそろばんで計算して見せおった。愚か者が……。わしはすぐそろばんを取り上げ、庭で一刀両断にしてやったぞ」

信壽が不気味に笑ったので、利代は背筋がぞくっとした。

「会津武士にとっては、武芸が最も大切だ。わしの倅なら、たとえ相手が年かさでも、武芸で負けてはならぬ。そうなるために、他のことにうつつを抜かしている余裕はない。罰として、それから毎日、真剣での素振り千本を課した。雨の中でもやらせた」

信壽らしいやり方だし、それができる信壽が、利代にはうらやましかった。

「その後、倅から数学という言葉を聞いたことはなかった。火術方《かじゅつかた》を勤めたあと江戸勤番になり、今年帰って来たら、妙なことをいい出した。学校でしっかり西洋砲術と数学を教えるべきだというのだ」

どうやら信壽は、新兵衛と同じことを治部から聞いたらしい。

「次は蝦夷地《えぞち》勤番が決まっていた。洋式の大砲がなければ、ロシアといくさになった時に負けるとぬかしおった。西洋砲術には数学が必要なのだそうだ。家族を置いてすぐ蝦夷地へ行ってしまうから、わしに平気でそのようなことをいったのだろう。こうなったら、あいつのいない間に、孫の包彦《かねひこ》はわしが武芸に卓越した会津武士に育ててやる」

家族と聞いて、利代は信壽の家族をほとんど知らないことに気が付いた。確かに、信壽の年齢なら、駿よりもやや上、横山常忠くらいの孫がいてもおかしくはない。

「わしの孫が気になるみたいだな。包彦はまだ素読所だ。塾が違うから知らんだろうが、同い年だ」

「十二歳なのですか」

信壽はうなずいた。

この屋敷の位置からすれば、通っているのは毛詩塾だ。友達の多くない駿だから、お互いも知らないだろう。

信壽は、孫を武芸者のように育てると豪語している。数学を始めた駿などすぐ破門しそうだ。それは困る。

「既に包彦には、わしが徹底して槍術を仕込んでいる。学校では武芸を学ぶのは十五歳からだ。そのとき、包彦の槍の腕前が明らかになる。皆の度肝を抜かしてやる」

「同じように、駿にも稽古をつけてくださいますね」

「駿どのは、頭を使うのが好きらしいから、武芸よりも数学をやらせておけばよい」

「それでは、立派な物頭になれません」

「そんなことはわしの知ったことではない」

「そこを何とか……」

「数学を面白がっている軟弱者など教えてもつまらぬ」

利代は困ってしまったが、ここで引き下がるわけにはいかない。昨日、片桐伸之進の指導をやめさせられなかったのだから、こうなったのだ。何とかするのは自分の責務だ。

利代もなぎなたを使う武芸者のはしくれだった。ここまで攻め立てられたが、返し技はきっとあると、必死に考えた。

「武芸は大切でございます。お師匠様ほどの方が鍛えれば、包彦どのはきっと学校一の腕前になるでしょう。でも、他の子どもには教えないで、可愛い孫だけを教えて一番になさるおつもりですか。それは本当の一番といえるのでしょうか」

信壽は返答に窮した。信壽ほどの武芸者なら、義を重んじ、不正を嫌うはずだ。その美徳が逆に弱点になる。かたく結んでいた信壽の口元がいまいましげに開いた。

「それなら……包彦と同じように稽古をつけるが、それでもいいか」

すね一本とった、と利代は思った。


その夜、利代は駿を居室に呼んだ。

「父上の言葉を覚えていますか」

いきなり聞かれて、駿は困惑の表情を浮かべた。何の話かわからないようだ。

「儒学と武芸は武士道の基本である、決して手を抜いてはならぬ、という言葉です」

「はい。覚えています」

「それに対して駿は、肝に銘じますと答えました。それは本心ですね」

「はい」

駿が即答したので、利代は、話を続けることにした。そうでなければ、昨日と今日の結果はとても話せない。

「では、母と約束してください。素読に関しては、父上と同じように、十六歳で第一等の本試に合格して講釈所に進むこと」

思ったとおり、駿はすぐ承知しない。今からすべて表彰に値する成績と早さで進級していかねばならないからだ。

「肝に銘じているなら、それくらい当然ではありませぬか」

駿は首をすくめた。首肯したのではなく、利代の剣幕に身体が反応しただけだ。

「駿が数学を学ぶことは、父上が許しても、私は許さないつもりでした。でも、許すことにしました」

「よろしいのですか」

「ただし、父上のいうとおり、お婆様には内緒です。私もお婆様をだます覚悟を決めました。しかしもしお婆様に気付かれたら、私は木本家の嫁としても、駿の母としても失格といわれます。武家の女として失格ということです。どういう意味かわかりますか」

駿は首をかしげた。

「生きていけません」

利代はしっかりと駿を見つめた。

だんだん駿の顔が青ざめていく。利代の覚悟が、言葉のとおり死ぬ覚悟だと理解できたらしい。

利代はぴしりといった。

「駿も死ぬ気で素読に励みなさい！」

「は、はい」

駿は震える声で返事した。

利代は、やっとそこで、内々の数学指導を伸之進にあらためて頼み、一日交代の稽古を信壽に了解してもらったことを伝えた。

そして、駿が感謝の言葉を発する前に、突き放すようにいった。

「もう行きなさい」

明日は、義姉に上手に説明しよう。弥助とおちかにも、口止めをしなければ……。

五

今年は梅雨が明けるとすぐ真夏の暑さがやってきた。猛暑が連日続いた。

日新館が休みの七月三日、駿は平日と同時刻に、稽古槍をかついで門を出た。弾むような足取りになっているのは、行先が河原田信壽ではなく片桐伸之進の屋敷だからだ。しかも供もなく一人である。

見送ってため息をついた利代が、居室へ向かう途中、庭でなぎなたを振っている千鶴の姿が廊下から見えた。

縁側に出て声をかけた。

「今日は学校が休みだから、縫《ぬい》様は来られませんよ」

「ええ。承知しています。暑くならない朝のうちにと思って……」

千鶴は根気よく形《かた》を繰り返している。

家老の横山常徳《つねのり》が帰って来てから、縫は一度も木本家に来ていない。常徳の帰国は今も伏せられている。新兵衛は何もいわなかったが、常徳には何か異常があるのではないか。京での激務がたたって病気になったか、あるいは襲撃されて深手を負ったのかもしれない。

千鶴も縫のことを考えたらしい。

「最近来られない縫様のことが心配です。何かお屋敷でお忙しいのかしら。赤ちゃんが誕生するのはこの秋だから、その準備にはちょっと早過ぎるし……」

「そうですね」

横山家では、常徳の意向で、昨年、常忠が妻帯した。相手は、元家老簗瀬《やなせ》三左衛門の娘松尾である。それに合わせて、常徳の妻千代も江戸から若松に戻っていた。

桜が咲き始めたころ、松尾が妊娠していることがわかり、縫は木本家で喜びを語った。父親になるのは実の息子常忠だ。

利代はその時のことを思い出して、また胸の内で愚痴をこぼした。

駿の数学のことで利代が悩んでいるのを、駿は本当にわかっているのだろうか。まさか父親は認めているのに姑を説得してくれない母親を恨んでいることはあるまいが。そもそも、駿が数学なんかに夢中になるのがいけないのだ。それがわがままだと気付かないのだろうか。

常忠が駿よりも六つ上の十八歳であることなど忘れていた。駿の幼さがただらめしかった。

「また、駿さんのことを考えていたでしょう」

千鶴がなぎなたをおろし、振り返っていった。利代が立ち去りもせず、一緒に稽古しようともいわないので、見抜かれてしまった。

千鶴が縁側に腰かけてひと息入れたので、利代も横に座った。駿の数学のことで話ができるのは義姉しかいない。

「実はね、駿さんと数学の話をしたの」

「え？　本当ですか」

「気にして見ていると態度でわかるのよ。あ、今日は部屋でこっそり数学の勉強をしているなって。駿さん正直だから」

気にしているのなら、私だって気にしている、と利代はいいたかった。

「駿さんは、音を立てないように、そろばんではなく、算木《さんぎ》と算盤《さんばん》というのを使って計算していた。説明してもらったけどすごく難しい。それで、なぜそんな難しい数学が好きなのって聞いてみた」

千鶴にいわれて、それは自分が聞くべきことだと思った。姑がそろばんを嫌っていることを知り、駿に数学をやめさせることしか考えなかった。しかし、素読に身を入れさせるなら、駿の気持ちに寄りそうことも必要だ。

「駿は何て？」

「難しい問題を考え始めると、それしか考えられなくなるのが楽しいって」

「難しいのが楽しい？」

「難しくなくても、誰も思い付かない解き方を考えるのが面白いっていっていたわ」

「難しくなくても難しく考えるのが面白いということですか」

「うーん、何ていうのかな。集中できること、頭を使うのが好きみたい」

それなら伸之進や信壽がいっていたことだ。わかるようなわからないようないい方だ。

「たとえで、俵杉算《たわらすぎざん》を教えてくれたわ」

「俵杉算？」

「俵を上から一俵、二俵、三俵という風に杉形《すぎなり》（三角形）に何段か積んだとき、俵は全部で何俵かという問題よ。順番に足していけば答えは出るけど、それでは面白くない。どうやったら上手に計算できるか。答えはね、もう一つ同じ杉形を考えて、さかさまにして重ねる。すると、各段が全部同じ数になる」

「段数をかけて、半分にすればいいのですね」

「さすが、駿さんの母上だわ」

ほめられてもうれしくない。判じ物を解く遊びと同じではないか。

「その方法を聞いて、賢い解き方ねっていったら、駿さん、すごく喜んでいた」

「私には以前ねずみ算《ざん》の話をしかけてきたことがありました。でも、ねずみの絵を見ただけで顔をそむけた。気持ち悪かったから。だから駿は、もう私とは、数学の話をすることはないでしょう」

「そんなことないと思うわ。駿さんは、誰とでも数学の話をしたいと思っている。とにかく話してみたら？」

「考えておきます」

「母親も頭を使うのが好きか……」

「そんなことありません」

千鶴は笑って話題を変えた。

「『幼年者心得之廉書《かどがき》』の時と同じように、毎日、素読の読み合わせをしているみたいね」

その話なら大歓迎だ。

「駿に数学を許した時、素読で表彰されなければ数学はやめると約束させました」

「そんな厳しいことを？」

利代はうなずいた。

新兵衛も表彰されたというではないか。十二歳で十一経《じゅういちぎょう》を終えて第三等に進み、学校奉行から儒者の考試を推薦してもらい、優秀な成績で合格したのだ。

「駿さんは十二歳だから、あと半年しかない」

年を越してからではもう遅い。表彰の対象は十二歳までだ。

「駿は五経がひどく遅れていました」

新兵衛の素読は、漢学の素養のある姑が教えていたと千鶴から聞いた。同じことはできないが、素読は読めればいいだけだから、駿から学ぶという方法を思い付いた。

「先ず駿に読ませて、それを私が真似て読みます。読めたらすぐ次を催促します。駿はいやでも予習することになります」

「うまい方法ね」

「それだけでは心配なので、儒者見習の安部井仲八《ちゅうはち》先生にも入門させました」

仲八の養父は、八代藩主松平容敬《かたたか》の侍講だった、安部井帽山《ぼうざん》である。四十七歳の仲八は、日新館内の官舎に一人で住んでいる。教育熱心だという評判だった。休みの日も、駿は教えてもらいに行くことになるだろう。その分、伸之進の屋敷へ行く日が減るだろうが。

千鶴はしきりに感心している。

「母の愛は岩をも通す、か……」

「それをいうなら、女の一念岩をも通す、でしょう？」

「あら、そうだったかしら」

千鶴はとぼけたが、駿への期待がふくらんできたようだ。

「兄上のように、御用間《ごようのま》で月番のご家老様から表彰されるといいわね。ご褒美の本も下賜されるわよ」

千鶴は、日新館蔵版と添え書きされた漢籍を見たという。『幼年者心得之廉書』の時のように、あとで探してみよう。

「よし。私も女の一念をかけるぞ」

千鶴は、なぎなたを持ち、また庭に降りた。それを見て、利代も立ち上がった。

「私も、お義姉様を見習って、ひと汗かくことにします」

「それを待っておりました」

千鶴は、笑顔を向けた。

その時、姑がいきなり座敷に入ってきた。これまで見たことのない無作法な振る舞いだ。

「三郎右衛門がどこか知りませぬか」

強い調子で聞きながら、利代たちの様子を見ると、驚いた表情で言葉に詰まった。

利代は振り返って千鶴とうなずき合い、いいえ、と答えた。

「薬を飲もうとして、とつぜん小袋に書いてある立秋が変だと……。こんなに暑いのにもう立秋とはおかしい、利代どのに聞いてくると……」

以前と同じことが起きたらしい。

「すぐ帰ってこないので、来てみると玄関に三郎右衛門の履物がない」

姑の口調に元気がなくなった。

「出て行ったばかりでしょう？　弥助を探しに行かせましょう」

そういって背を向けた千鶴を、姑が止めた。

「私からいうからお前はいい」

姑は台所へ向かった。

「父上は、また病気が出たみたいね」

「今日のでなく、六日の小袋を開けようとしたのかしら。立秋は六日ですから」

利代はそう推理したが、千鶴は姑の態度にも触れた。

「母上は、いなくなったことを利代さんが知っていると疑って来たみたい。駿さんの数学を隠しているでしょ。何か変だと感じているのじゃないかしら」

新兵衛が京へ帰ってから、しっかり理由を説明しない外出を二度した。千鶴の直感は当たっているかもしれない。

これも、駿の数学のために背負う覚悟をした重い荷の一つだ。

三郎右衛門を見つけられなかった弥助が帰って来たので、今度は、利代、千鶴、おちかの三人で出かけた。郭外へ買い物に行くような顔をして、これまでに二回、三郎右衛門が見つかった興《こう》徳寺《とくじ》を目指した。弥助も探しに行ってくれたが、そこしか考えられない。

結局、三人が疲れて屋敷に戻り、次はどこを探そうかと姑も入れて居間で相談していたら、三郎右衛門が駿と一緒に、意気揚々と帰宅したので、全員があっけにとられた。

「河原田元師範と久しぶりに話をしたくて、駿を迎えに行ってきた」

三郎右衛門は、皆を不思議そうな顔で見ながら平然といった。

利代は嘘だとすぐわかった。駿は、今日は片桐伸之進の屋敷へ行ったのだから。

それは千鶴も知っているが、何もいわない。

当の駿は舅の横でうつむいている。

「少し疲れたな」

そういって、舅は隠居所へ向かったので、姑がすぐあとについた。

千鶴は利代に目配せして自室に引き取り、おちかは黙って台所へ行った。

利代は駿を居室に呼び、目の前に座らせた。

「何があったのか話しなさい」

駿はおどおどしながら口を開いた。

「大町通り角の会所にさしかかったところでした。追いかけてきたお爺様に、面白い物を見せてやろうといわれ、そのまま……」

また面白い物か、そろばんの時と同じだ。

「結局、片桐先生や河原田元師範のところへは行かなかったのですね」

「はい。行っておりません」

「いったいどこへ行ったのですか」

「お爺様に栄螺堂《さざえどう》に連れて行かれました」

「栄螺堂に？」

若松城下の東、飯盛山《いいもりやま》の中腹にある正宗寺《しょうそうじ》の変わったお堂のことは利代も聞いて知っている。らせん状の通路を頂上までのぼり、次にくだって来る間に三十三観音のお参りができるという不思議な内部構造をしている。

正式名称は円通三匝堂《えんつうさんそうどう》だが、外から眺めると六角形の三層形状で、さざえに似ていることから栄螺堂と呼ばれていた。

「栄螺堂に何があったのですか」

「算額を見せてもらいました」

「算額？」

「数学の問題を解いた絵馬です」

やはり数学の話になった。

老耄のせいでときどきおかしな行動をする舅に、腹を立ててもしかたない。まして、数学を認めた駿を、算額を見たからといって叱ることもできない。

これからどうなろうと、すべて受け止めて、自分が解決するのだ。そして、駿の素読や槍術の上達を、そして目覚ましい成果を、何が何でも達成しなければならない。

「母上は二本松で見たことがないのですか」

駿に聞かれて、利代は我に返った。

利代は、寺や神社が好きな子だったから、二本松で絵馬はたくさん見ている。色々な絵馬があった。しかし、算額の記憶はない。

利代は首を振った。

「そうですか……」

駿は不思議そうな顔をしている。

「その算額は、最上流《さいじょうりゅう》の数学者、渡辺治右衛門《じえもん》が奉納したものだと、お爺様が教えてくださいました。治右衛門は、二本松の藩校敬学館の数学師範でした」

「二本松の?」

「はい。二本松では、侍だけでなく、商人や百姓の中にも、数学好きが多いそうです」

三郎右衛門の長い話を、駿は恐ろしいほどよく覚えていた。


日新館の数学師範は、関流《せきりゅう》が主流である。関流とは、算聖《さんせい》と呼ばれている、百年以上も前の偉大な数学者、関孝和《たかかず》とその弟子たちが確立した数学で、日本で最大の流派である。

一方、会津の東に位置する二本松や三春《みはる》では、最上流の数学が盛んだった。最上流とは、関孝和没後、出羽出身の会田安明《あいだやすあき》が起こした流派で、関流への対抗意識が強かった。

会津の北に位置する、信夫《しのぶ》郡土湯《つちゆ》村は、温泉で有名な幕府領である。渡辺治右衛門は、そこの名主の長男に生まれた。治右衛門は、江戸へ出て、九年間も会田安明から数学を学んだ。その当時、江戸では、最上流と関流の数学者が、数学の問題とその解法で、おとなげない論戦を繰り広げていた。もちろん治右衛門は最上流側である。

最上流の数学を究めた治右衛門は、寛政九年（一七九七）、三十一歳の時に帰郷した。土湯村と若松は、土湯街道でつながっている。治右衛門は若松へ来て、まるで数学の問題のような幾何学形状をした栄螺堂に魅了された。栄螺堂は、前の年に建立されたばかりだった。治右衛門は、その年の六月、栄螺堂に算額を奉納した。

問題は一問だけだった。一辺が八寸（約二十四センチ）の正方形の中に、斜めに楕円が内接していて、さらにその楕円の中に、直径が四寸（約十二センチ）の円と半円が内接している。その半円の直径を求めよという問題だ。

「問題は難しくて、お爺様も解けないそうです」

「でも、難しいから数学は面白いのでしょう」

「そうなのです。考えて考えて考え抜きたくなる。そう思わせる問題なのです」

本当は利代にはその気持ちがわからないが、わかったふりをしてうなずいてみせると、駿は勢いを得てさらに話を続けた。

「それだけではありません。治右衛門が算額を奉納しようと思ったきっかけが、また面白いのです」

そこから駿は、三郎右衛門の話し方まで真似をした。

「治右衛門はな、その時すでに、各地に弟子がいて、自身の数学に相当に自信をもっておった…

……」

利代に面白さを伝えたくてしかたないのだ。利代は思わず笑ってしまった。

「治右衛門が若松にやってくると、日新館には関流ばかりで最上流の数学師範が一人もおらん。若松の神社仏閣のどこにも算額がない。町にも村にも数学好きがいない。それで、会田安明譲りの、関流に対する敵愾心《てきがいしん》に火がついた。関流の連中が見たこともない算額を奉納してやろうと決意したのじゃ」

三郎右衛門は、栄螺堂の入り口の横、参道からよく見える外壁に掲げられた算額を、指さしながら説明したという。

「駿、見てみろ。年月はたっているが、筆跡は読めるぞ。最後に書いてあるのが奉納者のことだ。江戸自在先生門人、渡辺治右衛門一識《かずしるす》とある。一は治右衛門の諱《いみな》だが、注目すべきは江戸自在先生門人だ。自在先生とは会田安明のことだ。自由亭と号した関孝和に対抗して、会田安明は自在先生と名乗った。最上流と書かなくても、自在先生門人と書いたことで、最上流の数学者が奉納した算額だということがわかる。治右衛門の意地だな」

いつのまにか利代も話に引き込まれていた。

「数学は、高尚な学問でしょう？　それなのに、流派が違うと、まるで子どもの喧嘩みたいなことをするのですね」

「母上には子どもの喧嘩のように見えても、実際は、数学の問題と解き方に優劣があって、それを競い合っているのだそうです」

「栄螺堂の算額を覚えていますか」

「書き写してきました」

そういいながら、駿は懐から筆写した紙を取り出して、利代に見せてくれた。そこには、家紋や着物の柄にも見たことのない図形と、几帳面な字で書かれた漢文が並んでいた。

「お爺様が、問題と答えの文章の書き方を、教えてくださいました。図形は上手に書き写せませんでした」

舅の行動は不可解だ。物忘れがひどくなって混乱するかと思えば、専門的なことをしっかり説明したりもする。しかし、子や孫に伝えたいものをすべて伝えきってからあらゆる記憶を失うのなら、それはきっと幸せな老耄だろう。

駿は筆写した問題を食い入るように見つめている。解こうとしているのだ。

「今日は良い経験ができましたね」

利代が声をかけても夢中だ。

もう一度いった。

「駿。今日は良い経験ができましたね」

駿はようやく顔を上げた。

「とても面白い問題のようですが、寝食を忘れて没頭してはいけませんよ」

しっかり話を聞いたあとで注意したので、駿はすぐ納得してくれた。

「『易経』の読み合わせの準備はできています。このあとすぐいたしましょう」

それを聞いて、利代は安心した。

盂蘭盆会《うらぼんえ》が終わってしばらくしたころ、京で起きた大事件の顚末が若松にもたらされた。

七月十九日、京での勢力を盛り返そうと、長州は御所を目指して出陣した。狙いは会津だった。池田屋事件の怨みを晴らす目的もあった。新選組によって多数の尊攘派志士が殺されたからだ。あろうことか長州は、京の都を火の海にした。朝敵となった長州は、会津や薩摩の軍勢によって京を追われた。

禁門の変である。

「畏れ多くも御所に向かって発砲するなんて、とても信じられないわ」

なぎなたの稽古を終えた千鶴の発言は、利代も同感だったが、新兵衛が無事だったことの方が重要だった。

ところが、会津は二十六名もの死者を出していた。夏の終わりを告げる蜩《ひぐらし》までが鳴りをひそめ、城下全体が喪に服して、悲しみに沈んだようになった。

敗走した長州は、その後、八月五日から七日にかけて、外国から二度目の激しい報復攻撃を受けた。英仏米蘭四国の艦隊十七隻による猛烈な砲撃のあと、上陸した軍隊は、長州の砲台をすべて破壊するかもしくは持ち去った。

長州にとっては、武力による攘夷が現実的でないことを思い知っただけでなく、のちに薩摩と手を結び、倒幕へと舵を切っていく、歴史的な起点となった。

病床にあった家老の横山常徳は、心配していた最悪の事態が京で起こったことを知り、それを防ぐことができなかったのを嘆きながら、八月七日、帰らぬ人となった。享年六十七だった。

常徳の帰国していた事実と病死が同時に公《おおや》けになり、葬儀が執り行われることになった。

葬儀には、新兵衛の代理で三郎右衛門が、駿を伴って参列した。家族は心配したが、老耄の気《け》ぶりも見せなかった。常徳の遺骸は大窪山《おおくぼやま》墓地の山頂近くに埋葬された。

横山家の家督は常忠が相続し、常忠は亡父も名乗っていた主税《ちから》を襲名した。

まもなく主税は、御書簡勤を拝命し、京へ出立した。若松の屋敷には、松尾が産んだばかりの嫡子靫負《ゆきえ》が残された。


毎年春と秋の彼岸に二本松の東庵から、常備薬として調合された薬が木本家へ送られてくる。三郎右衛門のための当帰芍薬散《とうきしゃくやくさん》も含まれている。

今年の秋の分が届いた日、千鶴には薬を必要とする持病はなかったが、利代は念のため薬の到着を知らせた。

「そうだ！」

千鶴が両手を打った。

「どうかしましたか」

「良いことを思い付いたの」

「何でしょうか」

「薬と一緒にいつも文が入っているでしょう？」

「ええ。半年間で家族がかかった病気や、なくなった薬は何か、新たに欲しい薬はないかといったことを聞いてくるのです」

「利代さんは薬や病気に詳しいから」

千鶴の目が、いたずらを思い付いた子どものように輝いている。

「父に伝えたいことがあれば、何でも書き加えますけど……」

そういいながらも、千鶴が何か突拍子もないことをいいそうで、利代は大げさに反応する心の準備をした。

千鶴はささやき声でいった。

「栄螺堂の算額を見に行かない？」

「え？」

利代から栄螺堂の話を聞いていた千鶴は、算額を見たいと思っていたという。しかし、栄螺堂までは屋敷から一里半（約五・九キロ）もの道のりがあり、多江が納得するような出かける口実が思い浮かばなかった。今、薬が届いたと聞いて、藩の薬草園、御薬園《おやくえん》を思い出した。栄螺堂はその先にあるから、御薬園に行くことにして、栄螺堂まで行こうというのである。

「御薬園に行く理由はどうするのですか」

「東庵先生から、御薬園の御種人参《おたねにんじん》を送ってほしいと文に書いてあったことにするの」

東庵が御種人参を高く評価していることは、以前から家族に話していた。欲しがっているといっても、姑は疑わないだろう。

利代としては、算額に興味があるわけではない。しかし、それを見ておくことは、駿が数学に熱中し過ぎるのを防ぐことに役に立つかもしれない。

日新館が休みで、駿が河原田の屋敷へ出かけた秋晴れの日、御薬園に行く許しを舅姑《きゅうこ》に求めた。

父からの依頼で、御種人参などを購入するといった。薬草に詳しい利代なので、弥助に行かせろとはいわれなかった。

問題は次の提案だった。

「弥助を供にしますが、お義姉様が御薬園を見たいとおっしゃるので、お連れします」

「とつぜんなぎなたの稽古を始めた時は、出戻りとはいえ武家の女のたしなみだ、と聞いて感心しました。でも、御薬園を見たいというのは、どうしてでしょう？」

やはり姑が不審がった。

しかし、姑の武家の女のたしなみという言葉が、利代に千鶴の口実を思い付かせた。

「いざ合戦となれば、女子《おなご》は傷病人の看護、時には医者の手伝いもすることになりますから、薬草の知識を身につけたい。そのようにおっしゃっていました」

「利代どののようになりたいと？」

「え？　まあ、そのようです」

利代が照れて、一件落着した。

利代も千鶴も、しっかりした足ごしらえをして屋敷を出た。弥助には、郭内から出る天寧寺町《てんねいじまち》口《ぐち》まで行ったところで、本当の目的地を打ち明けた。弥助は水月で手代をしていたころに何度か行ったことがあるというので、そこからは安心して道案内を頼んだ。

正宗寺の参道の石段はやや急だった。足ごしらえは万全でも、千鶴は途中で息切れし、利代が手を引いてのぼった。

算額はすぐ見つかった。目立つ位置に掲額されていた。

利代は、算額を見上げた。

一般に絵馬は、神仏への祈願や感謝のために奉納される。しかしこれは、関流に対する最上流の自己顕示や挑戦が、奉納の動機になっている。絵馬らしくないとも思った。

「数学の絵馬……。利代さん。どう思う?」

横の千鶴に質問された。

「どう思うと聞かれても……」

利代は言葉をにごした。

「絵に惹かれるなあ」

「惹かれますか」

「駿さんが書いた図形を見たときは感じなかったけど、きちんと書かれた本物は違うわ。不思議な絵柄だけど、何となく美しい」

「美しい? お義姉様には、これが美しく見えるのですか」

「この絵柄って、栄螺堂に似合っている。難しくいえば、栄螺堂と調和している。数学と聞くと変な感じがするけど、こうして栄螺堂を見てから算額を見ると、全然変じゃない」

力説する千鶴を見て、駿と同じだと思った。駿も、初めて見たときのことを詳しく説明してくれた。感激して強烈な印象が残ったのだ。

自分には理解できないが、数学には何か人を惹きつけるものがある。少なくとも千鶴は、算額を通して、数学の魅力を感じている。

駿に素読や槍術をしっかり稽古させることは、数学を味方につけた駿と戦うことだ。数学をあなどると、この戦いは負ける。

「お義姉様。せっかくだから中に入ってお参りしましょう」

利代は、武家の女として、ひそかに観音様に戦勝祈願することにした。


新しい年元治《げんじ》二年（一八六五）が明けた。

駿は屋敷の門を出た。見送っている母の視線を感じたが振り向かなかった。熨斗目麻《のしめあさ》裃《がみしも》姿で、気持ちは引き締まっている。今日は正月の十五日、日新館の会始の式がある。

昨夜ずっと降っていた雪が、今はやんでいるものの、道を白くおおっている。本一ノ丁は道の中央にどぶが通っているが、そのどぶ板が見えない。足元を注意していると、自分の吐く息が白くて視界をさえぎるほどだ。

昨年、駿は、十一経の素読すべてを終えて、第三等に進んだ。十二歳で優秀と認められたので、秋の考試を受けることができた。

考試は学校奉行、学校目付、儒者の前で、十一経の中から三経が選ばれ、その場で指定されたところを読み上げる。緊張していた駿は、二か所誤読をしてすぐ読み直したが、誤読が他にもあったかもしれない。

素読に気乗りしない自分のために、母は素読を一緒に学んでくれた。それを思うと、考試の結果が不安だった。

何の連絡もないまま学校は休みに入り、新年を迎えても、駿は気持ちが冴えなかった。

聖堂とも呼ばれる、泮宮《はんきゅう》での会始の式を終えて尚書塾へ戻ると、駿は素読所勤に呼ばれた。

「良い知らせだ。近々表彰のご沙汰がある」

「まことでございますか」

昨年の考試のあと、学校奉行は合格を家老へ伝えていた。承認するのは藩主である。

「お奉行様のお話によると、京の情勢が情勢だから、我が殿に言上できたのは年末近かった。国元で若者たちが勉学に励んでいると聞いて、我が殿は大層お喜びだったそうだ」

「うれしゅうございます。先生方の厚いご指導の賜物です」

駿は深くお辞儀をしたが、本当はその場で飛び上がって喜びたかった。それができなかったのは、尚書塾に通う同年齢の仲間全員が表彰されるわけではないからだ。


玄関から、駿が帰って来たらしい物音が聞こえてきたので、利代は居室を出た。

駿はこちらへ背を向けて、足を洗っていた。

雪解け道を急いで歩いてきたのだろう、盥《たらい》の水が泥だらけだ。土間に立っているおちかが気の毒そうに見ている。駿はいつも自分で足を洗っていた。

「会始の式、ご苦労様でした」

「あ、母上。近く、正式にご沙汰があるそうですが……」

「そう急がずに、しっかり足を洗いなさい」

「はい」

足を拭くのももどかしそうに、式台に上がった駿は、きちんと正座して両手をついた。

「母上。考試に合格しました」

「まことですか」

利代も急いでそこに座った。

「母上が毎日のようにお稽古をしてくださったお蔭です。ありがとうございます」

「それはおめでとうございます。駿の努力が実ったのですよ。さあすぐ、お爺様、お婆様へご報告なさい。父上にも文《ふみ》を書かねばなりませんね。そうだ。仏壇のご先祖様にも……」

隠居所へ向かう駿を見送って、ふと振り返ると、おちかが両手で盥を持ったまま、まだ土間に立っていた。利代と目が合うと、おちかはあわてて頭を下げた。

再び上げた顔ははにかんでいて、真冬に赤味をさす頬が愛くるしく見えた。


釈奠《せきてん》の日が近付いていた。釈奠は孔子を祀る儀式で、二月と八月のそれぞれ最初の丁《ひのと》の日に、日新館の泮宮で挙行される。幕府も湯島の聖堂でおこなっている。今年の二月は朔日《ついたち》がその日で、当日と前後の日も日新館は休みである。一月は大の月なので、前日は三十日になる。二十九日は、会津松平家五代容頌《かたのぶ》と七代容衆《かたひろ》の命日なので、毎月休みである。表彰はその前にということになった。駿は今回の合格者の中では首席だったという。

駿は、一月二十八日、本丸の奥にある御用間へ初めて通った。手順は前もって素読所勤から教えられていた。

「木本新兵衛嫡男、駿、御意《ぎょい》被成《なされ》候《そうろう》学問出精《しゅっせい》致し、年齢より手際宜敷《てぎわよろしく》相聞こえ候に付き、ご褒美として『四書集註』ひと通り被下之《これをくださる》」

前年の三月十五日に、主席家老として復職していた高橋外記《げき》が、駿の前に立って奉書紙を開き、藩主の言葉として朗々と読んで申し渡した。

『四書集註』は南宋の儒学者朱熹《しゅき》による四書の注釈書で、日新館開版方で印刷製本されたものだ。その下賜は名誉なことだった。

下城後、駿は、あらためて家老、学校奉行、素読所勤、儒者の屋敷を、お礼言上して回った。最後に日新館に行き、個人指導してくれた、儒者見習の安部井仲八《ちゅうはち》にも謝意を表した。

これらの挨拶回りは、本来なら父の新兵衛が同道するところだが、祖父の三郎右衛門がその役目を担った。

利代だけでなく、姑も義姉も、駿よりも三郎右衛門が無事に務めを果たせるか心配した。

日暮れ前に二人は屋敷に戻った。さしていた傘に雪がうっすら積もっていた。

「寒い中、駿の付き添い、ありがとうございました」

利代はあらためて隠居所へ行き、両手をついた。舅はご機嫌だった。

「駿の態度は立派だった。この調子なら、考試を次々に通り、元服前に第一等、そして講釈所に進む。じきに父親の新兵衛を隠居に追いやるぞ。そうなると、わしの居場所がなくなるな……。裏の物置に住むか墓場に入るしかない」

冗談をいう余裕さえあり、着替えを手伝っている姑も、小首をかしげながら苦笑している。実家から送ってもらった当帰芍薬散を毎日きちんと服用しているが、身辺で起きる慶事が最良の薬かもしれない。

駿の部屋へ行くと、既に衣服をあらためていて、熨斗目と麻裃は乱れ箱の中に畳んであった。駿は、拝領した『四書集註』全十冊を座敷に並べて眺めていた。

「ご苦労様でした。疲れていませんか」

駿は顔を上げて首を振ったが、表情から喜びが隠せないでいる。開いた一冊の扉に印刷された日新館蔵版の文字が誇らしいのだろう。そういうところは子どもらしい。

千鶴が入って来て、小さな声で聞いた。

「お爺様、どうだった？　挨拶回りで変なことといわなかった？」

「どうしてですか？　此度《こたび》のこと、忝《かたじけな》く、無上の喜び、父の新兵衛に成り代わりまして御礼申し上げますって、堂々としていて、まるでご家老様みたいでしたよ」

駿ははっきりと答えた。駿には祖父の老耄はまだきちんと説明していない。

「もともと当家は家老の次の家格、もし何かの奉行に任じられれば、加判《かはん》の列に加わる。でも、お爺様が堂々としていたのは、昔を思い出したからだわ。兄上の時、一緒に挨拶回りをしたのだもの」

千鶴の指摘は利代も納得できた。舅にとっては、昨年の横山常徳の葬儀の参列以来の重責だったが、昔のことは身体が覚えているのかもしれない。

夕餉は家族全員でのなごやかな祝宴となった。燗酒を出し、舅の好きな鯉の甘煮《うまに》と、帆立の貝柱を入れたこづゆがご馳走だった。屋敷内に笑い声が響くほど、逆に利代には、新兵衛のいない寂しさがつのった。

その後、駿の表彰は近所にも知られ、次々に祝いの品物が届けられた。

横山縫からは、会津塗の筆箱が贈られた。上蓋に描かれた小さな梅花模様を見た時、利代は、主税が京へ行ってしまった、縫の寂しさを感じとった。

昨年の春の考試で合格し、先に表彰を受けた日向真寿見の母琴からまで祝福されたのは予想外だった。

届いたのは、尾張産の上等な白扇一本で、扇腹《おうぎばら》を連想させる。武士としての自覚を促す贈り物だが、それだけではない。

駿が学校に入門する直前だから、三年近い前だ。どうにも困って、切腹の作法を教えてもらいに行った。今にして思えば、よく恥ずかしくもなく行けたものだ。

白扇は駿への贈り物であると同時に、琴から利代への「初心忘るな」という激励だ。立派な会津武士になるまでの道のりは遠く険しい。それまでの母親の役割は重く、これからも続くぞという意味でもある。

河原田信壽は、自ら小さな角樽と祝儀袋を持って屋敷にやって来た。

三郎右衛門と会い、久闊《きゅうかつ》を叙《じょ》しているうちに、昨年の舅の失踪が、駿を迎えに信壽の屋敷へ行ったのではなかったことが姑にばれてしまった。舅はまるで気付いていなかった。姑の頭には、あの日なぜ三郎右衛門が駿と一緒に帰って来たのか、疑問が湧いたに違いない。しかし、話題はすぐ変わった。

信壽は一刀流溝口派も究めている。

「次からは剣術の稽古も始めよう。駿どのなら間違いなく上達する。三郎右衛門の孫ではちと心もとないが、新兵衛の子だからな」

信壽は豪快に笑って帰って行った。舅と飲んだ酒でさらに若返ったようだった。

日新館で武芸の稽古を始めるのは十五歳からだ。素読の稽古が続いていても、昼過ぎからは書学寮に加えて武講寮に出入りできる。

年齢のことをいえば、日新館で数学を学ぶことができるのは、十三歳になってからだ。駿は、その十三歳になった。

姑を説得する方法が見つからなかったが、今回の表彰、そして十三歳になったことは、許しをもらうきっかけになるかもしれない。しかし、たとえ許しが出たとしても、文武の精進の手を抜くことはできない。

京にいる夫から、駿を祝福する文が届いたのは、近隣へ内祝いも配り終わった二月の終わりごろだった。帰国の話題はなかった。


四月七日、改元されて慶応元年（一八六五）となった。前年は、禁門の変があり、京は八百十一町の二万八千戸が焼失した。改元は人心を一新する狙いがあった。将軍家茂の再上洛への朝廷の期待もあった。

改元の知らせが若松に届くころは、城下の桜は、すっかり葉桜になっていた。日当たりの良い庭の桜の開花はもっと前に終わった。

元治二の下に小さな文字で右から横に乙丑《いっちゅう》と書かれた『会津暦』の表紙をなぜると、利代は決意して立ち上がった。

慶応に改元されても、暦の内容は変わらない。いつまでも隠せない。駿の数学を許してもらうのは、駿の学問が認められた今をおいて他にない。このところずっと考えていたことを、利代はついに実行することにした。

駿が素読所から帰って来たので、すぐに拝領の『四書集註』の中から『論語集註』四冊を持たせて、隠居所へ向かった。

駿には、母は決めました、としかいっていない。駿は、『日新館童子訓』の教えにしたがい、親の命令に問い返すことなくついてきた。

座敷の外で座り、声をかけてから作法通りに襖を開き、利代そして駿の順に中へ入った。

舅と姑は薄茶を飲みながら談笑していたようだった。

利代が顔を上げると、舅が大きく目を見開いた。その目は、駿の抱える『論語集註』四冊に注がれている。それを拝領した日、最も喜んだのが舅だった。また誉めてくれる。利代はそう思った。

ところが、利代の思惑は、ものの見事に裏切られた。

「おお、駿か。良いところへ来た。わしが与えた『新編塵劫記』は面白いだろう？」

『論語集註』四冊を『新編塵劫記』上中下巻と見間違えている。

「それで学べば数学が上達するぞ」

舅は調子にのって続けた。

めまいがしそうな中で、利代は姑の叱声を聞いた。

「けしかけるのは、やめてください！　お前様、また何かしたのですね」

多江に図星を指された三郎右衛門は、自分の失言に気付いた。下を向いてしまった。最近になって老耄の自覚も少し出てきた。だから今は、頭の中が混乱しているだろう。

こうなると、次に責められるのは自分だ。

「申し訳ございません」

利代は、頭を畳につくほど下げ、先に謝ろうとしたが、姑は追及してきた。

「あなたも承知だったのですか……」

とても「はい」とはいえなかった。

「以前から何となく変だとは思っていました。利代どの。駿の教育は、あなたの責任だということを忘れたのではないでしょうね」

「忘れてはおりません」

利代はさらに頭を下げた。

ななめうしろの駿が、もぞもぞと動いている気配がした。

「拝領の本を何度も見せてくれずともよい」

気配がぴたりと止んだ。駿は駿なりに、利代を庇《かば》おうとしたらしい。

「駿は素読で立派に表彰されました。利代どののお蔭です。しかし、学問はもちろん、武芸などまだまだこれからです。新兵衛をこえる会津武士に育て上げてください」

「はい。お約束いたします」

利代は顔を上げて返事した。

姑が舅の方を見ながらいった。

「この人は、油断すると、何をするかわかりません。駿の邪魔にならないよう、これから私は、この人から絶対に目を離しません。だから、駿の教育はあなたにすべて任せます」

そういわれた以上、利代はもう一歩も後には引けなかった。

九月二十三日は二十四節気の霜降で、若松の朝晩は冷え込む日が多い。二本松藩主丹羽長国《にわながくに》が、冬期間の京の警護のために、軍勢をそろえて出立したという噂が、若松に流れて来た。

「長州を再度追い払ったのに、京の治安が悪化しているのですか。二本松も会津のように京都守護職になるのでしょうか」

利代が尋ねると、なぎなたの稽古に来ていた縫が、二本松が出陣した背景を教えてくれた。

「三度目の上洛をした公方様が、全軍を率いて長州征伐に向かうという話はまだそのままです。もしそうなれば、京の治安維持は手薄になります。二本松丹羽家は、会津松平家と同様に徳川将軍家に対する忠誠は絶対ですから、昨年に続いて出兵要請があったのです」

京は緊迫している。かつては横山常徳が留守宅へ京の状況を伝えていたが、今は主税《ちから》がその役割を引き継いでいるという。

「これでは、主税様も兄上も、帰国できそうもない。若松は女たちで守るしかない。なぎなたの稽古をもっと励まなくちゃ」

千鶴は襷を締め直して気合を入れているが、利代は、若松に戦火が及ぶとは、今でも思えない。しかし、学校には何か影響があるかもしれない。大事なことは、駿の学問を決して遅らせないことだ。

利代は、歯を食いしばって、一日も休まず駿と経書の読み合わせを続けた。片桐仲之進の屋敷へ通う日が減っても、駿は文句もいわず、安部井仲八の個人指導を受けていた。

そのお蔭で、駿は秋の考試に合格して第三等から第二等に進み、春の考試で先に合格していた日向真寿見にまた追いついた。誰もが認める優等生の一人になりつつあった。

教科書としては、『蒙求《もうぎゅう》』と『十八史略《じゅうはっしりゃく》』が追加された。『蒙求』は唐の時代の児童用教科書で、『十八史略』は通俗的な中国の歴史書である。『十八史略』は、駿が喜んで学びそうだ。もちろん、利代は読み合わせをやめる気はない。

庭の桜は丈が伸びて枝数も増え、駿と成長を競っているようだ。

第三章　武家の母

一

木本家に水月《すいげつ》から慶応二丙寅暦《へいいん》と書かれた『会津暦』が届いた。

年の暮れになっても、長州や西国でいくさがあったという知らせはなかった。会津藩士の訃報もなかったが、京で血なまぐさいことは、新選組が一手に引き受けていると縫から聞いた。しかし縫は、長州から見れば、容保の指揮下にある新選組は会津だとも説明した。

年が明けてまもなく、京で軍事奉行仮役をしていた井深宅右衛門《いぶかたくえもん》が、新任の学校奉行として帰国してきた。

井深家は名門で、保科正之の時代に家老を務めていた。分家の井深家に生まれた宅右衛門は、学識豊かな三十七歳である。

二月になり、日新館が休日の朝、宅右衛門から木本家の都合を尋ねる使いがあった。日新館で宅右衛門が新任の挨拶をしてから、まだ数日しかたっていない。駿は出かけているがと答えると、祖父母と母親に会いたいとのことだった。

舅姑と相談して、隠居所で宅右衛門を迎えることにした。隠居所はもともと茶室風の数寄屋造である。宅右衛門は、石州流茶道怡渓《いけいは》派の茶人としても知られていたからだ。

石州流は武家の茶道として、保科正之が家中に推奨し、三代正容《まさかた》のとき、江戸の東海寺高源院怡渓の指導を家臣に受けさせてからは、会津怡渓派として家中はもとより民間にも広まった。

千鶴にも手伝ってもらって隠居所を片付け、宅右衛門を迎えるため茶室らしくした。折よく庭に咲いていた白い木蓮を花生けに飾った。練り切りを買いに弥助を走らせた。

三郎右衛門が、また意外な面を見せた。実は花も菓子も舅の指示で、茶席では亭主役を務めるという。利代はいわれるがまま動いたが、何もしない姑がつぶやいた。

「三郎右衛門は、武芸以外は器用なのですよ」

舅は脇差の代わりに白扇を左腰に差している。武家の茶道らしさが表れている。

やがて、宅右衛門が到着し、利代が床の間の前の上座へ案内した。

当初、学者のような風貌の宅右衛門を想像していたが、京で会津藩兵の指揮を執っていたことを彷彿とさせる、いかつい顔とがっしりした体軀の持ち主だった。

舅は、風炉の前で軽くにぎった手を畳につけ、辞儀をしてから点前《てまえ》を始めた。

亭主役の舅から少し離れて、利代、さらに間を空けて姑そして末席の千鶴が一列に並んで、宅右衛門と対面している。四畳半なので、少し窮屈だが、茶席なら不自然ではない。

とどこおりなく点前が終了した。

宅右衛門が客人としての礼をのべた。

「日下一旨流を伝える木本三郎右衛門どのらしさが所作ににじんでいて、感服仕《つかまつ》った」

確かに、ここまで舅に隙はなかった。流れるような手さばきは、武芸者の稽古を見た後と似た清々しさを利代に感じさせた。

「不調法で失礼いたしました」

舅は亭主の座を下がり、空いていた姑の横に並んで座った。

宅右衛門がそこで視線を利代に向けてきたので、用件を語るのだろうと利代は緊張した。

「京で木本新兵衛どのや横山主税どのと親しく話をすることがあり、入門以来素読で際立っている駿どのの、意外な才能を知った」

やはり宅右衛門は、学校奉行として、駿のことで来訪したのだ。才能というほめ言葉を使ったが、素読ではなく数学のことらしい。

利代は姑の反応が気になったが、横を見て確かめるのはためらわれた。

宅右衛門は、そこで背筋を伸ばし、黙礼してから続けた。

「我が殿は、これからの時代を切り開いていくのは若者だ、そのためには若者の教育が肝要だと仰せられた。わしは、諸外国と対等に付き合うため、若松にいる若者は、物事を広く見る目、柔軟な考え方を持たねばならぬと、京にいてつくづく思いましたと申し上げた」

宅右衛門は、再び利代へ顔を向けた。

「左京太夫《さきょうだゆう》様（二本松藩主丹羽長国のこと）のご領内では数学が盛んだそうだ」

利代が二本松出身だと知っているようだ。

「ところが、当家の侍は、数学はそろばんだ、そろばんなど商人のすることだと見下して、自ら学ぼうとする者がいない。土津公が大切にされた数学だということも忘れたらしい」

利代は伸之進から聞いた話を思い出した。

「西洋では数学を重んじている。ぜひ駿どのには、数学の才能を伸ばしてもらいたい。存分に学ばせてやってほしい。学校奉行としても、できることは何でもする」

宅右衛門がそこで黙ったのは、利代の返事を待っているからだ。同意を求めているのだ。

宅右衛門は、京で新兵衛と話し、既に合意しているのだろう。だとすれば、断ることはあり得ない。しかし、姑のいる場で、すぐ承知するわけにはいかない。

「ありがたいお言葉ですが、木本家は槍ひと筋でご奉公してきた家柄でございます。駿はその惣領たるべく、日夜、文武の稽古に精進しております……」

そのとき、利代どの、という姑の落ち着いた声がした。

利代は話すのをやめ、姑を振り返った。

姑は、舅を一瞬横目で見てから、両手をつき、宅右衛門に向かって口を開いた。

「さしでがましくて恐れ入りますが、新兵衛は了解したのでございますか」

「いかにも」

「それでしたら、何も申し上げることはございません。当家の主が了解したことですから」

筋を通す姑らしい。

「利代どの。お申し出をお受けなさい」

「よろしいのですか」

「さあ、早く」

姑に急かされて、利代は宅右衛門に向き直った。

「承知いたしました」

利代も両手をついて頭を下げた。

宅右衛門は安心したようだが、利代はやはり自分の覚悟を、駿の母としての決意をいい添えないわけにはいかなかった。

「数学は学ばせますが、儒学と武芸をおろそかにすることはできません。駿は、立派な会津武士に育てたく存じます」

「ご母堂の考えはよくわかった。それならわしも、元軍事奉行仮役としての考えを述べよう。当家の軍隊は西洋式に改めねばならぬ。そのため、わしは学校の改革を我が殿へ言上した。西洋砲術を学科に復活させ、関連する数学を宅稽古ではなく、学校内で教える。士中の子らにも学ばせるのだ。殿は承諾してくださったが、若松では反対する者が多いだろう。だから、わしに協力してほしい」

宅右衛門の目には、並々ならぬ決意がにじんでいる。あわてて利代も応じた。

「お奉行様のお考え、確かに承りました」

やや不揃いではあったが、舅姑そして千鶴も、利代にならって頭を下げた。

目的を果たした宅右衛門を四人で見送ると、すぐ姑が利代にいった。

「駿を立派な会津武士に育てる。よくいってくれました」

「当然のことを申し上げたまでです」

利代の言葉に満足したのか、姑が意外な提案をしてきた。

「ところで、来月は姉上の七回忌でしたね。葬儀も三回忌も出られなかったのですから、行って来たらどうですか」

「え？　よろしいのですか」

忘れてはいなかったが、とても行ける状況だとは思っていなかった。

姑は、初めて見せる柔和な顔でうなずいた。


立夏が近い暖かな陽気の三月二十日、利代は夜明けとともに屋敷を出発した。

若松から二本松までは、二本松街道を通っておよそ十五里（約五十九キロ）ある。途中、最大の難所は、壺下口《つぼおろし》の番所を過ぎてからの楊枝峠《ようじ》だ。最初から荷物はすべて弥助に持ってもらったが、さすがにここは馬子《まご》を雇った。

二本松領に入った。番所のある中山宿は、父の東庵が若松に来る時に一泊する宿場だ。そこで昼食を摂った。奥州街道との接点でもある本宮宿《もとみや》に着いたのは、日が暮れるころだった。決めていた旅籠の暖簾《のれん》をくぐると、兄の恭庵《きょうあん》が笑顔で迎えてくれた。今日はここで落ち合う約束をしていたのである。

「さすが利代の足は達者だなあ」

疲れた様子のない利代を見て恭庵がいった。

「義姉や近所の奥方様となぎなたの稽古をしていますから。でも、今日は途中で馬にも乗りました」

「そうか。とにかく明日は予定通り出立だ」

翌日も好天だった。実家は二本松城下の東端にある。昼過ぎには愛宕山《あたごさん》の文殊堂《もんじゅどう》下、三森町《みもりちょう》の実家に着いた。木本家に嫁した直後の里帰り以来で、十五年ぶりだった。城下も実家も変わりなく、懐かしく感じられた。

母のまつは五十八歳で息災だった。兄恭庵と文《あや》夫婦には二人の息子、良太郎《りょうたろう》と実之助《じつのすけ》がいる。それぞれ十六歳と十三歳で、二人とも十四歳の駿よりずっと背が高い。

予想外だったのは、もう一人、見たことのない男の子がいたことだ。

実家の庭には薬草を中心に草花が多い。春菊《しゅんぎく》が黄色と白の花をたくさん咲かせているあたりで、その男の子は背を向けてしゃがんでいる。夢中で花を摘んでいるように見えた。

「大川達《たつ》だよ」

父にいわれてもすぐにわからなかった。

「七歳になった。うちで育てることにした」

それで思い出した。二本松丹羽家の砲術師範、大川家に嫁いだ姉かずえの子だった。やっとできた達は、逆子《さかご》で大変な難産だった。かずえは、実家の國岡家で養生していたが、産後の肥立《ひだ》ちが悪くて死んだ。嫁いでから胸を病んで弱っていたのがいけなかった。

一年間は実家で乳母をやとって達を育て、それから大川家に戻したが、二年後、大川家には後妻が入った。そこまでは、父からの文で利代は知っていた。

「後妻にも男の子ができて、達を可愛がるゆとりがなくなったのだろう。無表情で口数の少ない子どもに育っていき、そのうち邪魔者扱いで、折檻《せっかん》までされるようになったらしい」

夢中で何かしている達の背中が、小さく震えていて、利代は不憫《ふびん》でならなかった。

「大川家の世間体もあるから、かずえの忘れ形見はうちで育てたいと、こちらからお願いして預かった。まだ子どもなのに、心を閉ざしている」

利代に心配させまいと、父は若松へ来た時も何も話さなかった。

「お父様。達はあそこで何をしているのですか」

「そばへ行って見てみなさい」

利代は縁側からおり、達にそっと近付くと、肩越しに達の手元を覗いてみた。

達は、花の蜜を求めて集まってくる花虻《はなあぶ》を右手で捕まえては、左のこぶしの中につぶさないように押し込んでいた。しかし、花虻を一匹捕まえて押し込んでも、握った小さな手の指の間から、一匹が逃げて行く。その動作を、延々と繰り返しているのだった。

利代は達の右横にしゃがんだ。七歳の達は本当に小さい。そして、駿の七歳の時よりも、ずっと痩せていた。

そっと横顔をのぞいた。どきっとした。幼児のわりに鼻筋が通っていてまつ毛が長い。死んだ姉と自分は似ていて、双子のようだとよくいわれたが、姉の子の達も、幼いころの駿にそっくりだった。

しかし、無表情だった。

「面白い？」

聞いても達は答えない。

「すぐ逃げられちゃうね」

達は、楽しそうでもなく、悔しそうでもなく、黙々と手を動かしている。

兄が呼びに来るまで、利代は黙って達の横にしゃがんでいた。

「えいっ！」

利代の一撃が恭庵の左すねに当たったところで、稽古が終わったが、利代の息は上がっていた。

「参った」

「昔より腕が上がったのじゃないか」

恭庵は、左足をひきずりながら、道場の壁に近寄って、稽古槍を掛けた。振り返った顔が苦笑している。

「体力は落ちました。若松へ嫁ぐ前にした稽古が、人生最後だと思っていました」

恭庵に続いて、利代も稽古用のなぎなたを掛けた。上下に並んだ二本とも、無数の傷がついているが、黒光りしている。

「利代が男だったら、ここは利代に任せて、自分は長崎へ蘭方を学びに行けたのになあ」

二本松にも蘭方医が多いから学べないわけではないが、蘭方の本場はやはり長崎だ。恭庵は蘭方を究めるのが夢だった。久しぶりに利代が里帰りしてきたので、愚痴をいってみただけだろう。

「ところで、お兄様。達はいつもお兄様と一緒なの？」

利代は、道場の端っこに正座している達をちらっと見てから、小さな声でいった。昨日から達は、一人でいる時以外は、恭庵のそばにいることが多かった。

「文《あや》さんに甘えればいいのに」

「達が文を嫌っているわけではない」

兄も低い声で応えた。

文は、恭庵より七つ下の三十五歳だ。七歳の達の母親としておかしくはない。

「もちろん文が嫌っているわけでもない」

「それなら……」

やはり達は心の病、といいかけてやめた。達に聞かせるわけにはいかない。恭庵もそう思っているだろう。

しかし、兄の口から意外な言葉が出た。

「おっぱいだよ」

「え？　おっぱい？」

思わず利代は大きな声を出したので、達に聞こえたと思い、振り返った。しかし、達は身じろぎもせず座ったままだ。

「達はほとんど口をきかないが、色々なことを心で感じ、頭の中では様々な思いをめぐらせているのだと思う」

「それと、おっぱいとどういう関係があるの？」

「生みの母を知らず、乳母に育てられたが、引き離された。そして、大川家では、母と呼べる人がいなかった。達というか男の子は、母親とおっぱいでつながっているんだ。達にはそのつながっているおっぱいがない。文のおっぱいは、良太郎と実之助のものだと本能的に感じているのだろう」

「へえ、そういうものなの？」

女の利代には理解できない話だった。

利代はもう一度達を見た。大好きだった姉の忘れ形見だ。遠くから見ると、やはり駿の小さいころによく似ている。子どもなのに、心を病んでいるというのが、利代には切なくて胸の奥が苦しくなってくる。

実家では、もう一つ驚くことがあった。甥の良太郎と実之助は、七歳になると、祖父や父について、医術の修業と日下一旨流《くさかいっしりゅう》の槍術の稽古を始めていたが、十歳ころから数学にも打ち込み始めたという。

「良太郎も実之助も、早く自分の算額を奉納したいと夢中だよ」

二本松城下、亀谷坂《かめがいざか》の頂上には、古刹永松山龍泉寺《えいしょうざんりゅうせんじ》がある。その境内の観音堂に、最上流《さいじょうりゅう》を学ぶ人たちが競うように算額を奉納している、と兄の恭庵は説明した。

龍泉寺に絵馬が多かったことは、利代も何となく覚えている。最上流の話は駿から聞いていたので、あらためて兄から話を聞いて、龍泉寺と算額がつながった。やはり二本松では数学が盛んらしい。

しかし、甥たちは、國岡家伝統の医術と槍術を学ぶだけでも大変だろう。

「どうして二人は数学を？」

「木本のご隠居様だよ」

「え？　お義父様が？」

兄の話によると、ずいぶん昔、三郎右衛門が東庵に、不要になったからと数学書を送ってきた。医術書の中に埋もれていたそれを、二人が発見した。二本松藩の優秀な作事奉行で数学者だった儀村義徳《いそむらよしのり》の『算法闕疑抄《さんぽうけつぎしょう》』で、名著だったという。

大っぴらに数学を楽しめない舅は、書物の処分に困って、二本松ゆかりの本だからと、親友に託したのだろう。

「松岡町で米問屋を営む宍戸《しど》佐左衛門《さざえもん》先生に入門するまで、三月《みつき》もかからなかったな」

二本松だからだ。若松だったら、そんな本が見つかっても、話題にもならず、数学を教える先生にもたどりつけない。

「先生は、最上流の渡辺治右衛門から免許を受けた立派な数学者だ」

栄螺堂に算額を奉納した渡辺治右衛門の名前が出てきたので、利代は驚いた。敬学館の数学師範でも、町人の弟子がいたのだ。

「それで、二人はもう算額を奉納できるまでになったのですか」

兄は笑って首を振った。

「先生への恩返しだ。先生は本当にていねいに教えてくださったが、昨年の二月に八十四歳でお亡くなりになった。あの世の先生へ、二人とも上達ぶりを見せたいのだよ」

本来の絵馬らしい目的を聞いて、利代はちょっと胸にじんときたが、すぐその感情を振り払った。

それにしても、数学というのは怖い。嗜好《しこう》と合えば、人を虜《とりこ》にしてしまうのだ。

後妻がいるせいか、姉の七回忌の法要は、読経だけの簡素なものだった。

利代たちは、國岡家の菩提寺台運寺《たいうんじ》へ回って先祖の墓に詣で、物足りなさを補った。

若松へ帰る日が近付いた。

実家に滞在している短い間、利代はなるべく達と接触した。朝から声をかけた。着替えを手伝い、横にすわって食事の面倒を見た。拒絶されなかったが、喜ばれもしなかった。それでも達が、抱きしめたいほど可愛い。

「私も同じです」

がっかりしている利代に、兄嫁の文が微笑んだ。母になろうと努力を続けているから、利代の今の気持ちがわかるという。

達は、兄の診療をそばで眺めていることが多かったので、利代も兄を手伝うことにした。薬の調合をするときに、兄が薬草の名前をいうと、達はすばやく薬簞笥《くすりだんす》からそれを取り出して持って来た。

「よし。これでいい」

兄がほめると、達が口元をゆがめた。うれしいのだ。初めて達の顔に浮かんだ感情を見た。それにしても、百以上もある抽斗《ひきだし》の、どこに何という薬草が入っているか、七歳の達の頭にはしっかり入っているらしい。

明日は帰るという前の夜、利代は思い切って達と一緒に風呂に入ろうとしたが、逃げられてしまった。利代の部屋に達の夜具も敷いておいたが、達は勝手に別室の兄の夜具にもぐりこんで寝ていた。

利代は寝ながら考えた。達は本当の母がいないことを知っている。兄によれば、おっぱいがない。兄嫁も自分も、母のように見えても、本当の母ではないことがわかっている。だから、甘えることができない。何て不憫《ふびん》な子だろう。

翌朝は朝から青空が広がった。利代を見送るため、屋敷の表門の前に、國岡家全員が集まった。供の弥助は、来た時よりも荷物が増えていた。土産物をたくさん持たされたからだ。それ以上に、時間を持て余していた弥助は、ときどき東庵の診療の手伝いもして、貴重な経験ができたと喜んでいた。

利代も荷物が増えたが、何か忘れ物をしている気がした。達のことだった。一度でいいから心を通わせたかった。

達は、恭庵の袖をつかんで立って、こっちを見ている。いつもの無表情だ。それでも、恭庵がいったように、達の頭の中では、何となく状況を理解し、何かを感じているはずだ。

いよいよ、出発する時が来た。何度も同じあいさつを交わしながら、利代はあとじさりを始めた。そして、手を振った。

「じゃあ。元気でねー」

前を向こうとする瞬間、達がぴくりと動くのが見えた。恭庵の袖から手をはなして前へ進み出た。利代はそのまま、ごく自然に達の方へ歩み寄ろうとした。

やはり達は、自分を母親のように感じてくれた。おっぱいを自分に感じたから、別れたくないのだ。

ところが、利代の動きを見た達は、くるりと背を向けると、恭庵の横をすり抜け、表門から屋敷の中へ駆け込んでしまった。

利代の身体から力が抜けた。

五日ぶりに若松へ帰ると、千鶴は、二本松のことを色々と知りたがった。

二人の甥たちが数学に夢中だといったら、千鶴はそれを面白がった。

しかし、達の話題は、いつも明るく前向きな千鶴でさえ、衝撃を受けたようだった。

「心を閉ざしている？」

「ええ。無口で、感情を表に出さないし、私には、そういう風に見えました」

「大川家で大切にされていなかったかもしれないけど、國岡家では大事に育てているのでしょう？」

「でも、いつも一人で遊んでいて、自分から近付くのは兄ばかり……」

千鶴はしばらく考えてから断言した。

「達さんには母親が必要よ」

「私もそう思います」

ところが、千鶴は誤解していた。

「文さんがちゃんと可愛がらないから」

「文さんではなく、大川家の後妻さんが、でしょ？」

「後妻には男の子ができたから、無理よ。達さんはいらない子でしかない」

「文さんは一生懸命やっていました」

「本当の母親のように？」

兄嫁の愛情を疑っている千鶴に、利代は憤りをおぼえた。

「どんなに可愛がっても、達さんがこの人は本当の母親じゃないと、本能か何かで悟ってしまうみたいなのです。それを兄は、達にはおっぱいがない、男の子にはおっぱいが必要だというのです」

「おっぱい？　変な話」

千鶴は鼻で笑った。

確かに兄のおっぱい説は、女の利代には理解しがたいものだった。千鶴もそうだろう。

しかし、実際に子どもを産んで育てた経験のない千鶴に嘲笑されると、おっぱい説を弁護したくなる。


今年の梅雨は、利代はまったく気にならなかった。雨が少なかったわけではない。いつも潑剌《はつらつ》とした駿の姿が見られたからだ。

学校のある日は素読所へ行き、終わってからも、小組の仲間としっかり交流していた。休みの日は、槍術の稽古が半分で、あと半分は数学か素読の稽古に通っていた。経書の読み合わせも、毎日夕餉の後の一刻と決めて、休むことなく続けることができていた。

ただ、やはり気になるのは、駿の数学だった。わずかでも時間があれば、駿は屋敷で数学書を開いた。許されてはいたが、舅も姑も刺激したくなかった。

「そろばん珠を弾くことは禁止です」

「はい。母上」

駿は不自由を感じてはいないようだった。部屋に入る機会があると、駿は算盤《さんばん》上で算木《さんぎ》を夢中で動かしていた。未知数を立てて、方程式を解いているのだという。

こうして、夏も過ぎて秋風が立ち始めたころ、冷夏というほどではないにしても、今年の夏は例年と違って過ごしやすかったと利代は思う。思い起こせば、春からずっと晴れても日差しは弱かった。こういう年の農作物は、良くても不作、悪くすると病虫害の発生で大変なことになる。

秋を感じ始める白露《はくろ》から七日目の八月六日、会津は猛烈な雨と風に襲われた。この時期には、たまにあることだ。七日には雨は止んで、日も少し差したが、八日にかけて風が吹き出し、その方向も東から激しい西風に変わった。

その八日の昼八ッ半（午後三時）過ぎ、遠くで半鐘が鳴り出した。

利代は、千鶴と一緒に玄関から出て、音が聞こえてくる北の空を見た。煙が上がっているのか、低いところだけ色がくすんでいる。半鐘があちこちで鳴り出した。

しばらくして、駿が帰宅した。

「火事なので、小組の集まりが中止になりました」

「郭外のようですが、どこか聞きましたか」

「はい。桂林寺町通りの北にある、後《ご》ノ分町《ぶんまち》あたりから出火したそうです」

「水月は大丈夫かしら」

千鶴の言葉にうなずいて、利代はすぐ弥助を呼ぶと、おちかの実家の様子を見てくるように命じた。

家族全員が表門の外へ出て、弥助を見送った。左右を見ると、通りに出ている人が多い。皆、伸びをするように北の方を見上げている。

「大火になるかもしれん」

舅のつぶやきを裏付けるように、北の空が見る見るうちに下から黒く染まっていく。

「炎が見える！」

駿が叫んだ。

炎そのものが見えるのではない。郭外の上空を覆い始めた煙が、火の粉や炎の色を照り返しているのだ。風で吹き飛ばされるより、舞い上がる煙が多い。赤黒いまだら模様が、半鐘の音に踊らされているようだ。

「地獄絵を見るみたい」

千鶴は身体を震わせている。

半刻《はんとき》（約一時間）ほどで帰ってきた弥助は、肩で息をしながら、報告した。

「水月は、無事でした」

しかし、折からの強い西風にあおられて、寺の多い地域も通り越し、郭外の東一帯、千石町《せんごくまち》や滝沢町《たきざわまち》の方まで飛び火していたという。

「七日町の水月は、風上ですから、焼け出された親戚の方や、お得意様の、避難場所になっていました」

完全に鎮火した翌九日、利代はおちかに火事見舞い金を持たせて水月に帰らせた。

八月十四日の午後、木本家の庭に久しぶりに甲高い声が響いていた。なぎなたの稽古である。

幸い大風も大火も郭内に被害はなかった。明日十五日は秋分である。これから秋の深まりが早くなる。

千鶴は、稽古を始めて既に四年が経過し、腕前が上がっている。向かい合って面を打ち、引いてすぐ胴か籠手《こて》をねらう。打たれた時は、切っ先をかわして、すかさずすねを打つ。そういった、流れるような連続技が増えた。

いつものように、仕上げに試合稽古をした。今日の千鶴は少しむきになって向かってきたので、利代はすばやく体《たい》をかわして、千鶴のなぎなたに何度も空《くう》を切らせた。縫は初めて千鶴の稽古用なぎなたを弾き飛ばして、千鶴の手をしびれさせた。

「もう、全然、上達、している、気がしない」

千鶴は喘《あえ》ぎながらいった。

「そんなことはありません」

利代が否定し、

「以前に比べたら見違えるほどです」

縫がほめても、千鶴は納得しない。

「二人とも、今まで、本気を出さなかったのでしょ？　意地が悪いわ」

そこへ、珍しく舅と姑が二人で様子を見に来た。後ろから、茶菓子を大きな盆にのせたおちかが、ゆっくりついてくる。火事見舞いに行ったが、三日間手伝いをして一昨日帰って来ていた。

「精が出るな。千鶴。どうした。何をふてくされている？」

舅の老耄は落ち着いている。ぼんやりしていることが多いが、気分が良いと近所へ碁を打ちに出かける。最近は徘徊もない。

「お義姉様は、だいぶ上達しましたが、それが実感できないとおっしゃるのです」

利代が代わりに説明したら、舅が陽気にいった。

「そうか。それなら、わしが相手をしてやる。どれだけ腕を上げたか見てやろう」

「おやめなさい。年寄りの冷や水といわれるのがおちです」

姑が七十三歳の舅の袖をつかんで引いた。

「私はかまいませんよ」

千鶴は本気でするつもりだ。

「でも、父上には槍ではなく、刀でお願いします。なぎなたは刀には有利だそうですから、一度試してみたかったのです」

「よし、刀で相手をしてやろう」

確かに千鶴は上達したが、老人とはいえ男を相手にできるほどではない。どちらも怪我をされたら困ると利代は思った。

舅は縁側から庭に降りようとしている。

「お前なんか、棒切れ一本あれば済む」

「父上には負けません」

「生意気な……」

「はい、わかりました。近いうちに、ちゃんと準備をしてやっていただきますから、お二人とも、今日のところはおやめください」

利代は子どもをなだめるように制止したが、姑はぴしりといった。

「やめなさい！　縫様の前で、大のおとながみっともない」

その言葉で二人の動きが止まった。それから、何となく気まずい雰囲気になったが、五人で茶を飲みながら、干菓子《ひがし》を食べ始めた。

そこへ、いつもより早く駿が帰って来て、座敷の外の廊下に座って挨拶した。

「ただ今学校から戻りました。今日はご報告したいことがあって、小組の集まりには行きませんでした」

報告したいこととは何だろう。

「以前お願いしてあったのですが、お奉行様から、観台にのぼるお許しをいただきました」

駿は早口でいったが、声が途中で裏返るのは、緊張ではなく声変わりが始まったからだ。

「明後日の十六日、皆既《かいき》月食があります。観台で観測できるのです」

やはり天文、数学だった。秋の考試が近付いているのに、月食……？　気持ちを落ち着かせることも考え、利代はことわって、『会津暦』を自室まで取りに行った。

戻ったら、駿が、月食が起こるしくみを、千鶴や縫に夢中で説明していた。

舅はにこにこしているだけで何も口をはさんでいない。不機嫌そうな顔の姑を気にしているとしたら、今日の舅は、やはりいつもより調子が良いのだろう。

それなら、得意になって話し続けている駿の興奮を抑えなければならない。

「月食は……ここに出ています」

利代は駿をさえぎって、座の中ほどに『会津暦』を開いて置いた。それは、両の掌《てのひら》を開いたほどの大きさしかないので、千鶴がすぐ身を乗り出して覗き込んだ。

『会津暦』は見開きで一か月分である。八月は大の月で、左側の一行目が十五日で、秋分となっている。昼と夜の時間がほぼ同じになる。不定時法の時代でも、昼夜どちらも一刻は約二時間で同じである。次の十六日のところに太く大きな文字で「月そく皆既（皆既月食）」と書いてあり、その下に二行で現象が詳細に記されていた。

千鶴がそこを読み上げた。

「なになに、夜五時六分《いつつどきろくぶ》（午後九時二十九分ころ）左の下よりかけはじめ、四時六分（午後十一時十七分ころ）甚だしく、終わるのは九時《ここのつどき》六分（午前一時五分ころ）だって？　ということは、月食の観測は、夜中じゃありませんか」

「はい。ですから、お奉行様のお許しが必要だったのです」

「駿。そういうことなら、先ず親の許しを得てからでしょう？」

利代はすかさず指摘した。初めて姑のように筋を通す指摘ができた。

駿もすぐに気付いて両手をついた。

「申し訳ございません。後先になりましたが、八月十六日、夜分の外出をお許しください」

「観測は一人ですか」

「片桐先生と一緒におこないます」

片桐伸之進は、井深宅右衛門の指示で、天文と数学の師範を兼務することになった。しかし、学校内での講義はまだ復活していない。弟子もまだ駿一人だけだと聞いている。

「許してもよろしいでしょうか」

利代は舅姑の方を見た。

舅はとぼけていたが、姑がうなずいた。

「では、学校の許可をきちんと得て、粗相《そそう》のないように」

駿は既に宅右衛門の許可は得ていたが、利代は最後まで筋を通した。

「はい。わかりました」

駿もそれに応じた。


毎月朔望《さくぼう》（一日と十五日）は、学校は休みである。

十五日の今日、駿は朝から片桐伸之進の屋敷へ行き、大きな風呂敷包みを抱えて帰って来た。

伸之進から借りてきたという。

「これは望遠鏡です」

「わあ！」

駿がいきなり引っ張って望遠鏡を伸ばしたので、利代は思わず叫んでしまった。一尺（約三十センチ）ほどの漆塗りの円筒が、三尺（約九十一センチ）近くになっていた。駿が笑っているのは、わざとそうしたからだ。

十二支が配置された円形の方位磁石も、そして次の道具も利代は初めて見た。

「二梃天符《ちょうてんぷ》時計です。時刻を測る道具です。見ていてください。この天符を動かすと……」

口と手を同時に動かしながら、駿は畳の上に置いた時計の、上部に二つある天符の一つを揺らした。天符は振り子になっていて、かちかちという音に合わせ、左右に往復回転運動を始めた。

止まらないのを確認して、駿は時計をそっと動かして、文字盤を利代の方へ向けた。

「この時針が指すところが時刻です。夜の五時ならここを指します。辰《たつ》とも書いてありますね。細かな目盛りで十分割されていますから、五時六分なら、ここです」

駿は熱心に説明してくれるが、また利代は不安に包まれていく。素読の稽古でこれだけ夢中になっている駿は見たことがない。舅仕込みの鳥や虫の知識を披露している時と似ている。好きなことだから、これだけ熱っぽくしかも楽し気に語れるのだ。

不安と同時に、利代の胸には、恐怖も萌《きざ》してきた。何かの力で勝手に動いている、時計というからくりが、不思議を通り越して何となく怖かった。観測の許しをもらって浮かれていた駿を注意した時のように、何かいっておかなければならない。

「駿。七日前に城下で大火があったことは忘れていないでしょうね」

駿は急に黙った。下を向いたまま身体をこわばらせている。思い出したのだ。

舅や姑でも経験したことのない大火事になり、三千戸近い町家が焼失した。死傷者も多く、未だにその正確な数が把握できていないという。会津松平家としては、京に問い合わせている猶予はなかったので、国元をあずかる家老の萱野《かやの》権兵衛が、不慮の災害のために備蓄している、社倉《しゃそう》米《まい》をただちに供出した。

「学問ができる幸せを肝に銘じます」

駿の言葉に、利代は黙ってうなずいた。

十六日は、朝から雲一つなく晴れていて、観測日和になりそうだった。駿がつとめて冷静にふるまっているのがわかった。

きっと駿には一日が長いだろう、と思いながら、利代は駿を送り出した。

「利代さん。何となく表情がさえないけど」

玄関に出てきた千鶴にいわれた。

「大火があったばかりだというのに、のんびり月食を眺めていてよいものでしょうか」

「学問のためでしょう？　お奉行様もお認めになられたのだし……。真剣におこなっているところを、私たちも見てみましょうよ」

日新館の塀の外からでも、観台の上で観測する駿たちの姿を見ることができる。結局、弥助がついてくれることを条件に、千鶴と一緒に行くことを、舅と姑が許してくれた。

ところが、昼八ツ（午後二時）ころ、駿が見るからに落胆した様子で帰宅した。

「どうかしたのですか」

「学校目付様に呼ばれ、観台での観測は中止だといわれました」

途中で声が裏返ったが、声変わりのせいだ。

「大火があったからでしょうか」

「そうではないそうです。理由はあとでお奉行様から直接お話があるとのことでした」

いずれにせよ、井深宅右衛門が判断したのだ。何かよほどのことがあったのだろう。

「残念ですね。せっかく準備したのに」

「しかし、学校の外で眺めるだけならかまわないとのことでしたので、これから片桐先生のお屋敷へ行って相談してきます。もしかすると、先生のお屋敷で観測することになるかもしれません。そうなっても、よろしいでしょうか」

先生の屋敷でとなると、そのまま泊めてもらうことになりそうだ。郭外ではないので、藩の許可をもらう必要もない。

「先生とそう決めたら教えてください」

駿は承知し、昨日片桐の屋敷から持ち帰った荷物をすべて抱えて、出て行った。すぐ弥助に供を命じて追いかけさせた。

半刻（約一時間）もしないうちに、弥助が戻って来た。

「若様は、先生のお屋敷で観測されるそうです」

「もう帰って来ないと？」

弥助は返事に困っている。どうやら、報告だけを指示されたらしい。

利代は逆上しそうになったがこらえた。

「すぐ戻って駿に伝えなさい。今夜の外泊の許しは自分でもらうこと。それから、読み合わせを中止するとはいっていないこと。以上二つです」

弥助は頭を下げると、屋敷を飛び出して行った。

利代は、戻って来た駿に外泊の許可を与え、舅姑の確認をしたあと、いつものように一刻（約二時間）ほどの読み合わせをした。質問を多くして時間を延ばすようなことはしなかった。

しかし、観測時刻が迫っていて焦る駿は、夕餉を辞退して、再び片桐の屋敷へ向かった。

一緒に夕餉の片付けをした千鶴がいった。

「あとで庭から見てみましょうよ」

「そうですね」

正確な時刻は分からない。それでも、暮れ六ツ（午後六時）の鐘の音を聞いてから、一刻はとうに過ぎている気がした。五ツ半（午後九時）過ぎなら、そろそろ『会津暦』の記載「夜五時六分左の下よりかけはじめ」るころだ。

利代は千鶴となぎなたの稽古をする庭に出た。東からのぼったらしい満月は、今は城の天守閣の左上の上空にある。雲はほとんどなく、星も多くまたたいている。

「まあ、きれいなお月様。これから月食が起こるなんて信じられない」

そういう義姉の横顔は、月明かりを受けて美しく見える。同時に利代は、伸之進の屋敷で、興奮しながら望遠鏡に目を当てている駿を思った。

小半刻近く、利代と千鶴は庭に立っていたが、満月に変化は起きなかった。

「正確な時刻が分からないと、こういったことは耐えられませんね」

「首が疲れたわ」

そこへ弥助がやって来た。

「私が見ていて、月食が始まったらお知らせします。お二人はお屋敷の中でお待ちください」

弥助は、昼間、子どもの使いのようなことをしてしまった後悔があって、その穴埋めをしようとしているのかもしれない。

「それでは、頼みましょうか」

「一刻待って何も起こらなかったら、今夜は月食はなしね。『会津暦』だって間違うことはあるでしょう」

首と肩をもみながら、同意した千鶴は先に屋敷に入った。

弥助から声がかかったのは、おそらく夜四ッ（午後十時）ころだった。

千鶴と縁側に出て空を見上げると、月は天守閣の右側、小田山の上空に移動していた。

「左側が欠けている！」

『会津暦』のとおりですね」

二人は、弥助が沓脱ぎ石の上にそろえた、庭下駄をはいて地面に降りた。

「駿さんの説明では、あれはお月様が欠けたのではなく、地球の影ですって」

「不思議過ぎて私には想像できません」

月は欠けながら、ゆっくり西へ移動していく。

「駿さんは今ごろ何をしているのかしら」

利代は、駿から見せられた不思議なからくりを思い出した。

「時計で時刻を測っていると思います」

「暦と合っているか確かめているのね」

「お月様が見えなくなったら、私たちの観測はおしまいにしましょう」

「そうね。元にもどるところまで見なくても、明日はまた丸いお月様に決まっているし」

小半刻もしないうちに、月はほとんど見えなくなってきた。

少し冷えてもきたし、利代は潮時だと思った。

弥助に目配せしてから、千鶴に声をかけた。

「お義姉様。そろそろお屋敷にもどりましょうか」

「ちょっと待って。お月様が見えてきた」

「え？」

「変だわ。お月様が見える。影に隠れているはずなのに、赤っぽい」

千鶴にいわれて、利代は月を振り返った。すると、夜空に溶けかけていた月が、かすかだが丸くしかも赤黒く見える。

影絵のようだった天守閣までが、赤瓦を暗褐色に染めて浮かび上がった。

「いやだ。この間の大火の時見た空の色みたい」

千鶴は気味悪がっている。

これが皆既月食特有の現象だと知らない二人は、不吉なものから目を背けるように後ずさりを始めた。

駿は夜明け前に帰って来た。

起床したばかりの利代に、興奮がさめていない様子で観測の様子を語り出した。朝餉の間も黙っていられず、ほぼ満月にもどったのは夜九ツ半（午前一時）で、『会津暦』の記載は正確だったといって、ようやく口の動きが止まった。興奮冷めやらぬ表情だった。ほとんど寝ていないのに元気で、朝餉を摂り、いつも通りに学校へ行った。

見送りながら、利代は、秋の考試に合格させるため、帰って来たら、たとえ眠かろうと容赦せず、すぐ読み合わせをすると決めた。

二

幕府が将軍家茂の喪を発したのは、慶応二年（一八六六）八月二十日だった。実際は、家茂は、七月二十日に、大坂城中で死んでいた。まだ二十一歳だった。医師の診立ては脚気衝心《かっけしょうしん》だったが、上洛以来の心労による病状の悪化は否定できない。

若松にも事前に極秘情報が伝わっていて、二十日から三日間喪に服するように、全家臣へそれぞれ上役から通達があった。

日新館では、休日明けの十九日の朝、あらためて諸生に家茂の逝去が伝えられ、翌二十日から休校となった。その日、駿は、宅右衛門から呼ばれ、観測を急遽中止した理由が、家茂の逝去だったと聞いた。十六日は喪に服する前とはいえ、目立つ行動を慎むことにしたのだという。

そのことを帰ってきた駿から聞いた利代は、まだ若い将軍の逝去に当然驚いたが、すぐに息苦しいような胸騒ぎをおぼえた。春先からの陰気な天候、梅雨が明けたと思ったら城下の大火、そして初めて見た皆既月食の赤黒い月が矢継ぎ早に思い出されたからだ。

悪いことが続かなければいいが……。利代は京にいる新兵衛の安否が気になった。

しかし、あれこれ心配していても仕方ない。自分にとっては、駿の素読をしっかり続けさせることが最も重要だ。だから利代は、服喪中も駿との読み合わせは中断しなかった。

将軍の喪が明けると、秋の考試が気になってきた。しばらく駿は、天文と数学にも注力するだろう。利代は油断してはいけないと思った。そしてすぐ、駿の素読の稽古に猛烈な追い込みをかけた。読み合わせで不明瞭な部分があれば、翌日までに安部井仲八に質問に行かせ、報告させた。駿がよどみなく読めるまで何度も読ませた。

九月十八日の夕刻、縫から、駿を連れて屋敷にすぐ来て欲しいと使いが来た。

十八日は保科正之の命日なので、日新館は休みである。槍術の稽古から帰っていた駿は、自室で『十八史略』の素読の復習に余念がなかったが、利代はすぐ袴をつけさせた。

舅姑にことわって、駿と屋敷を出た。近ごろは、姑の視線が自分に対し、信頼に満ちているのを感じ、利代は落ち着いていられる。

縫の屋敷へ着くと、いつかの茶室に通された。

中で茶を喫している井深宅右衛門の姿が見えたので、利代は焦った。駿の数学を支えているか聞かれたらどうしよう。

茶室には、縫の他に松尾そして常徳の未亡人千代の姿もあった。

「二人が来たので、用件に入りたい」

利代と駿が挨拶をする前に、宅右衛門は、そう切り出した。

利代は緊張した。動悸が早まる。

「先月は申し訳ないことをした。観台での観測を土壇場で中止させたが、昭徳院様《しょうとくいん》（徳川家茂のこと）の服喪の直前だと知っていながら、長い間なかった目立つ行動をさせたくなかったのだ。今日は、その穴埋めの話をするが、先ずその前に、わしの学校改革を後押しするご沙汰が京から届いた」

先月の末、京から若年寄の西郷勇左衛門が、容保の親書を携えてきた。留守番の老中らに、国許における風紀と節倹を守るように求めることに加えて、驚くべき指示があったという。

「時勢の動きについて行くため、西洋流の歩兵術や砲術の稽古をせよというご沙汰だった。それで家中は動揺しているが、わしは早速放銃場の拡充に着手した」

若松では角場《かくば》といった方が通じるが、放銃場とは、火縄銃や抱え大筒と呼ばれる大型（弾丸が五十匁《もんめ》以上）の火縄銃を稽古する射撃場のことだ。放銃場は日新館の観台の南側にあったが、あまり利用されていなかった。

軍事奉行の配下になった火術方は、昨年、大砲方と改め、京では西洋式に力を入れ始めていた。宅右衛門は、京にいる軍事奉行の了解を得て、射程を伸ばし標的の数を増やす工事を指示したという。

「学校で西洋砲術の教育を始められれば、次は数学そして天文とつながる。それへの期待と先日の穴埋めを兼ねて、駿どのに、一陽来復《いちようらいふく》の儀への立ち会いを許したい」

一陽来復とは冬至のことだ。今年は十一月十六日だ。お日様は高く昇らないので、昼は一年で最も短い。利代もそれくらいは知っているが、一陽来復の儀とは何だろう。

宅右衛門は続けた。

「冬至の日は、学校は休みだが、釈奠《せきてん》と同じように、学校で行われる行事がある。わしや天文師範といった関係者だけでなく、諏方神社の神職も出席する。一陽来復の儀とは、古代中国の法にしたがって観台で日影の長さを測り、暦法を確立した先人の知恵と努力に敬意を表する厳かな儀式だ。同時に神職が明年の天候や方位吉凶を占う」

太陰太陽暦の計算で、基本となる天文定数は一太陽年（一年の長さ）である。決定方法は、中国から伝来した。ある年の冬至点から翌年の冬至点までの時間を求めるのである。

冬至点は、一年間で太陽の高度が最も低い瞬間である。その時、物の日影は最も長くなる。この瞬間を決定するため、冬至点の前後の日で、太陽が南中（真南に位置）した時、つまり正午の日影の長さを測量する。あとは比例計算で、日影が最長になる日と時刻を求める。翌年も同じことをする。両方の日時の間隔が、一太陽年となる。

日影の長さを測る道具は圭表《けいひょう》と呼ばれる。観台の上面の石の台座の上に圭表を設置する。表と呼ばれる柱が作る日影の長さを目盛り板で読み取るのだ。

当時、『会津暦』で使われていた天保暦法の一太陽年は、三六五・二四二二三四日（この数値は一定ではなく、その後は少しずつ短くなっていて、国立天文台編『理科年表二〇二二』の数値は三六五・二四二一九日）である。


「そのような儀式に立ち会えることは、身に余る幸せです」

駿が一礼し、感謝の言葉を述べた。

利代に確認もせず受け入れたのは、またうれしくて舞い上がったのだ。子どものような態度に利代はがっかりしたが、宅右衛門が満足そうにうなずき返したので、止むを得ず、利代も頭を下げた。

「今年の天文師範は、片桐伸之進に命ずることにした。師範とよく相談して、当日の手伝いをしなさい」

「承知いたしました」

駿はしっかりと約束した。

また天文、数学との戦いが始まる。利代は、負けるものか、と思う。

宅右衛門は、今度は横山家の人たちへ顔を向けた。先ほどまでの話の続きになりますが、と口調をあらためて話し始めた。

利代が気にするそぶりを見せると、一緒に聞いて欲しい、と宅右衛門はいった。利代と駿にも聞かせたい話なのだ。

「近々、主税どのには外遊の命が下る」

横山家の人たちは首をかしげた。利代も同じだが、外遊の意味がよくわからない。

「奏者番の山川大蔵《おおくら》どのが、ロシアへ渡航する準備をしていることは知っているな」

山川大蔵は二十二歳で、横山主税の従兄にあたる。主税の実父横山（旧姓山川）常道の兄が、大蔵の父山川尚江《なおえ》だった。常道も尚江も故人で、この若い従兄弟同士は、既に一人前の会津藩士としてご奉公している。

「外国奉行の小出大和守《やまとのかみ》どのが、ロシアとの領土交渉に赴く。大蔵どのは、一緒に欧州から入ってロシアまで行き、見聞を広めてくることになっている」

そして、次は主税どのの番だ、と宅右衛門はひと呼吸おいてから続けた。これで、外遊の意味がわかった。

「主税どのには、フランスへ行ってもらう。パリで開かれる万国博覧会に参加するため、使節が派遣されるが、それに留学生として加わるのだ」

宅右衛門は背景を語った。

二年前にレオン・ロッシュがフランス公使として着任してから、幕府は急速にフランスとの親交を深めた。脅威だった列強の中から、フランスを最も信義のある国と見て、味方につけることにしたのだ。

万国博覧会への日本の参加は、そのロッシュの勧めによるものだった。

「横須賀に、大規模な製鉄所（造船所）を建設する計画も、フランスの協力のもとで進んでいる」

これは、勘定奉行の小栗上野介《おぐりこうずけのすけ》の発案だった。幕府は開国以来、外国から洋式帆船や蒸気軍艦を次々に購入しているが、修理はもとより、自前でも作れる体制を整えるべきという先見的な考えからだった。

「幕府は、陸軍もフランス式にすることを決めた。フランスの軍人から直接訓練を受けるのだ。そのため、昨年の八月、横浜にフランス語を学ぶ語学所を開設した。これも、上野介どのやロッシュの働きによるものだ」

宅右衛門の説明は、どれ一つをとっても驚くべきことばかりだった。主税の話をしながら、利代や駿にも聞かせているのだが、なぜ聞かせたいのか、まだ見当がつかなかった。

「出発まで日数はあまりないが、主税どのには、できるだけフランス語の勉強をしてから行ってもらいたい」

最後の言葉は、主税の外遊が短期間で終わらないことを意味している。松尾を見ると、細い体が小刻みに震えている。

縫が横山家を代表して応えた。

「主税の外遊が成功するように、留守宅の私たちも、及ばずながら力を尽くします」

縫の覚悟を、利代は感じた。

その時、横から駿が利代をつついた。

「母上。お奉行様は、次は、私にもフランス語を学べとおっしゃるのではありませんか」

駿も宅右衛門が話を聞かせている理由を考えていたようだ。

「まさか……」

利代は小声で否定したが、宅右衛門は二人のやりとりを聞くと、すかさずいった。

「望むなら、フランス語学所へ入れるようにしてやるし、いつかは外遊させてやるぞ」

宅右衛門は笑顔だったが、冗談ではなかった。その後も、外国の話が続いた。

終わりの方では、真顔で、これまで日新館で優秀な成績を修めた若者は、幕府の昌平黌《しょうへいこう》に留学させたり、諸国を遊歴させたりしたが、これからは外国へ留学させることになると断言した。

主税の外遊の話を聞いて、縫は即座に協力するといった。利代も、外遊ならそろばんと関係ないし、駿の外遊に賛成できるような気がしたが、迷いもあった。

「恐れながら、もし駿が外国へ留学したあかつきには、立派な会津武士と呼ばれるようになるのでございますか」

「立派な会津武士？」

「はい。私は駿を立派な会津武士に育て上げるのが夢……否、務めでございます」

「もちろんなれる。会津武士以上だ。立派な日本人になれる」

宅右衛門の話を聞いた後も、利代の頭は駿の考試のことでいっぱいだった。考試直前には、片桐の屋敷へ行くことを一日も許さず、自宅で勉強する時間さえ与えなかった。

それでも駿は、不平一ついわず、めげている様子もない。それは、一陽来復の儀という新たそして大きな楽しみができたからだろう。そう思うと、利代はかえって不安になった。考試が終わり、一陽来復の儀を経験すれば、前よりもいっそう天文と数学にのめりこんでいくような気がするからだ。

まもなく駿は、秋の考試を受けた。日向真寿見は春の考試に間に合わなかったので、初めて二人は同じ時期の受験になった。

「二人とも合格したと思います」

駿はうれしそうに報告したが、利代はにこりともしなかった。

真寿見に追いついただけでは喜べないし、考試で合格するだけではいけない。表彰されなければならない。その先がある。十六歳で講釈所に進んで新兵衛と同じになるのだ。

十月も残り少なくなってきた。

「木本は急に背が伸びてきたな」

二階から下りてきた真寿見にいわれ、下で待っていた駿は、ちょっと背筋を伸ばしてみた。相手の目を見ると、もうすぐ肩を並べられそうだった。

尚書塾の二階は書学寮で、様々な教材を使って書道を学ぶ。素読の稽古のあとは、二人とも師範が退席する昼八ツ半（午後三時）まで必ず書学寮にいた。

「背丈を越されたら大変だ」

真寿見が変なことをいった。

「九か月早く生まれた日向様に、やっと背が追いつくくらいならかまわないでしょう？」

「素読で木本に並ばれただろう？　あれ以来、母上がおれから目を離さない。素読の稽古はしたか、進んだかと、ひと休みもできない。追い立てられているようだ」

「私のせい……ですか」

真寿見はうなずいた。

二人は同時に十四歳で第一等に進んだ。第一等では、学ぶ書物は三倍以上に増える。だから、次の講釈所へ進むための考試も内試、本試の二段階で、時間をかけてたっぷり試される。合格すれば講釈所に進むことができる。二人とも二年以内、つまり十六歳までに合格すれば、表彰され、藩の記録に残る秀才の仲間入りだ。

「もし駿だけがそうなって、おれが取り残されたらどうなると思う？　それは、母上には堪えがたい屈辱になる」

「身分が下の者に負けるから？」

「そういうことだ。その上、素読で抜かれたおれが、背も抜かれて木本から見下ろされたら、母上は生きてはいないかもしれん」

「まさか」

「ははは。冗談だ」

いつものように戟門《げきもん》をくぐって、南門から外へ出ようとしたとき、鈍い音が腹に響いた。

「何だ、今の音は？」

「放銃場ではありませんか」

駿は西の方へ顔を向けた。

「今日は砲術の稽古はないはずだが……」

真寿見のいう通りだが、鈍い音は続けて聞こえてきた。

「見に行きましょうか」

駿が提案するより早く、真寿見が走り出した。水練の池がある内庭へ向かっている。駿も追いかけた。

放銃場に着くまでに、十発以上は聞いたろう。先に駆けつけた諸生が、十人ほど横に並んでいた。武芸の稽古の途中だった者は、木刀や弓を携えている。

真寿見に続いて駿が、列の左端に並んだ。火薬の匂いと煙が立ち込めている。

「西洋砲術の稽古ではないぞ」

真寿見がすぐ見抜いた。

異様な風体の武士が五人、抱《かか》え大筒《おおづつ》で実弾を撃っている。腰には大小を差し、たすき掛けで足ごしらえもしっかりしたいくさ仕立てだが、黒い頭巾で顔をおおっている。

「狙いが変だぞ」

誰かがつぶやいた。

駿が目を凝らすと、観台の前に並んだ菱形の標的には一つも当たった痕跡がない。

抱え大筒は大型の火縄銃なので、すばやく弾丸を銃口から込めては撃つという動作を繰り返しているが、どうやら狙っているのは背後の観台だった。石垣は、弾丸が当たるたびに細かく砕けて周囲に飛散した。

「何とむごいことを……」

駿はそれだけいうのが精一杯だった。

弾丸を撃ち尽くした大柄な一人が、前へ出てきた。ぼう然と見ていた駿たちへ、抱え大筒の先を向けて威嚇しながら叫んだ。

「西洋砲術など不要だ。見たか、抱え大筒の威力を⁉」

明らかにおとなの男の声だった。それに比べてこっちは少年ばかりだった。

五人は、すぐ近くの、閉まっている西門の横の塀を次々に乗り越えて逃亡した。塀の向こうは桂林寺町通りだ。

学校目付や師範、手伝いの者たちがやって来た時には、硝煙が漂っているだけだった。

「狼藉を働いているのは明白だったのに、怖くて何もできなかった」

帰り道、真寿見は何度も同じことをいい、悔しがった。

ところが、駿の頭は、観台が可哀そうという想いでいっぱいだった。

「どうしてあのようなことをしたのでしょう？」

真寿見に比べて幼い自分を感じながら、駿はそう聞くのがやっとだった。

「ひと月前に、京の我が殿から、兵法改革のご沙汰があった」

駿は、それは知っていたが、真寿見はもっと詳しかった。

「京では、九月に幕府の歩兵差図役や下役を招いて、鴨川の東岸に確保した会津藩練兵場で、家臣らのフランス式調練をさせていた。ところが、我が殿の指示を知った家臣の多くが異を唱えた。これまで京においては、馬揃えという調練はもとより、実戦においても、我が軍勢は非の打ちどころのない働きをしてきた。だから、長沼流兵法をあらためる必要はないとな。火縄銃など持ち出して、外国と戦えると思っているのだろうか。愚か者め」

真寿見は、どうやら西洋砲術の優秀さも知っているようだ。

「しかし反対者が多いと、お奉行様の学校改革も難しくなるな」

真寿見に指摘されて、駿ははっとした。

宅右衛門は、西洋砲術を日新館の学科にし、天文や数学も積極的に教えようと考えている。それらができなくなれば、どうなるか。

実際は、それだけではなかった。宅右衛門は、観台を破損させた連中の特定も、妨害があってできなかった。反対者を刺激するため危険と判断し、一陽来復の儀まで、中止せざるを得なくなった。

駿の落胆は大きかった。自分でも情けないほどだった。

一方、秋の考試の成績は、駿も真寿見も優秀だったので、学校奉行と学校目付、さらに儒者の試験を受けることになった。その結果、二人とも表彰が決まった。表彰者の総数は、今回は十人もいなかった。

ご褒美は『本註小学』と『近思録《きんしろく》』である。『本註小学』は、宋代の修身の書『小学』に注釈をつけたもの。『近思録』は、朱子学の入門書である。

表彰はうれしかったが、駿は消滅した一陽来復の儀のことが忘れられなかった。

利代は、駿に素読をいっそう精進させるため、表彰の祝宴を催すことにした。十二月十五日の会納の翌日に決めた。

その日、駿が昼八ツ（午後二時）前に槍術の稽古から帰って来ると、ちょうど縫が、祝いの品物を持って現れた。

縫から渡された紙包みを開いて、駿が驚きの声を上げた。

「わあ、何ですか、これは？」

千鶴も横から覗いた。

「見たこともない文字が並んでいる！」

『洋算用法』という本だった。

『洋算用法』は、蘭学者柳河春三《やながわしゅんさん》が著した。安政四年（一八五七）に江戸日本橋大和屋から版行された、日本で最初の西洋数学の解説書である。算用数字や数学記号を使い、筆算による加減乗除の数式が示されている。解説は縦書きの和文で、数学用語のオランダ語の発音まで片仮名でついていた。

縫が駿にいった。

「主税が江戸で見つけ、駿どのにお祝いで上げてほしいと送ってきました」

主税もかつてはそろばんなど武士のすることではないといっていた。しかし今は違うようだ。

「ありがとうございます。主税様へすぐにお礼状を書きます」

駿は祝宴より、たった一冊の数学書で大喜びしている。利代はそれがうらめしい。

「主税はまだ横浜のフランス語学所にいると思います」

「え？　やはり入門されたのですか」

「小栗上野介様にお願いして、短い間でも学べるようにしていただいたのです。横浜の語学所は活気があるそうですよ」

語学所では、上野介の養嗣子である十九歳の又一《またいち》も学んでいた。また、使節としてパリ万博へ行く、二十四歳の保科俊太郎や十九歳の山内文次郎らもいるという。

「横浜はどんなところですか」

「横浜には外国人がたくさんいて、フランス公使館もありますし、港には外国の船がいつも停泊しているそうですよ」

利代は、横浜の話に興味は感じない。外国人も外国の船も想像ができないからだ。駿だって同じだと思うが、目を輝かせて聞いている。それが不思議だった。

「出発はいつになるのですか」

「年が明けるとすぐです」

「フランスまでどれくらいかかるのですか」

「順調でも一か月半、天候によっては二か月以上かかるそうです」

縫も駿の反応がうれしいらしい。

利代へ顔を向けた。

「若い人にとって、これからの時代はどうなるのでしょう」

「さあ……？」

利代は返事に困った。しかし、ここで自分が弱気になってはいけないと思った。

「どんな時代になろうとも、主税様は、きっと会津のために大きな働きをされます。駿も立派な武士に育てます。父親の新兵衛が目標です。そうですよね？　駿」

利代の信じる立派な会津武士は、やはり夫新兵衛だ。駿に問いかけたが、それは自分に対する念押しだった。


雪の降る日が増えたが、若松は穏やかな年の瀬だった。

利代は、古い暦を納戸にしまい、水月からもらった新しい『慶応三丁卯《ていぼう》暦』を開き、正月、二月、三月とめくった。

「来年は、どんな年になるのかしら」

頭の中に浮かぶのは、やはり十五歳になる駿のことだ。

第一等の素読は、保科正之《ほしなまさゆき》が編集した会津三部作といわれる『玉山講義附録《ぎょくざんこうぎふろく》』『二《に》程治《ていち》教録《きょうろく》』『伊洛三子《いらくさんし》伝心録《でんしんろく》』の他『前漢書』『後漢書』など難解な書物が加わる。これまで通り、読み合わせでどこまでも駿を鍛え上げてやる。利代の決意は変わらない。

十五歳は日新館で武芸も始める年齢だ。駿と同い年の河原田包彦《かねひこ》の二人は、元気な信壽から、これまで通り屋敷で槍術を学ぶことができるので、日新館では、樋口隼之《はやの》助《すけ》師範から一刀流溝口派を学ぶことになっている。立派な会津武士になるため、武芸の稽古も本格化させる。上達ぶりは、素読よりわかる。

こうなると、駿は、日新館へ行けば、午前は尚書塾、午後は書学寮から一刀流稽古場と渡り歩く。その間に、もし安部井仲八の時間がとれれば、その個人指導も受ける。息つく暇もなくなるだろう。いいことだ。

井深宅右衛門からは、来年の一陽来復の儀を目指すように駿はいわれたので、片桐伸之進の屋敷通いは継続する。利代は、邪魔はしないが督励することもしない。

京を中心とする時代の流れは、急激に速度を増しているが、利代の視界には駿しかなかった。立派な会津武士に育て上げるため、儒学と武芸を身に着けさせる。夫新兵衛の歩んだ道がそのお手本だった。だから、ひたすら駿を前へ前へと急き立てる。

実際、これからの約一年間、京から伝わってくる情勢は、常に時間差があり、過去のことだった。利代にとって、時代の流れは、後方に取り残された、既に終わった事件でしかなかった。自分は今を駿とともに生き、新兵衛は過去の人になっていた。


日新館の会始の式がおこなわれる慶応三年（一八六七）一月十五日より前に、若松城下を京からの悲報が駆け回った。前年の十二月二十五日に、孝明天皇が崩御《ほうぎょ》したのである。三十六歳だった。医師の診立ては疱瘡《ほうそう》だったが、容態の急変は異常だった。毒殺が疑われた。公表されたのは十二月二十九日である。

将軍家茂の薨去《こうきょ》に続いて孝明天皇が崩御したことで、幕府が築き上げてきた公武一和の路線は、崩壊したといっていい。

容保は、孝明天皇から何度も『御宸翰』を賜った。それは、天皇が他の誰よりも容保に信頼を寄せていたからだ。その天皇を失った容保は、喪失感と絶望感で枕も上がらぬ病人になった。

のちに明治天皇となる睦仁《むつひと》親王の践祚《せんそ》の儀は、一月九日におこなわれた。皇位を継承したが、十五歳で元服前だった。

天皇崩御を知ってまだ日の浅い一月十一日、横山主税は、横浜の桟橋に立った。前年十二月に番頭に昇進していた主税は、これからフランス郵船アルフェ号に乗船する。

留学生は主税だけでなく、軍事奉行海老名《えびな》季久《すえひさ》の長男、二十四歳の季昌《すえまさ》も一緒だ。季昌は京では大砲組の組頭だが、ペリー来航時は、父と共に房総の警備にあたっていて、黒船をその目で見ていた。外国への関心は高い。

使節の総員は三十三名、正使は徳川慶喜の異母弟で、清水徳川家を相続した十五歳の徳川昭武《あきたけ》だった。昭武は正使の使命を果たしたあとは、フランスで数年に及ぶ留学生活を送ることになっている。複数の側近や留学生仲間が必要なので、主税の留学も長くなる可能性があった。しかし、主税は日本が心配だった。

横浜には、老中ら幕閣が多数見送りに来た。

小栗上野介がその中にいたので、主税は近寄って跪き、フランス語学所の利用など、世話になったことを深謝した。

上野介は主税を立たせると、笑みをたたえて右手で握手を求めた。日米修好通商条約批准のため渡米し、その後世界を一周して帰国した上野介にとって、これは自然な動作だった。

「帰って来たら、日本を、フランスのように進んだ国にしてほしい」

「はは、身命を賭して」

ぎこちない握手をしながら、小柄な上野介を見下ろさないように、背の高い主税は深く腰を折って応えた。

この年、慶応三年（一八六七）は、十五代将軍になった徳川慶喜が、京・大坂における幕府側の政治の主役だった。

三月には、兵庫開港を求める英蘭仏の外国使臣と大坂城で直接会った。そして五月、兵庫開港と、決着のつかない長州処分について、二条城で雄藩大名らと議論し、最後は自ら参内して朝廷を説得して勅許《ちょっきょ》を得た。

ところが、その間に、薩摩と長州は密かに接近し、九月に倒幕の同盟を結んだ。長州は、薩摩の名前でイギリスから最新の武器を調達し、西洋式に軍制改革をし、調練を開始した。

慶喜は、ある意味、政治経験を積んだことでうぬぼれていた。そして、策を弄する味も覚えていた。慶喜は、誰も予想できなかった奇策を打った。

十月十四日、慶喜は大政を奉還した。あえて政権を返上しても、最後は自分を頼ってくる、だから全権を握れると高をくくっていた。

案の定、朝廷は受理したものの、当面の政務を慶喜に委嘱し、諸大名に十一月末までの上京を命じた。慶喜は、大君《たいくん》慶喜による絶対君主制を確立できると喜んだ。

ところが、その同じ十月十四日に、蟄居《ちっきょ》させられていたかつての攘夷論者、岩倉具視《いわくらともみ》が倒幕の密勅を出した。偽勅だったが、これで、薩長に倒幕の大義名分ができた。

大政奉還は、十九日には江戸へ伝わり、幕閣らを混乱に陥れた。大君慶喜の元に馳せ参じるはずだった大名は少なかった。

十二月十五日、例年通り、日新館では会納の式があった。

「年が明ければ、駿は十六歳です。春は無理でも、秋の考試では、絶対に優秀な成績で合格し、講釈所に進むのですよ」

「はい。母上」

帰宅した駿に、利代は厳命したが、内心、不安は少なく、一年後が楽しみだった。駿は新兵衛と同じ進級ぶりを果たす。自分は姑に対して面目をほどこし、武家の母として胸を張ることができるだろう。

実際、駿はこの一年、利代の叱咤激励に耐え、次々に与えられた書籍の素読をこなした。

一陽来復の儀がまた中止になったのは、駿は残念だったろうが、仕方のないことだ。将軍の大政奉還の知らせが届いた後、あわただしく家老の田中土佐、神保内蔵助《くらのすけ》、萱野《かやの》権兵衛《ごんべえ》の三人が京に向かい、若松は次の指示を神妙に待たなければならなかったのだ。

天皇崩御から大政奉還までは、約十か月である。それからさらに二か月近くが経過しているが、特段の知らせはない。

「周囲のざわめきには耳を貸さず、駿は前を向いて、学問だけに励めばよいのです」

「はい。母上」

利代は、京・大坂で起きていることが、とてつもなく大きな事件だとは知らなかったし、依然として過去の出来事にしか感じられなかった。まさか、そういった時代の流れが、ある日とつぜん、自分と駿のいる時間と場所に追いついてくるとは、夢にも思わなかった。

大寒まであと二日の十二月二十五日朝、全家臣に急ぎの登城を知らせる太鼓の音が郭内に響いた。

木本家では、隠居の三郎右衛門が、老骨に鞭打って登城した。

一刻ほどで帰ってくるなり、家族を居間に集めて報告した。

「京におわす我が君の書状を受けて、若殿から申し渡しがあった」

若殿というのは、今年容保の養嗣子《ようしし》になった喜徳《のぶのり》のことである。

徳川慶喜が、将軍宣下《せんげ》を受けた昨年の十二月に、嫡子のいない容保に自分の弟を養嗣子にするように命じた。当時十二歳である。今年、正式に養嗣子となり、日向真寿見が若殿様御相手に抜擢されて扈従《こじゅう》している。

喜徳は、政事見習いの名目で、この九月から若松にいる。喜徳が養父容保の書状を家臣に読んで聞かせたのだ。

「畏れ多くも、まだお若い帝《みかど》に、先帝の意思と異なる政《まつりごと》を強いる、賊徒がおる。それによって正邪、忠奸が逆転してしまった。賊徒は、幕府や我が君を討伐せんとするだろう。補足すると、賊徒というのは、薩摩・長州のことだ。薩長は江戸へ攻めてくる。かくなる上は、関東に義兵を挙げ、賊徒を排除せねばならぬ。若殿は、そう仰せじゃった」

「義兵を挙げ、賊徒を排除って、江戸だけでなく、ここも戦場になるということ？」

千鶴が聞くと、三郎右衛門は首肯した。

「油断はできぬ。新年の礼や祝い事はすべて中止だ。薩長の侵入口となり得るところはすべて、藩兵を配置することになるじゃろう」

「学校はどうなるのでございますか」

駿の成長がすべての利代には、それが一番気がかりだった。

「追って、ご沙汰があるだろうが、休校だな。残念だが、考試もなくなるかもしれん」

駿の考試は、これまでと違って無点本で受ける内試があり、合格すればより厳しい儒者の本試が待っている。いずれにせよ、十六歳の来年中に合格しなければ、優秀者として表彰されない。受けるべき考試が開催されなくても、一年が過ぎれば、十六歳は終わってしまう。そんな不条理があるだろうか。

千鶴が冷静に質問した。

「いったい京で何が起きたのですか」

久しぶりの登城で緊張していたのか、舅の説明はやや心もとなかった。

十二月九日朝、薩摩、安芸《あき》、土佐、尾張、越前の各藩が御所を堅く警護する中、王政復古の大号令が発せられた。幕府・摂政・関白の廃止と同時に、総裁・議定《ぎじょう》・参与の三職が任命された。政権交代である。

さらに夕方の小御所《こごしょ》会議では、一方的に慶喜の辞官（内大臣辞退）と納地（所領返上）まで決められた。

その三日後、慶喜は、容保ら側近や幕兵を率いて、二条城から大坂城へ退去した。誤算が続いていたが、慶喜は、卑怯な西国諸藩と一戦を交えるためだと弁解していた。

「少し疲れた。新兵衛がいない時の、木本家の代表は、これからは駿に任せる」
舅は最後にそういって隠居所に引き取った。

三

慶応四年（一八六八）になり、『会津暦』の表紙には「慶応四戊辰《ぼしん》暦」と刷られている。会津武士の名声が天下に鳴り響いた六十年前と同じ戊辰だ。しかし、若松城下郭内には、正月を祝う気分はまったくなかった。緊迫した京・大坂の情勢は日々届き、たちまち家中に伝わった。

開戦の第一報が入った一月七日には、本来五節句の一つである人日《じんじつ》を祝うべき城中の大広間で、四百名をこえる家臣による大評定があった。主だった者は不在だから、見通しが暗くて不明瞭な情報を共有するのが関の山だった。毎年十一日恒例の『家訓《かきん》』拝聴の儀式まで、忘れたように開催されなかった。

ところが、郭外の町人たちはまだ蚊帳の外だった。大町札の辻では、十日未明、正月行事の俵引きが、ふんどし姿の男たちによって、積雪を蹴散らしながらおこなわれた。

例年なら会始の式がある一月十五日、日新館には多くの関係者が集まったが、まるで出陣式のようだった。

学校奉行の井深宅右衛門は、志願してきた学生たちで臨時の部隊を編成し、雪が降りしきる越後方面へ向かった。

越後には、三年前に加増で手に入れた領地酒屋がある。水運に便利な場所で、陣屋を水原《すいばら》からそこへ移していた。また、以前から越後には不穏な動きがあって、周辺諸藩による対策会議が繰り返し開かれていた。真っ先に守りを固める必要があった。

日新館は、全面休校とはならなかったが、春の考試は中止になった。これから運営が苦しくなっていくことは容易に想像された。

それでも利代は、駿との読み合わせをやめなかった。安部井仲八は学校にいるので、駿にどんどん先の予習を促した。信念というより、意地になっていた。武家の母としての意地を通すことしか考えられなかった。

信じがたい敗報と虚報が続々と若松に届き、情報は修正されるたびに、深刻になった。

一月三日に鳥羽伏見の戦いが始まり、京へ向かおうとする旧幕府軍は、薩摩の猛烈な銃砲撃のために前進を阻まれた。四日に新政府軍側に錦旗が掲げられると、旧幕府軍は朝敵とされ、動揺して寝返る藩が出た。すべての方面で旧幕府軍は敗退し、五日までに会津だけで百三十名をこえる戦死者を出した。

六日夜、慶喜は、松平容保や桑名藩主松平定敬《さだあき》、老中の板倉勝静《かつきよ》と酒井忠惇《ただとし》ら側近だけを引き連れて、大坂城から抜け出した。

鶴ヶ城で大評定があった翌八日には、慶喜は幕府の軍艦開陽丸《かいようまる》を乗っ取り、江戸へ向かった。総指揮官のいなくなった旧幕府軍は、その後は敗走するしかなかった。

松平容保が若松に帰って来たのは、二月二十二日の午後だった。容保は馬上にあり、従えていたのは御供番頭の千葉権助ら二十名足らずで、この中に木本新兵衛もいた。

容保は、そのまま入城せず御薬園《おやくえん》の別墅《べっしょ》に入った。先触れがあったので、喜徳と家老の萱野権兵衛ら重臣だけが、薬園前通りで一行を出迎えた。

若松に来て五か月。喜徳は十四歳になったが、まだ幼さを感じさせる。扈従《こじゅう》する日向真寿見らも若い。

容保が帰国したことは、家中全体にはすぐ伝わらなかった。しかし、その二十二日の夕刻、木本家はいち早く知ることになった。

利代がいつものように、千鶴やおちかと一緒に、夕餉の支度を始めていると、勝手口で弥助が報告した。

「旦那様がお戻りです」

弥助の声が弾んでいた。

しかし利代は、すぐ反応できなかった。ずっと待っていたはずなのに、夫の帰りが現実のような気がしない。夫のいなかった期間が長過ぎたということか。とつぜん帰宅した夫が再び京へ戻ってから、ほぼ四年になる。

「利代さん。早く玄関へ。すすぎは私が持って行くから」

千鶴に背中を押されて、利代は我に返った。

「おちか。忙しくなるわよ」

千鶴はおちかに声をかけると、弥助にも手伝いを命じ、勝手口から出て行った。

利代は玄関へ向かいながら、ようやく新兵衛の帰宅を理解した。京や江戸から帰って来たのではない。過去から現在へ戻って来たのだ。追いついたのだ。これからは同じ時間を一緒に生きていくのだ。

夫はどれだけ変わったろう。

少し恐れも感じながら玄関に行ったが、夫の姿はなかった。まだ外らしい。

下駄をつっかけて土間へおりると、新兵衛の大きな背中が庭先に見えた。

「お帰りなされませ」

「梅がもうすぐ満開だな」

新兵衛は庭を眺めているのか、のんきそうにいった。木本家の梅の花は薄紅色というより白に近かった。暇つぶしにしていた剪定を舅がしなくなってからは、利代が弥助に手伝ってもらって枝を折るぐらいしかしていない。それでも時期が来るとつぼみがふくらんで、無数の花を咲かせた。

「ここの梅を見ると、ようやく帰って来たという気がする」

振り返った新兵衛は、風貌が変わっていた。

以前よりさらに日に焼けて、頬は痩せこけ、精悍な面構えだ。頭は月代《さかやき》を剃っておらず総髪だが、ひげはない。無精で総髪にしているわけではないらしい。なぜか似合っている。

それらを利代は、一瞬で目にとらえた。

夫も同時に利代を見ると、白目が目立つ大きな眼球をさらに大きくしていった。

「母上かと思った……」

その言葉を聞いて、微笑みかけた利代は顔をこわばらせた。

「よいしょ、よいしょ」

千鶴が盥を抱えて賑やかにやって来た。

「うれしいでしょう？　久しぶりに利代さんに足を洗ってもらえるから」

「足ぐらい自分で洗う。もう慣れた」

「あら？　兄上でも照れることがあるんだ」

「馬鹿いえ」

千鶴から盥を奪うと、先に土間に入った。

利代は、急いで新兵衛を追い越して式台に上がり、両手で刀を受け取った。

「お供は？」

「いない」

新兵衛は腰かけ、草鞋《わらじ》の紐を解くと、千鶴から雑巾を受け取った。

「京で雇い入れた渡り者の中間《ちゅうげん》がいたが、江戸へ向かう途中でいなくなった。負けいくさだったから、命の危険を感じたのだ。それならそれでもいいが、槍や具足櫃《ぐそくびつ》を持って行ったのは許せぬ」

新兵衛の足の洗い方が急に乱暴になった。

「嫌なことを思い出させてすみません」

利代は頭を下げた。

「帰って来たのは兄上だけ？」

新兵衛の前に立っている千鶴が聞いた。

「殿と一緒だ」

「全然知らなかった」

「わずかな供回りだったし、今は、御薬園におられる」

「お城に入られていないのですか」

「その理由はあとで話す」

新兵衛が式台に上がると、待っていたように千鶴が盥を片付けた。

新兵衛は足音を響かせながら隠居所へ向かった。帰国の挨拶をしたら、次は仏間で先祖に手を合わせるだろう。用意をするため、利代は仏間へ向かった。


木本家全員が夕餉の席についた。祝い事でもなくこれができたのは、新兵衛が四年ぶりに帰って来たからだ。弥助を郭外へ買いに行かせる時間がなかったので、いつもの質素な献立に追加できたのは、棒タラの甘露煮と、新兵衛と三郎右衛門の膳にのせた燗酒だけだった。

遠い蝦夷地で獲れたタラやニシンは、干物にされて新潟から会津に運ばれる。海のない会津には貴重な海産物であり保存食だった。若松では、色々な料理が工夫されている。

新兵衛にとって棒タラの甘露煮は、子どものころから慣れ親しんだ味覚の一つだ。

「懐かしいな、この味」

そういって利代の方を見たのは、夫らしい感謝の仕方だったが、その視線を利代は避けた。母上かと思ったといわれたことが、まだ引っ掛かっていた。

しばらく無言で食事が進んだ。

横目で見ると、箸を使う駿の動きがぎこちない。新兵衛に京で起きたことを聞きたいのではないか。それより利代は、駿の成長を、父子で確かめ合ってほしかった。

こういう時、元気なら誰よりも多弁になるのが舅だが、老耄はゆっくりながらも進行していて、気の利いた文句が考えられないようだ。のろのろと盃を口に運んでいる。

新兵衛は早々と食事を終えた。徳利も空だった。食事の速さは、気の休まることがなかった京の暮らしを想像させる。

沈黙を破ったのは姑だった。

「先月来、若松全体は喪中のようです」

千鶴が身を乗り出すようにして続けた。

「京で死んだ方のお名前が、毎日のようにご城下に届き、その数の多さに誰もが言葉を失った。江戸へ引き上げたという知らせがあった後も、それは増え続けた。三田の下屋敷で、負傷がもとで多くの方が亡くなられたのでしょう？　若松の留守宅では、次は当家の番かと、外の小さな物音にもおびえながら、今でも息を殺して暮らしています。どうして、このようなことになったのですか」

新兵衛は、利代が淹れた茶をわずかにすすってから、重い口を開いた。

「我が殿は、謹慎の態度を貫いておられる……」

利代は我が耳を疑った。舅は口を開きかけたが、言葉を出せないでいる。

我慢できずに利代が聞いた。

「なぜ謹慎するのですか」

新兵衛は虚空をにらみながら続けた。

「内府（徳川慶喜）様は、江戸城を出て上野寛永寺の大慈院に入られた。朝廷に対して恭順の意を示すため謹慎された。会津松平家も、内府様のご意向にしたがう。わずかな供回りでのご帰国も、御薬園に留まって入城されないのもその表れだ」

会津が朝敵にされたことは、今では誰もが知っている。しかし、それは何かの間違いだ。尊皇という点では、会津は薩長に一歩も引けをとらない。『御宸翰《ごしんかん》』が何よりの証拠だ。

そもそも内府が恭順・謹慎する理由が全くわからない。

「内府様が帝を討てと命令され、当家はそれにしたがったとでもいうのですか」

「そのようなこと、あろうはずもない。江戸を発つ前、朝廷への嘆願状を松平春嶽様に託してきた。誤解を解くためだ」

嘆願状の中の一節は次のとおりだった。

……天怒《てんど》ニ触レ、御親征被仰出《しんせいおおせいだされ》　候《そうろう》段、遥《はるか》ニ奉伺、誠ニ以《もっ》テ驚愕之至リ……京都之儀ハ容保専職ニ有之、今日之形勢ニ立至リ候段、旁《かたがた》以テ（いずれにせよ）、何共可申上様《もうしあぐべきよう》モ無御座《ござなく》、畢竟《ひっきょう》（つまるところ）容保上慶喜ヲ輔翼《ほよく》シテ、不能　安宸襟《やすんずるあたはずしんきん》（天子の心）、何卒《なにとぞ》慶喜儀寛大之思召《おぼしめし》シヲ以テ、御取扱被成下度《くだされたく》懇願、容保儀ハ退隠之上、在所へ引退《ひきの》キ恭順謹慎御沙汰奉待候。

慶喜を補佐し京都守護職を務めたが、天皇を安心させることができなかった。慶喜には寛大な処置をお願いしたい。自分は若松に隠退して処分を待つといっている。

容保は政権交代を受け入れていた。

「我が殿は、藩主の座を若殿に譲られた。これからはご老公とお呼びすることになる」

急に舅ががっくりと首を垂れ、しゃくりあげ始めた。握りしめた袴の上に音を立てて涙をしたたらせるのを見て、新兵衛も本音を打ち明けた。

「こうなったのは、幕府や会津に怨みを持つ長州と薩摩が、朝廷中心の政《まつりごと》をたくらむ公家らと手を結んだからだ。会津はもちろん幕府は一度も帝に敵意を抱いたことはない。畏れ多いいい方だが、元服前の今の帝を利用している、あいつらこそ真の朝敵だ」

「やはりそうだったのね。兄上から直接聞けて安心した」

千鶴は納得し、こぶしを握っている。

「父上。学校では皆申しております。正義はこちらにある。なのに、なぜ朝敵という汚名を着ることになるのですか」

駿はとっくに食べるのをやめていた。尋ねる機会を待っていたのだ。

「駿の疑問はもっともだ。今にしてようやくわかったのは、二年以上前から、幕府を倒そうという動きが始まっていたということだ。もっとわかりやすくいうなら、長州と薩摩はいくさの準備を始めていたのだ。いくさの目的は討幕だ。尊皇攘夷のためでもなく、まして正義のためでもない。内府様はじめ幕府側の考えは甘く、それに気が付かなかった。そして、そのいくさに幕府側は負けた……」

「当家の正義は『家訓』にうたわれている」

舅が顔を上げ、口をはさんだ。もう泣いてはいない。皆の視線が舅に集中し、次の言葉を待ったが、舅は俯いて膳の上に視線をさまよわせ、震える手で箸を取り上げた。思いが先走り、いいたかったことを失念したらしい。

「父上の仰せのとおりだ」

新兵衛はそれだけいって、舅に続きを促さなかった。皆の視線は舅から夫に戻った。

「でも、なぜいくさに……負けたのでございますか」

千鶴と駿が同時に同じ言葉を発し、最後までいったのは駿だった。

「遠因としては、昭徳院《しょうとくいん》様の薨去《こうきょ》と先帝の崩御《ほうぎょ》によって、公武一和の壁が崩れ、討幕派に付け入る隙を与えたことだ。しかし、直接の敗因は、薩長が優れた西洋の鉄砲や大砲を使ったこと。そして、西洋式の戦い方だ。薩長は豊富な訓練を積んでいた。井深様の学校改革が進まなかったと聞くが、幕府側全体が西洋式の戦い方にも慣れていなかった」

学校改革という言葉で、利代は思い出した。

「横山主税様は、ご無事でしょうか。フランスからお戻りだと、噂は聞いておりますが」

「ご無事だ。ご一緒だった海老名様は足を負傷されたが、命に別状はない。お二人とも留学は三年間の予定だったが、日本のことが心配で急いで帰ってこられた」

「いつ若松へ戻られるのですか」

利代は縫の顔を思い出していた。主税の子靱負は五歳になったが、父親の顔はわからないだろう。帰国の予定日がわかれば、夜分でも、弥助に文を持たせ、使いにやりたかった。

「江戸詰めの家来の家族は既に江戸を出発したが、横山様をはじめ残っている者たちも遠からず帰国する」

「フランスに留学された主税様は、学校改革の先頭に立たれるのでしょうか」

「それはわからぬ。しかし、どのような時でも、若者の教育は重要だ。心配なのは、薩長が攻めてくるかもしれないことだ。その守りが必要だ」

「守るのではなく、攻めて勝てばいい」

駿の発言が皆を驚かせた。

「父上。戦うべきです。会津の正義が勝って汚名を雪《そそ》ぐのです。会津武士の意地を見せてやりとうございます」

利代は駿の発言で目が覚めた。

駿は、単に薩長が憎くていっているのではなく、義のために戦おうとしているのだ。

駿に厳しく接してきたのは、立派な会津武士に育てるためだった。駿は懸命に素読に励んでくれたが、目的を忘れてはいなかった。

「駿の気持ちはよくわかる。しかし、薩長は本当に手強い。策謀に長けた鬼のようなやつらだ。鬼に金棒とはよくいったもので、その鬼どもが強力な鉄砲や大砲を持っているから始末が悪い」

千鶴はひと膝乗り出した。

「兄上。私もこういう時のためになぎなたを稽古してきました。節分の豆ほどの威力もないかもしれませんが、江戸へ行って、鬼どものすねを思いきり払ってやりたい」

「私も槍術に加え、昨年から学校で一刀流を学んでいます。同じ気持ちです」

駿もうったえた。

「千鶴の節分の豆は、若松にとっておけ。駿の出陣もまだ早い。お前は十六歳で元服前だ。昨年までの素読の頑張りは利代の文で知っている。しっかり勉強して講釈所へ進め」

「しかし、父上、学校は学問どころではありません。お奉行様でさえ、学生らを率いて、越後へ向かわれました。越後方面の防備は重要なのでしょう？」

「駿も新潟が気になるのだな。よし、詳しい話をしてやろう。新潟港は幕府直轄地だ。戦略上重要な場所だ。今月、酒屋の陣屋で、越後諸藩を集めて会議があった。開港した新潟港に砲台を築くように新潟奉行に申し入れることが決まったが、新発田《しばた》（藩）だけは同意しなかった」

駿が口をはさんだ。目が輝いている。

「やはり新発田は裏切りそうです。十日ほど前に、伯耆守《ほうきのかみ》様（新発田藩主で十四歳の溝口直正）が、帰国途中七日町に滞在されました。新発田が御所の警備のために独断で兵を京へ送ったと知った時、学校内でも殺気立つ者がいました。お若い帝と同じように、伯耆守様も奸臣《ねいしん》に操られているのかもしれません。何かあってはいけないと、当家の者が新発田まで護衛して行きましたが、若松で身柄を確保した方がよかったのではありませんか」

新兵衛が白い歯を見せてうなった。

「史書『春秋』の好きな駿らしいな。賢い意見だ。しかし、伯耆守様にはお父上（前藩主で五十歳の直溥《なおひろ》）がご健在だ。容易に操られることはないぞ。とはいえ、そういうところに目をつけるとは、ますます父として駿の才を惜しむ。今はわからないが、何とかしていくさは避けるべきだ。太政官《だじょうかん》が幕府に代わって新しい政府になった。新しい時代がやってくる。駿、勉学に励め。機会があれば外国へ留学することだ」

外国と聞いて、利代は、同じようなことをいった井深宅右衛門を思い出した。

しかし、あの時と今では、状況が違う。外国など論外。十六歳で講釈所に進む意味もない。会津は窮地に陥っている。とすれば、駿を立派な会津武士に育てるため、自分は何をするべきなのだろう。

「朝敵の誹《そし》りを受けたままでは、新しい時代を迎えたくはありません！」

駿は父親の意見をはっきり拒否した。

また舅が思い出したように発言した。

「京都守護職としてのお役目を全うされた我が君、今はご老公か、その名誉を守らずして、会津武士を名乗ることなどできん！」

「同感です」

駿がいい、千鶴も強くうなずいた。

「汚名は雪ぐが、むやみに戦うべきではない」

そういってから新兵衛は、駿や千鶴が何をいおうと口をつぐんだままだった。

新兵衛は、実際に惨めな敗戦を経験し、多くの仲間が死ぬところも見てきている。悔しくないはずがない。四術に長けた夫が、捲土重来《けんどちょうらい》をいわないばかりか、いくさを避けているように思える。利代は不思議だった。

反論しない新兵衛は、孤立していた。やがて、家族が一人ずつ座を立って行った。

その夜、利代は、六年ぶりに夫に抱かれた。息が止まりそうなほど気持ちが昂《たかぶ》ったが、なぜか密着した夫との間に隙間も感じていた。

新兵衛は、二日間は御薬園に出仕したが、容保が鶴ヶ城に入ったので、登城するようになった。家老らの提言もあって、政務は藩主の喜徳でなく、老公の容保がとることになったからだ。そして容保は、熟考したのち、恭順と謹慎から雪冤《せつえん》と武備恭順に方針を変えると、明確に家中に打ち出した。

雪冤とは、朝敵あるいは賊軍という汚名を晴らすことである。容保は、官軍を称している薩長こそ賊軍だ、官賊だと決めつけた。

武備恭順とは、万が一官賊が攻め込んできた場合の備えである。恭順という言葉がついているように、進んで戦おうというのではない。原則として、会津の兵は領地内にしか配備しない。

とりあえず、戦闘時の衣服と頭髪を自由にした。西洋式兵制を念頭において、軍服や軍靴の着用や総髪を勧めた。

二月二十八日から江戸にいる家臣らの帰国が始まった。容保の指示で、旧幕府の陸軍所でフランス人から直接訓練を受けていた砲兵隊も、三月三日に江戸を出発した。砲兵隊長は、昨年の五月にヨーロッパから帰国した山川大蔵《おおくら》で、青い羅紗《らしゃ》の軍服と帽子姿だった。

三月十日、容保は、軍制改革を断行することを宣言し、翌十一日には諸隊の編成の詳細を発表した。

その夜、新兵衛の指示で、木本家全員がまた夕餉の膳についた。

利代は、今年最初のニシンの山椒漬けを用意できたので、少し気持ちが落ち着いていた。三月になってから、身欠きニシンと山椒を売りに来たらすぐ買おうと思っていたが、間に合った。こづゆも作った。いくさが始まることを祝う宴になる気がしていた。

新兵衛は最初に新政府の動きを説明した。

奥羽鎮撫総督として左大臣の九条道孝、副総督として沢為量《ためかず》、参謀として醍醐忠敬《ただゆき》が任命された。彼らは、下参謀の薩摩藩士大山格之助、長州藩士世良修蔵《せらしゅうぞう》以下若干の兵をつれて、京を発したという。

「奥羽鎮撫といっているが、狙いは会津松平家だ。薩長つまり官賊との戦いは避けられない情勢になってきた」

「若松へ来てみろ。豆をぶつけてやる」

千鶴が、わざと腕まくりした。

「そのため、ご老公の指示で、当家の軍制が改められた」

新兵衛は、新しい編成の狙いとその詳細を説明した。

編成の狙いは、年齢と身分を組み合わせた小さな隊を多数作り、それぞれに最大能力を発揮させることである。

先ず、年齢別に隊を組織した。実戦部隊としての朱雀《すざく》隊（十八歳から三十五歳）、国境守備を主とする青龍《せいりゅう》隊（三十六歳から四十九歳）、後備としての玄武《げんぶ》隊（五十歳から五十六歳）、そして、容保や喜徳の護衛を主とする白虎《びゃっこ》隊（十六歳と十七歳）である。

白虎隊の年齢を聞いて、利代は身をかたくした。駿も含まれる。

次に、それぞれ隊を身分別にした。士中《しちゅう》（上級武士）、寄合（中級武士）、足軽（下級武士）である。こうすれば、上下が混在して下の者だけが戦うということがなくなる。

他にも特殊部隊がいくつか編成された。山川大蔵を隊長とする砲兵隊もその一つである。

「今日、各隊の中隊頭、小隊頭、半隊頭と隊士が発表された。駿も組み込まれた。白虎士中二番隊の所属になった。明朝五ツ半（午前九時）、三の丸に集合しろというお達しだ」

「承知いたしました」

駿は、新兵衛から話を聞いているうちに、喜びが湧いてきたらしく、頬を紅潮させて返事をした。それに対して新兵衛は、軽くうなずき返しただけだった。

利代も、覚悟を決めた。

駿はいつか出陣する。護衛とはいえ、主君の盾になって命を落とすかもしれない。駿は数学どころでないだろうが、厳しく素読をやらせることもない。もう学生ではない。

利代は、駿の前へにじり寄り、特別に用意した長柄の銚子で酒を勧めながらいった。

「おめでとうございます」

これからは、駿を一人前の会津武士として扱おう。祝宴の膳を用意してよかった。


翌十二日、日新館は臨時休校である。

駿は、いつもより早く起き出し、庭で木刀の素振りをきっちり百本してから、身なりを整えた。何をしていても胸が躍る。

学校の仲間と時勢を語り合ううちに、学問や武芸に励むことは、いつの間にか、何もできない自分を忘れるためになっていた。それが、ようやく働きの場を与えられたのだ。

「母上。私を三か月早く産んでくださり、ありがとうございました」

一礼し、母の返事も聞かず、駿は玄関から外へ出た。

式台から見送ってくれた母と叔母が、顔を見合わせて、駿の言葉の意味を語り合っているのを想像するだけで思わず笑みがもれる。

昨日から考えていた、出発のあいさつだった。もし生まれるのが三か月遅かったら、駿は十五歳で白虎隊に入れなかったのだから。

駿は肩衣と袴姿で、供の弥助がかついでいるのは稽古槍ではない。柄《つか》の先は真剣の穂《ほ》である。

駿は胸を張って本一ノ丁の通りを進んだ。


駿は昼前に下城し、利代の居室に来て、三の丸でおこなわれたことを報告した。

鶴ヶ城の東にある三の丸の広大な敷地に、新編成の諸隊が整然と並んだ。容保、喜徳父子が列席し、家老や若年寄らが見守る中、各隊長と隊士の対面式があった。まだ帰国していない者や、帰国しても負傷していて参加できない者がいたが、白虎隊三百四十三名はほぼ全員がそろった。

そのうち四分の一の士中隊は、学校の顔見知りが多かったという。

途中から、千鶴も入って来て話を聞いた。

「士中二番隊は四十二名。中隊長は、隠居されたご家老の嫡男、山崎主計《かずえ》様でした。日向真寿見様は、若殿様付きなので、二番隊にも一番隊にも入っていませんでした」

「横山主税様のお姿は見えましたか」

千鶴が聞いた。

「はい。百名ほどの青龍士中一番隊の中隊頭でした。フランスの軍服なのでしょうか、上下とも黒っぽい見たこともない服装でした。革の靴も履いておられました。横山様はお背が高いので、見惚れてしまいました」

駿の話はそれからも長く続いたが、主税の軍服姿には利代も興味を持った。その気持ちが通じたのか、夕刻、縫の使いが来て、主税が駿に会いたがっているから、都合がよければ来てほしいという。利代や千鶴も一緒にと招かれた。

三人で伺いますと返事したが、屋敷をすぐに出発することができなかった。やっと玄関に揃った時、利代と千鶴は互いを見て、思わず笑ってしまった。二人とも着物と帯を替え、挿した櫛まで変わっていたからだ。久しぶりの主税を意識していた。

茶室に通されると、縫が笑顔で迎えてくれた。主税は羽織姿で家族とくつろいでいたが、利代たちが来たので、妻の松尾が靭負の手を引いて出て行った。靭負は遊び盛りで客の邪魔をするからという。主税は残念そうに見送っていた。

「三の丸ではご挨拶できませんでしたが、白虎士中二番隊におりました」

駿が胸を張って挨拶した。

「遠くからでも駿どのだとわかった。ずいぶんと背も伸びた」

常徳が死んですぐ家督を継ぎ、京へ行って以来だから、会うのは四年ぶりになる。色白でほくろが目立つが、以前よりさらに引き締まったいい男ぶりになった。二十二歳で、もういつ若年寄になってもおかしくない風格を、利代は感じた。

「主税はいったん帰宅しましたが、昼過ぎに井深様のお屋敷を訪ねたのですよ」

縫がさりげなくいった。

宅右衛門の屋敷は、本四ノ丁大町通り角にあり、ここからそう遠くない。

「梶之助どのを励ましてきたのです」

主税が付け加えた。

梶之助は、宅右衛門の嫡男で、駿より一つ下の十五歳である。父親が学校奉行ということもあるが、学業は優秀、言動の端々に強い意志を感じさせ、目立つ存在だった。

「年齢が一つ足りず、白虎隊に入れてもらえなかったので、さぞ悔しがっているだろうと思いまして」

利代は駿を見た。うなずいている。気持ちがわかるのだ。主税の細やかな気配りは、名家老といわれた父親譲りだ。

「それで、どうでした？」

縫はまだ結果を聞いてなかったらしい。

「井深様が越後へ向かう直前に元服していました。前髪を落としたせいもありましょうが、落ち着いて見えました。せっかくなので、フランスで見聞したことを話してきました。新兵衛どのも知らない話です。何しろ、私が京へ戻ったのは、年も押し詰まった師走の二十五日でした。顔を合わせてもゆっくり話す暇はありませんでした。今日、梶之助どのに話したことを今から話しますが、あとで新兵衛どのにも伝えください」

主税は駿の方を見た。

「かしこまりました」

駿は両手を膝の上に置いたままきちんと頭を下げた。

主税は、先ず使節の目的を話した。

パリ万博では、日本の特産品を出展することよりも、徳川昭武が大君（将軍慶喜）の弟として各国の王侯貴族と交流することの方が、より重要だった。日本が尊敬に値する国家だと世界に示せれば、列強の侵略の意図をかわすことができるからだ。

次に主税は、留学生としての話を始めた。

日本の暦で慶応三年（一八六七）三月七日、パリへ着いてから、海老名季昌とともに昭武らとは別行動をとった。日本に長く滞在していた元宣教師で通訳のメルメ・ド・カションの家を訪れ、フランスについて猛勉強を始めた。

「難しい話の前に、フランス語はどうしたのか話したらどうですか」

縫が口をはさむと、主税は急に照れた。

「出発前に小栗上野介様のご子息、又一どのから日常会話を少し習いましたが、まったく役に立ちませんでした。カションは日本語が堪能でしたが、朝から晩まで付きっきり、というわけにはいきません。使節の中に、フランス語学所で学んだ山内文次郎という人が加わっておりましたので、空いている時に、本を読み解いてもらったり、外出時の通弁をしてもらったりしました」

そこで主税は思い出したように、あ、そうだといった。

「パリにいる間に、山川大蔵様と会いました。ロシアと欧州各国を回って来たそうです。もうすっかり向こうの暮らしに慣れていて、というか、お人柄なのでしょう、通弁がいなくても困ることはほとんどないとおっしゃっていました。京で再会した時は、不思議な感じがしました」

「若松で生まれた従兄弟同士がパリで会い、次は京で再会したというわけですね」

「母上。次は私たちをどこへ行かせるおつもりですか」

「アメリカなどどうですか」

母子の会話を聞きながら、利代は外国へ行く駿を想像しようとしたができなかった。外国へ行くより、いくさに行く方がずっと起こりそうだ。そのための気構えをしよう。

面白い話はそこまでで、主税は急に表情を引き締めると、使節らとともに万博会場で見た、不愉快な話を始めた。

幕府は、今回の万博への出展を、諸藩にも勧めていた。薩摩と佐賀がそれに応え、幕府は許可していた。

ところが、フランスに着いてすぐ、薩摩が琉球王国の使節と称して先着していることがわかった。展示している現場を見ると、「琉球王国」という文字と、「丸に十の字」の島津家の家紋を掲げている。琉球王国は、ペリーも認めた独立国家だった。

さんざん協議して、何とか「琉球王国」から「日本」に変わったが、それでも、幕府と薩摩が同列に見られかねない掲示だった。幕府の掲示「日本　大君政府」に対し、薩摩は「日本　薩摩太守政府」としたのである。

「こうなると、薩摩は日本で何をするか油断できない、これ以上留学を続けている場合ではないと確信しました」

そうして、十一月三日、横浜に帰着してみれば、既に慶喜は大政を奉還していた。江戸城では幕閣や諸侯が大評定を繰り返し、海と陸から軍勢が京へ向かった後だったという。

「江戸のお屋敷で京からの指示を待っている間に、王政復古の詔勅が出て初めて、薩摩が長州と組んでいたことが判明しました」

主税は季昌とともにすぐ京へ向かった。

「フランスにいてさえ薩摩の魂胆は明らかだったのに、私たちの力では、その謀略を防ぐことができなかったのです」

主税はこぶしを握り締めた。目尻に涙がにじんできたのは、目の前で多くの仲間が死んだことを思い出したからだろう。

利代は、長州に加えて、あらためて薩摩が憎くなった。

「薩摩と長州は、必ず会津を攻めて来ます。そのために、軍隊の強化が必要です」

「今朝もご老公がおっしゃいました。軍制をフランス式に改革すると」

駿がいうと、主税もうなずいた。

「薩長を上回るまで行かなくとも、対等の武器と戦術を身につけることができれば、学校で修練した精神と武芸は、圧倒的に当家が勝っている。会津は負けるわけがない」

利代は、真剣に主税の話を聞く、我が子の横顔を見た。

やわらかそうな前髪があり、両の瞳は黒く透明で、白眼の白さはたとえようもなく美しい。うっすらと赤らんだ頬から丸みのある顎にかけては、産毛が生えていて、子どもそのものだ。まるで人形のようだ。

普通の母親なら、あどけない我が子を、降りかかる火の粉から、ただ盲目的に守ろうとするだろう。そして、健やかで穢れを知らぬ丈夫《ますらお》に育て上げたいと思うだろう。

しかし自分は、もう決めた。この人形のような我が子を、砲煙と弾雨の戦場へ送り込み、血まみれにするのも厭わない。そして、自分もなぎなたを持って戦う。共に戦って、共に死ぬ。母子で会津の士魂を見せてやるのだ。

利代がそんなことを考えている間に、主税は茶室の隅に置いてある大きな風呂敷包みを持って来た。

「これは、駿どのへのフランス土産です」

いいながら包みをほどいて、主税は中身を取り出した。光沢のある、黒羅紗の詰襟の上着とズボンだった。上着には、大きな金ボタンが縦に並んでいた。

「今朝、横山様が着ていた物と同じだ！　ありがとうございます！」

駿が裏返りそうな声で叫んだ。

主税は利代へ端正な顔を向けた。

「これはフランス陸軍の軍服です。寸法がやや大きいが、駿どのの体に合わせてやってください。できますか？」

「は、はい」

フランスへ行っていても、主税は駿のことを気にかけていてくれたのだ。外国の軍服は初めてだが、何とか工夫して、駿の身体にぴったりに仕立て直そう。

四

外出することの多くない利代でも、木本家の先祖の月命日には、大窪山《おおくぼやま》墓地にお参りする。いつも善龍寺《ぜんりゅうじ》で水桶を借り、山裾にある墓の汚れを拭い、持参の香華《こうげ》を手向《たむ》ける。

先月も今月も線香を携えた人影が多く、供花の新しい墓が周囲に目立った。

墓参の帰り、利代は、城南を流れる湯川の土手道を歩いてみた。桜樹が十本近く並んでいるところがあった。まだ三分咲き程度だったが、とつぜん利代の脳裏に、一陣の風にあおられて枝を離れ、みるみる土手を覆っていく無数の花びらが浮かんだ。

これは京で散った会津武士の最期の姿だろうか。屋敷に一本だけある桜を見ても想像できない光景だ。年々大きくなる庭の桜は、駿の成長する姿そのものだった。

三月二十三日、夫新兵衛の帰宅は、宵五ツ（午後八時）をとうに過ぎていた。新兵衛は、冷や飯を湯漬けにして、香の物で空腹におさめると、さっさと寝る準備を始めた。

片付けを終え、火の元を確かめた利代は、有明行灯《ありあけあんどん》のともる寝間にそっと入った。

「なかなか安心させてやることができぬ」

やすんでいたはずの新兵衛が、目をつぶったままいった。

帰国してひと月が経過したが、新兵衛の務めは不規則だった。相変わらず秘密に属する任務で動いているようだ。

「このような時ですから、承知しております」

そうか、といいながらも、新兵衛は寝言のようにつぶやきだした。

「京で指示を受けていた家老の神保（内蔵助）様は、江戸へ戻ってから隠居された。嫡男で表用人の修理《しゅり》様が、内府様らの大坂脱出をそそのかしたという疑いで切腹させられたため、父親として自ら身を引かれたのだ」

切腹と聞いて、利代は身をかたくした。新兵衛はなぜこんな話をするのだろう。

「しかし、ご老公からは、神保様の指示でも動くようにいわれている」

登城しない時の新兵衛の行き先に、神保内蔵助の屋敷もあったのか。

「公用方が職務として外部と接触するのに対し、わしの動きは表向きでない。御使番の仕事に近いが、いわば隠密だろう」

新兵衛が目を開け、上体を起こした。

「神保様はどちらかというと、恭順の道を探っておられる。当家の雪冤が果たせれば、これ以上のいくさは無駄だといわれる」

「駿が主張したように、堂々と戦って勝ち、会津武士らしい雪冤の仕方をするべきです」

恭順と聞くと、利代はつい激してしまう。

「薩長との戦いは、正々堂々とはいかない。狡猾な公家ともつるんでいて、幕府でさえ倒された。陸奥《みちのく》の純朴な武士《もののふ》は、最後は手玉にとられるかもしれぬ。とにかく、どんなことがあっても覚悟だけはしておいてくれ」

「そのように覚悟しておけといって下さる方が、私はうれしい」

うれしいという利代の気持ちは本当だ。

「駿は、今日、三の丸へ行ったそうです」

利代は新兵衛に近寄って、その大きな背中に羽織をかけながらいった。

「三の丸へ？」

「はい。学校で剣術の稽古を終えてから、小組の仲間たちと三の丸へ行き、初めてフランス式の調練を見たそうです。どなたが教えているのですか」

「幕府の伝習隊長だった沼間守一《ぬまもりかず》様だ。下士官を二十人ほど連れて、若松に来られた」

若松へは、鳥羽伏見の戦いで敗れた旧幕府軍の兵士が、次々にやって来る。慶喜は抗戦を放棄したが、今度こそと思っている者は多かった。彼らは、共に戦うなら会津しかないと考えていた。そういった旧幕兵のために、容保は日新館を宿所にすることを許した。日新館には賄所《まかないじょ》（台所）や掌餞所《しょうせんじょ》（食堂）があるからだ。

「帰ってきた駿は、とても興奮していました。何でも、当家の侍たちが、犬のように地べたに這わせられ、フランスの軍服を着た人から怒鳴られ通しだったとか。我慢ならなくなった者もいて、斬り合いになりそうだったそうです。でも、見ていて勇気が湧いたそうです」

新兵衛はかすかに笑い声を立てた。

「フランス式の戦闘というのは、一対一の果し合いのようなやり方ではない。基本は大砲や鉄砲の撃ち合いで、兵士は規律正しく集団で行動する。鳥羽伏見では薩摩にその手でやられた。もちろん当家も鉄砲は撃ったが、当たらないし、遠いと弾が届かない。それなら斬り殺してしまえ、と突撃すると、待っていたとばかりに一斉射撃だ。会津は、死体の山を築くだけだった」

「何て卑怯な……」

今では武芸者のはしくれだと自認している利代には、許しがたい戦い方だった。

「薩長は、鉄砲や大砲をイギリスの商人から購入した。当家も、外国の商人から最新の鉄砲を購入する手はずを整えていた。実は、昨日までわしは、新潟へ行っていたが、その受け渡しがあったのだ」

「それなら、もう薩長に負けることはありませんね」

「いや。実際に購入した鉄砲を見てみたが、性能も数も十分ではない」

それを聞いて、利代は憤慨した。夫の話し方には、いつも他人事《ひとごと》のような響きを感じる。

「帰る途中の津川宿で梶之助どのと出会ったぞ」

はぐらかされて、利代の頭は一瞬混乱した。

「従者が二人ついていた。前髪がなくても見るからに子どもだったから、声をかけたら井深梶之助だと名乗った。白虎隊に入れなかったので、父上と合流して越後で戦うつもりだ、自分で決心したといっていた」

「さすがお奉行様のご長男です」

利代は、夫に横から抱きつき、肩に顔をすりつけた。強く雄々しい夫を求めた。

ところが、新兵衛は利代の背に手を回しながらいった。

「利代も、本心は、いくさを避けたいのではないか」

利代は、即座に夫の手をはねのけ、向き合って、きっぱりといった。

「私はなぎなたを持って戦います。駿も梶之助様と同じように戦うでしょう。それが会津武士の生き方です、死に方です。私も会津武士の母として戦い、そして死にます」

新兵衛は腕を組んで困ったような顔をした。

そういうとき、夫は自分に対して義母を見る目をしている。二人の間に距離がある。会津が置かれた状況の話をしていると、それを感じるようになった。

家族に優しい夫は好きだ。しかし、外敵に対しては勇猛果敢であってほしい。

いくさになれば、きっと新兵衛も死ぬだろう。それを悲しいことだとは思わない。それより、会津武士らしからぬ態度のまま死ぬ新兵衛は許せない。

もう議論はやめよう。猛々しい新兵衛の思い出だけを記憶に残して死のう。

「あなた」

利代は艶然と微笑んで左手を伸ばした。

新兵衛は笑顔を見せた。

利代は夫にその手をつかまれ、強く引き寄せられた。その力が無性にうれしかった。


四月十五日の朝餉には、昨夜遅く帰宅したことを感じさせない、穏やかな表情の新兵衛がいた。駿も育ち盛りらしい食欲を見せていた。庭に面した側は開け放してあり、立夏を過ぎたばかりの爽やかな空気と、眩しいほどの朝日がもったいないほど入ってくる。

利代は、六年前の日常に戻ったような気がした。これから、駿は急いで朝餉を終えると、勉強道具を抱えて学校へ行く。そのあと、新兵衛が袴をつけるのを手伝い、玄関で見送る。

「考試が中止では張り合いがなくなり、素読の稽古も進まないだろう」

新兵衛の声で、利代は我に返った。

「そのようなことはございません。いつ考試が復活してもよいように素読の稽古は続けています。その中で『春秋左氏伝《しゅんじゅうさしでん》』を読んでおりますと、日本や当家が置かれている状況について考えさせられます」

『春秋左氏伝』は、駿が好きな史書で、中国の戦乱の時代の歴史注釈書である。

「学問を積めば、どのような問題でも解決できると思うか」

「はい」

「その素直さと元気は宝だ。素読所ではとにかく覚えることが多い。ところが、講釈所へ進むと、現実の問題というのは、いくらたくさん覚えていても、覚えた中に答えがあるとは限らないことがわかってくる。特に、今のような状況だと、答えは容易に見つからないものだ。学問が無駄だといっているのではない。学問をしっかり積んだ者は、問題の解決方法を見出すための考え方や手順を知っている。学問を積んでいない者は、単純な善悪や損得だけで考えがちだ。難しい問題は、それでは解決しないことが多い」

「何となくわかります」

「今がまさにそういった状況だ」

新兵衛は、口外するなとくぎを刺してから、説明した。

奥羽鎮撫総督九条道孝らは、三月十九日松島に上陸し、二十三日仙台城下に入った。二十五日には、仙台藩主伊達《だて》慶邦《よしくに》と米沢藩主上杉斉憲《なりのり》に、会津藩征討を命じた。奥州で会津藩と対抗できる藩として目をつけられたのだ。

しかし、両藩は、戦闘を回避したいと考えた。三月の末ころから、両藩の密使が若松へ頻繁に訪れるようになった。謝罪をしてくれれば調停しようというのである。

「奥羽鎮撫総督には内緒ですね」

「そうだ。伊達、上杉両家の提案はな、鶴ヶ城の開城と家老三人の切腹なら調停できるというものだ。駿なら受諾できるか」

駿は考え込んでいる。

三人の家老の切腹というと、禁門の変で朝敵となった長州が、征討軍の派遣を受けて、謝罪恭順した時の条件と同じである。

利代の腹はすぐ決まった。

しばらくして駿が口を開いた。

「その案で、ご老公がおっしゃった雪冤《せつえん》はできるのでしょうか」

できるわけないでしょ、と利代はいいたいのを必死におさえた。

「そうだな。それでは朝敵という汚名を着たままで終わりかねない」

そこで新兵衛は声を低めた。

「わしは、当家の使者を警護して庄内へ行ってきた。死生を共にする盟約を結ぶためだ」

昨年の十二月、薩摩藩の侍が江戸城二の丸に放火した。幕府は譜代の庄内藩（酒井家）に指示し、賊徒をかくまっている薩摩藩の上屋敷を焼き討ちした。薩摩の庄内に対する恨みは、長州の会津に対するそれと同様に深い。

「庄内と組んでおけば、調停受け入れの条件として、雪冤を追加できるかもしれない」

夫の意見は、利代はもちろん気に入らない。交渉など潔《いさぎよ》い武士のすることではないと思う。駿も否定した。

「いいえ。庄内と組めば、会津は負けません。大商人が支える庄内は、西洋式の武器を購入し、軍事力を強化しているそうです。共に戦って雪冤を勝ち取るべきです」

それを聞いて新兵衛は苦笑した。

「雪冤のために、何が最良の解決策になるかは、状況によって変わっていくものだ」

利代は、父親と堂々と意見を交わす駿に感心していた。駿はもう子どもではない。会津武士への道を確実に歩み始めている。

しかし、駿の教育のためだろうが、夫の口から謝罪や調停という言葉が出たのは気になる。いくさを避けた先には、雪冤も会津の誇りもあるはずがない。

調停の使者の説得に対し、会津は四月二十一日、容保・喜徳父子の謹慎と削封《さくほう》を回答にすることにした。当初の調停案に比べれば骨抜きだ。朝敵だった長州の謝罪時より格段に甘い。それでもぎりぎりの妥協策だった。

家老の梶原平馬《へいま》を使者として、先ず米沢へ説明に行かせることになった。

「平馬の身辺を密かに警護せよ」

容保から直接新兵衛へ密命が下され、新兵衛は二十二日、平馬一行四人の前になり後になりしながら、米沢街道を北へ向かった。

使者の平馬は、容保の命令で最後まで江戸に残っていた一人である。二十七歳と若くても、判断力と行動力に優れていた。二年前に家老になっていた。梶原家も九家の一つだ。

新兵衛が米沢へ向かった翌四月二十三日、若松と江戸のほぼ中間、宇都宮城の防衛戦で、会津は手痛い敗戦を経験した。

戦ったのは、いずれもフランス式軍隊である会津の砲兵隊と旧幕府伝習隊、そして土方歳三《ひじかたとしぞう》や山口次郎（斎藤一《はじめ》から改名）が指揮する歴戦の兵《つわもの》ぞろいの新選組だった。

会津の砲兵隊は、京以来の精鋭だったにもかかわらず、十名近い死者を出した。砲兵隊は、若松へは山川大蔵《おおくら》が率いて来たが、若年寄に抜擢されたため、この時は、日向内記《ひなたないき》が砲兵隊長だった。真寿見《ますみ》の父である。ひと月後、若松に帰還し、内記は隊長を罷免された。

土方歳三らは、その後、若松で容保と再会し、翌月また前線へ出て行った。

新選組に続いて、洋学者だった古屋作左衛門が率いる、旧幕府陸軍約五百名が若松へ現れ、休校中の日新館に宿陣した。彼らは、衝鋒隊《しょうほうたい》と名を変えて、今後要衝となる越後へ向かった。

このころから、若松へ送り込まれる負傷兵が増え始めた。容保は、日新館の一部を野戦病院にすることに決め、そこを養生所と呼び、藩医を常駐させた。

郭内に出入りする兵士、それも目をそむけたくなるような負傷兵を目にすることが多くなるにつれ、利代の気持ちに変化が起きた。雪冤のためという正論よりも、見たこともない敵に対する憎悪の念が燃えるのである。

閏《うるう》四月になったが梅雨入り前で、からりと晴れたその日、なぎなたの稽古は、女六人が集まって賑やかだった。六人というのは、いつもの利代、千鶴、縫の他に、主税の妻松尾と、日向真寿見の母琴と姉実栄《みえ》である。

松尾は、息子の靫負《ゆきえ》にあまり手がかからなくなったので、義母の千代に預けて参加した。松尾の稽古は、主に縫が相手をした。

真寿見の姉の実栄は十八歳だった。何事もなければ、どこかへ嫁に行っていておかしくない年齢だ。もう少し状況が落ち着いてからと父親の内記がいっているうちに、行き遅れのようになってしまった。今日は縫から誘いがあって、母と一緒ならと参加した。実栄のなぎなたの指導は千鶴に任せた。

「駿へ祝儀として頂戴しました白扇、私も胸にしみる思いでした」

琴と稽古をする前に、利代は古い話を持ち出した。

「どういたしまして」

琴はそれだけいうと、すぐ稽古に入った。

利代は初めて琴の相手をしたが、驚くほど筋が良く、最後に試合稽古までした。思う存分激しく打ち合うことができた。

「どこも打たれなかったけど、腕がまだしびれている」

終わって、琴はあえぎながらいった。利代の腕前に驚きつつも、稽古に満足したようだ。

「本当に斬り合ったかと思った」

千鶴には、寸前で止めた利代や琴の早業が見えなかったらしい。

「稽古で強くても、実際には人を斬れない人がいます。でも、今日の利代さんも琴さんも、真剣だったら間違いなく相手を斬り伏せていた。そういう稽古でした」

縫が千鶴や実栄に解説した。そのとおりだった。利代は、琴のなぎなたを打ち払うとき、それを琴の生身の腕や太ももだと思って力を入れていた。防御でも相手に打撃を与えていた。なぜなら、琴がそうしていたからだ。

「そのうち、弥助に藁束《わらたば》を作ってもらって、真剣で両断できるかやってみましょう」

利代が真顔でいったら、それまで何となくなごやかな雰囲気だったのが、とたんに空気が張り詰めた。

夕七ツ（午後四時）前、利代は主税からもらった、駿のフランス軍服の仕立て直しをした。完成間近だった。

駿は弁当持ちで出かけていた。午前中は河原田信壽に槍の稽古をつけてもらい、午後は片桐伸之進の屋敷へ回っている。

利代は、寸法をとるために、駿に初めて軍服を着せてみた時のことを思い出した。

駿は、黒い羅紗《らしゃ》の軍服をのせた乱れ箱を持って、部屋の隅へ行き、後ろ向きになって袴を脱ぐと、半襦袢《はんじゅばん》の上から慎重にズボンを穿《は》いた。次に、半襦袢の上に、チョッキを着て、ボタンをかけた。間違えないように、考えながらしているのが見てわかる。

襦袢や羅紗はポルトガル語からきている。ズボンやチョッキ、ボタンも西洋からだが、当時既に使われ始めていた言葉だ。

上着を羽織ったところで、利代は近付き、膝をついて、駿の身体をこっちへ向けた。

駿は、両腕を左右に伸ばし、拳を握って、胸を張っている。見上げるような感じになる。また背が伸びた。両脚を閉じているのは、ズボンがずり落ちないためらしい。上着もズボンも確かに駿には大きかった。上着は俵をかぶったようにだぶだぶだし、ズボンは畳の上でたるんで長袴《ながばかま》のようだった。

その大きな軍服の上からでも、駿の身体はほっそりしていて、まだ子どもそのものだということがわかる。こりこりした筋肉が盛り上がっている新兵衛とは違う。

それはともかく、フランス軍服はおろか外国の衣服を仕立て直すなど、一度もしたことはない。どうやったらいいのだろう。

利代が考えている間、駿は上の方を見てじっとしている。視線を合わせないのは恥ずかしいからだ。

「駿は……肩幅が広くて、父上に似ている」

そういってやったら、口元がほころんだ。

「もう少しじっと我慢していてください」

「はい」

利代は上着の右腕の部分をつまんで持ち上げてみた。羅紗は生地が厚くて、着物の肩上げのようにするとみっともない。だったら、縫い代を残して袖口を裁断し、内側に折ってくければいいか。それなら、ズボンの裾も同じやり方が使える。

ズボンのぶかぶかの胴回りはどうしよう。両脇をつまんで縫うと盛り上がって変だが、上着で隠れそうだ。上着は陣羽織と同じだと思えば、丈はこのままでもいいか。チョッキは……？

利代はだんだん楽しくなってきた。

駿は今が伸び盛りだから、袖も裾も長目にしよう。胴回りもゆるめに。うなずきながらそう思った時、利代ははっとした。

我が子が出陣する時、会津武士の母として、どんな覚悟をすべきか。何といって送り出すべきか。生きて帰って来い？　それはあり得ない。立派な死に方をしろ。それしかない。だから、成長を見越した衣服を仕立てることは、そもそも心がけが間違っている。

「母上。怖い顔をしてどうかしましたか」

「え？　別に何も……」

「いつまでこうしていればよいのですか」

声変わりの終わった駿の声はいくらか低くなり、新兵衛に似てきた。

「ごめんなさい。あと、寸法をとって終わりにします」

利代は、鯨尺《くじらじゃく》を当てて、袖と裾の縫い代を含めたぴったりの寸法を測った。


あれからひと月以上が過ぎた。羅紗という布地は、仕立て直しがやりにくかった。それでも、それなりに仕上がってきた。

駿が帰宅した。

「ただ今戻りました」

「駿。中へ入ってください」

「軍服ができたのですか」

「まだしつけ糸がついていますが、着てみてくれますか」

「はい」

初めての時と同じように、駿は軍服を身に着けた。そして、今度は、自分から利代の方へ身体を向けた。

駿は恐る恐る両腕を伸ばしたり、振ったり、胸を抱くようなしぐさをしたりした。それが問題ないとわかると、次は、立ったりしゃがんだりした。部屋の中を動き回るうちに、満足そうな顔になった。

「母上。ぴったりです」

「それはよかった」

「ぴったりなのに、動きやすく、そして着崩れしませんから、フランスの軍服は実戦向きですね」

「実戦向きですか……」

わかっていたはずなのに、駿に指摘されて、胸の奥が苦しくなった。

利代が仕立て直した衣服は、フランス式調練のためだけに作ったのではない。これから何年も着ることは考えていない。思いきり戦うための、死に装束なのだ。

数日後、白虎隊の召集がかかった。フランス式調練の順番が回ってきたのだ。

朝五ツ（午前八時）前、利代は駿にフランス軍服を着せて送り出した。


駿は、一人で、ぎこちない歩き方をしていた。歩きにくいわけではない。フランス軍服が身体にぴったりなので、五体の細かな動きが見透かされそうだ。

胸を張って背筋は伸ばしているべきだろうが、歩幅はこれでいいのか、歩く速さはどの程度か、両腕は交互に振るのか、こぶしは握っているべきなのか、わからない。

途中で出会った誰もが駿の服装を見て驚いた顔をしていたが、駿は無理に平静を装った。

三の丸に近付くと、同じ方向に歩いているのは年若い白虎隊ばかりだ。しかし、寄合組や足軽組に顔見知りはいない。

同じ士中組二番隊の、安達藤三郎《とうさぶろう》が豪胆者らしい声をかけてきた。

「駿じゃないか！」

藤三郎は、素読所も同じ尚書塾で、二つある組も駿と同じ一番組だ。それは屋敷が近いからで、木本家のすぐ裏手である。

父親の小野田助左衛門は、物頭で俸禄は四百石だ。藤三郎は一年遅れの十一歳で入門してきた。本人の話では、四男でどうせ家督を継げないからと、学問を毛嫌いしていた。見かねた親から、絶家した親類の性の安達を名乗っていいから、いつか安達家を興せと叱咤されて本気を出したという。

藤三郎は、猛烈に勉強して常に駿に並ぶ好成績を上げたが、年齢が一歳上なので、表彰されなかった。

「どうしたのだ、その格好は？　伝習隊の人たちが着ていたのと似ているな」

年上なだけでなく、藤三郎は身体も大きいし、目鼻立ちが派手でおとなびていた。

駿は表情をゆるめて答えた。

「横山主税《ちから》様のフランス土産です」

「若年寄の横山様から？　うらやましいな」

主税は、青龍《せいりゅう》士中一番隊の中隊頭として白河街道の勢至堂口《せいしどうぐち》に派遣された。勢至堂峠を若松の方へ下ったところが三代《みよ》宿で、猪苗代湖《いなわしろ》最南端に近い。主税は、途中で若年寄に抜擢され、今はその方面の総督である。

「フランスの軍服ですか」

そういって近付いてきたのは、藤三郎とは反対に小柄で童顔の伊東悌次郎だった。年齢は藤三郎と同じ十七歳ということになっているが、本当は見かけ通りで駿よりもさらに一つ下の十五歳らしい。白虎隊に入りたくて、藩への出生届を修正したという噂だ。

悌次郎も士中二番隊で、尚書塾一番組である。屋敷は米代四ノ丁北で、西洋砲術家山本覚馬の東隣りである。

悌次郎が声変わり前の声で聞いた。

「ぴったりでよく似合っていますね」

「母上が、身体に合わせて仕立て直してくださいました」

駿は年長者に対するように説明した。

白虎隊三百四十三人が、定刻前に集合した。

士中、寄合、足軽にはそれぞれ隊が二つあり、計六人の隊長を先頭に整列した。隊長の後ろには小隊長が二人で、あとは背の低い順に隊士が並んだ。駿が属している士中二番隊の隊長は、日向内記に変わっていた。戦況によって隊長の交代や隊士の入れ替えはよくあった。

やや前の方に立った駿は、横目で周囲を見回したが、西洋の軍服姿は一人もいなかった。目立っていると思うと緊張する。

実際の軍事行動は隊単位になるので、各隊に教官が一人ついた。士中二番隊は、浅岡内記という、江戸で洋式調練を受けた若い会津藩士だった。青い羅紗の軍服姿だ。

「青龍隊の士中組を先に指導したが、刀や槍を鉄砲に持ち替えさせるのは無理だった」

内記がいきなりきついことをいった。

伝習隊長だった沼間守一の調練を見た、駿ら素読所仲間は、内記がいった意味をすぐ理解した。青龍隊士中組は、年齢が三十六歳から四十九歳で、家格も上士だ。足軽みたいなことができるかと激高したのに違いない。

「朱雀隊は青龍隊より若い分いくらかましだったが、白虎隊なら素直にできるはずだ。何も考えず、いわれた通りに、真剣にやれ！」

今日の調練は、腰から両刀を外し、号令に合わせての整列や行進、地面に伏せたり全力で走ったりを繰り返した。駿は、フランス軍服の優秀さを実感した。

調練が終わると、浅岡内記は、駿を指差して名前と軍服のことを聞いた。駿は名乗り、経緯を説明する中で、横山主税と母に感謝したが、自慢したと受け取られたらしい。

「どんなに厳しくやっても調練で死ぬことはない。だが実戦では死ぬ。わしの父は、出陣するたびに、家族と水盃を交わして出ていく。味方が大勢いようと、死ぬときは死ぬ。一人ひとりに家族がいて、覚悟の上で死んでいく。甲冑《かっちゅう》もフランス軍服も、薩長の鉄砲弾を弾き返すことはできない。その軍服は、お前を守る盾ではない。お前の母上が、お前の身体にぴったりに仕立て直してくださった、死に装束だ。死を覚悟できるまで訓練を積め」

そう命じると、内記は全員へ顔を向け、調練は終わりだが、ご家老がまもなくみえるからこのまま待つように、といった。

内記の説明で、駿は後頭部を殴られた気がした。

死に装束という言葉で、脅されたわけではない。駿の身体にぴったりに仕立て直してくれた、母の気持ちを教えられたのだ。伸び盛りにもかかわらずそうしたのは、駿が死ぬことを覚悟していたからだ。

我が子が死ぬことを覚悟した母の気持ちがお前にわかるか。内記はそういったのだ。


昼前に駿が帰って来た。

「お腹が空いたでしょう？　初めてのフランス式調練はどうでした？」

利代が聞いても、駿はすぐ答えなかった。

「同じ軍服を着た人は、他にいましたか」

駿は着替えながら首を振った。

「そうですか。いませんでしたか。ぴったりすぎて、動きにくいことはありませんでしたか。いくらでも直しますよ」

急に駿がしゃべりだした。

「そのようなところはありません。誰よりも機敏に動くことができて、ほめられたくらいです。母上の仕立て直しのお蔭です。ありがとうございました」

「それなら、いいですけど……」

「よく似合っているとさえいわれました」

そういって駿は、こっちの顔色をうかがうような目付きした。変だと思ったが、利代は気にしないことにした。駿の身体にぴったりに仕立て直した理由はいいたくない。

利代は飯茶碗を盆にのせて駿に差し出した。

「白虎隊の中で、駿だけフランスの軍服を着ていても大丈夫ですか」

駿は惚れ惚れするような食欲を見せた。お櫃《ひつ》が空になるかと心配するほどだった。

「調練の後、ご家老の梶原様がみえましたが、驚くことがありました」

空腹を満たして落ち着いたのか、いつもの駿に戻って話し出した。

「このたび会津松平家の軍事顧問になった、平松武兵衛どのだ」

そういって、梶原平馬《へいま》が整列した白虎隊全員に紹介したのは、風変わりな人物だった。着物を羽織って、腰には大小を差しているが、日本人ではない。

駿は、生まれて初めて外国人を見た。

「平松武兵衛どのはプロシアの商人で、本当の名前は、ヘンリー・スネルという」

「どうぞよろしく」

外国人がいきなり日本語をしゃべったので、駿はびっくりした。お辞儀も上手だ。白虎隊の中にもざわめきが起こった。

やがて、三の丸へ、人足二人が重そうな大八車を引いてきて、士中一番隊と二番隊の前で止まった。ヘンリーが歩み寄った。大八車には、大きな木箱がいくつか載っていた。

ヘンリーは、木箱の一つの蓋を開け、中から小銃を取り出し、両手で持ち上げて、全員に見えるようにした。笑顔だ。

「ヤーゲル銃。あなたたちが使います」

白虎隊内がまたざわめいた。

平馬も木箱から一丁取り出した。

「これは、ヘンリーの弟のエドワルドから買ったものだ」

平馬が江戸に最後まで残っていたのは、武器の調達のためだった。小栗上野介の後押しもあったろう、旧幕府の勘定方から資金の融通を得た。その金で、横浜の居留地にいるプロシアの商人エドワルド・スネルから、ライフル銃と弾薬そして胴乱《どうらん》を購入し、ヘンリーの蒸気船に乗って、四月二日、新潟に帰着していた。

「ヤーゲル銃はプロシアのライフル銃で、火縄でなく火打ち石で着火する。しかし、ヤーゲル銃はもう古い。新式の手配をエドワルドに頼んでいるところだ」

平馬はヤーゲル銃を内記に渡した。

内記が使い方を説明した。

先込め式なのは火縄銃と同じだし、手順も多くて実戦向きでなさそうだった。

「ご家老が手配されている新式は、弾を手元で装塡できる。より短い時間で次の弾を撃てる。雷管式で着火も確実だ。射程距離も長い。薩長はイギリスのスナイドル銃、旧幕府の伝習隊はフランスのシャスポー銃、歩兵はオランダのミニエー銃を使っている。それらのどれかになるだろう。これではだめだ」

目を凝らして見ていた駿は、いきなり内記からそのだめなヤーゲル銃を乱暴に渡された。

両手で受け取った駿はふらついた。

「木本。どんな感じだ？」

内記が冷やかすように聞いた。

長さは四尺（約一・二メートル）と大刀のほぼ倍、重さも一貫目（約三・七五キログラム）くらいありそうだった。

平馬が口をはさんだ。

「木本？　木本新兵衛の倅《せがれ》か？」

「はい。木本駿と申します」

平馬は米沢へ行くとき、新兵衛の警護を受けた。また、横山主税からも駿のことを聞いていたという。平馬の屋敷は主税の屋敷と背中合わせで、知行も同じ千石である。

「軍服を着ている理由がわかった。新式が手に入るまで、しばらくそれで訓練してくれ」

弟が売った銃を批判されっぱなしのヘンリーが、咳ばらいを一つして、木箱から洋式の軍服を取り出した。胸に当てて、おどけたしぐさで左右交互に体を向けた。駿が着ている黒い羅紗製のとよく似ていた。

最後に平馬がいった。

「まだ全員分はないが、先ず士中組に軍服をあるだけ貸与する。残りの者は、スネル商会から届き次第だ」

五

夫、新兵衛が帰宅したのは、閏四月二十二日で、実にひと月ぶりのことだった。雨がしとしと降っている夕刻で、会津は梅雨入りしていた。

若松に着いたのは昼前で、そのまま登城してご老公や重臣らに報告をし、やっと下城してきたという。

隠居所へ顔を出してじきに戻って来た。

「父上は気分が良いらしい。夕餉は家族全員でとる。今の状況を説明する。酒は少しだけでいい」

「では、用意いたします」

利代がそう応えると、察しの良い義姉が廊下に出てきて、こちらへ笑顔を向けてうなずいた。おちかへの指示は千鶴がしてくれそうだ。弥助に湯を沸かすようにいおう。新兵衛のために風呂をたて、食事の前に長旅の汚れと疲れをとってもらわねば……。

駿が近付いてきた。

「母上。父上に軍服姿をお見せしてもよろしいでしょうか」

「父上の喜ぶ顔を見たい気持ちはわかりますが、あとで大事なお話があるそうですから、明日にしましょう」

「はい。わかりました」

駿は納得して下がった。

今日は日新館で剣術の稽古をして昼前に帰ってきた。午後はどこへも行かず、数学の勉強をしていた。また続きをやるのだろう。

勉強といっても書物を読んでいるのではない。じっと考えている。書見台の半紙には、図形や妙な記号が書かれている。畳には算盤と呼ばれる格子縞が引かれた紙が広げてあり、その上に算木が何本も並べられている。そろばんで計算することもある。夢中になると休憩もとらない。洋式調練が始まってから、武士らしくなってきたが、数学に集中している姿を見ると、やはり不安になる。

新兵衛の話は夕餉の後、茶を飲みながらになった。それまでの穏やかさが嘘のように、新兵衛は表情をかたくし、いくさを避けることは難しくなった、と結論から切り出した。

利代は、内心、何を今さらと思った。

「先月の末から、梶原様や公用方を護衛して、米沢から仙台領の関《せき》、湯原《ゆのはら》へも行った。上杉、伊達両家の代表らと何度も会って、謝罪条件を話し合い、総督府への調停を頼んだ」

実際は、そういった裏工作が進んでいる間も、総督府の指示で進軍した仙台藩兵との小競り合いは各所で起きていた。

「謝罪条件は完全には折り合っていないが、陸奥守《むつのかみ》様（仙台藩主伊達慶邦《よしくに》）と米沢中将《ちゅうじょう》様（米沢藩主上杉斉憲《なりのり》）が、嘆願書を提出したという知らせが、ご家老の元へ届いた」

閏四月十二日に九条総督へ渡された嘆願書には、奥羽二十七藩の重臣も署名したので、事実上、列藩同盟が形成されていた。

「結果を早く知るため、わしは指示を受け、奥羽鎮撫総督のいる岩沼へ馬で向かった。ところが、参謀の世良修蔵《せらしゅうぞう》が、容保は天地に容《い》るべからざる罪人であり、会津は鏖殺《おうさつ》すべしと譲らなかったことがわかった」

「おうさつ？」

千鶴が聞くと、突然、舅が口をはさんだ。

姑がすぐに舅の袖をつかんで、その顔を心配そうに見たが、舅は無表情だった。

「信玄のつもりか」

駿が代わりに説明した。

「鏖殺という言葉は、武田信玄の即興の漢詩の中にあります。鏖殺す江南《こうなん》十万の兵。明《みん》の朱元璋《しゅげんしょう》のように、わし（信玄）は江南（本来長江の下流地域だが、ここでは甲斐国《かいのくに》の南方）で多くの兵を皆殺しにしてきた、つまり鏖殺とは皆殺しという意味です」

「会津を皆殺しにするなんて、その、世良修蔵とかいう男は鬼畜のような奴だ」

千鶴の感情的な発言が続いたが、歴史をふまえた駿の解説は説得力があり、義憤に満ちていた。

「話はそれで終わりではない。陸奥守様と米沢中将様は、農繁期に入るから兵を撤退させてくれ、と半ば脅しに出た。すると、動揺した九条総督はそれを認めた。あとでこれを知った世良参謀は、庄内征討のために新庄にいた薩摩の大山格之助へ、いったん兵の撤退を認めてやっても一、二年のうちに奥羽皆敵として必ず逆襲してやると書いた密書を送った。その内容が、福島板倉家の家臣から、さらに仙台藩士の知るところとなった。仙台に着いてからの修蔵の傍若無人ぶりを、皆苦々しく思っていたから、密書の中身は修蔵を殺す絶好の口実となった」

「やったのね」

千鶴が男の子のようにいった。

福島の金沢屋に投宿していた修蔵は、閏四月十九日深夜、仙台藩士らに襲撃され、翌朝、阿武隈川原で斬首された。

「当家の者が、わざわざ修蔵の髻《もとどり》を切って、若松まで持ち帰ったそうだ」

「いい気味だわ」

「千鶴。いい加減に黙れ。何とか戦火を避けたいと、奥羽諸藩は白石《しろいし》で重臣会議をしていたが、これで、不可能になったのだぞ」

　ここで、利代も我慢できずに口を開いた。

「お言葉ですが、たとえ嘆願書が聞き入れられても、会津に着せられた朝敵という汚名は、雪《そそ》ぐことができなかったと思います」

「父上。ここで会津が妥協したら、徳川将軍家の汚名もそのままです。それは『家訓』に背くことです」

　駿までが同調してくれたので、利代は力を得た。さらに新兵衛に反論しようとしたが、夫が先にいった。

「信じたくないだろうが、薩長は圧倒的に優れた武器を持ち、しかも徹底的に訓練されている。勝つのは容易ではない。いや、負ける公算が大きい。京では、多くの仲間が死んだ。ここ若松で官賊に頑強に抵抗したら、どうなる？　死ぬのはわしらだけでなくなる。女も年寄りも子どもだって死ぬことになる。民百姓もとばっちりをこうむる。会津が妥協しなければ、それは奥羽全体に広がるのだ」

「朝敵の汚名を着たままでもよいというのですか。女の私でも、ご老公や若殿様に恥をかかせたくはありません。駿も千鶴さんも同じ気持ちだと思います」

「そうです。兄上は急に弱虫になったのではありませんか。私は死を恐れてはいません」

新兵衛の口調が断定的になった。

「たとえ当家の家臣とその家族全員が同じ気持ちだとしても、上に立つ者は、無益な死を望んではいないのだ」

「無益な死だとは思っていません」

利代は執拗に反論した。

「違う！　人の死は、一人ひとりが立派な最期であっても、十人、百人、千人と増えていったら、それは立派な最期ではなく、大惨事、大きな不幸なのだ」

新兵衛は目を怒らせていた。別人のようだった。そのとき、とつぜん舅が立ち上がった。

「こうなれば、戦うしかあるまい。会津武士らしい戦い方をして潔《いさぎよ》く死ぬ。そうやって雪冤を果たす」

混乱した発言をするかと思ったら、そうではなかった。記憶に問題がある舅だが、論旨の通ったことはいえるのだ。

いい終わると、舅はぺたりと座ってあえぎだした。姑がその背をなぜていたわっている。

もう誰も、意見はいえなかった。

閏四月二十九日の夕七ツ（午後四時）過ぎだった。横山家から利代に至急来てほしいと使いが来た。利代はすぐ姑に断り、弥助を連れて屋敷を出た。

横山家の門を入ると、何となく騒がしい。庭を通って勝手口へ案内されて、縫と会った。落ち着かない様子だ。

「利代さん。申し訳ないけれど、急なお客様で、女手が足りないのです。おちかさんを貸していただけないでしょうか」

そこへ、女中が二人、外からやって来た。二人とも襷《たすき》がけである。事情は心得ているらしく、お辞儀するとすぐ台所へ上がった。

「琴さんに頼んで来てもらいました」

日向家からも応援が来たのだ。

「いったいどうされたのですか」

「小栗上野介《こうずけのすけ》様の奥様が、ここへ、落ち延びて来られたのです」

「上野介様というのは、たしか幕府の勘定奉行だった？」

縫はうなずいて続けた。

「上野介様には、江戸で主税がお世話になりました。その奥方様やご母堂様が、ご家来衆に守られて落ち延びて来られたのです」

事情を察した利代は、弥助に指示した。

「すぐおちかを呼んでくるように。お前も手が空いたら来なさい」

「助かります」

縫は魅力的なえくぼを作って頭を下げた。そして、安堵したのだろう、聞いたばかりの事情を説明した。

小栗上野介は、慶喜が大坂から逃げ帰って来た後も、最後まで主戦論を唱えていた。しかし慶喜が恭順すると決めたため、領地の一つである上州権田《ごんだ》村に土着し、若者の教育に当たることを願い出て許された。

ところが、権田村の東善寺《とうぜんじ》に仮寓していた上野介主従に、東山道《とうさんどう》鎮撫総督の先鋒軍が迫って来た。上野介は引退したが、会津と同様に敵視されていたのだ。危険を察知した上野介は、捕らえられる前日、夫人の道《みち》や、母の国《くに》、養嗣子又一の許嫁《いいなずけ》の鉞《よき》の三人に、権田村の村人たちを護衛につけて逃がすことにした。上野介の頭には、旧幕府側の最後の砦として会津若松が浮かんだ。だから指示した目的地は、横山主税の屋敷である。

一行は越後まわりで若松へ着いたという。

「大勢のお客様のお世話が必要なのですね」

「今は十人ですが、まだ到着されていない人たちも十人いるそうです」

道らを護衛してきたのは、上野介の指示で、幕府の陸軍所でフランス式の軍事調練を受けた、権田村の若者たちだった。

信州を抜け、会津領に入ってひと息ついた時、三国峠《みくに》に東山道鎮撫総督軍が迫っていることを知った。憎い敵である。それで、小出島《こいでじま》陣屋の奉行、町野源之助に頼んで一緒に三国峠で戦わせることにした。

「追いつかれないように、時間稼ぎをしたのでしょうか。ご無事だといいけれど」

縫は心配そうにいった。

おちかが帰宅したのは、夜四ツ（午後十時）近かった。

「女のお客様はどうでした？」

「はい。とてもお美しい奥方様が一人、お婆さんとお姫様もいて、さらに町人の女の人もいました。今はもう安心しておやすみになられています」

　縫が女中の数を増やした理由がわかった。

「もう一つ申し上げることがあります」

「何ですか」

「お客様の奥方様ですけど、こういう時何というのでしょう、お腹がせり出して……」

　こんな風に、とおちかが両手で自分の腹部の前に円を描いて見せた。

「ご懐妊……、お腹に赤ちゃんがいるのですか!?」

　おちかは笑顔で頷いた。

　利代はあらためて縫の優しさを感じた。

　その夜も、新兵衛は帰って来なかった。家族で夕餉を摂った翌日、越後へ行くといって出てから、もう七日間留守である。

　翌朝、利代は普段より半刻《はんとき》（一時間）早く起きて、家事を済ませると、横山家へ向かった。おちかと弥助は先に行かせてある。

　門を出たところで、琴とばったり会った。

　利代がお辞儀すると、琴が笑顔でいった。

「利代さんも縫さんのところへ？　私もです。奥方様は臨月が近いとのことです。女中だけ手伝いに行かせていいのか気になって……」

「私も聞いてそう思いました」

二人は歩き出した。

「奥方様は、播州林田藩一万石、建部《たけべ》内匠頭《たくみのかみ》様の次女だったそうですよ」

「大名のお姫様？」

「ええ。上州を出発し、越後街道を通って若松に来られたそうですから、途中、信州を抜けてきていいます。街道は通らなかったでしょうから、険しい山道だったはずです」

「山道？　よく身重のお身体で……」

大名の娘だった人が、大きなお腹を抱えて山越えまでしてきたとすると、これは想像を絶する苦労があったに違いない。

「せっかく無事に若松までたどり着けたのですから、元気な赤ちゃんを産んでいただかなければなりませんね」

利代がいうと、琴がすかさずいった。

「私たちでお助けしましょう。もしものことがあったら、会津の女の名折れです」

なぎなたの稽古を一緒にするようになってから、二人は同志のようになっている。

屋敷に着いた。長旅の疲れでまだやすんでいると思ったが、縫に尋ねると、全員、朝餉も終え、部屋に分かれてくつろいでいるという。

ご挨拶したいと二人で頼み、茶室で対面することになった。

入ると、床の間を背に小柄な女性が座っていた。奥方の道様だ。腹部がふくらんでいるのが見て取れた。確かに臨月が近そうだ。左横に、おちかがお姫様と表現した少女がいて、その手前に年配の町人が畏まっていた。

縫はその町人と向き合う位置に座った。

下座の琴と利代が型通りの挨拶を終え、それから互いの紹介をした。

町人は、道らの護衛隊長を命じられた権田村の百姓代《ひゃくしょうだい》で、中島三左衛門と名乗った。五十三歳だという。

「失礼ですが、そのお身体でよくここまで来られましたね」

琴がいうと、道は気さくに語り出した。

「道中は、馬や駕籠、時には人の背に負われてでしたから、それほど大変ではありません。私よりも、還暦の義母《はは》には、特に信州の山越えはおつらかったと思います。新潟まで行って墓参をするのだという、強い想いには本当に頭が下がりました」

新潟の法音寺《ほうおんじ》に、かつて新潟奉行として赴任中に病死した、上野介の父小栗忠高《ただたか》の墓があった。義母にとっては夫の墓である。

「とはいえ、やはりお疲れのようでしたから、この場は失礼させていただいております」

姑の国《くに》を気遣う道の姿は、利代たちの胸を打った。親孝行は、会津松平家が大切にする徳の一つだった。

「お義母様の願いがかなった今、次は道様ですね」

縫がいうと、道はしっかりうなずいた。

「権田村を出発する時から、身二つになるのはここと決めておりました」

「お殿（上野介）様のご指示だったのですか」

「はい。でも……」

道の言葉がしばらくよどんだ。

「遺児を産むことになってしまいました」

遺児と聞いて驚いた利代たちは、互いの顔を見合わせた。

ここも縫が代表して聞いた。

「遺児ということは、お殿様は？」

「殺されました……」

道はあとの言葉を継げなかった。

下を向いて歯を食いしばっていた三左衛門が、顔を上げて、新政府軍の暴挙を語った。

「手前が、村の様子を見るために、途中で戻りましたので……」

東善寺に残っていた上野介主従は、閏四月五日、東山道鎮撫総督軍に捕らえられた。逃亡すれば残った村人に迷惑をかけることになるから、捕縛されるのは覚悟の上だった。ところが、何の取り調べもなく、翌六日、烏川《からすかわ》の河原に引き出された。家来たちは抵抗しようとしたが、上野介は落ち着いていて、むしろ騒ぐ家来たちをたしなめるほどで、自身は従容《しょうよう》と斬首された。

「土手に鈴なりに並んで見ていた、村人の一人からその様子を聞いて、私は無念で無念でなりませんでした」

「それが錦の御旗をかかげた軍隊のやり方なのでしょうか」

琴が、腹立たし気にいった。

それで、利代は気付いた。

「総督軍と戦うために、三国峠へ向かった方たちがいると聞きましたが……」

「お殿様の弔い合戦をさせました。いいえ。お殿様だけではございません」

三左衛門は、苦しそうに続けた。

「お殿様の指示で、又一様主従が高崎へ出向きました。歯向かう気がないことを鎮撫総督に伝えるためでした。しかし、お殿様と同じように、殺されてしまいました」

又一の妻になるはずだった鉞《よき》が、そこで袖を目頭に当てた。

「鉞はまだ……十三歳ですよ」

怒りのこもった道の言葉に、誰も声を発することができなかった。

道は息を整えてから、決然といった。

「上野介は、私を見送る時、生き抜けといいました。私に生き抜けといった意味は、この子を無事に出産しろということです」

道は腹部にそっと左手をあてた。

「三十路《みそじ》（三十歳）になって初めてできた子です。上野介の忘れ形見になりましたが、上野介はいくさで死んだと思っています。しかし、そのいくさはまだ終わっていません。この子を無事に産むことが、私に課せられた、武家の女のいくさだと思っているからです」

武家の女のいくさだといい切った道に、利代は衝撃を受けた。

道ならたとえ官賊に包囲された中でも、従容として斬首された上野介と同じように、気高く泰然として出産するだろう。

「私どもにできることは、何でもいたします」

そういって縫が琴や利代を見つめると、琴が応じた。

「私たちの子を取り上げた産婆は、若松でも評判の人です。今からお願いしておきましょう。そうだ。長福寺の御姥尊《おんばさま》にもお参りしなくては……。安産の神様ですよ」

利代は自分の気持ちを正直に告げた。

「武家の女のいくさというお言葉、私は夫や息子に伝えようと思いました」

それは縫も同じだったらしい。

「私も、帰って来たら主税に話します」

主税は、家来をすべて引き連れて、最前線の白河へ行っていた。

最前線は一触即発の状態だった。小さな衝突ではない。大乱戦になりかけていた。圧倒的な新政府軍に対して、これまで旧幕府軍だけが味方だったが、奥羽諸藩が加わって大同盟軍になりつつあった。最前線の白河に、会津は新選組と布陣したが、まもなく棚倉《たなぐら》、続けて仙台、二本松の諸隊が合流した。もはや防衛戦や抵抗戦ではなく、決戦だった。

会津の総督は、家老に復帰したばかりの西郷頼母《たのも》で、若年寄の主税は副総督だった。


翌五月朔日、日向家からは実栄、木本家からは千鶴もやって来て道に挨拶し、和やかな時間を過ごした。横山家から、隣家に聞こえるほどの笑い声が上がったのは、久しぶりのことだった。

横山家の夕餉の支度がほぼ整った。

あとは女中たちに任せることにし、利代は琴と一緒に表門から外へ出た。

夏至の前日で、まだ外は明るい。

本一ノ丁の通りは、郭内を東西に貫く長くて真っ直ぐな広い道路である。天寧寺《てんねいじ》口からかぎ型に折れたところが本一ノ丁の東端で、そこからものすごい勢いで駆けてくる馬がはっきり利代の目に入った。

甲高い蹄《ひづめ》の音の高まりには、何か切迫した響きがあった。馬上の人物は甲冑《かっちゅう》姿だった。

馬は見る見るうちに近付いてきたが、鶴ヶ城の正面にある西郷頼母の屋敷の前で、急に北出丸の方へ曲がり、城の追手門の方角へ消えた。伝令だったらしい。

「何かあったのかしら」

琴が不安そうにつぶやいた。

利代は、ただ事ではないと直感したので、返事ができなかった。

また高い蹄の音が同じ方角から響いてきた。直前に起きたことの再現のようだった。しかし今度は、馬は北出丸の前でも速度を落とさず、こちらへまっすぐ向かってきた。

二人は思わず横山邸の塀際へ身を寄せたが、それとほぼ同時に、人馬は表門前にたどり着き、強く手綱を引かれた馬は棹立って、激しくいななきながら止まった。

馬上の男は、右手に持っていた鞭を投げ捨てると、白い布包みを左小脇に抱いたまま飛び降りた。着地して転びそうになった。ずたずたの草摺《くさずり》を揺らし、よろけながら表門を潜った。衣服はぼろのように裂けていた。

主人を失った馬が、たてがみを振りながらさまよい歩くので、利代が近寄って手綱をつかんで馬を御した。

そのあと、屋敷に入って、利代は知った。

男が抱いていた包みの中には、横山主税の首が入っていた。

第四章　鬼　女

一

五月三日、奥羽二十五藩により正式に列藩同盟が結ばれた。六日までに、それは北越六藩も含めた奥羽越列藩同盟になるが、新政府軍との全面戦争は既に始まっていた。

その五月三日の宵五ッ（午後八時）ころ、利代は、横山家の玄関で、親族の老婦人と一緒に弔問客の案内をしていた。すると、家紋が入った提灯が照らす沈鬱な光の中に、表門を潜って来る新兵衛の姿を見つけた。

近付いてきた夫は、編笠を小脇に抱え、野袴にわらじ履きの旅姿だが、何となく殺伐とした空気をまとっている。

利代は老婦人にことわってから、玄関脇へ夫を導いた。

読経が重く漏れてくる。夫は白い麻の喪服姿の利代に向かって、目だけで誰の通夜だと聞いている。ということは、夫は白河方面からの帰着ではない。

「主税《ちから》様とご家来衆のお通夜です」

「討ち死にされたのか」

利代はうなずいた。

そして、一昨日の夜、疾駆する馬で帰還して涙ながらに語った、主税の従者の話をした。

夜明けとともに、白河城の同盟軍は、東西から新政府軍に急襲された。俗にいう朝駆けである。会津の軍勢は、城の南面にある稲荷山《いなりやま》に、巧みに誘い出された。

主税は、若武者らしく先頭に立ち、それでも慎重に進んだが、待ちかまえていた敵の、容赦ない一斉射撃の標的になった。家来の四名もほぼ同時に斃《たお》れた。

従者は後方にいたが、身体の近くを弾丸が音を立てて飛んで来る中を駆け寄って、こと切れた主税の首を夢中で掻き切ったという。

「今日あらためて聞いた話では、日が高くなるまでに決着がついてしまったそうです」

話しながら、利代は、自分の声が、他人が話しているように聞こえた。まだ主税の死が信じられなかった。信じたくなかった。

同盟軍は三千人近かったが、わずか半日で六百人以上が戦死した。そのほとんどは、おびただしい数の弾丸の犠牲だった。

「それで、城下のあちこちで通夜が営まれているのだな」

夫は表門の方へさっと顔を向けていった。悲痛な表情を隠すようにも見えたが、利代は、自分を批判する視線を感じた。

一人ひとりが立派な最期であっても、死者が増えたら、それは、大惨事、大きな不幸なのだ……。夫の主張だった。

利代は感情を殺していった。

「もうすぐご老公がお見えになります。先触れがありました」

「それなら焼香はあとにしよう。実は、小栗上野介《おぐりこうずけのすけ》様のご家来衆を案内してきた」

「三国《みくに》峠で戦っておられた方たちですね」

「知っているのか」

「はい。道様にもお目にかかりました。道様たちは、今は日向家へ移られています」

利代は話しながら、新兵衛の袖を引いて勝手口へ案内し、女中に縫を呼んでもらった。

待つ間、今度は夫から、越後では三国峠を突破され、八十里越《はちじゅうりごえ》で若松へ撤退してきたと聞かされた。

「万全だったはずの小出島《こいでじま》陣屋へ使いに行った。まさか一緒に退却してくることになるとは思ってもいなかった。新政府軍の勢いはすさまじい」

縫がやって来て、新兵衛が悔みを述べた。

取り乱すことのない縫の姿を見ていると、また主税の死が現実でない気がしてくる。利代は自分の気持ちをはかりかねていた。

「取り込んでいて手が足りません。お連れになった人たちを、日向家へ案内してくれませんか」

「承知しました。ただし、人数が多いので、半数は当方でお世話しましょう」

縫は申し訳なさそうに頭を下げた。

「わしが連れて行く。利代は、横山様の手伝いを続けてくれ」

いい残して去る新兵衛を、利代は追った。玄関の前まで行って立ち止まり、表門を出て行く夫の背中を見つめた。

新兵衛は外で、待っていた者たちに何か説明しているようだった。やがて、新兵衛が脇へ移動すると、提灯の明かりの中に、洋式の軍服姿が横一列に並んだ。申し合わせたように全員が合掌し、頭を垂れた。

屋敷奥の読経とは別に経文がしばらく低く聞こえてきたが、一団はさっと動いて、闇の中へ吸い込まれるように消えていった。

まもなく容保《かたもり》と喜徳《のぶのり》が到着し、式台に喪主の松尾を中心に千代と縫が左右に並び両手をついて迎えた。重臣や小姓頭が何人か続いたが、日向真寿見《ますみ》の姿もあった。

焼香を終えた容保と喜徳を、利代は茶室に案内し、そのまま廊下に控えた。琴が中にいて、茶菓の供応を受け持っていた。

松尾があらためて弔問の礼を述べると、上座の容保は、悔やみの言葉を探しあぐねている様子だったが、松尾の脇にちょこんと座っている男児に目をとめた。

「主税の子か？」

「はい。さようでございます」

「名は何と申す？」

問われた子はもじもじして答えられないので、松尾が答えた。

「靫負《ゆきえ》と申します。五歳になります」

「父親似だな。靫負にはまだわからぬだろうが、そちの父はな、余が会津松平家の将来を託そうと思っていた若者の一人だった。フランスから帰朝したと聞いた時は、留学をやめろとはいっていない、すぐフランスへ戻れ、と伝えたが、承知しなかった。かの地にいても、日本のことがすぐ伝わってきて、落ち着いて勉強などしていられなかったそうだ。当家はもちろんだが、日本にとって惜しい若者を失った。立派な父のようになれよ」

松尾がこらえきれずに嗚咽《おえつ》をもらした。それを見て利代も目から涙があふれた。

容保が横の喜徳に何かささやいた。

喜徳は会津松平家当主である。明瞭な口調でいった。

「横山の家督相続のこと、靭負に差し許す」

女三人がそろって平伏した。

容保が立ち上がり、喜徳も目礼して立った。


翌五月四日、主税を送る長い葬列が、大窪山《おおくぼやま》墓地へ向かった。新兵衛と駿は麻裃で加わった。屋敷に泊めた小栗家の若者の中から、佐藤銀十郎《ぎんじゅうろう》が代表して同道した。銀十郎は、射撃の名手で、上野介から中小姓格に抜擢された二十一歳の逸材だった。

駿は俯いて歩きながら、三日前のことを思い出していた。

夕刻帰宅した母から、主税の首が届いたと聞かされた駿は、いきなり屋敷を飛び出した。頭の中は真っ白で、理性を失っていた。

本一ノ丁の通りを東へ走り、家紋の入った提灯が照らす表門の外で、立ち止まった。

出入りする弔問客が何人かいて、駿は横目で不審そうに見られたが、表門を潜る勇気がわかず、その場に跪《ひざまず》いた。両手を地面につけ、身体の震えを抑えるのが精一杯だった。

横山主税は、いつしか、駿の描く理想の会津武士になっていた。到達することはできなくても、一生追い続ける目標だと無意識に思い定めていたのだ。

大窪山墓地は、南斜面の雑木林の中に、数え切れないほどの墓石が並んでいる。それらの間を、葬列は、右に左に折れ曲がる細い道を、ゆっくりゆっくり這い上って行く。

途中で、葬列に道をゆずって片膝をつき、頭をたれている武士がいた。空の手桶を横に置いていたから墓参の帰りらしい。

「浅岡様……」

青い羅紗の軍服は着ていないが、洋式調練をしてくれた浅岡内記だった。

父に目配せして駿は葬列から外れた。

「フランス軍服が形見になったたな」

「横山様だとご存じでしたか」

「わしの父は先月の二十五日、白河で死んだ。最初横山様が中隊頭をされた、青龍士中一番隊の大砲世話役だった。先祖の墓に埋めたのは、遺髪だけだ。父上を大切にしろよ。もう行け」

そういって内記は手桶をつかむと、道を下って行った。駿は主税の死に続いて衝撃を受けたが、内記の背中に寂しさは感じられない。駿は内記の言葉を思い出した。

わしの父は、出陣するたびに、家族と水盃を交わして出ていく。味方が大勢いようと、死ぬときは死ぬ。一人ひとりに家族がいて、覚悟の上で死んでいく……。

山の尾根近くにまだ新しい横山常徳の墓石があり、そのそばに主税の首が埋められた。

主税の墓に香華《こうげ》を手向けた佐藤銀十郎は、三国峠で果たせなかった復仇の念が燃え上がったという。再び町野源之助と共に戦いたいと、十人そろって道と三左衛門に願い出て許された。

小栗上野介の未亡人道は、南会津方面へ避難することになった。詳しい場所は秘密だ。

「上野介どのの指示だったかもしれぬが、横山家はしばらく喪に服さねばならぬし、今の若松は出産に不向きだ。万が一のことがあったら、余はあの世で上野介どのに申し訳が立たぬ」

登城して容保と喜徳に拝謁した時、容保からそうするように勧められたからだ。

その日の朝、旅立って行く道らを見送ろうと、利代は、屋敷の門の外に立った。梅雨空は全面薄墨のような雲で覆われていて、東の空に日輪《にちりん》は見えない。

やがて、日向家の屋敷の門の外に、大勢の人たちが出てきた。

名残を惜しんで、しばらく別れの言葉を交わしていたが、道一行が、一列になって西へ歩き出した。三国峠で戦い、再び町野の下で戦う若者たちは、残っているが、こぶしを目に当てて泣いている者もいた。

「あ、お義母様」

いつの間にか姑がそばに来ていた。

「奥方様は、子を産むために会津に来られたのでしょう?」

「はい。道様は、お殿様は戦死されたが、いくさは終わっていない。お殿様の子を無事に産むことが、これからの私の女のいくさだとおっしゃっていました」

「強い奥方様ですね。もし生まれてくる子が男であれば、いくさへ行くかもしれないのに」

姑が何をいっているのか、利代にはわからなかった。

「通夜のときしかお姿を拝見していませんが、縫様も凜とされていて、全く取り乱した様子がありませんでした」

「はい。主税様の御首《みぐし》が届いたときもそうでした。その後もずっと……」

「奥方様と同じ覚悟ができていたのですよ」

「同じ覚悟？」

「いくさの先には死があると思わねばなりません。男の子を産んで育てるということは、その子がいくさに行って死ぬ、それを覚悟しなければならないということです」

姑はこれまで見たこともない優しい表情でいったが、利代は厳しい声で叱責されたような気がした。

武士として生まれれば、武士として死ぬ運命にある。わかっていても、女は男子を産み、育てる。否、それを覚悟しているから、強い子に育て上げる。いつ出陣してもいいように。

「縫様も、道様も、強い母なのですね」

利代の言葉を聞いて、姑は屋敷に入った。


日新館は、素読所は養生所になっているが、武芸の稽古場は使えたので、駿は時間があれば二番隊の仲間と出かけていた。

ところが、白河の敗戦以来、大量の傷病兵が運び込まれて、武芸の稽古場も病室になっていた。包帯姿ならまだしも、明らかに手足を失った患者を直視するのはつらかった。

「もう稽古には来られないな」

仲間の言葉にうなずいて、帰ろうとした時、駿は、白い作務衣《さむえ》のような身なりの人物が、若い医者たちにてきぱきと指示を与えているのが目に入った。

「見たことのない医者がいる」

「蘭方医《らんぽうい》じゃないか。会津には珍しい」

仲間が知り合いの藩医を見つけてそっと聞いた。藩医は休憩をかねて答えてくれた。

「松本良順《りょうじゅん》先生だ。幕府の奥医師で医学所の頭取だった偉いお医者様だ。五人のお弟子さんを連れて来られた」

駿は、帰ったら医術に詳しい母に報告しようと、良順についてもっと教えてもらった。

良順は、幕府の指示で長崎養生所へ留学し、オランダの軍医ポンペから五年間、西洋医術の理論と臨床を学んだ。三十七歳で働き盛りなので、幕府への恩返しのつもりで、あえて戦場になる会津へやって来た。良順は容保に謁見して、その話をすると、すぐその場で、養生所の所長に任命されたという。

いくさが西洋式なら医術も西洋式が必要なのだ。そうでないと、いくさは負ける。

主税を失って元気のなかった駿だが、新たな知識や発見は、やはり喜びだった。

横山主税の初七日が明けたばかりだった。

「縫様……」

突然縫が訪れてきたので、利代は驚いた。まさかなぎなたの稽古を、こんな時にと一瞬思ったが、背後に控える小者は、稽古用のなぎなたを抱えていなかった。

「養生所になっている学校は大変だそうです」

それは利代も駿から聞いて知っていた。

「手伝いに行こうと思いまして」

「縫様が？」

「屋敷でじっとしていても、気が塞ぐばかりですし……」

片えくぼを浮かべながらいったが、それは冗談ではないとすぐわかった。

「主税のように鉄砲で撃たれ、深い傷を負いながらも何とか養生所に担ぎ込まれた人がいます。そういった人たちには、主税の分まで生き延びてほしいと思うのです」

息子を失ったばかりの縫のこの気丈さは、息子の死を元から覚悟していた証拠だ。武家の女のいくさは、息子を失ったことでは終わらないのだ。

「私でも、養生所で何かできることがあるでしょうか」

「ありますとも……」

そう答えると、縫の表情がぱっと明るくなった。

「幸い養生所には、松本良順という西洋医術の大家が来られたそうです。私も少し医術の心得がありますので、先生のお手伝いをして学べれば、実家の父へ自慢できます。一緒に養生所へお手伝いに行きましょう」

「一緒に行ってくれるのですか。何と心強いこと。無知な私が一人では、足手まといだと追い返されるのではないかと……。でも、やはり行く前に、少しご指南をお願いします」

「喜んで。善は急げと申します。どうぞお上がりください」

利代は焼酎で傷口を洗う方法や包帯の巻き方などを教えた。途中から加わった千鶴も、縫の想いを知って、一緒に行くことになった。

翌日、縫と利代と千鶴の三人は、初めて日新館に入った。これまで、女には用のなかった場所である。

南門は、人の出入りが頻繁だった。患者の家族だろう、大きな風呂敷包みを抱えた、けわしい表情の中年の女の姿もあった。

戟門《げきもん》に立つ番人に、手伝いたいと申し出ると、医者たちの詰め所になっている医学寮へ、西塾を通って行くように指示された。

三人は西塾の土間へ入った。

「ここは駿が通っている尚書塾のはず……」

利代は説明しかけてやめた。

一階の座敷はすべて畳が上げられ、境の襖も取り払われている。どの部屋も、横たわった患者でいっぱいだった。大きな声を出す者がいないので、うめき声がしっかり聞こえる。明らかに重傷者だ。薬品の匂いにまじって、化膿した傷口独特の臭気もただよってくる。梅雨時なので空気が重く澱んでいた。

習字を習う二階は軽傷者の病室らしく、厠《かわや》へでも行くのだろうか、包帯姿で階段を一人でゆっくり下りてくる者がいた。

歩きながら三人は、ひと言も発することができなかった。

医学寮で名前と年齢を聞かれたが、医療経験がなかったために、縫は賄所《まかないじょ》、千鶴は洗濯場の手伝いを指示された。

「縫様？」

会津松平家の最上位、納戸《なんど》紐《ひも》の家格の女が、賄所で働くのは不服ではないかと思った。

「かまいません」

縫はきっぱりといった。

利代は、良順の弟子の一人で名倉知文《なぐらともふみ》という医師につくようにいわれた。名倉は二十八歳と若かったが、良順と同様にポンペから学んだ医師だった。利代が骨折や脱臼の処置が得意だというと人なつこい笑顔を見せた。

それから三人は、手が空いている時に、なるべく一緒に出かけることにした。利代は名倉知文に付き添って、医療器具の熱湯消毒から始まって、弾丸の摘出の助手まで務めるようになった。縫は牛や豚の肉を使った料理を作らされ、気持ちが悪くなったようだが、一度も弱音を吐かなかった。縫にとって、これは奉仕作業ではなく、女のいくさなのだと利代は無言で教えられた。洗濯ばかりの千鶴は、手が荒れるのは我慢していたが、湿疹が出来てからは包帯作りにかえてもらった。良順の指示で清潔な布地を使い消毒も徹底していた。

利代は二本松の東庵《とうあん》へ、松本良順らの手伝いを始めたことを書き送った。すぐに返事が来た。西洋医術を学ぶため、恭庵《きょうあん》が若松へ行く、と書いてあった。兄は蘭方医になるのが夢だったから父を説得したのだろう。

利代が名倉知文にその話をすると、一人でも多くの医者が欲しい時なので、歓迎するといった。松本良順は、精力的に自ら手術や施療をしながら、会津の医師たちへ、西洋医術を教えていた。

昼も夜も良順の姿が見られ、いつ寝ているかわからないほどだった。

夏の養生所は、患者にとって過酷だった。暑さのせいで、軽症でも重症化する。医師たちの懸命の治療や看護の甲斐もなく、遺体となって搬出される患者は多かった。利代たちは声をかけることもできず、遠くから目をつぶって手を合わせるだけだった。

あいかわらず新兵衛は、特命を受けてどこか遠くへ行き、何日も帰ってこないことを繰り返している。姑は舅につきっきりだが、舅の病状は進んではいないようだった。


五月半ばから、白虎隊士中組の射撃訓練も始まった。日新館が養生所になっているので、放銃場は使えない。特別に鶴ヶ城帯郭《おびくるわ》の北にある角場で訓練をおこなうことになった。

その日はなぜか、教官はヘンリー・スネルだった。新式銃はまだ届かず、ヤーゲル銃しかないので、ヘンリーが自慢の射撃の腕前を見せようとしたらしい。

ところが、角場に甲高い笑い声が何度も上がった。

「少し上を狙います」

弾道は放物線を描くのでそうするのだが、六十間（約一〇九メートル）離れた三尺（約九十一センチ）角の的をめがけて撃ったヘンリーの弾は、左右にも大きく外れた。

「流れ矢よりひどいな」

「俺の小便の方が正確だ」

ヘンリーが分からない野次が飛んで、また笑い声を誘った。

「もう一度やります」

「今度こそ」

何度撃っても当たらず、しまいに銃身は過熱するし、撃鉄を固定しているねじがゆるんでぐらぐらになってしまった。

駿でさえ、以前、観台を狙い撃ちしていた抱え大筒の方が、火縄銃でも威力があって実戦に使えるのではないかと思った。

誰かが我慢できずに叫んだ。

「新式銃はいつ手に入るのですか!?」

「もうすぐです！」

ヘンリーは不機嫌に答えると、逃げるようにその場を立ち去った。材木町の屋敷へ帰ったのだろう。日本人の妻がいて、弁天様に仕えるように大切にしているという噂だ。

六月に入ると、戦闘が激しくなった新潟方面へ平馬と行き、白虎隊の前に二度と顔を見せなくなった。

六月十九日の立秋から十日が過ぎ、残暑もやわらいできた。

利代は茶の間で包帯を作っていた。日新館では包帯が不足していた。納戸の奥で、もう使いそうもない浴衣を何枚か見つけたのは千鶴だ。千鶴が子どものころ着た、派手な柄の浴衣だった。姑から包帯にする許しを得たが、千鶴は思い出があるらしく、鋏を入れるのは利代に頼んだ。利代は、浴衣をていねいにほどいて畳の上に広げ、なるべく長くとれるように工夫して裁断していた。

そこへ、駿が来た。

「片桐先生の稽古から戻りました」

「ご苦労様でした」

「母上。『会津暦』に、明日、七月朔日昼八ツ（午後二時）ごろ、京より西でないと見られない日食があると書いてあります」

いわれなくても、『会津暦』を愛読書のようにしている利代は知っている。包帯作りに戻って、返事をしなかった。

「若松では、月は日に接近するだけで、重なりませんから、部分日食も見られません。本当にそうか確かめてみます」

「日食が起きないなら、どうでもいいではありませんか」

利代は包帯作りの手を止めない。

駿が不満そうなのは気配でわかる。

「先生から、やっと日と月の位置の計算方法を教えてもらいました。それがちゃんとできるようになれば、『会津暦』だって自分で作れます。試しに、明日の位置を計算してみました」

数学の勉強を許されているからといって、そんな難しいことまでしていいのだろうか、いくさが始まっているこのような時期に、と利代は心の中で苛立った。

「自分の計算が正しいか、目で見て確かめる絶好の機会なのです」

「おやめなさい。お日様を見ていたら目を傷めますよ」

顔を上げた利代の言葉を真に受けた駿は、にっこりして、懐から黒い板を取り出した。

「これで見るのです」

「何ですか、それは」

「ゾンガラスといって、煤《すす》で黒くしたガラスの板です。先生が貸してくださいました」

興味はなかったし、これ以上相手をしていると、怒り出しそうなので、利代は手で追い払うしぐさをした。

利代は、浴衣地をつまみ上げ、再び鋏を入れた。駿が出て行く足音だけは聞いた。

「今、忙しいので、もう自分の部屋へ行ってください」

翌日は雲一つない青空だった。午前中、縫が来て、千鶴も入ってなぎなたの稽古をした。午後は、三人で日新館へ行く約束だった。

稽古を終える九ツ（正午）前に、駿が縁側に出て来て、南西の空を眺め始めた。駿がかざしているゾンガラスが珍しくて、縫や千鶴が質問した。駿は観測の目的をていねいに説明し、二人に実際にゾンガラスを使わせた。

「お日様を見ても、眩しくありませんね」

縫は感心していた。

千鶴も面白がっていたが、利代は一人で、桜樹の近くでなぎなたを振り続けた。びっしり葉が茂っているのをときどき横目で見ながら。桜樹はもう成木といってよかった。

昼八ツ過ぎに、千鶴と玄関を出ようとしていると、駿が廊下を小走りにやってきた。

「母上。計算通り、月は日のすぐ下を通過して、一度も重なりませんでした」

息を弾ませている。喜んでいる。

「すごいわねえ」

千鶴はほめたが、利代はやはり気に入らなかった。

「そうですか。これから千鶴さんと学校へ行ってきます」

素っ気なくいって、背を向けた。

昨日作った包帯の入った風呂敷包みを持ちながら、利代はずんずん歩いた。

「利代さん。機嫌が悪いわね」

千鶴が、後ろから声をかけた。

「あ、すみません。ゆっくり歩きます」

「何かあったの？」

「駿は、いくさの真っ最中だということを、忘れているような気がして……」

「私の見ている限りでは、調練のない日は、素読も武芸もちゃんとやっています。数学は、ご老公が認めておられるとお奉行様がおっしゃったのだから、少しぐらいいいのではありませんか」

「少しじゃないですよ。お日様やお月様の位置を計算するなんて、やりすぎです。内試がなくても、また素読の読み合わせを始めようかしら。河原田元師範も、稽古日が減ってから、手加減しているかもしれません」

「利代さんも、会津の武家の女らしくなってきましたね。でも、駿さんのことは信用してもいいと思いますよ」

「そうでしょうか。昨日、私が包帯を作っていても、何もいわなかった。学校へ持って行けば、これが血で真っ赤になるとは、想像すらできないのです」

そこまでいうと、もう千鶴は学校まで黙っていた。

七月三日は、不食（日食が起こらないこと）観測をした朔日からまだ二日後だ。夕餉のあと、部屋で『寛政暦書　巻三』を読んでいた。天体の楕円軌道の予習である。

母が来た。襖を開けたが廊下に座っている。

「明日から、この『近思録《きんしろく》』で読み合わせを始めます」

父の所蔵本だ。駿も褒美にもらった。

「当面考試の予定がなくても、講釈所に進めるだけの学力は必要です。いいですね」

親のいうことは絶対だ。

「はい。母上」

母は襖を閉めた。去って行く気配がした。

とつぜん素読の読み合わせが復活した。

『近思録』は朱子学の入門書だが、天地万物の理《ことわり》にも触れている。史書以外で駿が面白いと思った、数少ない本の一つだ。しかし、内試のために学ぶ書物は多い。それらの中から、母が最初に『近思録』を選んだ理由はわからない。

内試は訓点のない無点本でおこなわれるから、読み合わせの準備は以前よりも大変だ。

屋敷で数学を自習する時間がなくなってしまう。やはり、母は数学をやらせたくないのかもしれない。

四日後の七月七日、昼四ッ（午前十時）前、三の丸での調練をそれぞれ終えた、白虎士中一番隊二番隊の九十一名が整列した。

　全員ではないが、黒い羅紗のジャケットを着ている者が多い。しかし、何度かに分けて貸与されたので不揃いである。縦に二列のボタンが並んだ上着の者はチョッキがない。駿と同じ上着を着た者は、その下にチョッキを着こんでいて、チョッキには縦に一列の金ボタンが六つ並んでいた。下は袴に脚絆、草鞋履きがほとんどで、駿のようなズボンは少なかった。

　周囲を見ながら駿は、自然と身体に力がみなぎってくるのを感じる。自分が着ているのは、横山主税の形見のフランス軍服だ。

　一番隊長は春日和泉、二番隊長は日向内記である。家格最上位、納戸紐の春日和泉が、大きな声でいった。

「フランス式調練は今日が最後だ」

　直後、隊員の中でざわめきが起きたのは、全員が持たされている小銃に原因があった。新式銃が手に入るまでとされたヤーゲル銃のままだったからだ。

「これからは、ご老公と若殿様の護衛をすることになる。もっとはっきりいうなら、最前線へ出て戦うのではなく、常にご老公と若殿様の盾になるということだ」

　ヤーゲル銃に対する不満は承知していて、危険が迫ったら、敵の弾丸の的になれ、命を捨てて容保と喜徳を守れといったのだ。死ぬことが任務であれば、銃など関係ない。

「名誉なお役目、身に余る光栄です」

　誰かが小声で応じると、同感だと感謝の言葉が相次いだ。

それを受けて、和泉は大きくうなずいた。

「白虎士中組は、フランス式調練の全課程を修了したことをここに宣言する」

駿は左右の仲間と西洋式に握手を交わし、喜びを分かち合った。

続けて、日向内記が命じた。

「最初の任務は、白虎隊は一番二番とも、若殿様の福良《ふくら》出馬に同行する」

福良は、白河街道の宿場で、猪苗代湖の南に位置し、江戸廻米や舟運の集積場でもある。

「出発は明朝五ツ（午前八時）。福良で野営もし、調練の成果も見ていただく」

全隊員が勝関《かちどき》のような声を上げげた。少年らしい甲高い叫びが、真っ青な空に吸い込まれていった。

その後、会津地方は急に大風が吹き出した。前途を暗示するような天候に変わった。

二

七月二十一日の白露《はくろ》まではまだ三日あるが、空に赤とんぼが舞うようになった。利代は、駿は今ごろ福良で赤とんぼを見ているだろうかと思った。季節は秋に移りつつある。

駿の帰りを待っている間に、二本松から兄の恭庵が若松にやって来た。

「お兄様……」

式台の上で迎えた利代は、恭庵の左腰にしがみついている男の子を見て絶句した。

「達《たつ》だよ」

兄が優しい顔でいった。

利代は深く息を吸って落ち着こうとした。

二年ぶりだから九歳になっているはずだ。九歳は学校に入門する前の年で、駿は同年の子らより小さかったが、達はもっと幼い感じがする。あれから背もあまり伸びていない。

「世話になるが、いいかな」

恭庵は達の頭に手をのせていった。

「駿の向かい側の部屋、二人一緒でいいですね」

兄に答えている間に、達がちらりと利代の方を見た。その時目が合って、達は自分を覚えている、そう思った。しかし、今は無表情で、視線の先がわからない。

「松本良順先生から、西洋医術を学びたくてやってきたが、大丈夫だろうか」

「はい。お話はしてあります。でも、どうして達さんを連れてきたのですか」

どうしての後は声を弱めた。

「若松よりも先に二本松が戦場になりそうだし、相変わらず、達は文《あや》より私になついているから連れて来た」

「ここもいつかはと思っていましたが、まさか二本松が先になるとは……」

「奥州街道沿いは弱小藩ばかりだ。戦場になれば、國岡家は米沢へ避難する。先祖の主君上杉家のご城下だからな。知人もいる。ここも危なくなれば、達を連れて米沢へ行く」

利代は達をしっかり見た。二人の話を聞いていないように見えるが、実は聞いていて、すべて理解していると思う。

「お兄様が来られることは話していましたが、達さんのことは驚かれるかもしれません」

利代はおちかを呼んですすぎの世話をさせている間に、隠居所へ向かった。舅姑には先に話しておかなければならない。

利代のていねいな説明を聞いても舅はぼんやりしているので、姑がこたえた。

「そういう子なら、歓迎していることを伝えてあげないと不安がるでしょう」

そして、舅の方へ顔を向けると、やや大きな声で返事をうながした。

「今夜は家族全員で夕餉にしたらどうでしょう？」

「うん？　ああ、そうだな」

舅がやっと口を開いた。

「新兵衛の代わりに許しが出ました」

「ありがとうございます。そのように準備させていただきます」

利代は頭を下げた。

その夜の食事は笑いがたえなかった。

酒がついた食事を舅は無邪気に喜んだ。本来の多弁になったが、恭庵を東庵と、達を駿と間違えている。

「西洋医術の修業に来ただと？　藪医者はこれだから困る。救える患者を死なせることがないように、しっかり学べよ」

「は、はい」

恭庵は剃った頭をかいている。

「駿は、素読の稽古は進んでいるか」

何を聞かれても、達は返事ができない。おどおどしている。食事も恭庵が母親のように横で世話を焼いていた。

「そうだ。お前は漢学よりも数学だったな。そろばんは上達したか。わからないことがあれば、あとでわしが手ほどきしてやるぞ」

このときだけは、皆唖然とした表情をしたので、舅も気付いたらしい。

「しまった。数学の話はご法度《はっと》だった。今の話は誰も聞かなかったことにしてくれ。山の神の雷が落ちる。くわばら、くわばら」

「手遅れですよ」

千鶴がいうと、皆どっと笑い声を上げた。

「それにしても、達さんは、学校に入門する前の駿さんとよく似ている」

千鶴の指摘に、恭庵が舅に酒を注ぎながら応えた。

「母親同士、つまり死んだかずえと利代は、よく似ていました。男の子は母親似が多いから、子ども同士も似ているのでしょう」

「それは医術で説明できるのか」

舅が真顔で質問したので、恭庵がうろたえた。

「いや。それは……」

「駿さんが帰って来たら、二人を並べて見てみたいわ」

千鶴がたくみに話題をそらした。

夕餉のあとで、恭庵が利代と千鶴に教えてくれたのは、新政府軍の予想以上の勢いだった。同盟軍側は、六月二十六日に棚倉《たなぐら》、二十八日に泉、二十九日には湯長谷《ゆながや》が降伏したという。次は磐《いわ》城平《きたいら》だが、いつまでもちこたえられるだろうか。恭庵は心配していた。


七月二十日の夕七ッ（午後四時）ころ、駿は十二日ぶりに帰宅した。駿は屋敷の門が小さくなったような感じがした。

「福良では若殿様に射撃も見てもらいました。ヤーゲル銃が火縄銃程度だとばれてしまい、笑われました。その後、猪苗代湖の東岸を北上し、亀ヶ城（猪苗代城）へ行き、土津《はにっ》神社も参拝してきました」

出迎えた母に、早口で報告した。生まれて初めての遠出で経験したことが多く、駿はまだ興奮していた。後ろ向きで足を洗いながら、話は終わらない。

「若殿様は、フランスの軍服をお召しでした。スネルから贈られた士官用だそうで、ご立派でした。馬上の若殿様に白虎隊がついていくと、西洋の軍隊のように見えたと思います」

式台に上がったところで、隠居所から人が近付いて来た。

「伯父様……」

そこで言葉が詰まったのは、初めて見る小さな男の子が恭庵と並んでいたからだ。

「大川達さんです。姉の子だから、駿の従弟になります」

母の説明で思い出した。二年前、二本松から帰って来た母が話してくれた。たしか大川家の後妻に男子が生まれ、邪魔者扱いされていた子だ。伯母より伯父になついていると聞いた。あれからまだ國岡家にいたのか。

よく見ると袴をつけていて、脇差しを差せば、どこから見ても武士の子だ。

恭庵が座って黙礼してからいった。

「二日前からお世話になっています。ずい分と立派になられましたね。背も伸びたし、それが白虎隊の出で立ちですか」

駿は立ったまま、うなずいてから、筒先《つつさき》を上にして立てかけているヤーゲル銃を手に取ろうとしてやめた。

フランス軍服はいくら見せてもいいが、ヤーゲル銃は武器だ。見せびらかすものではない。達も怖がるだろう。もしかすると、砲術家の大川家で見ていて、いやなことを思い出すかもしれない。

「突っ立ってないで、早く着替えてきなさい。お兄様と達さんは、駿の向かいの部屋だから、話はあとでゆっくりできます」

「はい。母上」

ヤーゲル銃と荷物を抱えて自室へ向かった。

伯父と達は駿が来るのを待っていた。

駿は、無口なのと相手に感情を見せないこと以外は、達は普通の男の子だと思った。

「さっきまでご隠居様と、庭で赤とんぼをとっていましたよ」

「へぇ、お爺様と?」

恭庵はそこで含み笑いをした。

「何がおかしいのですか」

「ご隠居様は、達を駿さんと間違えています。小さいころの駿さんとそっくりだからです」

「私はこんな感じだったのですか」

駿は、座っている達の顔を、まじまじと見た。達は横を向いていて、高い鼻梁《びりょう》と長いまつ毛が目立つ。自分の顔など、鏡はもちろん、水面に映して見たこともないが、何となく好感のもてる顔だ。

夕餉を終えて、読み合わせをするために、母の部屋へ行った。

「お願いします」

駿は頭を下げた。

『近思録』は福良へも携行したので、出発前に予習したところは忘れていない。

母は、読み合わせの前に、伯父と達の話をした。

「兄は、西洋医術を学びに来ました。手伝いながら松本良順先生から指導を受けます。だから、兄は毎日養生所へ通うことになりました。達さんは連れて行けません。私も義姉上も手伝いに行くことがあります。昨日と今日がそうでしたが、達さんはお爺様とは相性がよいみたいで、ずっと一緒だったそうです。だから駿は、特に達さんの面倒をみようとしなくてもいいです」

「承知しました。でも、私も仲良くなれそうです。何となく弟のような気がします」

駿は母を安心させたい気持ちもあってそういったのだが、ぴしゃりと拒絶された。

「駿は白虎隊士です。達さんと遊んでいるひまはありません。任務のない時でも、武芸の稽古や素読に励まなければなりません」

片桐先生の屋敷へ行くなとはいっていないが、数学という言葉は出て来なかった。

「はい。母上」

親のいうことは絶対である。

「ところで、達さんは、これからどうなるのですか」

やはり気になった。

「戦雲が急を告げてきたら、実家は米沢へ避難するそうですから、兄が連れて米沢へ行きます」

知りたいのはそういうことではない。

「達さんには母親が必要だと思います」

わざわざ伯父が連れてきたのは、今でも伯母が達の母親になれそうもないからだろう。

母が意外そうな顔をしている。

駿は今回の福良遠征で、素読所仲間と初めて寝食を共にした。就寝前、枕を並べた仲間と家族の話もたくさんした。母親が武家の出でないのは駿だけで、読み合わせの話をしたら、皆にうらやましがられた。息子への想いを自ら行動で示す母親は珍しいといわれた。

「達さんは、母上を好きになる気がします」

「よけいな心配をしないで、さあ読み合わせを始めますよ」

新兵衛が、八月五日の夕刻、いつものように前触れもなく帰宅した。玄関ではなく、勝手口に現れ、おちかと夕餉の支度を始めていた利代を呼んだ。

「あ、あなた。お帰りなさいませ」

「立ち寄っただけだ」

そういった夫は、刀は差しているが、初めて見る洋式の軍服姿で革靴まで履いている。黒い羅紗の上着もズボンも汚れて白っぽく、ところどころかぎ裂きができている。それを見て、利代の動悸が早まった。

「駿は？」

「今日は若殿様の護衛の任務があり登城しました。遅くなれば食事も出るとのことです」

「そうか。ご老公は野沢へ行かれて、一番隊が護衛していたからな……」

新兵衛のつぶやきから、新兵衛が容保とともに野沢にいたことがわかった。野沢は越後街道の宿場町で、若松から一日の距離だ。容保と喜徳は交代で前線へ行き、家来たちを激励していることは駿から聞いていた。

夫は駿の顔を見に来たのだろうか。もう会えないかと思って……。

「留守中、変わったことはなかったか」

利代は、恭庵が達を連れて来ていることを、手短に説明した。

「それなら、ここへ呼んでくれ。伝えておきたいことがある」

「はい」

利代はおちかに呼んでくるように指示した。

まもなく恭庵がやって来た。腰巾着《こしぎんちゃく》のように達がくっついている。昨夜は、徹夜の看病で恭庵が帰宅しなかったので、利代は達の横に布団を敷いて寝た。達はまた一人ぼっちになるのを恐れているのだ。

新兵衛は白い歯を見せて達に声をかけた。達は無反応だったが、夫は気にせず兄に顔を向けた。二人は堅苦しい挨拶を交わした。

新兵衛はいっそう声を低めた。

「ご存知だろうか。昨日、野沢におられるご老公の元へ、二本松陥落の知らせが入った。先月二十九日のことだそうだ」

「今日、養生所で噂する者がいましたが、そんなに早いはずはないと思っていました」

唇をかむ兄に、夫は、詳しい話をした。

「磐城平が落城したのは十三日だが、それより前に、三春《みはる》と守山《もりやま》が早々と新政府軍に降伏していた。それらがわかっても、二本松は徹底抗戦を貫くと決めた。ただし、家臣の家族や町人は米沢へ避難だ。そして二十九日、なんと三春が嚮導《きょうどう》して、新政府軍が阿武隈《あぶくま》川を渡ってきた。ご城下は戦場となった」

このとき、会津の朱雀《すざく》足軽二番隊も共に奮闘したが、三十名をこえる死者を出した。

「二本松は、ついにご家老衆がお城に火をつけ、中で自刃《じじん》された。ご城下は、死体で溢れている。その中には、白虎隊のような少年兵も多かったそうだ」

利代は思わず口元へ手をやった。

「同じ日に福島も開城し、戦況を見た仙台伊達家の軍隊は、戦意を失い、兵を引き上げてしまったそうだ。次はここだ」

会津の東側が全滅したので、新政府軍は二本松街道を若松目指して押し寄せて来る。

「東庵どの一家は、もう米沢へ避難されたであろう。恭庵どのも、明日にも出発するべきだ。檜《ひ》原峠《ばらとうげ》越えは、子連れでは難渋する」

　ところが兄は、逆に訴えた。

「新兵衛どの。ご家族にも避難を命じてください。二本松と同じように、老人や女、子どもは逃がすべきです」

　夫は即座に首を振った。

「わしらは会津松平家の人間だ。主君の指示に従う。どこまでも運命を共にする」

　利代も同感だった。夫の毅然とした態度に、久しぶりに心が震えた。

「お兄様は、達さんを連れて、米沢へ行ってください」

　しかし恭庵は、承諾しなかった。

「私は武士ではない、医者だ。献身的な働きをされる良順先生を見ていて、離れられなくなった。患者は多く、医者は足りていない。見捨てて逃げることはできない」

「でも、達さんは……」

　新兵衛は、兄の気持ちを理解したらしい。しっかりうなずいていった。

「達も家族だ。命は守る。とにかく今は、それぞれが、おのれの務めを果たす時だ。二本松街道の敵情を探れとご老公の指示があったから、わしはこれから石筵《いしむしろ》口へ向かう」

「待ってください」

　利代は背を向けかけた夫を呼び止めた。

「駿がいたら、何か伝えたいことがあったのではありませんか」

夫は振り返った。

「いや。この格好を見せたかっただけだ」

夫は口元をゆがめて、傷んだ軍服の胸を張ったが、死地に赴く前に駿の顔を見ておきたかったのだろう。

「それなら、一つお願いがあります。駿に何かお言葉を、いくさにのぞむ心構えを。駿は……死ぬ覚悟ができていません」

「どういう意味だ？」

「白虎隊としての務めは果たしていますし、武芸も素読も稽古はしています。でも、相変わらず、数学も熱心なのです」

夫は首をかしげた。

「横山様は戦死されました。養生所の様子は駿も見ています。会津武士として立派に死ぬ覚悟があるなら、すぐ役に立つとは思えない、数学などをやるでしょうか」

「駿を死なせたいような口ぶりだな」

「そうではありません。覚悟のことをいっているのです。あなたからだといえば、死ぬ覚悟とは何か、駿も考えると思います」

新兵衛は少し考えてから、おもむろに口を開いた。

「有名な川中島の合戦のとき、上杉謙信へ北高和尚《ほっこうおしょう》が授けた言葉がある」

北高和尚とは、越後国上田庄にある雲洞庵《うんとうあん》の十世住職、北高全祝《ぜんしゅく》のことだ。

「生中に生あらず、死中に生あり」

新兵衛はこの時だけ言葉に力を込めた。

利代は反復した。

「そうだ。和尚の教えだ。これを謙信は、死なんと戦えば生き、生きんと戦えば必ず死するものなり、と解釈した」

死ぬ気で戦えば生き延びられ、死にたくないと思っていれば必ず殺されるということだろう。

利代も謙信と同感だ。

「しかし、和尚の教えは深い」

違った解釈があるのだろうか。

恭庵がいった。

「単純な生き死にのことをいっているのではないでしょう。いくさの目的は勝つことです。勝ちいくさでも生き残って臆病者とそしられ、負けいくさでは壮烈な死も無駄死にと嘲笑されることがあります。生とは何か、死とは何か。禅僧らしい言葉です」

「さすが恭庵どのだ」

夫は同意している。

しかし利代にはわからなかった。

「もうすっかり秋の空だな。冬になる前に敵は決着をつけようとするだろう」

新兵衛は、空を見上げていった。

「駿にそのまま伝えてくれ」

夫は背を向けると足早に去った。

朝餉の前、駿は仏間に一人で入る。先祖の霊に手を合わせてすぐ作法に移る。仏壇に向かうとそのまま北面するからだ。

脇に置いた三方を手前に引き寄せる。ここからはゆっくりだ。着物の前を広げる仕草だけをしてから、両手で白い扇子を取り上げる。左手で左脇腹に扇子を当て、右手を添えて、横一文字に掻き切る……。

この習慣は欠かしたことがない。

扇子を三方に戻したところで、駿は背後に人の気配を感じて振り返った。

仏間はまだ暁闇《ぎょうあん》に沈んでいるが、廊下に薄明が差し込んでいる。達が正座していた。表情は暗くて見えないが、こちらを向いている。

「ずっと見ていたのか」

達は答えない。

「これは切腹の作法の稽古ではない。いつでも武士として死ぬための、覚悟を鍛錬しているのだ」

達が身じろぎもしないので、駿は、達が話を聞いていると確信した。

「若年寄の横山主税様は、文武両道に秀でておられ、私は、いつもあのお方のようになりたいと憧れていた。しかし、白河で二十二の若さで戦死された。こうしている今も、どこかで、家中の誰かが討ち死にしている。死の覚悟は本当に必要になってきた。ところが、毎朝こうして鍛錬してきたのに、死の覚悟が何なのか、私にはわかっていなかった」

途中から、達への語りかけは、駿自身へのものにもなってきた。

「この間、留守中に、父が突然現れた。私のために、死の覚悟とは何かについて、言葉を残してすぐ去られた。川中島の合戦の時の、北高和尚の言葉だそうだ」

ひと呼吸おいて、駿は言葉に力を込めた。

「生中に生あらず、死中に生あり」

この時、一段と声が大きく響いた。駿は不思議に思った。まさか達が唱和したのだろうか。そんなことはあり得ない。

達はじっとこちらを向いている。

駿はふと思った。もし達が弟だったら、死に行く自分は、何を弟に残すのだろう。


兵の士気を鼓舞するため、七月二十八日から、越後街道方面の高久《たかく》、坂下《ばんげ》、野沢へ出馬していた松平容保が、白虎士中一番隊を率いて、八月十四日昼前、若松へ帰ってきた。

一行の中には、越後戦線から引いてきて、坂下で容保と合流した、井深宅右衛門の姿もあった。実に八か月ぶりの若松で、長男の梶之助も一緒だった。

その日の夕刻、横山家から、宅右衛門が来宅したと知らせがあった。主税の位牌に焼香するため、衣服をあらためて訪れたのだという。新兵衛は留守なので、利代と駿が出向いた。

利代と駿は茶室に案内された。

仏間から茶室に移っていた宅右衛門は、松尾が点てた茶を喫して、くつろいでいた。

駿が、ご挨拶にまいりました、と両手をついた。利代は駿のななめうしろだ。

宅右衛門は、半白の髭で顔が覆われていて、三十九歳だが十歳は老けて見えた。歴戦の労苦は、利代には計り知れない。

縫は、日新館での奉仕活動の話をしていたのだろう、賄所でいつも身に着けている手製の大きな前垂れを、茶室の隅で畳んでいた。

「学問は進んだか。それとも白虎隊の任務で、それどころではなかったか」

宅右衛門が、穏やかに駿に聞いた。

「学校が休校でも、任務がない日には、槍術と数学の宅稽古に通っていますし、素読の稽古は毎日母が相手をしてくれます」

「母上が相手を?」

「はい。私が先に読んで、母が同じところを読みます。腑に落ちないところがあると、母は聞いてきますので、予習をしっかりやっておかないと答えられません」

「第一等だから無点本だな。わからないところは、どうやって学ぶのだ?」

元学校奉行らしい質問に、駿は返事に窮した。実は、利代もそれを知らなかった。個人指導をしてくれていた安部井仲八は、儒者見習だが、五十一歳なので玄武隊に志願した。官舎を出ていき、その後の動向はわからないのだ。

しばらく黙っていた駿が、利代の方を見て、小さな声ですみませんとささやいてから、宅右衛門に答えた。

「こっそり祖母に教えてもらいます」

利代は驚いた。確かに姑には教養があるが、それよりも、駿を可愛がろうとしていなかった姑に、どうして駿は頼ったのだろう、しかも利代に内緒で。

「こっそりか？」

宅右衛門は、楽しそうな表情をした。

「祖母へ聞いてみろといったのは祖父です。祖母は訓点がなくても読めるので、びっくりしました。でも、母には内緒にしろといったのも祖父です」

老耄の症状が出ていなかったのだろう、優しい舅は、漢学の教養のない利代の気持ちを考えてくれたのだ。

利代が恥ずかしくて何もいえないでいると、縫が助け舟を出してくれた。

「木本家の人たちは思いやりのある人ばかりですね」

「恐れ入ります」

利代は頭を下げるだけだった。

「聞けばまだ色々とありそうだ。忙しい中、数学の稽古も随分と進んだのではないか」

「『会津暦』を、自分でも作れるほどになりました」

「まことか。土津《はにつ》公のご遺志を継ぐ若者が家中にまだいることは、ぜひご老公や若殿様にもお伝えしなければならぬ」

それを聞いて、自慢し過ぎたと思ったのか、駿はあわてて訂正した。

「間違えました。『会津暦』ほど緻密な暦は作れません。日や月が円軌道できちんと動いている場合の位置計算しかできません」

「何だか難しいな。しかし、わしは感服した」

宅右衛門は駿をほめた。

喜んだ駿は、ひと膝前へ進んで訴えた。

「お奉行様。今年が無理でも、来年の一陽来復の儀を、私にお命じください」

それを聞いて、利代の頭に血がのぼった。

「駿。何ということを！　当家は今、いくさの真っただ中にいるのですよ」

そして、宅右衛門の方へ向き直って両手をつくと、深く頭を下げた。

「申し訳ございません。母親の私がいたらぬばかりに、このような武士としての覚悟もない息子に育ててしまって……。帰ってから、厳しく教え諭します」

重い沈黙が茶室の空気をしばらく圧していたが、それを解いたのは宅右衛門だった。

「自信がついてくれれば、やってみたいと思うのは当然だ。そして、先の望みを持つのは、若者の特権だ。それを許さねば、会津にも日本にも未来はない」


翌八月十五日、昨日のことがあって以来、利代は駿と言葉を交わしていない。同じ家の中にいて、視線すら合わせなかった。

井深宅右衛門に駿を教え諭すと約束したが、叱るばかりでは意味がない、どう話せばいいか考えていたが、答えが見付からなかった。

駿が朝からそわそわして、庭へ出たり入ったりしているのは、少し気になっていた。それを達がじっと眺めているのも不思議だった。

夜四ツ（午後十時）過ぎ、駿が利代の居室にやってきた。皆、寝入っているころだ。

駿はいきなりいった。

「会津武士として死ぬ覚悟はできています」

その話だったのか。利代が話しかけなくても、駿は駿で考えていたのだ。

「当然のことです」

「母上が、以前から、私の覚悟を疑っていることは、うすうす感じていました。昨日、それをはっきり思い知りました。その誤解を解くことは難しい気がします。たとえ私がいくさで死んでも、本当に死ぬ覚悟ができていたかは、わからないと思います」

また駿の理屈好きが始まった。

「それはそうでしょう。今のいくさなら、運悪く流れ弾に当たっても死ぬのですから」

屁理屈で応酬したが、駿は動じなかった。

「北高和尚の言葉、生中に生あらず死中に生ありも、考えれば考えるほどわからなくなりました。でも、今いえることは、死ぬ覚悟ができていたかどうかは、死の寸前まで懸命に生きていたかどうかで決まることだと」

今度は禅問答か。

「駿にとって、懸命に生きるとは、どういうことですか」

すると、駿は、にっこりとした。

うかつにも利代は、可愛いと思った。利代は本当に歯を食いしばって、駿をにらんだ。

「母上。今夜は中秋の名月です。月見に行きましょう」

「お月見？」

駿に翻弄されている。

「はい」

「どこへ行くというのです」

「学校です。いや、今は養生所ですが」

「こんな夜中に、何も学校まで行かなくても、庭へ出れば見えるでしょうが……」

「学校で、月を見ながら、私が懸命に生きていることをお見せしたいのです」

「よくわかりません」

「黙ってついて来てください。お願いです」

駿の真剣な眼差しに負けた。

先に玄関を出た利代は、空を見上げて月を探した。振り返ると、屋敷の後方、南の方角だが、遠く大戸岳《おおとだけ》の上空に満月があり、青々とした光芒を放っていた。

「きれいなお月様」

駿が大きな風呂敷包みを抱えて出て来た。

「朝から晴れていましたが、日が沈むころになっても雲がほとんどなかったので、今夜にしようと決めました」

「それで朝からそわそわしていたのですね」

「はい」

二人とも、目立たぬように濃い色柄の衣服である。月明かりがあるから、提灯はいらない。

「何を大事そうに抱えているのですか」

「向こうでお話しします」

実は、利代も、駿にいわれて大きな風呂敷包みを抱えていた。中身は衣類で包帯の材料だ。誰かに咎《とが》められた時のためで、養生所で急に必要になったと答えるつもりだった。

南門の前にはかがり火が焚かれ、不寝番が立っていた。怪我人や病人は夜でも運び込まれるので、出入りは可能である。

「名倉先生へ息子と一緒に届け物を持ってまいりました」

運良く、不寝番は知っている男だった。男は背筋を伸ばした。

「ご苦労様です」

戟門をくぐると、駿が先導した。病棟になっている東塾も西塾も、寝静まっているようだ。名倉と一緒に治療した患者の様子が気になったが、立ち止まらない。

まだ明かりの灯る医学寮の横を抜け、水練用の池を左に見ながら、真っ直ぐ進んだ。池に丸い月がゆらゆらと浮かんでいた。

武学寮も抜けて、やはり観台の前に来た。駿が見せようとしている懸命な生き方とは、観台でおこなう、一陽来復の儀の測量に違いない。数学を究めたことを見せたいのだろう。どうせそんなことだろうと思っていた。

観台は、人が抱えられるほどの石で野面《のづらづ》積みになっている。南面の石垣が月明かりを白く照り返していて、東端に石段があった。しかしそこは、陰になっていて暗い。

駿がその登り口に立ち、振り返って、利代を手招きした。

「ここへ登れと？　観台へ女が登ってもよいのですか」

「大丈夫です。母上が登ったからといって、罰は当たりませんよ」

見上げると、石段は真っ直ぐではなかった。途中から左へ回り込んで頂上へつながっている。段差は六、七寸ほど（約二十センチ）で、お転婆だった娘時代なら何のことはないが、今は両手をついて這って登るしかない。

駿が先に登って、頂上に荷物を置くと、石段の屈曲したところまで降りてきた。

利代は風呂敷包みを地面に置いて、もう一度急な石段を見上げた。やはり躊躇する。

駿がすぐ近くまで降りてきた。

「さあ」

駿が右手を伸ばしてきたので、利代も右手を伸ばすと、さっと握られて軽く引っ張られた。利代ははっとした。駿の手を引いたのはいつが最後だったろう。あの時小さかった手が、か弱かった力が、今は反対に大きなおとなの手になって自分を強く引いている。

利代は周囲を見回した。誰もいない。こんな時刻に人などいるものか。利代は、しっかり駿の手を握ったまま、左手は着物の褄《つま》をとって、一段一段登っていった。

頂上に立った。平坦でほぼ真四角だ。

「思ったより広いですね」

「ここは六十畳くらいの広さがあります」

中央に進むと、月明かりを受けて、白い平面に二人の影法師が伸びていく。

顔を上げると、月は手が届きそうなところに見え、まぶしいくらい明るい。利代はうっとりとした。

駿はしゃがんで風呂敷包みを開いている。

利代は思い出した。一陽来復の儀は、日中、太陽が真南に来た時におこなう測量だ。今は真夜中で太陽はない。だとすれば、南の空に浮かんだ満月を太陽代わりにして、長い棒のような表《ひょう》を立てて月の影を測るのだろう。

駿は、何かを組み立て始めた。円環を四分の一にした本体に、半径方向に回転する望遠鏡を取り付けた。駿は、台座のある木の柱の側面にそれを固定した。

不思議な形をしている。表ではなさそうだ。

「今夜はこれで、北辰《ほくしん》（北極星）の高さを測ります。これは象限儀《しょうげんぎ》といいます」

駿は難しい理屈を説明した。

象限儀で測った北極星の高度は、地球上の緯度とほぼ同じになる。天体観測の基本は位置と時刻だが、緯度はその位置情報の一つだ。

「北辰は、今、磐梯山《ばんだいさん》の上の方に見えます。あの一番輝いている星です」

駿の指さす方向には星がたくさん瞬いていて、どれが北辰か利代にはわからない。

駿は望遠鏡で北辰をとらえたらしく、円環に刻まれた目盛りを読んだ。

「だいたい三十八度五十分です」

駿が望遠鏡を手で押さえたまま、利代にも覗くように促した。

利代は近付いて、駿がしていたように、恐る恐る望遠鏡に目を当てた。

「どうです。北辰が見えるでしょう？」

「え？」

「丸の中のほぼ中心にあります」

「真ん中のお星さま?」

「一番明るく輝いているはずです」

「これですか、北辰は……?」

「そうです。それが見えた時に、望遠鏡が指している、この環に刻んだ目盛りを読んで高度とするのです」

駿は夢中で説明しているが、利代は北辰を探すより別のことを考えていた。

死の寸前まで懸命に生きることが、駿にとっての死ぬ覚悟だという。その意味が、利代にはだんだんわかってきたのだ。

夢中になれるものがあれば、人は死ぬとわかっていても生きていける。あるいは、死ぬ寸前まで懸命に生きている人は、死ぬことを恐れない。死ぬ覚悟ができている。

理屈の好きな駿らしい考え方だ。しかし、そもそも駿は天文と数学に夢中になっていたではないか。好きで得意なことに没頭して、それを懸命に生きていると思い込むなど勘違いだ。死を忘れているだけだ。

「日や月の位置も、観測した値と計算した値が一致すると無上の喜びをおぼえます」

利代は、目を離し、小さく首を振った。

「もう帰りましょう。養生所でのお月見は不謹慎です」

利代は石段へ向かって歩き出した。

降り口まで行って振り返った。

呆然と立ちすくむ駿の姿があった。

「早く片付けなさい。先に行きますよ」

必要以上に早く石段を降りながら、どうやって駿に本当の死ぬ覚悟をつけさせたらいいか、利代は考えあぐねていた。

三

母を観台に登らせた翌十六日、駿は、片桐伸之進の屋敷へ行った。

「今日は、高度な暦法へ進む準備として、側円《そくえん》（楕円）の性質を説明しよう」

そのひと言で、母に想いを伝えられなかった無念さは消え、駿は講義に集中した。

駿は『寛政暦書』で予習していたので、理解が早く、抱いていた疑問点も氷解した。

その夜、駿は、栄螺堂《さざえどう》の算額の図形に側円が入っていたことを思い出した。

今なら、あの問題が解けるかもしれない。

違い棚の文箱の中から、算額を筆写した紙を取り出し、文机の上で墨を磨り出した時から、駿の頭の回転が始まった。夢中になると止まらない、集中力のなせる業だった。

夜八ツ（午前二時）は過ぎていたろう。燭台の蠟燭が消え、有明行灯《ありあけあんどん》だけになったところで、難問挑戦を中断した。

就寝の支度を始め、夜具に横たわっても、頭脳は働き続けている。

目隠し将棋のようだった。目を閉じていても、問題の図形がはっきりと見える。方《ほう》（正方形）に内接した側円と、その側円にさらに内接した円と弓形《ゆみがた》。解法の糸口をつかもうと、頭の中では、図形同士の接点や交点に着目し、明解な関係式を導き出そうとしては失敗を繰り返していた。

いつ眠りに落ちたかわからない。

「駿。駿……」

遠くから声が聞こえる。自分を呼ぶ声だ。

「駿。起きなさい」

母の声だった。数学の思考が止まった。

うっすらと目を開けると、部屋の中はまだ暗い。が、障子の幾何学模様は見て取れた。

「母上。何かご用ですか」

「稽古をします。たんぽ槍を持って、庭に出てきなさい」

稽古？　たんぽ槍？　母の意図がわからないが、親の命令は絶対である。駿は夜具から出て、開かれていない襖へ向かって座ると、頭を下げた。

「はい。承知しました。今すぐ」

薄闇の中で、駿は急いで袴をはき、床の間のたんぽ槍を取った。

静かに廊下に出た。向かいの部屋には伯父と従弟がまだ熟睡中だろう。両手で槍を抱き、どこへもぶつけないように慎重に歩いて、玄関からはだしで外へ出た。

土や石の冷たさはあまり感じられない。顔を洗う代わりに、まだしっかり開かないまぶたを強くこすった。昨夜、西の空にあった丸い月は、とっくに沈んで見えない。東の空がほんのり明るくなっている。明け六ッ（午前六時）が近い。

　庭へまわると、縁側の近く、そこだけ雑草一つない地面に、母が立っていた。白鉢巻きをしめ、白襷《しろだすき》をかけ、樫《かし》でできた稽古用なぎなたを小脇に抱えている。袴からのぞいた紺足袋は、大地をわしづかみしているようだった。初めて見る母の凜々しい姿だった。

　駿は、自然に間合いをとって立ち止まると、槍を右手で地面に突きたてた。すると、母はうなずいて口を開いた。低い声だった。

「母の実家では、日下一旨流を教えていることは知っていますね。私はなぎなたで兄の槍とよく試合稽古《しあいげいこ》をしましたが、三度に二度は私が勝ちました」

　駿には信じられない話だった。

「会津武士としての心構えを、母は言葉で教えることはできません。でも、試合稽古を通じてなら、教えられます。真剣勝負だと思ってかかってきなさい」

　そういって母はなぎなたをかまえた。

　駿はとまどった。いきなりなぎなたと試合稽古とは……。河原田元師範と、槍同士の試合稽古すらしたことがない。会津武士としての心構えと母はいうが、どういうことだろう。

「どうしました？　さあ」

　母に問われ、促されても応じられない。

「思い切って打ち込んできなさい。突いてもいい。私から先手を打つことはありません」

「はい」

　母から打ってこないのなら、慣れた形稽古《かたげいこ》のつもりでやってみよう。

駿は足を前後に開き、腰を落とし、中段にかまえた。対する母のかまえは、駿には異様に感じられた。自分と似ているが、腰をほとんど落とさず、突っ立っている感じだ。あれでは敏捷に反応できないだろう。

駿は母ににじり寄りながら計算した。駿の槍の長さは九尺（約二・七メートル）で、それから推測すると、母のなぎなたはおよそ七尺（約二・一メートル）だ。駿の槍は、稽古用でも、日下一旨流の特徴である管《くだ》が装着されている。そこを左手で持って、鋭くしごくように槍を繰り出せば、穂先にあたるたんぽが回転し、相手を惑わすことができる。槍の方が二尺長いので、その分間合いをとって、たんぽを母の胸元寸前に突き出すのだ。

駿はふうっと鋭く息を吐きながら、目にも止まらぬ速さで槍を突き出した……つもりだった。ところが、次の瞬間、穂先はいとも簡単になぎなたの反り返った刃先にからめとられ、返す柄でしたたかに打ち落とされた。

痛い……思わず声が出そうになったが、母は気合をかけた様子もなく、終始無言でまた中段のかまえに戻っている。

左手がしびれていたが、気を取り直して、駿は槍を取り上げようとした。その時、母から目を離したのがいけなかった。

地面から槍が一瞬で消えた。

「隙を見せるな！」

母から叱咤された。槍は二間（約三・六メートル）左先へ飛んでいた。桜樹の根方だ。

「はい！」

駿は、母の方へ顔を向けたまま、横へ一歩動いた。すると母も、刃先をこちらへ向けたまま、一歩横へ動いた。さらに一歩動くと、駿が飛んだ槍に近付けないように、母は回り込んで動く。間合いを詰めることができないので、駿は槍に近付けない。いじめっ子に通せんぼされているのと同じだった。

駿は日新館の槍の稽古場で見た稽古を思い出した。試合のようだが勝負がつかない延々と続く稽古だった。最後は、互いに稽古槍を放り投げて、組み打ちになった。両者がへとへとになるまでやっていた。

あれは実戦さながらの試合稽古だったのだ。とはいえ、まさか母と組み打ちはできない。

「参りました。最初からお願いします」

母がすっと刃先を引いた。

安心して、駿は桜樹に歩み寄った。槍さえ落とさなければ、稽古は続けられる。今度は絶対に打ち落とされるものか。

「えい！」

管を前よりもしっかり握って突いた。すると、まるで手で握られたように、穂先をひねられて、手首に激痛が走った。槍は落とさなかったが、次の突きが出せない。

母からは打ってこないが、催促はされた。

「さあ。もっと」

仕方なく、管を逆手に持った上段の構えから、突きおろした。

「えい！」

が、軽くいなされただけでなく、信じられない正確さで柄の中央を、石突《いしづき》で突かれた。両手で槍を握ったまま、駿は、万歳をする格好で、仰向けに倒れた。

また母の姿を見失ったので、あわてて顔だけ起こすと、なぎなたの刃先は下を向いて、駿の下半身を狙っていた。

「次はどうします？」

駿は、上半身を起こすと、形を無視して、槍を下から突き出した。気合も力も入らない。この無謀というより愚かそのものの攻撃は、なぎなたの餌食になった。横に払われて、また二間以上も遠くへ飛ばされた。

最初からやり直しだった。

駿の甲高い気合と気合の間に、樫と樫がぶつかる乾いた音が響き、それが繰り返された。母に当てる気でやってもだめだった。駿だけが息が上がり、母の呼吸は乱れなかった。

桜樹が目の前にあり、無様に倒れた自分を見下ろしていた。既に日が昇り庭は明るくなっている。うめき声をもらしながら起き上がると、いつ来たのか、縁側に千鶴と恭庵と達の姿が見えた。そのあとは、もう疲れた身体を休めるしかなかった。切腹の稽古をしなかったのは初めてだった。

十八日は、夜が明けても母は来なかった。いつものように切腹の稽古をした。達も来なかった。身体の節々が痛い。

白虎隊の召集もなかったので、河原田元師範の屋敷へ行った。いつものように形稽古を繰り返した。

「どうした。動きが変だぞ」

母との試合稽古を打ち明け、勝つ方法を伝授してくださいとお願いしたが、無理だと笑われた。元師範は母の腕前を知っていた。

十九日は、夜明け前にまた襖の外で母の声がした。

庭に出ると、母は、日新館から胴皮《どうがわ》を借りてきたから着けなさいといった。なぎなた用の脛当《すねあ》ても渡された。

会津武士としての心構えの話などもう忘れていた。母は自分に稽古をつけているのだと駿は思った。それならそれでやるしかない。

しかし、どんなに力を入れても、駿の打突《だとつ》が弱いのか軽く打ち返された。

「今朝は私からも打ち込みます」

そのつもりで防具を渡したのだろうが、母は本気で打ってきた。防具の上からでも、痛いものは痛い。

駿は、胴を打たれては息が詰まってその場にうずくまり、脛を打たれてはすすきのようになぎ倒された。脛を打たれたのは初めてだが、そもそも想像すらしていなかった。

「立ちなさい！　参るのはまだ早い」

すぐ起き上がれなくなっても、母は許してくれない。

縁側で見ているのは叔母だけだった。

「もうそのへんにしてあげたら？」

叔母の言葉で、母がなぎなたを引いたが、最後にこう付け加えるのを忘れなかった。

「切腹の稽古は忘れないように」

その日も任務はなく、駿は、左足を投げ出した姿勢で、栄螺堂の算額の問題に挑んだ。母にしたたか打たれた左の脛が、赤く腫れ上がっていた。問題は解けなかった。

二十日の朝、稽古はなかった。母は一日おきにするつもりらしい。

痛む左足を引きずりながら、片桐伸之進の屋敷へ行った。

「先生。今日は、これだけを教えてください」

師の前でまともに座れないので、玄関で指導を受けたらそのまま帰るつもりだった。

懐から栄螺堂の算額の写しを取り出した。

「この問題を解く鍵が見つかりません」

関流への対抗意識から作られた算額なので、問題の出所はいわなかった。

しかし、伸之進は見てすぐ、ああこれか、といった。栄螺堂の算額の問題だと気付いたらしい。

数学者なら知っていて当たり前だ。そんなことも想像できなかった自分に、駿は腹が立った。

「図形が変だな。問題文と整合していない」

「図形が間違っているのですか」

「そうだ」

意外な指摘だった。祖父に教えられて、正確に書き写したはずなのに……。

「ところで、その足はどうした？」

「実は、母から厳しく稽古をつけられています。母はなぎなたの達人で、手を抜いてくれません。実戦が近いと思っているようです」

「そうか。わしも、いざとなれば、こっそりどこかの隊にまじって戦うつもりだ」

仲之進が、五十七歳のために、玄武隊に入れず悔しがっていたのを駿は思い出した。

「今日はこれから妻と子を引き取りに行く。子を産んでから妻の具合が良くないが、もう迷惑はかけられない。実家では、深手《ふかで》を負《お》った義弟が養生所で手当てを受けているのだ」

それを聞いて、駿はすぐ帰った。

その夜、駿は夜更けまで算額の問題に取り組んだが、図形が間違っていては解けるはずがない。実物を確認するしかないと思った。

二十一日の夜明け前、予想通り母が来た。寝不足で頭がぼんやりしていたが、一瞬で目が覚めた。試合稽古は、さらに厳しくなった。

母の打ち込みは容赦なくなり、脛は骨が折れたかと思うほどの痛みが走った。まともに立てなくなってからも、母は連続技を繰り出してきた。防具をつけていない手首まで打たれた。面がきた時、思わず目をつぶって下を向いてしまい、脳天にその一撃が入った。

気を失って、あとを覚えていない。

気が付くと、自室で寝かされていて、心配そうな顔をした叔母がそばにいた。

「あんこ玉、食べる？」

「あ！　鶴屋のあんこ玉だ。大好物です」

「達さんのために弥助に買って来てもらったのだけど、達さんが笑うの、初めて見た。血は争えないものね」

駿は手を伸ばすのを必死に我慢していた。

「でも、利代さんは何を考えているのかしら」

駿は叔母に向かって首を振った。

「母上は実戦が近いと思っているのです」

「でも、やり過ぎよ。まるで鬼だわ」

駿は身体を起こした。

「あら、何するの？　横になっていなさい」

「朝餉の前に切腹の稽古をしなければ……」


二本松街道熱海《あたみ》村の北方二里にある石筵口《いしむしろ》は、母成峠《ぼなり》を経て、亀ヶ城から若松城下へつながる入り口の一つである。

新政府軍の侵入に備え、同盟軍に加えて大鳥圭介の旧幕府軍と土方歳三、山口次郎ら新選組が、石筵口、中腹の萩岡《はぎおか》、頂上の母成峠に三段構えの台場陣地を構えていた。

八月二十二日未明、鶴ヶ城に早馬が駆け込んできた。前日わずか一日で、母成峠が突破されたという知らせだった。新政府軍は、薩摩、長州、土佐、大垣、佐土原《さどわら》、大村の各藩兵からなる主力を石筵口へ集めて一点突破をはかり、まんまと成功したのである。

ところが、城の軍事局にはまだ誰も出仕していなかった。軍議の開かれるのが遅れた。郭内の家臣への連絡・指示、諸方にいる部隊への移動や帰陣命令が、思い付くままに出された。戦略的思考に欠けた。

朝五ツ（八時）前、木本家へ日向家の中間が駆け込んで来た。

どの家も主はたいてい不在なので、応対に出た利代に、慌ただしく口上を述べた。

「白虎士中二番隊は、軍装を整え、日向内記様の屋敷に集まってから、正午までに全員登城せよとのことです」

利代は戦局が急変したのを感じた。

「出陣ですか」

「母成峠が抜かれました。ご老公自ら滝沢本陣までご出馬されます。詳しくはこの回章に書かれております。読後、速やかに次へお回しください」

畳んだ奉書紙を開くと、木本駿を筆頭に安達藤三郎、篠田儀三郎、津川喜代美《きよみ》、伊東悌次郎の順で名前が並んでいる。全員、尚書塾一番組に通う二番隊士で、屋敷が近い。

本文は、急ぎ回章を以て申し入れ候で始まっていた。利代は「今や石筵口の戦争最も熾《さかん》なり。殿様ご出陣仰せ出され、我が隊従軍仰せ付けられ候」という部分を読んで、あらためて状況を理解した。

駿は前線へ行く。戦闘に巻き込まれる。まさかこんなに早く……。しかし、あれこれ考えている暇はない。

承知しましたと返事すると、中間は一礼してすぐ玄関を出て行った。

利代は仏間へ直行し、こちらへ背を向けて切腹の稽古をしている駿に、落ち着いた口調で回章が届けられたと伝えた。

駿は、扇子を三方に戻し、身繕いをすると、仏壇に向かって手を合わせてから身体を回転させた。その時、三方の上にのっているのが白い扇子ではなく、九寸五分《くすんごぶ》の抜身《ぬきみ》だとわかった。

「官賊を懲らしめる時が来たのですね」

回章を読んだ駿は、笑みさえ浮かべている。

駿は回章を畳の上をすべらせて押し戻すと、利代の返事も聞かず、一礼して立ち上がった。しかし、その動きはぎこちなかった。左足を引きずりながら出て行ったのは、昨日、自分がしたたかに打った脛がまだ痛むからだろう。

三方の上の真剣、続けて見せた駿の笑顔に胸を衝かれたが、それは駿に死ぬ覚悟ができかけている証拠だ。ここ数日、あそこまで打ち据える必要はなかったのではないか。利代はふとそんな迷いにとらわれたが、自分は強い母を貫いたのだ、とその迷いを払った。

利代は、勝手口から庭にいる弥助を呼んで、安達藤三郎に回章を届けるように命じた。回章の宛て名は、内記の屋敷から近い順に並んでいた。藤三郎の屋敷はすぐ裏手だ。

続けておちかに、駿のための湯漬けと香の物をすぐ用意するようにいってから、利代は隠居所へ向かった。

舅姑と渡り廊下で鉢合わせになった。

「騒々しいが、何かあったのか」

姑の肩に手をかけ、足元がおぼつかない舅が不安そうに聞いた。

「白虎隊に軍装での登城命令が出ました」

母成峠が突破されたことはいわなかった。

「駿の初陣《ういじん》になります」

が、これだけは付け加えた。

舅がはっとした表情を見せた。しかし、次の言葉が出てこない。

それを横目で見て、姑が聞いてきた。

「駿は？」

「一人で準備しています」

姑は満足そうにうなずいた。舅の世話で大変なこともあるが、近ごろは言葉少なく、自分を信頼してくれている気がする。

「駿を見てやらねば……」

いいながら駿の部屋へ向かおうとする舅を、姑が制止した。

「今は邪魔になるだけです。出発する時に、玄関で見送りましょう」

「しかし、駿は困っていないか……？」

「何をですか」

「何をって……戦のために持って行く物とか、登城した時の口上とか……」

「お前様が経験したことのない状況です。あの子はお前様の孫、しっかりしているから心配いりません」

駿を溺愛していた舅の気持ちはわかるが、今は情に流された行動は許されない。舅のことは姑に任せよう。利代は一礼して戻った。

今度は、駿の部屋の手前で、達の肩を両手でつかんだ千鶴に出くわした。達は抜け出そうと、身体をよじらせている。

恭庵は、通常は朝餉を摂らずに養生所へ行くからもういない。一刻も早く患者を診るためだ。異変を感じた達が、心細くなって、一人で駿の部屋へ入ったのではないか。

達はまだだだをこねている。

千鶴が、襖の閉じた駿の部屋を横目で見ながらいった。

「可哀そうだけど、駿さんの邪魔になっていたから……」

やはりそうか。千鶴が駿の部屋から達を無理やり連れ戻したのだ。

利代は、達の前で膝をつくと、優しい顔で安心させようとした。ところが、その前に達はすばやく千鶴の背後に逃げた。

「怖がらせちゃだめ」

千鶴が達をかばうように立ちはだかった。

「そんなつもりじゃ……」

「この子は敏感なのよ」

「それはよくわかっています」

千鶴よりも、といいたかったが、達が逃げたのは事実だ。なるべく刺激しないようにしていたことが、かえって達との距離を広げてしまったのかもしれない。

「さあ、怖い顔のおばさんから逃げましょう」

千鶴は、達を抱くようにして、自分の部屋の方へ行ってしまった。

「怖い顔のおばさん?」

利代は思わず自分の両頬に手を当てた。

口元からあご、耳の下にかけて、こわばっている感じがした。

利代は愕然として、その場にへたりこんでしまった。

しばらくそのままにしていたが、左の部屋で駿が軍服に着替えていたのを思い出した。大きく息を吸った。

「用意はできましたか」

はい、と返事があったので、襖を開け、膝で中へ入った。

襖を閉めて振り返ると、駿が軍服姿で立っていた。利代が仕立て直した黒羅紗の軍服だ。

主武器は槍ではない。火縄銃にも劣る性能だと駿がいっていたヤーゲル銃だ。右手で畳に突き立てている。大刀は下げ緒をほどいて背負っている。ボタンをしめた上着の腰のあたりがふくらんでいるのは、革製の胴乱《どうらん》を装着しているからだ。

しかし、少し変だ。上着の間から脇差しの柄頭《つかがしら》がのぞいているが、向きがおかしい。上着の前裾の長さも左右で違っている。

緊張していたのだろう、左右のボタンが一つ掛け違いになっていた。利代は近寄って、駿の上着のボタンを外した。

駿は目をつぶってされるままになっている。

利代は、何もいわずにボタンを掛け直すと、上着の裾を引っ張ってしわを伸ばし、ぴたっと身体に合わせた。最後に、両肩の埃を指で払うしぐさをした。

「これでよし」

利代は少し下がって座り、駿を見上げた。

駿は、一文字に口を結び、力強い視線を利代に向けてきた。額の白鉢巻きが頼もしい。

「そのままで聞きなさい」

「はい」

「昨日までの試合稽古で、母が教えたことが何かわかりますか」

「はい。油断するなということ。そして、とことん攻めることです」

駿は、死ぬ覚悟はいくらかできたようだが、あの程度では、白兵戦ではまともに槍は使えない。己の未熟さにも気付いていない。

今の駿は、新兵衛の言葉を借りるなら、「生中に生あらず。死中にも生あらず」だ。

「駿との試合稽古は、もしあれが実戦であれば、母は駿の命を何度奪ったかしれません」

「母上の腕前が、あのように並外れたものだとは、存じませんでした」

「私を最後まで母だと思っていたなら、武士としての心構えは、まだ体得できていないということです」

「心構えはできています。死を恐れてはいません。だから死ぬ覚悟はできています」

駿らしい、頭で考えた反論だ。

「これからいうことを、肝に銘じなさい。命中率の悪いヤーゲル銃です。撃つ時は、敵の胸の真ん中を、寸分たがわず狙うこと。槍で立ち合うことがあっても同じです。迷わず敵の急所だけを突くこと。組み打ちになったら、脇差しで敵の首を掻き切ること」

駿の顔色が少し変わってきた。

しかし、本当にいいたいことはこれからだ。

「敵と戦おうが戦うまいが、ご老公と若殿様のため、身命を捧げる時がきました。敵の弾丸が飛んできたら、身体で受け止めなさい。生きて帰ろうとは露も思ってはなりませぬ。見苦しい死《し》に様《ざま》は決して見せてはなりませぬ。それが武士としての心構えです」

今の利代を義姉が見れば、怖い顔をしているというだろう。かまうものか。武士の母として当然のことをいったまでだ。

駿は顔面を蒼白にしたまま黙っている。利代のいったことがわかったのだろうか。わかっても自分のものにできないでいるのか。まさか怖気づいているのではあるまいか。

利代は、畳をぴしりと打った。

ぴくりとした駿の足元に、利代は手を伸ばして紫色の袱紗包みを置いた。

「五両入っています。状況によっては、見知らぬ人に頼むこともあるでしょう。それは、駿自身の弔《とむら》い料《りょう》です」

駿は袱紗包みを見つめている。

「本当に死ぬ覚悟はできましたか」

「は、はい」

そこへ、おちかが駿の朝餉を運んできた。

利代は駿の前に置くようにいった。

「出陣ですから、急ぎなさい」

駿は、背負った刀を外し、銃を横に置き、あぐらをかいて座ると、急いで袱紗包みを上着の内側にしまった。

おちかが盆を置くと同時に茶碗と箸をとり、湯漬けを掻っ込み始めた。ときおり香の物を嚙む甲高い音が利代に頼もしく聞こえた。

「十分いただきました」

「では、行きなさい」

弾かれたように、駿は立ち上がると、すばやく軍装を整えなおして玄関へ向かった。

利代も続いて、部屋を出た。

式台の上に、舅姑を中心に、家族が並んだ。利代は隠居所側で、母屋側の千鶴は達の肩を右手で抱いている。

紺足袋の上にわらじの紐をきつくしばり終えた駿が、こちらを向いた。一人ずつ顔を見ながらいった。

「お爺様。お婆様。母上。叔母上。ここまで育ててくださり、ありがとうございました」

舅が鼻をすすりあげた。

「母上。父上や伯父上にも、駿が感謝していたとお伝えください」

「承知しました」

利代は落ち着いて応えた。

駿は端に立っている達にも顔を向けた。何かいうのだろうか。そもそも二人は、言葉を交わしたことがあるのだろうか。

駿が達の名を呼んだ。

「私ができない分、母上に甘えてください」

達を横目で見たが、無表情だ。それでも駿は、満足したような顔をした。

千鶴は袂で口をおさえ、嗚咽をこらえている。

「それでは、駿は参ります。これにて、おさらばでございます」

一礼した駿は、背を向けて歩き出した。

突然、舅がいった。

「門の外で見送ろうではないか」

舅はいい終わらないうちに、式台からそこにある草履をつっかけて土間へ降りた。ぎこちないすり足で孫の後を追う。

操られたように、皆、無言で舅にしたがった。達も、千鶴に手を引かれて、続いた。庭から、弥助とおちかが加わった。下働きの老夫婦も出てきた。

本一ノ丁の通りに立った駿は、全員がそろうのを待ってから、深々とまた一礼した。

「利代さん。何かひと言。これが最後ですよ」

義姉に促された。利代を責めているような目をしている。

会津武士の母としていいたいことはすべて伝えた。

駿は、日向内記の屋敷へ向かって歩き出した。駿の前や後ろにも白虎士中二番隊の子が、同じような服装で力強く歩いている。

「早く」

もう一度、義姉に強くいわれた。

その時、小さな影が前に飛び出した。

達だった。

「行ってらっしゃい」

達は小さな手を振った。

四

しばらくして、十五歳以上六十歳以下の家臣全員に対する登城命令が出た。

十五歳といえば、一歳足りなかったために白虎隊に入れなかった男子の年齢である。利代の脳裏に、井深梶之助の名前が浮かんだ。梶之助は真っ先に登城するに違いない。

また、玄武隊は五十六歳までだったから、五十七歳から六十歳までの高齢者にも召集がかかったことになる。五十七歳の片桐伸之進も登城するだろう。七十五歳の舅、八十三歳の河原田信壽は該当しないが、信壽なら何らかの行動を起こしそうだ。

利代は、既に決めている。駿を送り出したら、次は女のいくさをする。最も自分らしい女のいくさ。それは、なぎなたを振るって戦うことだ。鉄砲の前には無力かもしれないが、白兵戦なら戦力になれる。その機会は、必ず訪れる。

「養生所へ行きますよね」

千鶴が誘いに来た。

「先に行ってください。すぐあとから行きます」

最近の利代の態度に不満のあるらしい義姉は、ぷいと横を向いてつぶやいた。

「達さんは父上に頼んでおきます」

「あ、すみません」

義姉が去るとすぐ襖を閉め、利代は長押《なげし》に掛けてあるなぎなたを取った。今月に入って、夜間こっそり手入れをしてきた。

屋敷にある真剣のなぎなたは、これ一柄《いちえ》しかない。いざとなれば、義姉も戦おうとするだろうが、駿と同じで実戦はとうてい無理だ。義姉に気付かれないように、今日は養生所へ持って行こう。

懐剣や鉢巻き、襷、脛当て、紺足袋、草鞋などをそろえて、大きな風呂敷に包もうとしていたら、外から名前を呼ばれた。新兵衛の声だった。

「あなた？」

「そうだ」

屋敷の裏に向いた格子窓の障子をそっと開けると、向こうに立つ、軍服姿の夫がいた。けわしい表情をしている。軍服はひどい汚れだ。

「最後にいいたいことがあって来た」

「駿なら、さっき出陣したところです」

「命令が出たのは知っている。どうだった？」

「育ててくれたことを感謝し、おさらばでございますと、立派な暇乞《いとまご》いでした。父上にもよろしくと」

そうかといって、新兵衛はしばらく遠くを見るような眼差しをしていた。駿の長いまつ毛は父親似だとぼんやり思った。

夫が振り向いた。

「父上、母上にも別れのあいさつはしない。利代に頼みたい、否、命じておくことがある」

やはり事態は急迫しているのだ。

「若松は包囲されつつある。いよいよとなると、割場《わりば》の鐘が連打される。全員入城しろという合図だ。じきにその通達が出る。今から準備をしておいて、鳴ったらすぐ城に駆けこめ」

割場は、大町通りをはさんで日新館の東に位置し、火の見櫓がある。

「籠城戦になるのですね」

利代は声を弾ませたが、夫はうなずかなかった。

「おちかは弥助をつけて水月《すいげつ》へ帰せ。下働きの二人も頼んでしばらくの間あずかってもらえ。恭庵どのと達を米沢へ逃がすのはもう無理だ。屋敷は、年寄と女、子どもだけになる。一人残らず間違いなく入城させるのだ。鐘が鳴ったら迷わず入城してくれ。必ずだ」

「かしこまりました」

引き受けながらも、利代の頭に疑念が湧いた。夫があえて籠城でなく入城というのには、何か理由があるのではないか。

「よし。もう行くぞ」

夫は、あっけなく行ってしまった。入れようとした気合いを外された感じだ。

利代は、隠居所へ行った。舅は庭で達を遊ばせていたので、姑だけに夫から聞いた話をした。

夫が使った入城という言葉を使った。

「籠城戦になりますね」

姑は、利代と同じ気持ちだ。

「官賊には絶対負けません」

「準備を始めましょう」

「はい」

利代は、弥助とおちかにも、水月へ行く準備をしておくように話した。弥助は一緒に入城したがったが、新兵衛の命令だといって納得させた。

なぎなたと風呂敷包みを抱えて養生所へ行くと、反対に養生所から出て行く患者とその家族が目についた。家族に支えられてやっと歩いている患者ばかりで、無理しているのがわかる。

医学寮になぎなたと風呂敷包みを置いて、病室へ行くと、恭庵がいて教えてくれた。

「さっき、割場の鐘が鳴ったら全員入城しろという連絡があった。それを聞いて、籠城戦のために、屋敷へ帰って準備をするといった患者たちが出ていった。が、戦えそうな人はほとんどいない。鐘が鳴っても入城するかわからないな」

兄の声は、おしまいの方は小さくなった。

「準備をするというのは嘘？」

兄が小さくうなずいた。

利代はようやく気が付いた。夫があえて籠城といわなかったのは、戦うという目的を強調すれば、戦力にならない者が入城を諦めるからだ。その結果、男であれば自刃する。女であれば、敵の辱めを受けないために、やはり自刃することになる。

夫が両親に別れのあいさつをしなかったのも、自刃を思いつかせない配慮だったのだ。

利代は夫の指示を兄に説明した。

「状況にもよるが、ぎりぎりまで良順先生のお手伝いをしたい」

「無理はしないでくださいね」

「わかっている。利代もだぞ」

二十二日は、新たに運び込まれる患者も多かった。縫が一度も姿を見せなかったのは、横山家も入城の準備を始めたのだろう。

暗くなって、利代は千鶴と家路についた。弥助が途中で持ってきてくれた傘をさした。いつからか雨が降っていたのだ。

塀越しに観台が見える場所で、千鶴が履いている草履の鼻緒が切れた。すげかえるのを待つ間、利代は千鶴に傘をさしかけながら、何気なく顔を上げた。観台の向こうに、雨に打たれて力なく佇んでいる割場の火の見櫓が見えた。

恭庵は遅く帰ってきた。やはり新兵衛も駿も帰ってこなかった。


二十二日の夕刻、白虎士中二番隊は、馬上の容保にしたがって滝沢本陣に着いたが、すぐ思ってもみなかった展開になった。

戸《と》の口原《くちはら》から伝令が駆け込んできた。

「亀ヶ城を落とした官賊が、同盟軍を蹴散らしながら、十六橋《じゅうろっきょう》に迫っています！」

十六橋は、猪苗代湖から流れる日橋川《にっぱしがわ》に架かる石橋で、若松城下へ入る関門である。新政府軍の突破を防ぐためには、絶対に守らなければならない要《かなめ》だ。

「既に諸隊が向かっていますが、さむらいのいない寄せ集め部隊ばかりで、まともに戦える援軍が絶対に必要です」

容保から日向内記に、二番隊は即刻戸の口原へ向かうよう命令が下った。戸の口原は十六橋の手前である。自身の護衛より十六橋を守ることが重要という判断だった。

滝沢峠を越えて強清水《こわしみず》に着くころは、既に日が暮れてあたりは森閑としていた。前方の戸の口原に見える篝火《かがりび》をたよりにさらに進むと、百姓や町人ばかりの敢死隊《かんしたい》が屯《たむろ》していた。聞けば、さらに前線にいるのは、僧侶や山伏らが中心の奇勝隊だった。しかも、両隊合わせて百名足らずで、最大の武器は火縄銃しかないという。戦闘になったら士中二番隊三十七名の役割は重大だ。

雨も降ってきたので、そこで野営することになった。

「腹が減ったなあ」

柿色の筒袖と羽織を着込んだ安達藤三郎が、正直にいった。軍服は間に合わなかった。

護衛が主務の二番隊に、もとより糧食の用意はない。隊長の内記が敢死隊に頼んで、握り飯を一人一個ずつ分けてもらって、晩飯代わりにした。

銘々、木の根方にうずくまって睡眠をとろうとしたが、雨はやむことなく、駿が着ている羅紗の軍服は水を吸って重くなり、身体が冷えて一睡もできそうもなかった。

「じっとしていたら風邪をひく。明日に備えて塹壕を掘ろうではないか」

隊長の内記が用事で出かけて姿が見えないので、十七歳の篠田儀三郎が提案した。駿と同じように羅紗の軍服に身を包んでいる。その上、儀三郎は背が高く、頭は髷《まげ》を落として総髪、面長で彫りの深い顔をしていたから、旧幕府伝習隊の教官みたいだった。

早速、迎撃に適した斜面を選び、敢死隊の篝火をもらって、夜通しかけて四つの塹壕を掘った。

いつの間にか夜が明けた。霧にけぶっているような白い朝だった。まもなく十六橋の方角から戦闘の音が響いて来た。敢死隊は炊飯の準備を始めていたが、中止し、慌てて火を消した。二番隊はそれぞれの塹壕に散開し、銃を構えた。なぜか内記が戻っていない。隊長が不在では、二番隊として統率のとれた行動ができない。四つの小隊ごとになる。

雑多な同盟軍が、官賊に押されながら引いてきた。明らかに鉄砲の優劣の差だった。一人また一人と、撃たれて減っていく。

その中に、知っている顔があった。日新館の儒者見習、安部井仲八先生だった。屈むようにして火縄銃をやっと一発撃った直後、頭部を撃ち抜かれてのけぞった。

「先生！」

叫んだだけで、助けに行けないし、遠くて見えない敵に応射することもできない。

生き延びた味方が、士中二番隊の散開しているあたりまで引いたところから、形勢が逆転した。

射撃の得意な津川喜代美が叫んだ。喜代美も羅紗の軍服姿で十六歳だ。

「やったぞー！」

「俺もだ！」

仲の良い藤三郎が負けじと応じた。

二番隊士の狙撃が近付く敵を倒し始めた。

「これはよく当たるぞ」

「お城で取り替えてもらってよかったなあ」

士中二番隊は登城するとすぐ武器庫へ行って交渉し、役に立たないヤーゲル銃を、アメリカ製の銃身の短いスプリングフィールド銃つまり騎兵銃と交換してもらっていたのだ。性能の悪いヤーゲル銃で射撃訓練を積んでいた効果もあった。南北戦争で使われた元込め式のライフル銃を、視力の良い少年たちが撃てば、遠距離からでも命中するのだ。母の教えを守った駿は、十指《じっし》を超える敵を倒した。

しかし、優勢は長く続かなかった。敵が運んできた大砲を撃ち始めたからだ。

二番隊士の中に負傷者が出た。同盟軍の胸壁が崩れ、諸隊が少しずつ撤退を始めた。

踏ん張っていた駿も被弾した。強く指で突かれた感じがして、後ろに倒れそうになった。何のこれしきと思ったが、右肩と左脇腹の二か所に鈍痛がした。軍服のお蔭か弾丸は貫通せず、しかし体内にとどまっているようだ。やがて出血が始まった。もう倒れた恩師を救いには行けない、近寄ることもできない。

四つの小隊に分かれて応戦していた二番隊は、ばらばらで撤退を始めた。

駿は、足だけは動いたので、何度も意識を失いかけながらも必死に進んだが、もう皆についていけなくなった。

「すまぬ。先に行ってくれ」

四人へ向けて叫んだつもりだったが、聞こえなかったらしい。

安達藤三郎、篠田儀三郎、津川喜代美、伊東悌次郎の四人だ。尚書塾一番組で共に机を並べた仲間だった。

駿は想像もできないが、四人はこれから、真っ暗な洞門の水の中を抜けて、飯盛山の向こうへ出、そこから城が炎上したと錯覚して、その日のうちに、全員自刃することになる。

駿は再び歩き出したが、獣道のような場所に踏み込んでいた。

倒れそうになった時、後ろから来た誰かに抱きかかえられた。振り返った。刀を一本差しているが、武士ではない。血と泥で汚れた身なりは町人のようだ。年齢は三十近いか。

「味方だ。敢死隊だ」

「かたじけのうございます」

「足軽にしてやるからと鉄砲を渡されたからその気になったが、弾丸は当たらないし届かないしで、捨てて来た。ひどいいくさだな」

同感だが、駿は相槌も打てない。懸命に歩くだけだ。左手で押さえている脇腹と右肩の痛みのおかげで、かろうじて気を失わないでいられた。

しかし、獣道は非情だ。まもなく急な登りになった。もう一歩も進めなくなった。その場で座り込んでしまった。

「もうひと息だ。気をしっかり持て」

敢死隊士は、町人でも、武士のようないい方で励ましてくれた。

「もうだめです。そこの竹藪で自決します。介錯を……」

「傷は浅い。死ぬな！　生きるんだ！」

町人に介錯は無理だと気付いた。母の言葉を思い出した。

「五両あります。これで私の弔いを……」

駿は内ポケットから袱紗を取り出した。紫色だったのが、駿の血で赤黒くなっていた。

隊士は首を振って受け取らなかった。

しかし、次に駿が折りたたんだ小さな紙片を差し出すと、それには手を伸ばしてきた。開いて、紙面を見て読もうとした。

「十六年の命、短くとも……」

町人は辞世を知らないらしい。もしかすると、文字もあまり読めないのかもしれない。

「これは、形見だな？」

聞かれて、駿はうなずいた。形見だと思ってくれたら、それでいい。もう声を出す力が残っていなかった。駿は目を閉じた。

隊士が去ってどれくらいの時間がたったろう。駿はかすかに息を吹き返した。竹藪の中であおむけに倒れていた。

見付かったら殺される。その前に死なねば……。脇差ししかない。それで、喉を突こう。だめだ。起き上がれない。右手に力が入らない。

腹が減った。こんなときに……。

そうだ。あれがあった。

駿は、血がこびりついた軍服の右ポケットに、動かない右手でなく、動く左手の指を差し込んで、あんこ玉を一つつまみ出した。昨夜も我慢して食べなかったあんこ玉だ。

出陣した朝、目をつぶって上着を直してもらっている時、母が忍ばせてくれたものだ。

駿はそれをゆっくり口にふくんだ。ほのかな甘さは母の優しさだった。

「母上……母……」

駿は笑みを浮かべ息絶えた。

あんこ玉が、その直前にいきなり部屋に入って抱きついて来た、達の仕業だとはとうとう気付かないままだった。


二十三日早朝、連打される割場の鐘の音で利代は目が覚めた。火事ではない、入城の合図だ。昨日知らされて、覚悟はしていても、もうその鐘を聞くとは思わなかった。

屋敷内のいたるところから物音がする。皆起き出したのだ。鐘の音に急かされる。利代は夫の命令を思い出して、気持ちを静めた。

持って行く着替えなど家族の身の回り品は、玄関にそろえておいた。そして、昨夜の雨は軒端《のきば》をしとどに濡らし、風が雨戸を揺らしたので、就寝前に念のため蓑《みの》と笠も用意した。

ほどなく全員が台所の板の間に集まった。

「もう朝餉か」

舅はのんきそうにいったが、いつ鐘が鳴っても、その時屋敷にいる全員で食事をしてから入城しようと申し合わせていた。

「今日はなぎなたの試合があるのよ」

白装束を身に着けた利代と千鶴を見て、不安そうにしている達に、隣に座った千鶴が、えいやっと腕を振ってみせた。

「弥助とおちかが相談して、今日から半刻早くご飯を炊くことにしていたそうです」

利代が説明すると、姑が台所の端に座っている二人に、ありがとといった。胸が熱くなった。

二人のお蔭で、炊き立てのご飯と味噌汁、香の物で腹ごしらえができた。

二人には、城下から他所へ落ち延びることも考えて、それぞれ五両の路銀を渡した。

「片付けはせぬともよいから、早く水月へ。あの二人も頼みます」

土間に控えていた下働きの老夫婦にも、念のため二両渡した。男の方が、おしいただくように受け取った。しゃくりあげている。

とにかく急がねばならない。

玄関へ行くと、外が明るく、幸い雨が上がっているのがわかった。家族がそろっていたが、驚くことに、千鶴がなぎなたを床に突き立てて胸を張っている。稽古用なぎなたではない。穂《ほ》が真剣だ。得意そうな顔で説明した。

「昨日、縫様のお姿が見えなかったので、お屋敷を訪ねて、無理いって借りてきました」

義姉は義姉で思案していたのだ。

「今日は、城でなぎなたの試合があるのか」

本当にわかっているのかいないのか、舅はつぶやきながら、左手に風呂敷包みを持ち、右手で達の手を引いて出て行く。荷物を抱いた姑が、ため息をつきながらあとを追う。

表門を出たところで恭庵がいった。

「とりあえず私は養生所へ行く」

予想通りの兄の言葉に、利代はうなずくと、千鶴に向かっていった。決めていた計画だ。

「私も養生所へ行き、あとから入城します。お義姉様は、お義父様とお義母様そして達さんを守って、お城までお連れくださ い」

守って、という言葉に力をこめたので、千鶴はかろうじて不服をいわず、了解してくれた。昨日からあまり口をききたくない様子だったのも幸いした。

養生所へ着くと、やはり騒然としていた。

重傷でも何とか歩ける患者は、両刀を差し、あるいは槍を杖代わりにし、人の制止を無視して、城へ向かおうとしていた。

重体の患者と付き添いの家族の様子は、悲惨だった。患者は、最初は寝床から起き上がろうとするが、じきに無理なことがわかる。次にするのは、自刃のための刀を求めるか、ここを刺せと胸をはだけることだ。果たせないと、殺してほしいと哀願する。家族はなだめ続けるが、最後は求めに応じることにする。そうなると介錯が必要になり、それなら皆で刺し違えようと相談することになる。

医師や手伝いの者たちが、病室内を巡回しながら、そういった患者と家族を落ち着かせようと懸命の努力を続けていた。利代もすぐその中に加わった。

しばらくして、容保の使者がやって来た。納戸色の紐から、側近の一人だとわかる。良順を探していた。良順は利代の近くにいた。

側近が、容保の言葉を伝えた。

「これまでのご尽力に深謝いたします。しかし、このような状況になってしまいましたので、どうかお立ち退きください。これは、ご老公からの感謝と記念の品です」

錦の袋から取り出されたのは、見事なこしらえの、五郎入道正宗の小刀だった。

良順は、うやうやしく拝領したが、すぐに返事をしなかった。周囲を見渡した。残っている患者が気になるのだ。本当に動けない患者ばかりで、もはや運を天に任せるしかない。その患者らもその家族も、良順を見つめ、容保と同じ考えだという表情で頭を下げた。

良順は、弟子たちをそばに集めた。

「かくなる上は、庄内へ行くことにする。次の戦場になるだろう。皆、ついてくるか」

名倉知文をはじめ皆、即座にうなずいた。

良順は、今度は利代たちの方へ顔を向けた。

「最後まで手伝ってくれ、感謝の言葉もない。私たちはここを去るが、皆も諦めず生き延びて、患者らのために尽くしてくれ」

良順らが去って一刻（約二時間）ぐらいたった。

「ここは養生所だから、襲われることはないですよね」

「そう思いたいが……」

利代と恭庵の期待をあざ笑うように、大きな音がして建物が揺れ、天井から何かが落下した。養生所のどこかに砲弾が当たったらしい。続いて、激しい鉄砲の音が、鬨《とき》の声にまじって聞こえてきた。

とうとう凄惨な場面が起きた。利代は、武士道の極致だ、立派な最期だと思おうとしたが、一か所で起きると、それが引き金になって、あちこちで起きだした。こうなると制止はできないし、目を背けるしかなかった。

新兵衛の言葉が耳によみがえった。

死者が増えたら、それは、大惨事、大きな不幸なのだ……。

人が走ってくる音がし、利代は緊張した。なぎなたはそばにない。

「弥助ではありませんか」

「おちかさんたちは無事に水月に送り届けました。ここは危険です。逃げましょう」

「いいえ。ここは養生所です。まだ患者も残っていますから」

「お城の正面にある屋敷がいくつも燃えていました。敵が身を隠すことができないように、お城から火矢が放たれたのです。ここもやがて焼かれるでしょう」

「まさか……」

怒鳴り声が聞こえてきた。

「早く逃げろ！」

声は養生所内をめぐりながら近付いてくる。

「ここから逃げろ！」

城からの伝令だった。

「手伝いの者たちだな。学校はすべて焼かれる。すぐ逃げてくれ」

伝令は返事も聞かず、逃げろ逃げろと叫びながら走り去った。

やがて、日新館の屋根や壁に何かが当たる断続的な音がし出した。鉄砲の弾丸ではない。くすぶるような音と臭いもしてきた。火矢が撃ち込まれているらしい。

「危ない。行こう」

恭庵がいった。

利代は、いよいよその時がきたと思った。

「弥助。兄をお城へ案内してください。すぐ追いつきますから」

「利代。もう時間はないぞ」

「置いてあるなぎなたを取ってくるだけですから。さあ、早く」

けしかけるようにいうと、利代は医学寮の方へ走った。

部屋に着くとすぐ風呂敷包みを開けた。袴をつけ、足ごしらえを固め、襷をかけた。手早く髪を解くと、ためらうことなく、懐剣で肩から下を切り落とした。床に広がって黒光りしている髪を集めて、残り物と一緒に風呂敷で包み、名倉が使っていた机の上に置いた。燃えてしまうから、心残りはない。

最後に、断髪した上から鉢巻きをしめた。

「これでよし」

なぎなたを脇に抱えて走りながら、念のため、病室に誰か残っていないか見回った。今度は、自刃した患者やその家族の遺骸を見ても、利代は顔を背けるどころか奮い立ってきた。南門へ走りながら、もう自分は血も涙もないと自覚した。

桂林寺町通りから本一ノ丁へ出た。立ち止まって見ると、城に近い屋敷の多くから火炎が上がっている。煙は空を覆い始め、そのあたりだけ夕刻になったように暗い。信じがたい光景だった。

利代は、城と反対の西へ向かった。もう入城しようとする人はいない。とにかく敵と遭遇して刃を交わしたい。一人でも多く斃《たお》すのだ。利代にとっての女のいくさが始まった。

しばらく走ると、なぎなたを構えた、若い女の集団に追いついた。最後尾の女に声をかけた。利代の姿を見てすぐ、味方だと認めてくれた。

「照姫《てるひめ》様が、坂下《ばんげ》におられるとのことで、護衛に参ります。一緒にどうですか」

照姫とは、容保の義姉である。鶴ヶ城にいるはずの照姫までが、前線の兵を鼓舞するため自ら出陣したのか、と利代は感激した。

坂下は越後街道最初の宿場である。

「それでは、私も」

利代は女だけのなぎなた隊にまじって一緒に走り出した。戦闘に参加できるという喜びでいっぱいだった。

ところが、なぎなた隊が、やっと坂下に着いてみると、照姫がいるという情報は間違いだとわかった。

翌二十四日、越後街道を引いてきた衝鋒隊の古屋作左衛門に頼んで合流させてもらった。その日、何度か戦闘があったが、鉄砲の撃ち合いばかりで、刃を交わす場面はなかった。彼我の鉄砲の性能差は明らかで、味方の数は戦闘のたびに減っていった。

城から帰城を促す伝令が来た。戦況は不利だから籠城してほしいという。

しかし作左衛門は、城外でもっと敵をかく乱したいといった。なぎなた隊にも、伝令は照姫が城内にいると教えてくれたが、衝鋒隊と行動を共にすることにした。

作左衛門が伝令と交わした会話の中で、思いがけず駿の消息を知った。

「ご老公は滝沢に出馬されたと聞いたが、ご無事か」

「ご老公は帰城されましたが、その前に、十六橋が危ないとの知らせがあり、白虎士中二番隊が応援に行きました」

「護衛の白虎隊が前線へ？」

「手薄のところへ母成峠を破った敵が迫ってきたのです。翌日には十六橋から戸の口原と一気に突破されました」

「白虎隊では防ぎきれなかったろう」

だから、あの日の朝、割場の鐘が鳴ったのだ。敵は郭内にも侵入してきたので、武家屋敷や学校を焼いて追い払ったのだ。

「それで、白虎隊は帰城できたのか」

「まだ誰も……」

ご老公の盾になるどころか、駿たちは前線で戦ったのだ。敵に突破されたらしいが、徹底して厳しく武士としての心構えを叩き込んでよかったと利代は思った。

あとは、自分は自分らしく戦って、それで死ねばよいのだ。利代は、駿の生死を気にすることもなく、自分の死に様で頭がいっぱいになった。

二十五日も戦闘を続けた。斬り合いになりかけた。しかし、ならなかった。なぎなた隊が突っ込むとすぐ敵兵は後退し、銃隊で迎撃された。なぎなた隊から初めて死者が出た。無念の戦死だった。ついに隊長の古屋は、なぎなた隊を連れて帰城することを決めた。

利代にとって、望まない展開になった。どこかで離脱しようと思った。

この日、小田山にある藩の火薬庫が新政府軍に爆破された。城の背後が、押さえられようとしていた。

衝鋒隊となぎなた隊は、城下を大きく迂回して、かろうじて安全なうちに、城の背面にある天神口から郭内に入った。

「三の丸へ行けば入城できる門がある」

衝鋒隊の隊士が低い声で説明した。

ここが潮時だ。

「年老いた両親が屋敷に残っているかもしれません。見届けてから、入城します」

利代は、嘘をついて、皆と別れた。多くの兵士が集まっている、広大な三の丸へは背を向けて、城の反対側へ向かった。

日は落ちたばかりで、低く覆っている巨大な生き物のような雲は、下腹をあぶられたように赤黒く染めている。今にもそこから血がしたたり落ちてきそうだ。

「潜んでいる敵を見つけ、戦って死ぬ」

当てのない浅薄な思念が利代を支配し、武芸者にあるまじく、なぎなたを握る手に力が入ってどうしようもなかった。

五軒丁から御米蔵、西出丸の堀端まで敵を探しながら歩いた。その周辺の武家屋敷は、ほぼそのままの形で残っている。音もなく蝙蝠《こうもり》が飛び交う以外、動くものはない。

さらに北へ進むと、前方の景色がとつぜん変わった。あるはずの門、塀、建物がない。その先が見渡せる。

「学校は焼け落ちてしまったのか……？」

近付くと、消壺の蓋を開けたような臭いがしてきた。

南門だったあたりから、学校の敷地内に入った。素読所だった東西の塾は燃え尽きている。足元を見て、歩けそうなところを探しながら慎重に進み、ときおり周囲に目を配る。正面にあるはずの、孔子を祀る銅葺き屋根の泮宮《はんきゅう》は、瓦礫《がれき》の山と化していた。養生所になって、奉仕活動に通わなければ、内部の元の様子は想像もできなかったろう。

「観台は無事だ！」

左手奥に、暗い空を黒い台形で切り取ったような観台が見えた。

もっと近くで見ようと、利代はもろくなった材木を踏んで音を立てるのも気にせず、突き進んだ。ふいにそこに駿がいる幻想がした。

観台は、無事ではなかった。砲撃を受けたのだろう。北半分が崩落していた。駿の大切な宝物が壊されたのだ。利代の全身から力が抜け、しばらく呆然とした。

利代は、本一ノ丁の通りへ出た。

そこも見たことのない景色に変貌していた。甍《いらか》を並べていた大きな屋敷は、空から巨大な石で押しつぶされたようだ。お城の周辺と北出丸から甲賀町《こうかまち》口への通り一帯は、焼野原といってよかった。

見通しが良いということは、攻め手からすれば城から狙われやすいということだ。敵はいったん後方に下がり、態勢を整えているのだろう。敵の姿はどこにもなかった。

利代はなぎなたを握る手の力をゆるめた。大胆に歩き回っても、大丈夫そうだ。

甲賀町通りを進んで、本三ノ丁へ右折すると、河原田信壽の屋敷にすぐ着いた。半焼といった感じだ。外からの印象は単なる留守宅だ。しんとして人の気配はない。

次に、五ノ丁六日町口近くの、片桐伸之進の屋敷へ向かった。その周辺は、あまり焼けていない。変わりなく見える小さな門を潜ってすぐ、利代の身体がこわばった。

養生所で研ぎ澄まされた五感が、屋敷内に惨状があることを教えている。

庭を通って、伸之進と対面した座敷の外へたどり着いた。縁側の障子が半分開いていて、その隙間から大小の遺骸が見えた。痩せ細った女と幼児だ。北枕に寝かされている。

とつぜん背後に人の気配を感じて、利代は振り返った。

おちかに梅の実をくれた老爺だった。

「庭に穴を掘って、やっと旦那様の亡骸を埋めたところです。ご新造様と若様は、これからです」

割場の鐘が鳴った日のことを、老爺は語った。

郭外へ逃げろと伸之進から命令されたが、心配で昼過ぎには戻って来た。伸之進は登城したら新しく姿はなかった。残された妻女は既に覚悟を決めていた。そうこうしているうちに、郭内へ政府軍が侵入してきた。

近くの屋敷で、六日町口を守っていた元家老の神保内蔵助、同じく甲賀町口を守っていた元家老の田中土佐が自刃したと聞いた。

「身分の高い方がご自害されるようではもういけないと思い、逃げました」

老爺は右手のこぶしで涙をぬぐった。

「それでも、また戻って来たのですね」

「旦那様は、数えきれないほどの傷を負っていまして、もはや奥方様と若様を助けることはできないと……」

妻子を殺してから自刃したのだ。利代は、仲之進も真の会津武士だったと思った。

妻子の埋葬を手伝った利代は、老爺に早く郭外へ逃げるようにいってから、本一ノ丁の自分の屋敷へ向かった。

周辺の屋敷はほとんど跡形もなかったが、木本家は一部が焼け残っていた。

「よかった。身体を休める場所がある」

喜んだのは束の間だった。庭へ目を向けて愕然とした。葉は一枚もないが、桜の幹と枝がそのままの形で残っていた。ただし、黒焦げで墨絵を見ているようだった。

駿と一緒に成長が楽しみだった桜樹の変貌した姿は、駿が死んだことを連想させた。

五

二十六日の夜明け前、利代は目が覚めた。夢の中では自分の居室にいたが、そこは焼け崩れた屋根の下の隙間だった。

庭へ出て、黒焦げの桜樹を再び見たとき、急に駿の最期を確かめたくなった。武士らしい最期であってほしかった。

しかし、その前に自分は死ぬかもしれない。戦闘に巻き込まれたら刃を交わす。死ぬまで戦う。それでいい。もともとそうやって女のいくさを完遂させるつもりだったのだ。

朝焼けは雨というが、東の空は陰気で、今日は、雨は降りそうもない。

利代はまだ安全だった天神口から郭外へ出た。

町人風の着物に着替え、断髪は姉さんかぶりで隠している。なぎなたは持てないから、小太刀《こだち》を布袋に入れて胸に抱いていた。すぐ出して抜けるように、ひもはほどいてある。

往復して様子のわかっている城下の西側を、昨日と逆にたどってみた。越後方面は、同盟軍がまだ戻って来るので、敵の姿はほとんどなかった。

七日町に入った。大戸をおろした水月の裏手に回ってみると、独身の老番頭が庭の掃除をしていた。こちらを向いて、利代だとわかったはずなのに、なぜか顔を引きつらせながらいった。

「ここは皆本郷村の窯元へ避難しました。手前は、いわれて一人で留守番をしているだけでございます」

「くれぐれも気を付けてください」

そういうと、安堵した表情を見せた。敵と味方の区別がつかなかったのだろうか。

利代は早々に水月から去った。

寺社の多い馬場町《ばばまち》は敵の陣地になっていたので避け、町人たちが暮らす地域を選んで進んだ。驚くことに裏町に入ると、平生《へいぜい》と変わらぬ暮らしが見られた。日々を生きることの方が大切で、すぐ近くの殺し合いは他人事なのだろうか。それでも、利代を見ると、なぜか子どもらはすぐ逃げた。

利代はこのまま滝沢方面へ行けば、駿の最期を確かめられそうな気がしてきた。

昼四ッ（午前十時）ころ、滝沢村へ続く蚕養《こがい》口の手前で、利代は意外な人物と遭遇した。

「お師匠様」

腰の曲がった老いた百姓は、利代を見て頬かむりしたしわだらけの顔を向けた。駿の槍術師範、河原田信壽だった。杖のように突いている藁苞《わらづと》の中は刀だろう。痩せて小柄だから弱々しい老人に見せかけることはできても、みなぎる気迫が利代にはわかる。

「利代どのか」

利代の町人姿も信壽にはすぐ見破られた。

「怖い顔をして、こんなところへ何をしに来た？」

怖い顔？　千鶴にいわれた怖い顔のおばさんという言葉を思い出した。老番頭や子どもらの反応を、利代はようやく理解した。

「お師匠様こそ、なぜここに？」

「ご老公が滝沢本陣へ出馬したと聞き、あとを追ったのだ」

「ご家族は？」

「治部《ぢぶ》も包彦《かねひこ》も、先祖の領地だった南会津の伊南《いな》で戦っている。それ以外はお城だ。わしは行かぬ。籠城したら最後、わしのような老いぼれに出陣の機会はないからな」

利代は感心した。さすが信壽だ。

「利代どのは、入城しなかったのか」

「私は、一昨日まで衝鋒隊と一緒に越後口方面で戦っていましたが、今日はできれば駿の行方を知ろうと……」

「よほど腕に自信があると見える。しかし、一人でここへ来るのは殺されに来るようなものだ。ここの状況を知らないようだな」

利代はうなずいた。

「滝沢本陣に駆け付けた中には、わしのような老人や子どもらも……そうだ、片桐仲之進や井深梶之助もいたぞ。ご老公を護衛していた士中二番隊は、滝沢峠の先、戸の口原へ援軍に出て行った後だったがな。直後、我が軍は続々と退却してきた。その中には、百姓、町人から坊主や神主までいて驚いた。ご老公も帰城した。やがて敵が濁流のように押し寄せて来た。深手を負ったらしい片桐仲之進の姿も見たな。わしも蚕養口まで引いたが、駿が気になって待っていた。だが、二番隊は一人も戻って来ん。あとから退却してきた者に聞くと、どうやら二番隊はばらばらになったらしい」

「全滅したのでしょうか」

「わからぬ」

利代が取り乱さないのが不審らしく、信壽は聞いてきた。

「駿の安否が心配ではないのか」

「死んだと覚悟しています。……この先には、もう味方はいないのですか」

「そんなことはない。伝習隊や新選組らしいのが、今でもときどき姿を見せる。駿らは別の道を通ってうまく退却したのかもしれん。とすれば城にいるぞ」

信壽は気休めをいっている。

「新兵衛は石筵口へ向かいました。どうなったか、ご存知ですか」

「新兵衛どのは井深隊と合流し、とっくに入城していると思う」

「本当ですか」

その時近くで鉄砲の音がしたので、二人はとっさに地面に伏せた。砲声も始まった。

「茶飲み話は終わりだ。とにかく、利代どのは皆のいるお城へ行け」

信壽は、音のした方へ向かって這って行った。敵の注意を引いて、利代を助けるつもりだ。利代は、信壽と一緒に戦いたかったが、許してくれそうもない。それよりも、駿だ。せっかくここまで来られたのだから、もう少し先まで行ってみよう。駿の最期の様子がわかるかもしれない。

蚕養神社から滝沢本陣まで、新政府軍でいっぱいだったので、利代は飯盛山の麓の牛墓《うしがはか》村の方へ身を隠しながら進んだ。

田んぼの眺めが何となく変だった。例年なら稲刈りが終わる時期だったが、大風になぎ倒されたように稲穂がぐったりとしている。

その中に、稲刈り中の田んぼがあった。百姓が二人、のろのろと稲を刈っては、はざ掛けをしていた。近付くと、二人は年老いた男女だった。夫婦だろう。

「精が出ますね」

利代が声をかけると、老爺が首だけで振り返った。利代を一瞥すると、返事もせずに作業に戻った。利代を恐れはしなかったが、無視された。

「二人だけでここを全部刈るのですか」

老爺が手を止め、半分だけ腰を伸ばして、じろりとにらんだ。

「うるせえな。もうやめる。続けているとまた死体を見つけてしまいそうだ」

「え？」

「田んぼの中まで戦場にされた」

「敵の死体でしたか。それとも味方の？」

「どっちでもわしらにとっては同じだ。しかし、死体はたいてい会津だな。片付けようとすると、あいつらに脅される。だから、ほったらかしで、烏につつかれている。そのうち腐り出すだろう」

「ひどい……」

利代は眉をひそめた。

「ひどい目に遭っているのはこっちの方だ。いくさに働き手をとられて、田んぼはこのざまだ。いくさが終われば、刈り取ったわずかな米も取られてしまうだろうが」

働き手というのは、この老夫婦の息子ではないだろうか。

「息子さんはどこで戦っているのですか」

「そんなことは知らん。鉄砲を撃ちたくて出て行った。敢死隊とかいうのに入れば士分に取り立ててやるといわれたが、嘘だろう。村には志願しなかった奴もいる。志願しなくても、あいつらの人足にかり出された。馬も一緒にな。駄賃を出すといわれたが、それも嘘だろう。いっそ逃げ出せばよかった」

町人と違って、百姓たちは例外なくいくさで迷惑している。敵からだけではない。味方からもだ。利代は申し訳ない気持ちになった。

「何か用か」

今度は、逆に聞かれた。老婆も作業をやめて近寄って来た。老夫婦だからだろうが、二人の顔はよく似ていた。

「知り合いを探しています」

利代はあいまいに答えた。

老爺はまじまじと利代を眺めて首を振った。

「お侍の奥様だな。言葉でわかる」

見抜かれたので、正直にいった。

「息子を探しています。白虎隊でした。十六歳です」

「鉄砲を持った、子どもの兵だな」

「見たのですか」

「弁天山にいくつも遺骸がある」

「え？」

弁天山とは飯盛山のことだ。老爺は子どもの死体を憐れんだのか、死体でなく遺骸といい換えた。

老爺は弁天山で自ら命を絶った子どもの遺骸をたくさん見たという。十人以上だという。利代はその中に駿の遺骸もあると思った。悲しくはない。自刃しているなら、立派な戦死だ。早く確かめたかった。

「そこへ連れて行ってください。お願いします」

利代は哀願するようにいった。

老爺が老婆の方を見た。

「案内してやったら？」

「仕方ねえな」

老爺がうなずくと、老婆が利代のそばに来た。

「それじゃ、品が良過ぎる」

背伸びして、利代の姉さんかぶりを百姓風に直してくれた。

「髪を切ったんだね。可哀そうに」

そして、利代の手を取り、それに田んぼのどろを塗った。利代の頬にも少しだけ。

「顔や手が白くては疑われるから」

「ありがとうございます」

利代は頭を下げた。

老爺の後ろからついて行くと、まもなく見覚えのある道になった。栄螺《さざえ》堂のある宗像《むなかた》神社へ行く道だ。

別当の正宗寺《しょうそうじ》の横の鳥居をくぐると、石段になった。老爺は健脚で、利代のことなど気にもかけず、ずんずん登って行く。やがて、宇賀神堂《うがじんどう》と栄螺堂の手前に到り、老爺は足を止めて振り返った。左の方を指さした。

「弁天山を越えずに、あの戸《と》の口堰《ぐちせき》の洞門《どうもん》を抜けてきたらしい」

ぽっかり開いた洞穴から豊かな水が流れ出ている。冷たそうな水だ。駿ら白虎隊は、逃げ場を失ってあんな所を通って来たのか。

「中は真っ暗でしょう？」

「あたりめえだ」

老爺はぶっきらぼうに答えると、栄螺堂の横を通って、上り坂を歩き出した。

栄螺堂の算額をちらりと見て、利代は、駿なら死ぬ前にもう一度算額を見たに違いないと思った。しかし、なぜこの先で自刃したのだろう。なぜ戦うのを断念したのだろう。

山の西側の斜面にへばりつくように進んで行くと、城下が遠望できる場所に着いた。

利代の疑問に答えるように老爺がいった。

「ここから城下が燃えているのを見たんじゃねえか。おしまいだと思ったんだろう」

続けて、老爺が背後の藪の中を指さした。黒い布のかたまりのようなものが見える。

「近寄らねえ方がいい」

口先だけの制止を無視して近付くと、それは黒羅紗の上着や汚れた袴だった。衣類だけではない。中身のある凄惨な光景だ。

割腹して前のめりになった遺骸は、介錯を受けて首がない。抱き合った遺骸は、刺し違えたのだろう、背中から切っ先が飛び出て、鈍く光っている。仰向けになった遺骸は、自らの首を貫いた短刀を、死んだ今でも逆手で握り締めている。烏や獣に食われ、腐乱しかけている遺骸もあった。

利代は駿を探したが見つからない。

「こっちにもあるぞ」

老爺の声で、木立の奥へも行ったが見つからなかった。駿の遺骸がないとわかると、他人の子の遺骸が可哀そうになった。

「どうして誰も葬ってはくれないのですか」

「一度、穴を掘って埋めかけたが、見つかって、掘り返させられた。田んぼの死体と同じだ。埋葬される罪人、刑死人などいない、と怒鳴られた」

「罪人？　刑死人？」

利代の頭に血が一気にのぼった。

「おのれっ、官賊め！」

利代は布袋から小太刀を出し、鞘を払うと、近くの灌木を思いきり切った。

「興奮するな！　息子の遺骸はねえんだろう？　それなら、生きているかもしれんぞ。そうだ。一人だけ死にきれなかった子どもを連れて帰った村の者がいる」

「え？　本当ですか？」

「行ってみるか？　ただし、こっそりとだぞ。見つかればどういう目に遭うかわかんねえからな」

利代は、もし死にきれなかったのが駿だったらどうしようと戸惑った。切腹や自刃に失敗するとはどういうことか。あれほど毎朝切腹の稽古を続けていたのに。

山を下りて、栄螺堂の前まで来た。

家で待ちくたびれたのか、老婆がいた。相変わらず穏やかな顔をしている。

「この人の息子の遺骸は見つからなかった」

老爺が説明した。

「ちょっと観音様にお参りします」

利代がいうと、老婆がついてきた。

薄暗い螺旋の廊下を登り、いくつもある観音一つひとつの前で手を合わせた。

老婆も最後に手を合わせてつぶやいた。

「息子さんが生きて見つかるといいねえ」

利代は老婆を振り返って首を振った。

「そうではありません。立派な最期を遂げているようにとお祈りしました」

「何だって⁉」

老婆が目を吊り上げた。口調が変わった。

「生きてるかもしんねえのに、立派な最期だと？　あんた、本当に母親か？　鬼みてえな女だな」

「鬼？」

「ああ、鬼だ。鬼女だ。安達《あだち》ヶ原《はら》の鬼婆を知ってるか。自分の娘を殺して食おうとしたそうだ。それと同じだ」

老婆は、利代の胸倉をつかみそうな勢いで、唾を飛ばしていった。

安達ヶ原は、利代の実家から、阿武隈川を渡ればすぐのところにある。鬼婆の話は子どものころから何度も聞かされた。

死にきれなかった子を看病している家に連れて行ってもらったが、骸でないことを確認した直後、利代の意識が遠のいた。

百姓老夫婦の家で、翌二十七日の昼過ぎまで、利代は泥のように眠った。

鬼女だとののしった老婆が、元の優しそうな顔で、湯気の立つ椀がのった盆を置いた。

「お腹がすいただろう？」

涙が出そうになった。いつから食べていなかったろう。

雑穀の粥を食べて元気が出た利代は、薄暗くなった夕刻、百姓姿に変装して、蚕養口まで行ってみた。敵兵の姿はたった一日ですさまじく増えていた。

その日は戦闘があったらしく、あちこちに遺骸がころがっていた。老爺の話から想像できた。肩につけた布きれから見て、味方の兵士ばかりだった。このまま放置されることが、利代は気付かれないように、そういった遺骸一つひとつに、胸の中で手を合わせながら歩いた。

……とその時、それらの中に、野良着姿の河原田信壽の遺骸を見つけた。あおむけに倒れた信壽の胸に、数え切れない銃弾の跡があった。正面から撃たれたのだ。右手で大刀、左手で小刀を握った姿は、そのまま立たせたら、仁王像になりそうだった。よく見ると、大刀も小刀も血のりがべっとりついている。何人も敵を斬ったあと撃たれたのだろう。信壽らしい勇壮な死に様だった。

誰も見ていないのを確認して、信壽の遺骸にだけは、すばやく両手を合わせ、目をつぶって念仏を唱えた。しかし、それだけではいけないと思った。

急いで帰ると、老爺に、信壽の遺骸を埋葬したいといった。

「とてもお世話になった方なのです」

それは事実だが、利代の本当の気持ちは、信壽の遺骸を放置するのは、会津武士道を冒瀆《ぼうとく》するのと同じで、とてもできないことだった。しかし、それをいうと、感情より面子《めんつ》を大事にする女だと非難されるだろう。

「どこまでも世話の焼ける人だ」

文句をいいながらも、深夜、信壽の遺骸を運び出し、正宗寺の裏に埋めてくれた。

手を合わせようとした利代は、信壽の遺髪を握っていることに気が付いた。何気なく切り取っていた。信壽の家族のためだが、自分で渡したいと思ったのだろうか。戦って死ぬという覚悟はどこへ行ったのだ。

昨日は、戦って死ぬ前に、駿の見事な最期を確かめたいと思った。

自決した二番隊の子らの、悲惨でも見事というしかない遺骸を見た。老齢でありながら、勇壮な死に方をした信壽の遺骸も見た。

死ねといって送り出した駿の、遺骸の近くまで来た気はする。死んだのは間違いないだろうし、自決したにしても、立派な最期だったに決まっている。だんだんそう思えるようになってきた。

さあ、あとは、自分が自分らしく戦って死ぬだけだ。戦う？　鉄砲を持ったおびただしい数の敵とどうやって戦う？　信壽のように、敵を存分に斬ってからなら、撃たれて死んでもいい。徒《む》死《だ》《じ》にだけはしたくない。

「鬼女！」

利代の耳の奥に老婆の声がよみがえった。

死ねといって息子を送り出し、武士らしい死に方をしたか確かめようとした、自分は鬼のような母親だ。ところが、口ほどにもない。自分らしく死ぬと決めたのに、それができる自信がない。

何ということだ！

二十九日に城から決死隊が出撃して激しい戦闘があったが、形勢に変化はなかった。鶴ヶ城は袋の鼠だった。

九月になると、敵の数はさらに増え、郭外からの砲撃が城攻めの中心になった。郭内では身を隠す場所が少なく、城から大砲や鉄砲で狙い撃ちされるからだ。

老爺は、又聞きの話を、たまにぽつりぽつりと語った。

「どこへ行く？」

利代は無意識に立ち上がって、外へ出ようとして、止められた。

「外へ出たら危ない」

「じっとしていた方がいいですよ」

老婆がそばに来て、利代を抱き寄せた。

それからは、利代はもう老爺の家から一歩も外へ出なかった。何か悪いことをして、それを知られたくない子どものようだった。

「どうしてこうなったのだろう」

ふと口をついて出た言葉に自分で驚いた。

「城を囲んでいるのは官軍だそうだが、火事場泥棒みたいなことをしている。ごろつきややくざと同じだ。会津から遠くない藩の侍もまじっているらしい。ひどい連中だ」

老爺は吐き捨てるようにいったが、利代には官賊に対する憎しみがなぜか湧かなかった。

脱力したように、寝床に横たわった。目をつぶると、駿が学校に入門するころからのことが思い出される。それこそ目の中に入れても痛くないくらい可愛かった。姑から自分の甘さを指摘され、同年の真寿見に嫉妬し、新兵衛と同じ優れた武士にしようとした。しかし……それは何のためだったろう？

利代は寝床にばかりいた。不思議なくらいいくらでも眠ることができた。

間断なく響く砲声には鈍感になっていたが、九月十四日だけは違っていた。利代は寝ていられなかった。空気が震えて鼓膜に痛みを感じるほどで、地面が揺れて百姓家が鳴動した。城の南東にある小田山からの砲撃だった。

小田山に据えられた最新鋭のアームストロング砲から発射される砲弾の数は、その日だけで二千発をこえた。半里（約二キロメートル）近い距離があるにもかかわらず、それらの多くが城に命中した。天守閣の壁に穴をあけ、赤瓦を吹き飛ばした。

翌日から以前の砲声に戻った。

九月二十一日の午後だった。

「大砲の音が止まったぞ」

老爺がいい、老婆も応じている。

利代は夢の中のように聞いた。

夜でもないのに、とつぜん訪れた若松城下の静寂は、老夫婦には重くて不気味だった。老爺が外へ出、しばらくして戻って来た。

「あちらこちらから人がいっぱい出てきた。土の中からもぐらが出てきたみたいだ。皆、ささやいていた。降伏したらしいってな」

「そうかい。終わったんだね」

老婆がいった。

降伏？　終わった？　駿は死んだのに、今ごろ終わってどうする。え？　駿を死なせたのは自分じゃないか!?

利代は、固く目をつぶった。今は眠るしかない。そう思った。また眠りに落ちた。

翌二十二日、城下は静かに夜明けをむかえた。それまでときどき遠くから砲声が響いていたが、その日は、小さな銃声すら聞こえてこなかった。

日が暮れたころ、老爺が枕元でいった。

「会津のお侍たちはお城から出た。家族はまだお城に残っていて、明日、自由になるらしい。迎えに行くといい。家族に会える」

利代はまだ何が起きたのか飲み込めない。しかし、明日自分はお城へ行くのだと思った。


翌二十三日は立冬だが、季節の移ろいは、利代の意識からとうに消えている。

利代は老夫婦に起こされ、久しぶりに朝食を摂った。

老爺に、追手口前まで連れて来てもらった。一人ではたどり着けなかったろう。明るい日の下で、途中で見た、無残な荒れ野のような郭内は、知らない土地へ来たようだった。

「ご城内の方たちがいつ解放されるかわかりません」

そういって、老爺は帰り、利代は一人残った……と思っていたが、そうではない。老爺は少し離れたところで、利代を見守っていた。

利代は何も考えず、そうすることが当然のように、ただ突っ立っていた。足元には、いつのまにか落ち葉が吹きよせられている。

時間はいつのまにか過ぎていった。

「利代さん」

声をかけられても、誰かわからなかった。そっと抱かれて、やっと横山縫を思い出した。

利代の視界の外で、老爺が縫に頭を下げて、かつて甲賀町通りだった、瓦礫の散乱した道を帰って行った。

次は千鶴だった。家族が、横山家の人々が、日向家の人々も声をかけてくれた。利代は人々の笑顔と温もりで囲まれた。

ところが利代は、その一つひとつに満足な応答ができなかった。頭を下げたり小腰をかがめたりするだけで、微笑もうとしても顔をゆがめることしかできなかった。達が腰のあたりに来て、利代の手に触れてくれたのも気が付かなかった。

利代は言葉も発しなかったが、誰もそれを指摘しなかった。利代は今いる世界も自分自身も受け入れることができなかったが、家族や知人は利代を受け入れていた。

その日から、屋敷の建物が残っていた日向家に世話になった。縫たちも一緒だった。

家族は、駿がいないだけではなかった。

「兄上と会わなかった？」

千鶴の質問の意味がわからない。

利代はただ首を振った。新兵衛は帰城したと信壽から聞いた記憶がふとよみがえった。

弥助がこぶしを目に当て、声も出さずに泣いている。泣いている理由がわからない。

「弥助は、ついて来るなっていわれたんだ」

恭庵は遠くを見るようにいった。

「兄上は、利代さんが入城していないと知って、すぐ城を飛び出していったのよ」

「利代を探しに行ったのだ。結局、会えなかったのか。だとしたら、新兵衛どのが今どうしているか、誰も知らない」

「駿さんもよ」

千鶴は利代に顔を向けた。その目を見て、利代は責められていると感じた。

姑から、利代どのと呼ばれた。

「はい」

初めて返事ができた。

「面倒な人によく仕えてくれましたね」

面倒な人？

「父上は、砲撃が激しかった時、家族を守るために盾になろうとして……。炸裂した焼弾《やきだま》で死んだ。亡骸をどうしようもなくて……」

千鶴が絶句したので、姑があとを引き取った。

「お城の空井戸の中に、他の人と一緒に葬ったのですよ」

舅は死んだのか……。否、戦死したのだ。

何日かして、利代は少し元気になった。口もいくらかきけるようになった。千鶴から聞かれて、牛墓村の百姓の世話になったことや、駿の遺骸を探した話までした。

「あれから達は利代のそばから離れないな」

不思議そうな顔で、恭庵にいわれた。

「もう利代さんのこと、怖くないんだ」

千鶴が笑顔でいった。そうかもしれない。こんな弱虫なのだもの。

十月初旬までに、諸方面で戦っていた会津の兵士は大方若松に戻り、それぞれ新政府軍に指示された場所で謹慎させられた。それらの中に、河原田治部と包彦がいた。利代は、二人と会って信壽の最後を伝え、遺髪を渡した。次の謹慎場所、越後高田へ送られる直前だった。

もちろん帰還できなかった兵士が多いことは、利代も聞いて知っている。駿ら白虎隊士にフランス式調練をした浅岡内記もその一人だ。内記は、郷士で編成された奇正隊《きせいたい》の差図役頭取になったが、八月二十四日、越後の石間口宝珠山《いしまほうしゅさん》で戦死していた。二十三歳だった。一人ひとり詳しく聞けば、駿と縁があったことはわかるだろうが、それは無理だ。

片桐伸之進の自刃や河原田信壽の戦死を知ることができたのは、幸運かもしれない。

「とにかく二人は武士らしい最期を遂げた」

それなのに……。戦って死ぬと決意したはずの自分は生きている。なぜだ。

新兵衛と駿の安否が依然として不明だから？　駿の最期が会津武士らしかったかわからないから？

違う。単に死にそこなったのだ。否、死ぬ覚悟がなかった。そもそも、なぎなたで戦うと決めたのに、戦わなかったではないか。駿の最期がどうだったかなどは関係ない。

十月十九日、容保と喜徳が、山川大蔵《おおくら》や井深宅右衛門ら十数名を供にして、東京へ護送された。

一行を見送る群衆にまじった利代は、そこで縫と再会し、小栗家の人たちの消息を知った。最後まで会津と共に戦って生き残った若者が、縫を訪ねて教えてくれたという。

「道様は、六月十日、会津西街道沿いの南原村《みなみはら》で、無事女の子を出産されましたよ。ご一緒だったお義母様と同じクニというお名前を付けたそうです」

明るい話題だけではなかった。

若者は、利代の屋敷に滞在した十人の一人だ。彼らは、町野源之助が中隊頭となった朱雀士中四番隊の附属隊員となった。

「皆様、諸所で勇敢に戦ったそうですが……」

八月三十日、若松の西、一竿《ひとさお》の渡船場で、二十三歳の塚越富五郎が戦死してからは、次々に同志が欠けていった。九月十一日には、若松の北、熊倉《くまぐら》で、敵の脅威だった佐藤銀十郎までが被弾して死んだという。

縫から、山川大蔵の妻トセが、籠城中に焼弾押さえに失敗して死んだ話も聞いた。

果敢にも、着弾した焼弾が発火・爆発しないように濡れた布団で冷やす役割を率先して担っていた。籠城したら女に戦死の機会はないと利代は思い込んでいたが、そうではなかった。それを知ってから、利代はまた口がきけなくなった。

会津はもちろん、みちのくに冬ごもりの季節がせまっていた。恭庵は、雪が積もる前に、米沢へ向かった。達は置いて行った。達のことは、利代の知らないところで決まっていた。

木本家は、本郷村の弥助の実家の別棟で年を越すことになった。屋敷で下働きをしていた老夫婦が、先に行って準備していた。

年が明け、明治二年（一八六九）になったが、若松城下やその周辺には、新年を祝う様子はほとんど見られなかった。

特にどこが悪いということはなかったが、利代は年末から臥せっていた。食欲はなく、魂の抜け殻のようにぼんやりしていた。

何気なく外へ出ると、冬枯れた野山や田んぼしか目に入らなかった。ため息をつくと、それが大きな白い息になって、驚いて屋内へもどった。

城下にはまだ多くの遺骸が埋もれていたり、雪をかぶっていたりした。きちんと埋葬することは新政府軍が許さなかった。

二月になり、放置されていた多くの遺骸が、七日町の阿弥陀寺《あみだじ》でまとめて埋葬されることになった。戦争で本堂を焼失した寺でも、そしてたとえ墓碑が建立されなくても、遺族にとってこれほどうれしいことはない。

「一緒に行きましょうよ」

千鶴に強く誘われて、利代は若松へ行くことにした。また声が出ないので、黙ってうなずいただけだ。足腰が弱っていたので、数日前から足慣らしをした。弥助も同行してくれた。

「遺骸が見つかるかもしれないわね」

道中、千鶴が本心を打ち明けた。

利代は、そっと胸元を押さえた。外見ではわからないように、奥に懐剣をはさんでいた。

千を超える遺骸が境内に運び込まれた。千鶴は、根気よくその作業を凝視していた。そして、遺骸を積み込んだ荷車からこぼれ落ちた遺品の中に、新兵衛の印籠《いんろう》を発見した。汚れていて根付《ねつけ》も脱落していたのに、執念のなせるわざだった。

しかし利代は、その印籠を見てもなぜか気持ちが動かなかった。

千鶴は弥助と一緒に、印籠が落ちた荷車からおろされる遺骸を確かめに行った。

「兄上の遺骸はなかったわ。でも、人夫に聞いたら、あそこに乗せた遺骸はすべて大町通りで収容したそうよ。兄上が戦死したのは、きっとそこね」

利代は黙ってうなずいた。

その後の千鶴と弥助の頑張りにもかかわらず、駿の遺骸は見つからなかった。

その晩は水月に泊めてもらった。利代は隣の夜具の中の千鶴が寝入ったら、こっそり起き出して、阿弥陀寺へ行こうと思っていた。懐剣は胸の奥に抱いたままだ。しかし、千鶴がときどき寝言をいうので、その機会が得られないまま夜が明けた。

翌朝、三人で、牛墓村の百姓夫婦を訪ねた。これも千鶴の提案だった。利代はあまり気が進まなかった。

「息子さんが死んだ場所がわかるかもしれん。滝沢峠の向こう、金堀村《かねほりむら》の竹藪のあたりだ」

顔を合わせるやいなや、老爺がいった。

「本当ですか」

思わず利代は聞き返した。何か月ぶりかで声が出た。出てしまった。

「あれからすぐうちの息子が帰って来てな。いや、生きてでなく遺髪でな。一緒にいた敢死隊の隊士がわざわざ持ってきてくれた。隊士といっても若松の町人だが、その人から聞いた話が、もしかするとあんたの息子さんのことかもしれんと思った」

戸の口原から命からがら逃げた隊士は、傷ついた白虎隊士と山の中で一緒になった。白虎隊士は鉄砲に撃たれていて、軍服が黒くてよくわからなかったが、かなり出血していて、もう長いことないと思ったそうだ。

「自決するから介錯してくれといわれたが、町人の自分にはできない。五両あるから弔ってくれともいわれたが、そんな約束もできなかった。ぼやぼやしていると敵に見つかる。かといって、担いで逃げるのは無理だ。白虎隊士はぐったりして、声をかけても返事をしなくなった。よく見ると、目鼻立ちの整った、人形みたいな顔をした子だったそうだ」

「駿です。間違いありません！」

利代はもう黙っていられなかった。

そこで老爺は、思い出したようにいった。

「形見を預かっている。飯盛山のこちらへ逃げた白虎隊士は皆自決したから、向こうで死んだ子の形見は、あんたの息子さんの物かもしれない」

老爺は奥へ行って、折りたたんだ小さな紙片を持ってきて、利代に渡した。

「辞世だろう。何か書いてある。もらった隊士はしっかり読めなかったらしい」

開いた紙面には、震えた文字だったが、間違いなく駿の筆跡が残っていた。

十六年の命　短くとも　たらちねの母と歩みしもののふ（武士）の道

たらちねの母と歩みし――利代の目から涙があふれてきた。

「案内してください、その竹藪のあたりに」

利代が懇願すると、老爺はうなずいた。

背後の老婆は目をしばたたかせている。この老婆も息子を失っている。

老爺は、雪が積もる前に現地へ行き、二度探したが見つからなかったといいながらも、丈夫そうな草鞋を三人分用意してくれた。

滝沢本陣の前を通り、街道はやがて登りになり、石畳の道になった。滝沢峠をトりながら、老爺がため息交じりにいった。

「去年来たときは、あっちにもこっちにも遺骸があった」

まもなく、街道を外れ、山の中の小道に入った。しばらく下ってから、老爺が立ち止まった。

右手の斜面の竹藪を指差した。

「竹藪はこの辺だけだ。ずい分探したが、何も見つからなかった」

利代もそうしようと足を踏み入れる場所を探したが、竹藪はよそ者の侵入を拒むように密生していて、とても入れない。

利代は、竹藪の中を、右から左、また左から右、そして手前から奥へと、目だけで問い掛けるように駿の遺骸を探した。

しかし、竹藪は、押し黙ったまま、利代に何も答えてくれない。

と、そのとき、一陣の風が竹藪を揺らして吹き抜け、利代は駿の声を聞いた。

「母上……」

確かに聞こえた。一度きり、弱々しかったが、駿の声だ。もう一度聞こえたら、声をかけたい。褒めてやりたい。

ここで死んだのですね。立派な最期……会津武士らしく自決したのですね。

駿の辞世を取り出した。

十六年の命　短くとも　たらちねの母と歩みしもののふの道
もののふの道。その文字に、駿の武士としての心構え、まぎれもなく死ぬ覚悟ができていたことが見て取れた。それなのに、自分はいつまでも駿の覚悟ができていないと……。

駿に手を引かれて観台に登った満月の夜が思い出された。あれはあの子の精いっぱいの覚悟ができていることの表現だったのだ。

認めてあげればよかったのに……。

利代は地面に両手をついた。涙があふれてきた。嗚咽をこらえることができなかった。言葉にならない獣のような泣き声だった。


三月になり、梅の花が咲き出すと、二本松の恭庵から本郷村の利代のところへ文《ふみ》が届いた。米沢へ避難していた一家が二本松に戻ったという。死んだかずえの嫁ぎ先、大川家も同様だったが、跡取りの長男が戦死したので、次男の達は返すことになるかもしれない、と書いてあった。

本郷村に来てからは、食事はいつも家族全員で摂った。全員とはいっても、姑と千鶴、利代そして達の四人だけだった。

囲炉裏の周りに集まって、暖をとりながらの食後の団欒はいつも三人だった。達は寝るのが早く、夜は長かった。

「帝《みかど》のために最も働いたのが会津でしょ？　どうして賊軍扱いされなきゃいけないの？」

千鶴は今でもこの話を持ち出す。会津の処分はまだ決まらなかった。

「会津松平家の存続は難しいでしょうね」

姑は冷静だった。

「皆殺しにできなかったから、薩長は会津松平家をつぶして決着をつける気よ」

千鶴の想像通りになるだろう。しかし、薩長の決着のつけ方よりも、利代自身の決着のつけ方が重要だった。

利代の頭には金堀村の竹藪しかなかった。

「二本松へ行って来ます」

利代がはっきりいった。

「え？　達さんを連れて行くつもり？」

敏感な千鶴がすぐ聞いた。

達は寝ているが、利代は小声でいった。

「二本松丹羽《にわ》家は減封になっただけだから、会津と違って、家臣には跡取りが必要です」

千鶴もささやくような声で反論した。

「大川家には、後妻さんが生んだ男の子がいる。まだ七歳かそこらでしょ。戦死するはずないから、達さんを返すことないでしょ。若松へ連れて来たのだから、黙っていればわからないって」

「達さんは大川家に戻れば、武家の跡取りになれます」

「達さんはうちにいた方が幸せよ」

言葉の裏には、千鶴の切々とした願いがある。残された最後の希望だったかもしれない。

利代は知っていた。千鶴は、達に、利代を母上と呼べとこっそりけしかけていた。

「卑怯な真似はできません」

「その通りです」

姑が久しぶりに筋を通して議論は終わった。

翌朝、隣で寝ている達に、近々二本松へ帰れるよといっても、うれしそうな顔をしなかった。

黙って起きると、そのまま顔を洗いに行ってしまった。

「また濡れている」

利代は、自分が使っていた枕をなでた。夢かうつつかわからない。夜中に駿を思い出して、とめどなく涙が流れることがある。昨夜もそうだったらしい。


数日後、弥助を供に、達を連れて旅立った。帰りは二本松街道から滝沢街道へ入って金堀村の竹藪へ行くつもりだった。今回の旅の最終目的地はそこだ。

二本松に着くと、恭庵の不安は既に現実になっていた。達を返してくれないか、といってきているという。勝手ないい分の気もするが、武家として当然だともいえる。

生みの母の実家でさえ強く拒否できないのに、木本家が養子に欲しいなどといえるわけがない。

利代は覚悟した。

可哀そうなのは達だった。

「母上」

千鶴にいわれて一時口癖になっていた。無口な達が初めて覚えた、自分からいえる言葉だったかもしれない。

「母上と呼んではなりませぬ」

わざと武家言葉で叱った。すると、昔の継母《ままはは》の記憶が戻るのか、しばらく何もいわなくなってしまった。

「返す時は、私が返しに行きます」

それでも利代は、心を鬼にして、実家の家族に強がりをいっていた。

終 章

日差しに暖かさを感じる陽気になった。

「私は子どものころ、近所の腕白たちと合戦ごっこをよくしたの。戦場は、川向こう。渡し舟で行ったのよ。達も行ってみたい？」

達は利代を見上げて、利代が笑顔だったので安心したのか、小さくうなずいた。

三森町《みもりちょう》から坂を下って行くと、まもなく阿武隈川《あぶくまがわ》の光る川面が遠くに見えて来た。

供中《ぐちゅう》の渡し場に来た。達は大きな川を舟で渡るのは初めてだろう。舟端にしがみついて、生き物のような川面を見つめている。流れが速く、水量も多い。

舟を降りて左手、川沿いの小道を歩いた。

周辺は見渡す限り葦の原で、ところどころに樹木が密生しているぐらいだ。人の暮らしを感じさせるものは何もない。

「ここは、安達《あだち》ヶ原《はら》といって、鬼婆《おにばば》伝説で有名なの」

「おにばば？」

「昔はもっともっと寂しい所で、鬼婆が一人で住んでいたの。鬼婆は人を食うというけれど、この鬼婆はそれだけじゃない。一番の狙いはお腹の大きな女の人。もうすぐ赤ちゃんが生まれそうな旅の女の人が来たら、自分の家に泊めるの」

「どうして?」

「殺して、その人のお腹を割いて、生き胆を抜き取るのよ。薬になる生き胆がどうしても欲しかったの」

「怖い」

達は、近くにその鬼婆がいないか、きょろきょろしている。

「大丈夫。昔の話よ」

と言いながら、利代は立ち止まった。今日の達は、素直に感情を見せている。それが、利代の胸の奥に眠っているものを疼《うず》かせる。

利代は昔話を語る母親の口調になった。

「昔々、鬼婆が、お腹の大きな女の人を泊めました……」

鬼婆は、眠っている女を出刃包丁で殺そうとした。びっくりして飛び起きた女は、逃げ回りながら、はるばる母を探してみちのくまでやってきた、と身の上話をし出した。でも鬼婆は、うるさい黙れといいながら、追いかけ回した。女は最後に、まだ母と会えないのに殺さないでください、と両手を合わせたが、鬼婆は出刃包丁で女を刺して殺した。そして、着物をはいで腹を割こうとした時、女が首から守り袋を下げているのを見た。それは、自分が幼い娘と別れる時に与えた形見だった。女が探している母は自分のことだった。

「恐ろしいお話でしょ」

利代はわざと怖い顔をして見せたが、達は不思議そうな顔をしている。

「本当に殺したの？」

達は殺したと思っていないのか。だとしたら、なぜ？

首をかしげた達にじっと見つめられているうちに、利代の全身から幸福感が消えていった。達の口が今にも「おにばば」といいそうに見えたとたん、思い出したからだ。

そして、牛墓村《うしがはか》の老婆の言葉が、また耳の奥によみがえった。

鬼女《おにおんな》……。

利代は安達ヶ原の鬼婆と同じだといわれた。

死ぬとわかっていて、否、武士らしく死ねといって駿を戦場に送り出した。あまつさえ、その立派な最期を確かめようとした。

「殺さなかったのでしょ？」

達がまた聞いた。

やはり嘘はいえない。嘘をつくのは自分をごまかすことだ。

利代は達を振り返った。

「女の人は死んでしまった。鬼婆は実の娘を殺してしまったの」

達は少し驚いたようだったが、恐ろしいとは思っていないようだ。

「可哀そうなおにばば……」

「え？　どうして？　鬼婆は自分の娘を殺したのよ」

「だって、おにばばは泣いたんでしょ？」

利代は当惑した。

達は、鬼婆が悲しくて涙を流したと思っているようだ。なぜだろう。

「鬼婆は人を食う悪い奴で、とうとう自分の娘まで殺してしまった。そんな鬼婆でも泣くのかしら」

達は答えられないでいる。

十歳の達に、この問いかけは無理か。十歳といえば、駿が学校に入門した年齢だ。同年齢の子に比べて幼かった駿よりも、達はもっと幼い気がする。

今朝は、驚くことがあった。目覚めたら、達が利代の胸元に手を入れて、おっぱいをつかんでいたのだ。達はぐっすり眠っていたから、無意識にそうしたのだろう。

二本松に来てから、なぜか達が利代の添い寝をいやがらなくなった。同時に、利代の枕が濡れていることもなくなった。

「達が死んだら……」

とつぜん達がつぶやいた。

「え？　今、何かいった？」

「母上は、もし達が死んだら泣く？」

私をまだ母上と呼ぶの？

「もちろん泣くに決まっているでしょ。わぁわぁ声を上げて泣くわ」

達の表情が、ぱっと明るくなった。

どうやら、それが達の返事らしい。鬼婆が泣く理由だ。

「鬼婆も、子どもが死んだから泣いた？」

達はこくんとうなずいた。実際の年齢より幼くてすなおな達だからそう思うのか。

「人を食うような鬼婆でも、自分の子どもが死んだから泣くのね」

これは達に確認したのではない。自分で自分を納得させたのだ。

駿が死んだ竹藪で泣いた自分は、鬼女でも、間違いなく母親だから泣いたのだ。

達に救われた気がした。

利代は達の手を引いて、太い古木の立つところまで歩いた。根元に塚がある。

「ここが鬼婆の墓で、黒塚《くろづか》というの」

達はじっと黒塚を見ていたが、利代の手を離し、そこにしゃがむと、小さな両手を合わせて拝んだ。いつまでもそうしている。

「達。もう少し先へ行ってみよう」

利代は、この時期、桜が満開になる場所をふと思い出した。

まもなく桜が見えてきた。満開だ。ここでも、新政府軍と二本松軍が凄惨な戦いを繰り広げたのではないか。しかし、それが嘘のように桜は美しく咲き誇っていた。

達が桜の木へ向かって走り出した。

遠ざかる小さな背中を見ているうちに、駿の記憶がよみがえった。

不安な気持ちを乗り越えて、学校に入門した駿。十二歳で第四等の考試に合格し、御用間で表彰された駿。お爺様の影響で数学が好きになった駿。利代が仕立て直したフランスの軍服を着た駿。満月の夜、利代の手を引いて観台へ連れて行ってくれた駿。

駿が残してくれた記憶は、母としての幸せな思い出ばかりだ。

桜の木の下にいる達は、何かを見つけて近寄ってはしゃがみ、また次の何かを見つけて近寄ることを繰り返している。そんな達を見ているうちに、それは幼い時の駿の姿に重なっていった。涙がにじんできた。

達がこちらへ駆け寄って来る。輪郭だけが見える。涙をぬぐう間もなく、達がいった。

「ほら。蝶が……」

駿の声そっくりに聞こえた。もう一度聞きたかった駿の声だ。

達がまたいった。

「母上、母上、もう蝶が飛んでいましたよ」

利代は我が耳を疑った。達も母上を二度繰り返した。駿の口癖だった。

「あ、母上ではありませんでした。ごめんなさい……」

達はうつむいた。

利代は急いで涙をぬぐうと、しゃがんで達と同じ目の高さになった。

「達。お願いがあります」

達は顔を上げた。

「もう一度、呼んでくれませんか、母上、と」

達はしっかりうなずいて小さな声でいった。

「母上」

「もう一度」

「はい。母上……」

最後の母上という声は、利代の両腕と胸の間に、達の身体もろとも抱きとめられた。

利代は達を手放さないと決めた。木本家のためではない。自分のためだ。鬼女だった自分が本当の母になるために……。

帰ったら、金堀村の竹藪へ持って行くつもりだった懐剣を捨てよう。

利代は、達の手を引いて元来た道を戻り始めた。実家へ続く道だったが、それは利代が再び母として生きるための道だった。

あとがき

二回目の二本松取材（二〇一九年五月）の出来事だった。

松尾芭蕉と同様に、阿武隈川のほとりの黒塚を見てから、安達ヶ原の観世寺へ回った。境内には、本尊を祀る観音堂の他に、鬼婆が住んでいたという、巨岩を組んだ恐ろしげな岩屋があった。

そこから、かつて供中の渡しのあった場所にかかる、大きな安達ヶ橋で阿武隈川を越えて国道を突っ切ると、道はゆるやかに上りになった。左手の愛宕山の頂上には文殊堂がある。そのふもと一帯が三森町だったが、今はその地名は使われていない。

利代の実家を三森町に想定したのは、少女時代の利代に、近所の男児らを引き連れて、安達ヶ原へ出陣させたかったからだ。

その日の私の目的は、三森町の呼び方を知ることだった。「みもりちょう」のような気がするが、「みつもりまち」かもしれない。

そこに老舗《しにせ》の商店か食堂でもあれば聞いてみようと思っていたが、道の両側は洋風の民家ばかりで当てが外れた。いつのまにか文殊堂下を抜けて、根崎町の通りに出てしまった。幕末当時もここは町人の住むところで、両側には商店が軒を連ねていた。

その通りの右側に、若松屋書店の看板が見えた。気になる名称だ。それはともかく、地元の書店なら、江戸時代でなくても、明治とか昭和初期の地図を含む、地方出版物が置いてあるかもしれない。期待して入った。

狙った本は見つからなかったが、高齢の男性が店主らしかったので、尋ねてみることに決め、文庫を一冊選んでレジへ向かった。

「みもりちょうです」と即答された。

それが、小説のために作った「利代の実家」の末裔ではないかと思ってしまう人との出会いだった。あえて念押ししておくが、架空の設定は先にすべてできていた。

若松屋書店は、明治三十六年（一九〇三）創業で、現店主は三代目。四代目になる予定のお嬢様が、横に笑顔で立っておられた。

以下は、史実である。

幕末時、店主の先祖は会津藩士だった。宇南山政吉、芳樹父子は、白虎隊が自刃した八月二十三日と同じ日に戦死した。父は大町通りで、子は金堀村だ。芳樹は十八歳だったから、朱雀隊に入れる年齢だが、大砲方士官だったという。

会津戦争後、遺族は二本松へ引っ越した。姓を宇南山から國岡へ変えたのは、新政府に対する気兼ねがあったのではないか。しかし、創業した書店名を若松屋書店としたところに、筆者は会津士魂を感じてしまう。

國岡家の墓は、すぐ近くの台運寺の小高い場所にある。墓域の左奥、年代を経た墓石の裏に宇南山政吉、芳樹父子の名前と没年月日が刻まれていた。私は持参の線香を焚き、両手を合わせた。

ご先祖様の思惑も配慮して、作品の中では、利代の実家の苗字として國岡を使わせてもらい、利代の夫と息子の死に場所を同じにする了承を得た。


早川書房の編集者から執筆の打診を受けた時（二〇一七年一月）、私はその五年前に死んだ母の思い出を語った。

それは、さらに十一年前（二〇〇六年十月十四日）のことだった。鶴ヶ城の西出丸前に、日新館天文台跡の観台がある。かつての位置に残っている唯一の遺構である。和算小説を書いて来た私は、ドライブがてら母を連れて会津若松市を訪れ、観台は徒歩で探した。幕末時の地図が頭に入っていたせいか、すぐ見つかった。

観台が私にとっていかに重要な遺構なのか説明しても、母は理解してくれなかった。当時、母は既に認知症を患っていたが、私を含めて家族誰にも分からなかった。

私は母に上へ登ろうと言ったが、抵抗された。登る意味（価値）は分からないし、難儀そうな石段など登りたくなかったのだ。それでも、私が懇願したので、最後は私に手を引かれて登ってくれた。小さい頃から溺愛していた息子の願いだったからだろう。

高い所からの眺めだけは気に入ってくれたらしく、笑顔を見せた。母の写真を撮った。

私はそこから周囲を眺め、新政府軍に降参した直後の郭内の様子を想像し、胸がしめつけられる想いがした。

松平容保が京都守護職を引き受ける前、郭内に屋敷がある藩士一家で、息子を溺愛する母がいたらどうだろう。モデルは私と母だ。

数年後、溺愛する息子は白虎隊士として出陣する運命になる。母は、立派な最期を遂げるように言って送り出さなければならない。そして、息子は戦死する。

実際の私と母は、平和で幸福な日々を過ごした。東日本大震災後、母の認知症は急激に進み、私は毎月一週間程度の介護のため愛知県から福島県へ通ったが、最後は、私を息子だと分からないまま亡くなったと思う。

これが、この作品の出発点だった。


私の思い出話を聞いて、すぐこの作品を書くことを了解し、以後、筆が遅い私をじっと見守りながらも、適宜、助言をくださった編集の吉田智宏氏は、この作品の最初の読者でもある。だが、何十回も読まれたことを思うと、ただただ頭が下がる。

小説家になる夢が芽生えた時の筆者の愛読書は、ハヤカワ・ミステリの007号シリーズで、筆者はませた中学生だった。この作品を、早川書房から出していただけたのは、決して偶然ではなく、今日まで運命の糸でつながっていたのだと思う。

【主な参考文献】（順不同）

『福島の和算』福島県和算研究保存会、昭和四十五年
『新・福島の和算』福島県和算研究保存会、昭和五十七年
佐久間正方『算法額題集』山形大学佐久間文庫、文化元年
小川渉『会津藩教育考』会津藩教育考発行会、昭和六年
平石弁蔵『会津戊辰戦争　増補白虎隊娘子軍高齢者之健闘』丸八商店出版部、昭和二年
『会津戊辰戦史』会津戊辰戦史編纂会、井田書店、昭和十六年
山川浩『京都守護職始末』郷土研究社、昭和五年
『二本松藩史』二本松藩史刊行会、昭和二年
北原雅長『七年史（上）（下）』啓成社、明治三十七年
『会津藩士人名辞典』古今堂書店、昭和八年
『新編会津風土記』万翠堂、明治二十六年
藤原相之助『仙台戊辰史』荒井活版製造所、明治四十四年

栗本鋤雲『匏菴十種　二　暁窓追録』明治二年
渋沢栄一『徳川慶喜公伝　巻七』龍門社、大正七年
『妻たちの会津戦争』新人物往来社、一九九一年
中村彰彦『保科正之』中公新書、一九九五年
中村彰彦『白虎隊』ＰＨＰ文庫、二〇一六年
佐々木克『戊辰戦争』中公新書、一九七七年
渡部由輝『数学者が見た二本松戦争』並木書房、二〇一一年
『会津若松市史研究』第五号、会津若松市史研究会、平成十五年
『会津若松市史』１９、会津若松市史研究会、平成十八年
『大須賀清光の屛風絵と番付』福島県立博物館、平成二十八年
半藤一利『幕末史』新潮文庫、平成二十四年
星亮一『会津落城』中公新書、二〇〇三年
星亮一『呪われた明治維新』さくら舎、二〇一七年
小板橋良平『小栗上野介一族の悲劇』あさを社、一九九九年
小板橋良平「小栗に関する手紙とメール二題」（小栗上野介顕彰会『たつなみ』第二十七号　平成十四年）
『改訂新版　幕末から明治に生きた会津女性の物語』歴史春秋社、二〇一四年
永井路子『岩倉具視』文藝春秋、二〇〇八年
菊地明編『会津藩戊辰戦争日誌（上）（下）』新人物往来社、二〇〇一年

【主な参考文献】

小沼淳『会津藩の崩壊』近代文藝社、一九九〇年
小島一男『会津人物事典武人編』歴史春秋出版、一九九三年
小桧山六郎、間島勲編『幕末・会津藩士銘々伝（上）（下）』新人物往来社、二〇〇四年
『小栗日記』群馬県文化事業振興会、平成二十四年
笹川壽夫『会津の文人たち』歴史春秋出版、二〇一八年
髙橋憲一『会津藩家老髙橋外記とその時代』歴史春秋社、平成二十三年
『田中素白師伝　石州三百箇条　平成水戸何陋会三百箇条』石州流水戸何陋会、平成十四年
新田美香「京都守護職に対する幕府の財政援助」『お茶の水史学』第四十五巻、二〇〇一年
仲田正之「安政の幕政改革における鉄砲方江川氏　芝新銭座大小砲習練場の規模と構成」『駒沢史学』第二十三巻、一九七六年

本書は書き下ろし作品です。

著者略歴

一九五三年新潟県生まれ。東北大学大学院機械工学専攻修了。博士（経営情報科学）。ＭＢＡ。自動車部品メーカーのデンソーで生産技術を研究するかたわら、長谷川伸の衣鉢を継ぐ新鷹会で小説を研鑽。やがて、江戸時代の数学をテーマにした和算小説を発表するようになる。

主な作品として、『算聖伝　関孝和の生涯』『怒濤逆巻くも』『ラランデの星』（以上新人物往来社）、『美しき魔方陣』（小学館）、『和算小説のたのしみ』（岩波書店）、『江戸の天才数学者』（新潮社）、『星に惹かれた男たち』（日本評論社）、『星空に魅せられた男　間重富』（くもん出版）、『エレキテルの謎を解け　電気を発見した技術者 平賀源内』（岩崎書店）、『この空のずっとずっと向こう』（ポプラ社）、『遊歴算家・山口和「奥の細道」をゆく』（筑摩書房）などがある。

一九九八年『円周率を計算した男』（新人物往来社）で歴史文学賞。二〇〇六年日本数学会出版賞。『円周率の謎を追う　江戸の天才数学者・関孝和の挑戦』（くもん出版）が第六十三回青少年読書感想文全国コンクール中学校の部課題図書。

鬼《おに》女《おんな》

二〇二二年九月 二十 日 印刷
二〇二二年九月二十五日 発行

著　者　鳴《なる》海《み》風《ふう》
発行者　早川　浩
発行所　株式会社　早川書房
郵便番号　一〇一 - 〇〇四六
東京都千代田区神田多町二ノ二
電話　〇三 - 三二五二 - 三一一一
振替　〇〇一六〇 - 三 - 四七七九九
https://www.hayakawa-online.co.jp
定価はカバーに表示してあります

Printed and bound in Japan

印刷・製本／中央精版印刷株式会社

ISBN978-4-15-210171-6 C0093

乱丁・落丁本は小社制作部宛お送り下さい。
送料小社負担にてお取りかえいたします。